生活·讀書·新知 三联书店

剖面的剖面 / 抗战中看河山

杨钟健 著

Copyright © 2021 by SDX Joint Publishing Company.
All Rights Reserved.

本作品版权由生活·读书·新知三联书店所有。
未经许可，不得翻印。

图书在版编目（CIP）数据

剖面的剖面：抗战中看河山／杨钟健著．—北京：
生活·读书·新知三联书店，2021.7
（杨钟健游记集）
ISBN 978-7-108-07054-8

Ⅰ．①剖… ②抗… Ⅱ．①杨… Ⅲ．①游记－作品集－中国－当代
Ⅳ．①I267.4

中国版本图书馆 CIP 数据核字（2021）第 007017 号

责任编辑	曹明明
装帧设计	康　健
责任校对	安进平
责任印制	徐　方
出版发行	生活·讀書·新知 三联书店
	（北京市东城区美术馆东街 22 号 100010）
网　　址	www.sdxjpc.com
经　　销	新华书店
印　　刷	河北鹏润印刷有限公司
版　　次	2021 年 7 月北京第 1 版
	2021 年 7 月北京第 1 次印刷
开　　本	880 毫米 × 1230 毫米　1/32　印张 12.25
字　　数	267 千字　彩图 8 幅
印　　数	0,001-5,000 册
定　　价	69.00 元

（印装查询：01064002715；邮购查询：01084010542）

写在前面

　　游记是一种特殊而重要的体裁，特殊人物在特殊时期的游记，往往能够反映一个时代的侧面。杨钟健先生是我国古脊椎动物学的开创者和奠基人，除专业研究之外，涉猎丰富，不仅精通英语、德语，还熟悉拉丁文和希腊文，热爱诗词和散文写作，在长期的野外考察过程中，非常重视记录自己的所行、所见、所思所想。他一生所作七部游记，分别为《去国的悲哀》(一九二九)、《西北的剖面》(一九三二)、《剖面的剖面》(一九三七年完稿)、《抗战中看河山》(一九四四)、《新眼界》(一九四七)、《国外印象记》(一九四八)、《访苏两月记》(一九五七)。这些记录的"剖面"，此中含义一为实际观察到的地层剖面，反映其地质构造和科学内涵；另一则为人生的剖面。这些游记，以身处国运动荡时期的一名学者身份，记录了自己的科研工作和祖国的山河表里，体现的是那个年代国家和人民的生活，以及学者们的风骨。本书为其中之二。

　　《剖面的剖面》记录了杨钟健先生于一九三二至一九三六年在

山东、河北、山西、陕西、甘肃、四川和两广等地所进行的地质、古生物考察和调查活动。杨老照以前一样，将旅途中所观察、感悟的记述下来，成为一部游记。何为剖面？正如翁文灏在序中所说，"就是把我们所要研究的事物解剖开来"。关于此游记的内容，杨老概括有三：第一记地质知识，第二记沿途风景，第三记民俗风物。杨老特别强调，旧时有的游记，有着很美的文字，也是不朽之佳作，然而描写并不合乎事实，如言山必定壁立千仞，说月无非玉兔嫦娥；更有甚者，游龙门必提夏禹，过吐鲁番必称火焰山。因而新式游记则须给人以准确的知识，对每一地的地质背景、地理状况和人情风物，均予以正确的记载。这种写作意图在《抗战中看河山》中更为突出。一九三七年七七事变，抗战全面爆发。被自己视为第二故乡的北平沦陷，杨老带着悲痛的心情于当年十一月离开北平，经湖南、云南、四川、陕西，再游新疆，到回到北平，前后历时六年。此次野外旅行是在国土沦丧、时局艰难中进行的，杨老尤感我国山河之美、物产之丰，用"锦绣山河""地大物博"并不足以说清楚，而应该以实际的描写和科学的解释予以记录。更重要的是杨老看到外国人对于我国的自然地理均有详实考察记录，而我国边疆地区丧失多年从不见有相似书籍出现，不免惊心，深感地质科学在我国发展的必要。

这两部书的出版都颇为不易，《剖面的剖面》更是充满了波折。此书完稿于一九三七年，随后便交付禹贡学会的顾颉刚，拟送商务印书馆加入"禹贡丛书"出版。是年恰逢卢沟桥事变，抗战全面爆发，商务无法印行，原稿也不知所踪，直到一九五〇年方找回。

一九七三年，杨老高龄，仍念念不忘此稿出版，曾求助于同人，甚至称"用纸可以次一些，印的份数可否压缩到三百份或四百份，插图和图版加价太昂可以去掉"等等，言辞卑微恳切，令人闻之心酸。即便如此，在那个混乱的年代，仍未能如愿。直到二〇〇八年该书才首次在科学出版社出版。今次随另外六种游记一同再版，真有回归之感，令人不胜唏嘘。而《抗战中看河山》虽然写完即交由独立出版社出版，但也非常不易。按照杨老原来的计划，会在书中加入路线图和风景照片若干，也因战时艰难未能如愿，而翁文灏先生忙于政务，也未能拨冗赐序，颇为遗憾。但杨老仍然对慷慨帮助过的卢逮曾先生表示了诚恳的谢意，意识到"目下此等困难情形下，印刷这个似乎不重要的书籍，是不容易的"，显示出学者的豁达。

三联书店编辑部

二〇二〇年六月一日

总目录

剖面的剖面 / 1

抗战中看河山 / 201

剖面的剖面

杨钟健·著

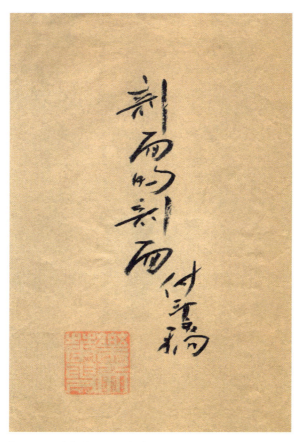

《剖面的剖面》完稿时杨老手写的封皮

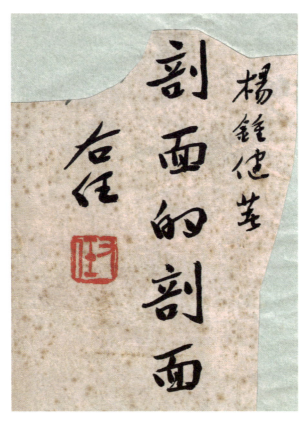

于右任题写的书名

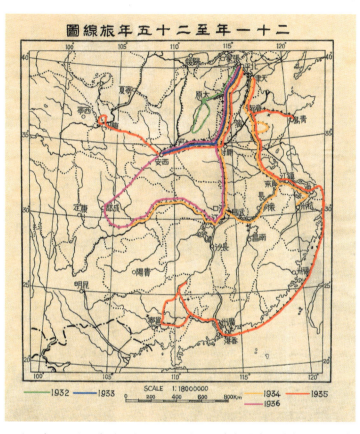

二十一年至二十五年（一九三二至一九三六年）旅线图（安炳琨　绘）

序

"剖面的剖面"是楊先強先生旅行山東河北山西陝西甘肅四川廣西各省的一種記述。這種記述不是普通遊記，因為著者特別發揮他的科學觀察或他的工作的科學意義，但也不是純粹的專門科學著作，因為著者努力要使大多數的一般讀者都容易看得明白，容易對于他所記述的東西興情形發生興趣。剖面是什麼意思，就是把我們所要研究的事物剖開來，以便察見他的內容，也就是用明晰的眼光，勇往直前，洞矚隱微，不為一切非必要的表面現象所朦蔽，單刀直入，透澈的達到我們所要觀察的目的。如此觀察，並不容易，必須要有專門

翁文灝为本书作序之手稿

知識作基礎,妥適的方法作工具,然後方能成功。楊先生在這一本書內,夢想到最古的猿人,採集到山洞內的骨骼,讀者於此可以想見古生物學家研究的興味。他又描寫山東的景象,沿江的山川,從前所謂風景冠天下的廣西戔斯底先地形,即當作遊記讀,這本書示供給極有科學意義的材料。從他的遊蹤所及講,此書所述北起長城,南抵渝海,東自魯齊,西振甘肅,如此廣大範圍,著者供給我們一幅簡明鮮艷而引人入勝的圖畫。楊先生探研所及並不限於此地,他曾東出榆關,北至蒙古,西遊新疆,所到之處皆有科學研究。但許多觀察,旬無好好登記載。從他的口吉圉的惠宸,與口西北的剖南心,現在

翁文灝為本書作序之手稿（續一）

尚有了这本"剖面的剖面",这正是杨先生科学观察而通俗写作的结晶,也是许多读者借此窥见科学意义的极好门径。杨先生年力方强,已有许多工作,刻苦用功,极可钦佩,也正惟他年力方强,更使我们对于这往自强不息的朋友格外殷望,要求他日进无穷,不断的更为努力,更将他观察的结果写出来供大家阅读。惟其如此,所以我一方面为此书作介绍,另一方面我还对著者杨先生致极深厚的期望。

翁文灏

民国二十六年三月六日

翁文灏为本书作序之手稿（续二）

十三年尽经沧桑,当日旅踪将半忘。未随劫兵沦战火,还回故稿显灰黄。山河豪兴事犹在,手稿点收鬓已霜。愿再能游十万里,寻踪自然到穷荒。

——杨钟健,一九五〇年

敬啓者：前承

之字第四〇二〇號

寄示 貴會叢書楊鍾健君著「剖面的剖面」一稿，擬交敝館印行，無任感紉。查此稿敝處前曾函陳擬按版稅辦法印行，惟目前以戰事關係，敝館工廠多數停頓，卽恢復小規模工廠，於力亦有不逮，一時實無法接受印行，深用爲歉。所有原稿因郵局對於稿件暫停收寄，俟可以寄發時，當卽郵呈。諸祈亮察爲荷。此致

禹貢學會

商務印書館編審部啟事用牋

二十六年九月七日

一九三七年，此稿曾交商务印书馆印行，后因战事关系，未能付梓

目 录

序 / 1

自序 / 1

山西的一角 / 1

    （一）在寿阳 / 1

    （二）经山道到太谷 / 3

    （三）在雷电中穿行 / 6

    （四）龙骨访问记 / 9

    （五）荒村的印象 / 11

    （六）由余吾镇到浮山 / 13

    （七）又与骡队作别 / 16

    （八）归途的烦闷 / 19

井陉猿人梦 / 22

    释题 / 22

（一）井陉猿人梦　　/ 22

　　（二）三门　　/ 26

　　（三）故乡的访问　　/ 31

　　（四）访古代化石　　/ 35

沿江印象录　　/ 38

　　（一）旅程的开始　　/ 40

　　（二）第一次驶长江　　/ 44

　　（三）入川　　/ 48

　　（四）温泉北碚　　/ 56

　　（五）万县盐井沟　　/ 58

山东忆游　　/ 65

　　（一）盘足龙遗迹的探寻　　/ 66

　　（二）在古火山区　　/ 73

两广探洞记　　/ 78

　　（一）广州　　/ 78

　　（二）到梧州　　/ 81

　　（三）梧州到邕宁　　/ 83

　　（四）武鸣探洞　　/ 85

（五）过柳州到桂林　　/ 88

　　（六）桂林探洞　　/ 92

　　（七）过平乐往八步　　/ 95

　　（八）桂江舟中　　/ 96

　　（九）由梧州到香港　　/ 98

　　（十）香港种种　　/ 100

甘游杂记　　/ 105

　　（一）十二年来未见的西安　　/ 105

　　（二）西兰公路　　/ 111

　　（三）兰州苦雨记　　/ 122

　　（四）村野风光　　/ 127

　　（五）东行乎？西上乎？　　/ 135

　　（六）兰州以上的黄河及其支流　　/ 137

　　（七）兰州的留恋　　/ 148

晋蜀掘骨记　　/ 159

　　（一）山西的探寻　　/ 160

　　（二）荣县掘骨记　　/ 169

跋　　/ 197

序

《剖面的剖面》是杨克强先生旅行山东、河北、山西、陕西、甘肃、四川、广西各省的一种记述。这种记述不是普通游记,因为著者特别发挥他的科学观察或他的工作的科学意义,但也不是纯粹的专门科学著作,因为著者努力要使大多数的一般读者都容易看得明白,容易对于他所记述的东西与情形发生兴趣。剖面是什么意思?就是把我们所要研究的事物解剖开来,以便察见他的内容,也就是用明晰的眼光,勇往直前,洞瞩隐微,不为一切非必要的表面现象所蒙蔽,单刀直入,透彻地达到我们所要观察的目的。如此观察,并不容易,必须要有专门的知识作基础、妥适的方法作工具,然后方能成功。杨先生在这一本书内,梦想到最古的原人,采集到山洞内的骨骼,读者于此可以想见古生物学家研究的兴味。他又描写山东的景象、沿江的山川、从前所谓风景冠天下的广西、戛斯底克地形,即当为游记读,这本书亦供给极有科学意义的材料。从他的游踪所及讲,此书所述,北起长城,南抵沧海,东自鲁济,西抵甘肃,如此广大范围，著者供给我们一幅简明鲜艳而引人入胜的图画。杨先生探研所及并不限于此地，他曾东出榆关，北至蒙古，西游新疆，所到之处皆有科学研究，但许多观察自然只好分段记载。从他的《去国的悲哀》与《西北的剖面》，现在再有了这本《剖面的剖面》，这正是杨先生科学观察而通俗写作的结晶，也是许多读者借此窥见科学意义的极好门径。杨先生年力方强，已有许多工作，刻苦用功，极可钦佩，也正惟他年力方强，更使我们对于这位自强不息的朋友格外殷望，要求他日进无穷，不断地更为努力，更将他观察的结果写出来供大家阅读。惟其如此，所以我一方面为此书作介绍，另一方面我还对著者杨先生更致极深厚的期望。

翁文灏[*]

民国二十六年（一九三七年）三月六日

---

[*] 翁文灏（一八八九至一九七一），字咏霓，浙江鄞县（今属宁波）人。中国最早期的地质学家，著有《中国矿产志略》《甘肃地震考》《地震》《锥指集》等著作。

自序

我的《西北的剖面》，是一九三一年完稿，一九三二年秋天出版的。到现在，五年的光阴，又悠然地过去了。在这五年间，我因职务上的便利，又做了几次旅行。一九三二年夏天，在山西的东南部约一个月。一九三三年在井陉、平陆、渑池等地约一个月。一九三四年在山东中部约两星期，又做了由上海起到重庆止，先后共分两次，为时共约两月的旅行。一九三五年两广旅行约两月，此外又到山东的胶济线去了一趟，为时不及两周。同年夏天往甘肃到青海的东部约两个月。一九三六年又到山西东南约两周，最末做了一次四川西部旅行，约一个半月。

这几次旅行足迹所至，最南到广州，最东到青岛，最西到青海的享堂，而成都南的荣县也是一个很远的旅行的终点。费去的时间，共约有一年光景。旅行的目的，当然也和《西北的剖面》的各次旅行一样，以考察地质与采骨化石为主。我每次旅行归来，也照以前一样，都把所观察的、所感触的，就所能记得的记述下来，就是这一本游记。

这一本游记，除将两次不同年山东的旅行并为一篇外，其他各次旅行，全是一年作的。有的旅行虽曾中断，如上海、重庆间旅行，中间曾回京一次，一九三六年山西与四川一行，亦实际上为两次旅行，但均并作一篇。这样以上各次旅行，共为七篇游记。

从我一九二八年回国到一九三一年所作游记，我名之曰"西北的剖面"，意思就是我所看的不过是就西北所走过地方的一部分，就所看所闻的，记载下来。不过由这一部分，也可借以了解各区域情形大概，正同由一个地层的剖面，可以知道该区地质大概一样。现在我把五年来的游记汇集成册，名之曰"剖面的剖面"，其基本意义，亦与前同。不过我所感觉各篇所记，比应记者少而又少，恐怕连剖面也当不起，只是许多剖面中的一个剖面，或一个大剖面中的一部分剖面罢了。

这册《剖面的剖面》中所记各事，虽极力避免日记式或账本式的记载法，却也免不了零零碎碎的。各篇大致均以时间为纲，零碎的毛病，当然免不了。不过各篇所记者，大别之可分为三类，不妨略微说明一下。

第一，关于地质上的通俗记载。我是一个学地质的，而且各次旅行，以地质为重要目的，虽然极力避免记地质一类东西，却不知不觉地就写入了。不过很专门的说法，当然全为免去。而所述的大半为易于了解，或于了解一地方的地形山川有若干关系的。

第二，关于描写风景。所谓风景，不只限于好的风景，坏的风景也多尽力叙述。有时候也用自然科学，尤其是地质学的见地解释所见的风景。

第三，民间一些看到事情的杂述。我所去的地方，大半为乡村，所看的也自然以乡村景物为较多。这些事情初看似无多大道理，而实在是很重要的材料，虽然破碎，但都是事实，不曾掺入半点造作。

除以上三点之外，当然就是旅程的记述和个人的一些感慨了。虽然无关宏旨，却也是题中应有之文，所以不曾从略。

本书的各方面均已介绍明白，现在可以借这机会，说一说游记文学的重要和我个人对游记文学的见解。

我常说游记是真的小说，一部好的游记，往往使人不忍释卷，正同看好的小说一样，而其效果又远过于小说。一部好小说看了，只令人得欣赏文学的美妙，至其事情之真实与否，无从一一诠定。一部好游记看了，不但觉得文笔好，还可以得到许多实实在在的知识和材料。因此在欧亚各国一般人之嗜游记，正同小说一样。一部好游记出版，往往能不胫而走，短期内可以脍炙人口。一般人民关于本国以外地理的、社会的知识，大半自游记中得来。一个人的时间与财力究竟有限，除少数人外，往往不易有机会做许多远大的，或许多次的旅行，所亲身看到的，往往只是世界的一小部分。若各地均有若干好的游记式的记载，即可于干枯的正式记载之外，看些比较生动的东西，使不到一地方去的人也有了卧游的机会。

从另外一方面说，常有机会做旅行的人，应当自己觉得这是不可多得的机会。自己所看的、所欣赏的，有许多人求之而不得。似乎亦应节省些时间，记载下来，以公同好。自己在正式工作以外，得到一种副产物，可作旅行的纪念，而对别人，希望知道某地情况而不曾去过的人，也可以说尽了供给材料的责任。

这个说法，是站在新游记的立场上立论。原来游记可以说有两种,旧的游记和新的游记。

旧的游记,也许文笔很好,是不朽的好文章,但有的为文人感时或寄抒之作,如《桃花源记》。有的虽也记述自然,但描写不合于事实,言山则无非壁立千仞,说月则无非是玉兔嫦娥一类名词。最坏的是他们对于自然的记述,往往泥禁于古来书本或古典中,如游龙门便提到夏禹,过吐鲁番红色地层也以为真是火焰山的遗迹。此等以讹传讹的记载,实在是有不如无,此等游记多得很,俯拾即是,用不着举例子。

至于新游记,则不然,他的目的在于给阅读者一种正确的知识。此等知识固然书本上也有,但另以游记式笔墨出之,格外可以引人入胜,可以说是供给一般人业余欣赏自然,并取得史地等知识的绝好读物。理想的好游记,对于每一地的地形山川等地质背景、地理状况以及人情风物,均当予以正确的记载。此等事实,真实的描述,再佐以优美的文笔,自然是适合于现代科学化的游记。

譬如,"桂林山水甲天下,阳朔山水甲桂林",系言广西石灰岩所造成的筒状山和其洞穴,为广西特别优美的风景。历来赴广西者,不知有多少文章,赞叹其神美,但能说出所以然者,几乎没有一篇。桂林城内的独秀峰,洞内题咏殆遍,而竟无一指出其所以。无非说山如何如何的好,长得如何如何的神奇,自然造物如何如何的佳妙而已。若有人能用近代知识的眼光,说明其实为喀尔斯特地形,其成因实在是一种化学的作用,并能亲切地描述其发育与演变的历史,这样才为真了解自然,而新游记的目的才算是达到了。

又如华山为五岳之一,中国一大名山。去游的人也不少,游记更是汗牛充栋，但也不过到青柯坪而望前途行路之不易，上老君犁沟而感觉造物神奇而已。倘若有人在游记笔墨中指出华山之所在的奇陡，真有壁立千仞之概，实由地质新期断层的结果，而所谓青柯坪者也，乃为一种悬谷，代表某一更古期的地形。这样岂不对自然真了解了吗？

这样的游记，在现在国内，已在开始做了，并且已有好的结果。如翁咏霓先生的四川游记，对长江三峡的成因，及四川山川形状之所以，阐发靡遗，指出地质上造成的定律，纠正以前两山之间必有一川及两川之间必有一山的错误，使人一读，获益不少。又如李书华先生近年所作游记，例附精确的地形图，并尽量参入现代的知识（如近作上方山游记），亦多可为从事此等著作的楷模。

我历来各游记的试作，完全都是本着这样见地做的，不过一来因职务繁忙，不能聚精会神地做，二来为个人粗笨的文笔所限，不能把所要描述的写得如声如绘，因此绝不能算成功的作品。不过虽不能达，却心向往之。希望社会人士，认识这个方向是对的，能够不断地有标准的新的游记出现。那么这样粗浅的试作，或者也有他抛砖引玉的功用，所以就毅然发表了。

我之所以勉力于业余外努力做这些游记，受欧洲学者的影响很大。常见欧洲人在中国做游历或考察工作的，便有许多游记的书籍发表，早一些的如李希霍芬在中国调查地质，于正式报告之外，有他的日记发表。发表最多的，为斯文赫定，他关于中国的游记有六七部之多。近年来如在地质调查所服务过的安特生，也有两本游记式的文章发表，一为《龙与洋人》，一为《黄帝子孙》。此外如美国中亚考察团，除安特生之《向古人类遗迹追求》一书外，其考察国正式报告专书之第一卷,即为游记式的总报告,在川藏调查过的哈安姆,有《明耶贡嘎尔》一书印行,也是游记作品,其他不著名者尚甚多,不能一一列举。

此等外国人作品在描写上自然方面当十分真实,文章自然也很好。不过一方面因语言不通,一方面或真有恶意,当然免不了对人情风物方面,有许多乖于事实的记述,无形中在国际上有一种不良的恶果。

但反观近来我国人游历彼邦者甚多,而令我们比较满意的游记,竟找不出一部来,一大半的此类作品,不是起居注式的琐屑记载,便是一些不关痛痒无病呻吟的句子的杂凑,真正能供给一般没有到外国去过的人卧游的书,可以说绝无仅有。

外国且不言,就本国言,关于各省区的此项作品,亦不易找到。中国幅员甚大,即交通方便之处,能有机会亲身游览的人,尚为少数,何况许多地方仍甚边远,不易前去。所以国内游记文字的需要,正同国外一样,或者更迫切。

这也可说是我要做许多游记的第二个动机,至于成功与失败,那就非所计议了。

最后我应该向一些与这本游记有关的人申述谢意。首先应该申谢的为和我游行的同伴,如德日进、裴文中、卞美年、巴尔博、张席褆、甘颁诸先生。均先后为我旅行中的良好伴侣,可师可友。裴、卞二君并供给我若干照片,巴君的几个绘图,我也采用,都是应该特别感谢的。我以工作方便计,常携技工同往,他们在旅程中也有不少的臂助,也当表示我的谢意。参加各次旅行的,如刘希古、唐亮、王存义、杜林春、柴凤歧等。

此外我最应感谢和追念的，也有许多位先生，我不能不于此致我的谢忱与景慕。第一为地质调查所翁咏霓先生，我历次旅行，全是他给予我的好机会，而他对于我的游记的见解，尤为赞成。在《西北的剖面》书中，他已为序文介绍，此次又承他在百忙中给我作序，这样的美意，不是平常文字所能描述的。第二为丁文江先生，他也是注意我的学行发达的一人。一九三四年，我们往长江流域旅行，正值翁咏霓先生卧病杭州，一切均承他指导。一九三五年两广旅行，他又殷殷介绍广西当局，这都是令人不能忘的。丁先生在地质界及他的其他事迹，当然可以不朽，用不着我追说。不过他于今年一月五日不幸逝世，到我作这序文的时候，正快一周年，人事沧桑，追怀哲人，怎能不令人为之唏嘘呢？第三为前新生代研究室名誉主任步达生先生，我的工作直接和新生代研究室关系最密切，一九三一年到一九三四年的各地旅行，他的规划很不少，不幸他在一九三四年三月十六日便一病去了。

这本书承顾颉刚先生介绍，允在禹贡学会的游记丛书中出版，又承于右任先生题封面，安炳琨君代绘旅线路，均应当申谢。而我各次旅行沿途所经地方，或承当地地方负责人招待，示以旅行上各种便利，或承本地负责人及社会人士过分欢迎，或指示，免去许多困难。因所经地方甚多，所遇人士，不能一一述明，十分抱歉，谨此略申我的忱悃，想他们当能见谅的。

最后我应当特别感谢的当为我那亲爱的母亲。一个人要在社会上略有贡献，除去许多条件之外，最要紧的需要一个良好安静的家庭环境，这样才可安心工作，才可以没有精神上的痛苦，或者进一步有精神上的安慰。十七年（一九二八年）我由欧间道回国，结束了二十年求学的局面，方思安心为社会服务若干年，以报三十年家庭养育与二十年国家教育之恩。不料是年五月，吾家即遭空前巨变，延至年终，我的父亲也一病不起了，在这样情况下的我，精神上的不安，自不待说，几乎一蹶不能再振。这时候我惟一的慰藉，与奋斗的理由，就是我亲爱的母亲。十八年（一九二九年）奉母来平，二十二年（一九三三年）因榆关事变回家，二十三年（一九三四年）暑后再度来平，二十四年（一九三五年）七月一日又因京津危殆回陕。虽现在仍在家辛苦经营一切，然幸能健康如昔，实为我精神上惟一的慰安。我之所以能够在外安心服务者，此为一大原因。

然从另外一个方面言之，殊觉与亲在不远游之训不合，游子天涯，母心天涯，其无形中之挂念，直难以笔述。当思为人子者，既不能奉养其亲，少尽乌丝之意，反日令其操不必要之心，未免太为难堪。今以这一本小册奉献给吾母，作为她六十四岁纪念，与其说是致庆，毋宁说是致我个人的罪过。我今作此序，序吾书，而我每次辞母出游，吾母含泪送别，与每次平安回寓，吾母喜慰以至泪下之情景，历历如在目前。由旅行的人生观观点看，固当解脱看去，但就旅行人生中之时时刻刻当尽其应负的职责讲，似不能不有所动于中，而引起若干深刻的沉痛与欣幸。

杨钟健

二十五年（一九三六年）十二月三十日

北平石老娘胡同十五号

山西的一角

(一) 在寿阳

二十一年（一九三二年）夏天，德日进和我，又到山西去。我们的目的，是考察该省东南部新生代的地质。在已经出版的太原榆林幅地质图上，寿阳附近，涂以深黄色，表示为第三纪上部地层，十八年（一九二九年）过山西时，因急促北返，无暇及此。这次旅行我们便决定首先在此地下车，开始我们的工作。

寿阳在正太铁路的中段，交通算是很便利。我们到站下车后，即到城附近找旅店。但跑了许多家，竟找不到。有的说人住满了，有的说店小，容不下我们这许多人。我实在有点不了解，何以我们竟到处如此的不受欢迎，而被人享以闭门羹。在交通便利的寿阳，尤为费解。据刘希古说（因为他以前不久，曾在山西东南部许多地方旅行过），因为我们的服装特别，兼有洋人，所以如此。但这恐怕不足以说明一切，而解释我的疑惑。最后由一巡警带我们到一饭铺稍息，由他与县当局接洽再找别的地方。我们到了这饭铺后，看见内部地方很大,且兼营旅馆业,不知何以不让我们住在这里。当我们在此休息的时间,同行如刘希古等都要吃些东西,据说只吃了极简单的饭,而开的账单子竟异乎寻常的贵。可见他们虽然怕人住他们的房子,而对于竹杠上,却极有研究的。

一会儿那位巡警来了,说是在城内,已找了地方了。我们为看地质便利计,本不喜欢住在城里,但至此亦无法,只得照办。不料到那指定的地方以后,又说没有一点儿地方了。经我调查,也确是一点儿地方没有。据说是县中有会,所以大小店均有人满之患。但不知那位巡警何以如此的"拆烂污"。这时他老先生已不见了。我们的行李,已由车站取来,无地可放,街上人绕着我们看,好像看西洋景似的,这时真叫人又气又急又愤,说不出话来。还是我出了主意到县学校去接洽,希望在放假中,有一点儿地方可借给我们住。初十分推却,但一经说明之后,始很勉强地容我们住下。于是一幕喜剧,始行闭幕。

我们在此有两件事要做:一是要看看附近地质;二是在此雇下骡子,以便由此开始我们的骡队旅行。为着节省时间计,先打听骡子。但一打听之下,不免大大地失望。大家都说不好雇,并举出许多困难的实例。没有办法,只得去请教县长。县长是一位很老的老先生,于一般人说的困难之外,又加上了许多困难。我们一再郑重声明以公平价格雇用,也极力使他们在路上没有被拉官差的危险。但细察他们的口气,都在将信将疑之间。我们在此,人地两生,只有拜托县长,排除了许多困难,费了许多唇舌,得了六匹骡子,且不是长期的,而只送到太谷。这种种不便,发生在交通便利的寿阳,也实在有些费解。

合计我们在寿阳，共住了一天半，除致力于雇骡子外，便到城东北部去考察地质。原来此地的东西为沙土泥土等成层的堆积，下为更古的岩层。但附近亦未发现露头，上为淡红土，再上为黄土，各个之间，都有比较清白的不连续。在这泥沙土的地层中有许多小螺化石，并得了一点啮齿类牙床。无论由地层的层位与性质或化石的特征上都是表示其为泥河湾式的堆积。由一天半的视察，并未找见大规模的化石堆积，所以我们想即日离此，做我们的骡队旅行。

（二）经山道到太谷

由寿阳到太谷的通行大路，是由火车西行到榆次，再由榆次转汽车到太谷，道路好，又便宜，又节省时间。

但我们为看地质计，舍新式的、现代化的交通方式不用，偏用骡子，一天只走数十里路。又因铁路和汽车路，大半在平原中，不宜于地质观察，所以我们也不沿此大道，而由寿阳南折入山，再西南行以达太谷，未起身前，有许多人说这条路不好走，又有许多人根本不了解我们这等办法。

由寿阳起身，午间到一地，名羊头崖，已入三叠纪的山地了。沿途在古岩层之上随时可以看到红土或淡红土堆，在一个地方，并找了些化石得以确定其年代。到羊头崖后，送我们的那位巡警已算交差，不再前去，另找一老汉引路。我们吃午饭后，随即起身，沿途愈上愈高，过一山脊，又到一河谷中。此时夕阳正烈，兼有硬石面反射，顿觉酷暑难禁，但在骡上远望山坡起伏，生平未经历的地皮不断地送入眼帘，心神为之一快，而酷暑为之顿消。

傍晚在山谷中望见两旁新生代堆积渐多，不如以前割蚀之烈，但细看此堆积，似有倾斜，颇感兴趣，乃止于一大村名下湘，以便次日观察。到此后，因无店可住，便宿一大庙中。建筑十分雄伟，并有戏楼。我们喘息稍定之后，即打听此地有无龙骨，结果大家都说有，有的即拿来些样子看，当然大半破碎不堪，但有若干可借以知其年代为新统而非后期时代的。经若干时后，送来的更多，有的说他们家中，堆得更多，几千斤、几百斤不等，可见此地骨化石之富，更可见此地人摧残骨化石情形之一斑。

第二天一早，在附近看看，又采了少许化石，即登骡起身，方向仍是向南而偏西，动身不久即舍山谷而上坡，以后上了许多次下了许多次，其崎岖的程度，远过于昨天所经的。惟昨晚在下湘所过的有化石的堆积，则自上山坡后，即悠然不见，而代以其他新生代堆积，但亦不十分发达。

由昨天自寿阳入山谷，以致今日大半天所经的全是比较近代割蚀很烈的地方，即堆积最后的黄土，也有许多地方被侵蚀得十分厉害。居民又不注意于草树的培养反大加摧残，所以增大该地方的侵蚀。而遗平原流域的水患的确是一个很大的问题。

但到午间终于到了一个尚未被侵蚀去的地方。这个地方名叫道坪，顾名思义，也可知这地方较平，可以说是高原，在此仅残留一部分的高原上，很可以使我们想象那以前被摧残的地形。

在道坪打尖后即起身，又经一村名叫东坪已入割蚀较烈的地带，再前新生代后期各地层割蚀的情形，十分好看，惜我们未能在此久住探找化石。再前走愈走愈下，遂到一河谷旁之一镇，名长凝镇。由长凝镇再往西即入太原平原了。

长凝镇距道坪二十里，我们即住于此，因为时尚早，所以曾到附近看了一看地质，镇北有一小岗，自远视之，颇觉与在寿阳见的相同，及仔细视察，见红色土在沙砾灰土等之下，所以当为黄土时的堆积。

在长凝镇店中，有一极坏印象，就是旅店的脏和苍蝇之多。我们住的店算是一大店，房屋也还好，不知道里边何以那样的脏，就我们历年各地旅行的经验，小小村镇，往往虽简陋而至少不十分脏。污浊的程度，真可说和地方的大小成正比例，尤其是夏天凡与人有害的动物无一不备，臭虫、虱子、蝇子、鼠……至屋内空气的特殊和其他污秽之多，尤其余事。

由长凝镇出太谷，本有平川大道，但因在太原平原中走无露头可找，所以决定向南折再入高原。舍近而求远，舍易而就难，也只是我们有呆目的书呆子干。入平原后红色土仍十分发育，一直到双村，和在道坪一带所见的差不多。过双村则又入平原，无特殊地层可见。

由双村前行若干里，已到汽车道，沿途一切也觉得有些现代化了，然而到处现出矛盾的现象。在一大镇的大墙上，一边写着"打倒日本、抵制日货"的标语，一边却绘着出售仁丹的大广告，军队也不少，然而令人所得感触只是内战的恐怖，绝无一点希望能借之以御外侮……

总算到了太谷了，我们住在东门外一小店中，店总算十分干净，在太谷只住了一天半，头一天入附近山中看我所要看的地方的地质，结果很好。第二天上午休息半天写信和应酬等事，下午即起身拟入山东赴榆社。

太谷旧为山西最富庶的县份，是头等县中的头等县，地方富庶，人烟稠密，且为商业中枢，但自正太路成，榆次县因交通关系颇驾太谷而上，所说自"九一八"后，此地又中落，因这里人在东三省经商不少，多因而失业。但无论如何，太谷还算山西的富庶县份，教育文化也较其他地方高些。

（三）在雷电中穿行

看了太谷堆积以后的计划，是拟由此再东入山，以到榆社。一天下午起身过阳邑到回马，由回马前行不远，即由山中西来之一河谷，河名五马河。西入汾河，在河的北岸发现一小山，为新生代堆积造成。地层显受变动影响成一背斜层。

沿五马河东行已入山谷，沿河道行，不久忽听上游人声喧闹，略近始悉河中大水到来，行不数步果见河中波涛汹涌顺流而下，幸我们已过河到山坡这一面，又打听得自此到一投宿之旅店中，不再渡河，所以十分放心。今日烈日当空，并未下雨，河中所以有水，乃系因上游有暴雨，这也算夏季的一种奇景。

薄暮抵一小旅店中投宿。店位于河旁，一边为山，但附近尚有平坦地可耕，因而有三五住户点缀于绿亩中，且由此西望。太原平原尚依稀于天际，东视则羊肠一道沿河隐曲于丛山叠峰中，又兼一片晚霞铺射山岭，此等景色，真可令人乐而忘倦。

第二天，一切收拾妥当后即起身，沿河前行，路愈走愈窄狭，而风景反不如昨所见之幽致。且沿途岩层尽为三叠纪，亦无化石，故稍觉枯闷。再前行坡度愈奇突，已舍河而登山，至曲折处已不便骑骡，乃步行而上。经一度努力之后，即达山岭，由此四望，最有意思，实不仅令人心旷神怡。因西望为平原，汾河以西之山仅在似觉昨见中。而以南以东以北尽见小岭起伏，山之高度并不高，且多相若，显然代表一古时之高原，山顶有数处尚有若红土黄土等为侵蚀后之惟一残余。因之由此东行，竟有三数农家在此耕种，彼等殊不知此等地同彼等之耕种，而不务森林，将更增加其侵蚀速度，不久即要成为秃山。此时我等已过分水岭，河水即向东流。我们在一家午休，饮食一切自然十分简略。到下午两点多钟，即再上鞍前行。

即前行又舍奇突之山坡而沿河谷，其曲折蜿蜒之态，与上午所经之河相伯仲，此时天空恶云密布，杂以雷电，颇有暴风雨趋势，不一会儿果然有急雨一阵，但旋又中止。可是雨虽然未倾盆而下，而天空之情态，依然不安静，大雨有随时到来的可能。正当此时，我们行穿一村，我问德日进是否留此或前行。他颇以为不要紧，乃仍继续前行。

及距该村庄已远，雷电转急，因在山谷中，黑云到处布满，我们人即在云中行走，电光雷声距离咫尺，当急骤时，骡前骡后，都成电光，而有几匹骡子又因怕雷声，时闹脾气，亦不能好好前行，德日进险些跌下来一次。此时大家均有懊悔之状，悔不停于已过之村中。然事已至此，只有勉力前行，据说前边三四里，即又有一村庄，但天空情形，不但未丝毫改善，且更恶化，我们无不感觉到将有巨大风雨之来，只得骡上加鞭，拼命前进，经过一会儿努力，正在过河，望见下面谷中，白色一片，不及思索，一阵冷风之后，大雨即倾盆而来。过河后又上一坡，此时河中水已深数尺，坡上之水几不见地面，身上雨衣已被吹开，全身尽湿，幸能平安上至坡上，已至一村之西端。村中各处无地无水，求一暂时避雨之所，竟无人肯容我们进去。后勉强至一家，仅可避人，而骡子行李，只可听其自然，此时幸雨势已稍杀，惟闻檐前滴水声，各渠及山坡流水声，与河中巨大之水声。据本地人云，村之东头靠岸，即有店可住，我们欲往，而村中适有一沟，沟中水势仍大，不能过去，只得稍待。约有一点钟，雨已停，乃过去至所述之店中，店中已告人满，几经交涉，始得一极小而污浊之屋。此店正在河岸，至店门看，两点钟以前，几为干涸之河床，今则波浪起伏至三四尺。水中巨石与巨浪之击撞声，有如雷吼，实为壮观。

最令人心闷的是，经一度夕阳之后，天又变阴，入夜后，大雨又来，河水若继续涨后次日当然不能成行，而在此小店中，又什么均不能干，但亦只有躺在床上一筹莫展，静候自然的支配。

次日早仍微雨，不久即中止，但因河水大，至午后始能勉强起身。再前行若干里河谷渐宽，路亦较易走，两边所有田亩均为大雨所毁，固由雨太急亦由所有山坡全无树木之故，而农人在不当种地之地冒险种地，尤觉难以原谅。

将沿河归时，两边已渐有土状如古代堆积，唤起我们的注意，沿河谷行，河两岸附近尤为显然，比之五马河一带，尤多，附近有一村名侯目,我们即决住下,系在一庙中,比昨夜情形,已好得多了。

(四)龙骨访问记

在庙中略一休息,吃了午饭,随即往附近山沟中。虽也找到了若干破碎的骨片和牙齿,但却没有发现较完整的标本。到晚上我们回到庙中,便有许多村中人前来围观。这是我们常常遇到的,不足为奇。经过若干时之后,他们也知道我们要找的是什么东西,又禁不住我们向他们打听,因之又有人拿来若干牙骨等让我们看。他们拿来的东西,虽也十分破碎,但比较我们白天所找的已好多了,里面居然有完全的三趾马牙、麒麟牙等可以确定该堆积的年代。又停了一会儿,还有人送来很好的下颌骨和象的牙,尤以后者最为完美,于是我们便出资买下。由此我们才知道侯目一带的堆积,实在富有化石,我们之所以找到的少,实在是因时间匆促的缘故。

第二天由侯目南行,过了榆社县城到潭村,又做有关"龙骨"的访问。因我们午抵此打尖,又因河两岸仍是和侯目一样的堆积,乃时时打听骨化石的有无。据店主人讲,该村有一某姓家藏龙骨,即设法去请来一谈。知为村长,并拿来若干样子。一看之后,有若干很有兴趣。据他说他家存的尚有,拿来却有很多不便,我们乃决定到他家中去看。一到他家中,房中院中堆的都是龙骨,院中的多为极破碎的四肢骨,但也可找得断裂的鹿角、完整的马趾骨和犀牛牙等,看那情形,和十八年(一九二九年)我们在山西保德冀家沟一带所见的不相上下。至于屋内所收的有些完整的东西,如象牙、剑齿虎头、猪下牙床、山羊头等,有的虽然骨头尚全而牙齿被打掉了。看了这种情形,不免令人为古生物叫屈,如此古生物学上重要的东西,却叫无知之徒以为可以治什么劳什子病,任情摧残破坏岂不可惜。

"你这些东西怎样收集来的?"我很客气地问。

"四乡收来的。每到农闲的时候,他们挖出送到我这里来。"他答。

"你把这些东西运到什么地方去?"我问。

"天津去,上海也去。"他简单地答。

"生意好吗?"我又问。

"不错。"他答,"从前山西保德的货到外边去的很多,但自这里通了汽车以后(按汽车通沁县距此约百里),我们用洋车运两天即可到火车站,比保德方便得多,所以我们很占便宜。"

随后我和他交涉要买这块我们所认为好的标本,他所要的价格却是超乎平常的贵,他说牙和好的骨都是按斤卖,牙三元一斤,骨也要一元五一斤,照此价格一个象的臼牙,差不多要一二十元才可以买下。后由我向他说了许多好话,又说我们是公事,真是极恩威并用之能事,才由他把我们所要的化石一一标上价目,据说已是不能再少的价目了,一个猪下颚也要一元五角。但我又和他商量了半天,因价仍太高,又重新在这许多当中选了五六件特别好的。若拿这里的价钱和侯目相比,真有天上地下之别,那么他们所赚的钱,也就可想而知了。

经此一番访问之后,不免又引起我对于龙骨的悲哀。明明是科学上的好材料,却偏偏用作吃的喝的以之治病,真是可惜而又可笑。

他们对于龙骨也有许多名词以资区别,如象牙叫猪奶牙,三趾马牙和马牙叫二指牙,白而有些黑瑕的骨叫五花龙骨等不胜枚举。因此采龙骨一道,已成为一行,其每年所摧残的东西,正不知有多少,挽救无术,实可令人浩叹。

离潭村以后,南到武乡县,未经停留又西去沁县,所以过了两天我们便到了。沁县附近也是同样的堆积。以前我们也派人到此地来过,因之我们也处处留意龙骨。恰到沁县这一天下午有雨,不能远行,我们乃入城市做龙骨访问。有一家大的药庄,和我们住的栈主有交情,托他介绍,一经谈话之后,才知他们的货刚运走,又说在旧的未卖出之前,不另收新货,以免占着资本,因此柜上没有货。至于他们的话是否可靠,不得而知。但既是人家不让我们看,我们也无法,不能大兵似的强迫执行。因之只好乘兴而去,败兴而返,但心中痛惜骨化石的情绪却反因之又增加了。

(五)荒村的印象

到沁县已接近由太谷南来通晋城的汽车道,所以又碰见二十世纪的产物,听说以南不远某驻军的首领要来此。地方上筹备欢迎,又兼有先来布置的许多兵,所以车站上显出十分纷乱。我在国内最害怕而不愿见的是兵,却不料虽在至偏僻的地方,也可看见。在沁县住了一天,一切事情办妥。照我们新决定的计划,先沿汽车道向南走,沿途的情形和由武乡来所见的差不多。经过数十里之后,路很偏东,再前行即入襄垣县境,我们的目的是往屯留的余吾镇,再由彼处折而西行。我们本想到屯留县城的,但听说城中驻军很多,恐多有耽搁,所以改赴距城不远的余吾镇。

为要达到这个目的起见,不能不立刻离开汽车路。在夏店离汽车路折而西南,又入高原,幸而雇了一个引路的,尚不致有迷路的麻烦。不料前行十余里之后,人烟渐少,天气又变,雷声电光交作,自远而来,黑云亦迎面而来,大有暴雨即在顷刻之势,其严重不亚于将到侯目的那一天。所不同处,那一次在山谷中,而这次在高原上罢了。一会儿果然大雨来了,幸行不远遇一小村名韩家岭,由引路人介绍得入一家的院子暂为避雨。不料雨下个不止,且沿途多为红色土,因之每有雨,即泥滑不堪,不能行走,只得借宿于此。幸我们住在另一院,不致十分妨害主人,尚觉心安。

所谓韩家岭,正在这高原的最高处,但即位于一巨沟的尽头处,高原上无水,须自沟下取,每一往返约八九里,所以这里吃水是不容易的。因此村子只有两三家住户罢了。我们住的那一家姓秦,看来还是小康,对待我们十分和气诚恳。房主系一老翁,年已六十余,还健康非常,看来不过四十余岁的样子。一会儿天雨已止,远天尽处已露出蔚蓝的天空,从此中又透出可爱的夕阳。夕阳照在这红色的大地上,大地上又托出这两三人家的荒村,真是写不尽的一幅绝妙图画。

我登在附近高处,东望太行山和山前的盆地,委实可爱,向西也可望见霍山,惟向南北因无巨山,所以看不到什么。在这一种环境中,令人印象最深的还是一个静。虽尚未入夜,虽就在村中,除了偶尔的犬声鸡声而外,几乎听不到什么,虽有也都是自然的声音,而无烦闹的杂调。

我同他们谈天,只感觉到他们的天真,讲到他们的知识,实是可怜,他们真有世外桃源百姓的风度,对政治上的事一点也不知道。不过军阀的剥削,他们却很深刻地感到。第二天我们走的时候,本请他的儿子引路,后老头儿决定自去。问其原因,因余吾驻兵要拉壮丁,所以他不敢令儿子去。

当我们由沁县起身的时候,已知以南不远为杂军驻区,因自冯阎联合抗蒋失败后,许多晋军以外的军,也都驻山西各地,因之地方上的治安,已远不如以前了。听说在我们要去的地方这一带,就闹得很可观,路劫夜抢时有所闻,因之我们不免也有戒心。

(六)由余吾镇到浮山

由韩家岭往余吾镇所经地,大半在红色土与黄土的高原沟中,及将到余吾镇,始至一河谷旁,过河不远,即入镇市,下坡至河畔,即见服装不整齐的兵,三五成群,顿引起人很不快的感触。入街市后,触目尽是破房颓垣,但就已倾。或幸而残存的房屋看,知从前确是一个好的镇市,现在情形,只可以"村镇破产"四字了之。至少有三分之一的房子,不是有墙无门,就是有门无窗,颓废情形,真令人难以笔墨形容。市面上随处可以看见服装不整,或有军衣而无军裤,或有军裤而无军帽的兵。看到这样情形,由不得令人想到国家的外患内乱和未来的命运。

因为附近治安既不大好,为慎重起见,遂不得不暂停于此,拜访这里军事机关的最高首领,据说是一个团长,他对我们倒也十分客气,因我们找了好几家店多无门窗,而且即此等店也充满了军队,所以令我们住在区公所。区公所地方也很小,和兵勇们杂居一室,晚上谈天说话,你进我出,闹得一夜不能安睡。

次日决定西行,团长特派兵士四人护送我们,但只送六十里,因六十里以外,即非其驻区,也不能负责了。其实六十里以外又入晋军防区,治安上已然好些,也用不着十分操心。自余吾镇起身,经故乡河神庙等地,见沿途废墙破碑,均表示以前此等地方必很不错,现在就一言难尽了。再前行经张店镇,即入山谷中,景物亦较秀丽,两边山坡尚有未经砍伐净尽的森林,清流一渠,烟村三五,颇可令人忘倦。惟地质上则新古代地层保存者反少,仅在八泉一带见有与沁县等地相似之堆积。过八泉不远,路愈奇突而达岭上,因以东水系均为漳河上游之水,以西则注入沁水。过水分岭后,山东之森林已绝不可见,触目皆是童山,道又沿一河谷蜿蜒,晚至一小地名边站,虽为一小镇,而十分荒凉。

自边站起身,尽一日之力,于下午到沁水旁,计沿途所经,无非崎岖的山地,与由余吾镇动身以来差不多,于新生代地质上最乏兴会,德日进甚至发誓愿永不再经此路。可是从纯粹科学观点看来,并无所谓兴会不兴会,有兴会和无兴会的观察,都是观察的材料。

靠沁水西岸,有一大镇,即府城镇,地点东西要冲。我们为赶路计,仍再西行约十里,住一小地方名叫义塘。照我们旅行的经验,小地方虽简陋,而往往干净,大的地点反而污浊不堪,甚至地方愈大愈污浊。是夜我们住一庙中,庙旁有一小河,有水可以洗足。倘若在府城，必住在蝇蚊极多之店中，两相比较不啻天渊。

路过府城，又扶摇而上，但十数里后，又沿一河谷，至此河已入汾河水系，我们又将到久别的汾河两岸了。行约五十里，即至旧镇，我们若沿此西行即至洪洞县。为避免又入平原起见，决由此南折。往浮山县，打尖以后起身，过一河后又爬高坡至高原上，我们走路处处舍易就难，是一般人所难以了解的，不仅我们的骡夫莫名其妙。

下午全在高原上走，但此高原已很被剖蚀，所以道路不但不十分平，且为避免一上一下穿沟起见，路线往往十分弯曲。正走中间，天气又变，为慎重起见，在一庙中暂避，但却又无事，继续前行不远，至一小地名叫小点，终因天气不佳，且又天晚，不得不住于这个印象很深的地方。

小点有人烟而无房屋，因为大家全住在土洞中，有百姓而均非土著，原来此地住的尽是山东人。因此地在高原上，雨量稀少，土质较薄，本地人不大喜欢在此耕种，而远来的山东人却仍努力耕种，他们吃苦的精神，实可钦佩。我们借住的洞，即为公所，其实也是一样窄小，做饭即在洞口半露天而半在洞口下，种种不方便自不待说。时细雨蒙蒙，万籁无声。此时既无旅行上的料理，又无地质上问题来扰，所处环境颇有一种说不出的诗意。

第二天天气仍未晴明，但我们不能不起身。我们此次旅行的时候，正是雨季，又兼来年雨水多，所以在许多地方常困于雨。是日午行二十里至唐阁河，又遇雨，幸不时即止，得继续西行，过北王以至浮山县，沿途有许多地方，露头很好，随处有结核的红色土，惜我们无充足的时间寻找，所以只得了若干仅足以鉴定年代的化石。

到浮山县，本想住下，因为时间尚早，仍决南行。过县不远即过一大河沟，下到底，又爬上去，爬上去有一大村名南坡。过村再前行，见迎面黑云扑面而来，杂以雷电，我们乃急回折至村中，但尚未及至村中之庙下，大雨已倾盆而来。此雨之大几与榆社山谷中所遇者不相上下，顷刻遍地是水，而方才所过河中之水声，已如雷吼。经一点多钟，雨始稍止，乃设法找住处，不料多被拒绝，实因他们于兵匪之余，遇我们服装奇怪的人，不能不有些戒心，后经许多周折，始得在一家的破院中（也在土洞中）安身，旅行之苦，也就可见一斑了。

（七）又与骡队作别

由南坡起身南行，沿途到处都是新生代后期的红色堆积。我们在好几个地方，都找得化石。再南渐上坡，过南泮桥后，又上一岭，过岭即沿一大道往翼城，此地已入汾河平原，一边情形，已不如以前之山中陋鄙。但我们仍不西行，而再南入高原，于是又过不少红色土层堆积，上至高原顶上时，尽为黄土所盖，以南迎南一山系，即为中条山，山势奇异，颇似由断层生成。

我们到了绛县之后，遇到了一很大的难题。照我们的计划，是由此往垣曲县看那里很著名的始新统地层。但一因天雨以后，山中路多被冲毁，不易行走，二因德日进须早归平，以便可以赶船回国，以致垣曲之行，不得不作罢。我本想单独往西南一带潼关附近看看，而该地正在大闹虎疫，为慎重计，不得不作罢。如此决定之后，乃不得不往汽车大道，以便沿该汽车路北行，再过太谷榆次北归。计历次外出，以此次为最仓促，又兼遇雨太多，路途上格外困难。

计划决定后，我们即于七月二十七日由绛县北行，经曲沃往侯马。当我面向北行的时候，心中很不快活，好像一件事未做完似的，但为事实所限，只有暂作归计。

由绛县起身数十里以内，均仍在高原上，无何特殊可记，但至距绛县约三十里之地，即突然下降入沟，至沟中始知已又入山，古代岩层亦到处显露。在其上曾见一与在榆社一带极相似之新生代堆积，当亦为上新统之湖相堆积。

因我们在绛县决定行止时耽误了时间，到正午才起身，而沿途又无适当地方可住，因之在这个有兴会的地方，也不多久停，仍继续前行。一会儿已到山口，远望平面及平原以南，即翼城以南的小岭，均在尘雾中，非常好看，近处不但地质上有趣，风景亦甚可爱。出山口后即折西北。回望适间所下的山，山脚峭立如屏，奇突而壮观，为由断层而成岭的特性。

出山十余里即入平原，亦为山西繁庶区域。时烈日已近夕阳，天气亦不如午间之热。虽仍仆仆骡上，已比较有些闲情逸致。此等赏鉴自然之乐，不是过来人所能了解的。所感伤的，到此已很近我的故乡，而不能归去一视劫后之残败家庭。且地质亦不能继续做，而须重新做归途的打算。此山此水，纵有若何好看，而一刹那间，又要作别。我常想旅行如此，人生也是如此。处处是欢聚，而欢聚不是永驻的，又处处是离别，能了解此，即可看破苦乐，即是乐不必喜，苦亦不必忧，而只求其在这每一刹那中，尽了自己的责任，便觉仰不愧于天，俯不愧于人，而可怡然自得了。

且说我们又走了一程，虽夕阳已入地平线下，看看要黑，而我们的目的地侯马，还是未到。在平原走路，最易失道，又我们一行，都不是本地人，所以须得沿途打听。所最感不易决定的是，往往所得的回答，彼此大相悬殊。因此免不了要迷路，所幸我们还可利用我们的地理知识，至少不致迷失了主要的方向。因此终于夜已很晚的时候，在灯火的大声欢迎中到了侯马。计自绛县到侯马，有八十里，而我们于一个下午间，既在半途稍停，又迷失了几次道，终于赶到，也是这次旅行中很有兴趣的一天。

侯马系曲沃县一大镇，但我们于昏黑中经过，也看不到什么。汽车站即紧靠汽车道，约距镇尚有一里。这里也有所谓旅馆，但房子的形式，洁净的程度，都和旧式店差不多，所不同的就是房饭钱和一切杂用钱都贵些罢了。

我们到侯马，惟一问题，就是和我们的骡队作别。因到此南行既不可能，只有北归一途，既汽车可通，当然不必再慢慢地走。沿汾河一带的地质，我们已看过一回了。打听的结果，汽车可通行无阻，我们更为放心。于是同骡夫把账清结，令其设法回家。计我们从寿阳起身即用骡子，虽然为时不久，但也跑了许多地方，有二十多天的共同生活，一旦作别，令人也不能释然。旅程中的一段，便也黯然结束了。

我们所住的旅馆中，即有空汽车北行，一切说好之后，即决于次日动身。我们定的那辆汽车虽是客车，却十二分的破旧，行李虽较多，幸未十分苛求。同车尚有数位，大半都是往太原去的。车开之后，与连日骡上生活相比，自有很大的区别，所以心中不免十分畅快。但是天下事往往不能尽如人意，若是毫无波折地回北平，那我这里又少一段剖面的文字了。正是欲知后事如何，且听下段分解。

（八）归途的烦闷

我国的汽车路向来是很原始的，但山西的汽车路却还算是庸中佼佼。不幸我们旅行时期，正在雨季，所以比较好些的汽车路，也是坏不堪言了，我们沿途许多次下车推车。过了汾阳，晚间始到洪洞，在洪洞过的那汽车道的桥，尤其惊险万分，随时有危险的可能。

洪洞为山西富庶县份之一，前曾到过一次，此次只住在汽车站附近，未进城，所谓大槐树者距县不远，但未去访。次日仍前行，不久天又下雨，据开车的说不能走，于是在赵城停了许久，等雨止才走，路更泥泞。车陷于一巨泥坑中，来了许多乡人旁观而看笑话，据说此等坑即是他们故意掘的，专等车停时来帮忙，以便要钱。到此无法，车夫只得求他们。但他们少数人反把车陷得更深，索性推入泥坑当中，于是要价甚昂，若不允许，势必久停于此，而车夫又不肯出钱，于是由旅客分担。经好几点钟工夫，车始推出，而彼等于正价之外，又要酒钱。同行某君愤而斥其无理，反被恶声相向挡车不准开，意竟欲动武，民风之悍与不讲理，实难理喻。后经大家和平对待，始得了结，因此一耽搁，晚亦住于霍县，也住在汽车站中。

提到沿汽车路的栈房，也有不少的内幕与弊端。就外表看有些的确比旧式的店稍微干净些，不过其干净的程度，若与价格来看，那就差多了。最令人不能满意的是,他们与赶汽车的人,通通作弊。据说赶汽车的住店不但不出店钱,而且不出饭钱,并且吃得很好,为的是肯把车赶在他们店里。这么一来旅客可就吃了亏了。只要一进店,有如囚犯进了监狱一般,呼唤不灵,茶水不周,吃的饭坏得不堪,而临走时竹杠一大堆。但这还是可以原谅的,最可恨的是汽车夫往往借故不走,以旅客的行程为儿戏,稍微滴几点雨,或是汽车有些小毛病,都可以成为不走住下的理由。

次日又动身前行,路入山地,较为好走,但又有些已冲毁的沟渠不易通过,好容易走了半天,到午间才到了灵石县,只希望下午可以照常行进。不料不知哪里来的消息,说是前边不远,有一大段路完全冲毁了不能前进,这么一来我们只得住在灵石。最令人烦闷的,就是还不知几时才可以动身。到下午,天又下起大雨来。据本地人讲,已发了大水了,大雨稍停之后,我到野外去散步,果见上午还是好的田地的地方,全为水所冲,惨不可言。因为很好的秋禾,不久即要收获,全为水冲去,农夫心中的苦楚可知。此等大水,与其说是天灾,毋宁说是人祸。因为倘若早对沟渠等加以注意,山上及河旁多种树木,绝不会成如此惨相,即有亦不致如此厉害。

在这样情形下,我们只有闷坐在店中,为消遣计,即在店中做我们的报告。在此住了一天半,大有度日如年之势。后来百方运动开车的,请他冒险前行,所有旅客且愿或推或拉帮忙一如前数日,彼似已感着些无聊,乃决前行。沿途果有好几个地方,的确困难,若非旅客同心协力,又花钱请本地人帮忙,难得过去。竭一日之力,住到介休,至此已入平原,已放心,不如以前之怕留于中途了。再次日到了平遥,再次日始过太谷到榆次,未到榆次前过一大河,稍有困难,幸平安过去,时尚不及正午,能赶上火车。计由侯马到榆次,以汽车平常速度而言,不过至多两天,而我们竟走了六天。交通如此,可为浩叹。至沿途所经种种困难,所闻种种黑幕,正是一言难尽,令人多年后尚留着很深的印象。

井陉猿人梦

释题

二十二年（一九三三年）八月，我奉命赴井陉考察裂隙堆积，随又赴河南西部、山西南部和陕西东部一带，同行者为同事裴文中君。关于此行科学上的结果我们已另有报告，这里所述的，不过是些旅行杂记。一来因为地域太零散，二来因为观察也太破碎，所以竟找不下一个好的总题目。想了半天，忽然心生一计，就是根据我国地道老法子，以第一段的题目作为总题目。闲言表过，请述正文。

（一）井陉猿人梦

自从北平附近周口店发现中国猿人以后，不但猿人之名，蜚声中外，即人类进化历史，过去生物种种情形等问题，亦有不少的人，予以充分的注意。我们亲身从事于此等工作的人，更十二分地留心，我们目下有两种企图。第一是想对周口店已找见的猿人化石，更有补充的发现。因为中国猿人虽比爪哇猿人、辟尔当曙人都完全些，但究不过几个头骨，内中只有两个比较完全、几个下颌破片和牙齿等，身体的骨头几乎可以说全未发现。至于其他直接间接等问题如石器文化等，所欲待实物证明者尚多。第二是中国猿人既在周口店发现，那么在其他地方，与周口店地层相同或相似的，虽不能说一定应有中国猿人存在，然而存在的希望很大。关于后一层，事实上沿太行山麓，已有几处化石地点，其种类颇与周口店化石群很相似，所以这一带的希望当然更大。

我们抱着这样大的热望，往井陉去。据已保存于瑞典旧京的化石研究的结果，知道井陉也是一个很有希望的地方，我们到那里承井陉矿务局招待一切，所以免去了许多事实上的困难。

产化石的地方，名叫青石岭，在井陉矿东北约十里路的地方。我们到井陉矿务局后，就首先到青石岭去。所谓青石岭，原为一小村的名字，大约因为在奥陶纪石灰上而得名。有化石的地点在村外约半里许的山坡，此时正是草长苗的时候，所以很不容易寻找化石地点的真确位置。好容易经很久的探索后始发现，但在最短期内，不易找得好而完整的东西。于是我们留一技工在此，做小小采掘，而裴君和我到其他附近地方观察，借以了解附近地质情形及其与有骨层的关系。

我们在井陉一带共住了四天，并到距矿稍远而在县城附近的雪花山看了看，因此处有新生代玄武岩很值得研究。看了以后，我们即决定离此他去，留一技工专在青石岭工作，探寻其他类似堆积。后来我们回到北平才知，除青石岭一地有化石外，还发现了一个地方,其化石群或当比青石岭者稍古。但两个化石地点的化石种类虽不少却都十分破碎,除一种猿化石外,并未得有猿人化石的遗迹,所以所谓井陉猿人者,不过是一种梦境罢了。虽然话如此讲,可是就青石岭化石保存的状态和化石的内容看,无不与周口店相似。那么我们所以未发现者,不过或因该地点凑巧不大有此物,或因我们所采太少。那么这个梦,也是很甜蜜的。

由井陉矿回石家庄,和来的路一样,只路程恰相反。由矿上坐小火车到南河头,再转正太车东行。到石家庄有一很不幸的消息,就是平汉路黄河铁桥被大水冲毁,一时不能通车,我们一到旅馆,就打听铁路的消息,但没有人可以告诉我们真实的情形。我们到车站上去打听,但站上人除多了一副傲慢的面孔以外,也是一无所知。因此我们便遇到一个难题,是北上呢,还是南下呢?就我们的计划说当然南下好,但万一火车不通,停到半路却如何是好?商议了半天终于决定南行,因至少可以到新乡,不能南行时,可由道清路西行,再做计议。

这样我们便于次早南行。平汉路自此往南,均在平原上,太行山虽在望,而不能细看,所以沿途无何可记。最令我们惊喜的,就是车将到新乡时,据车上人说车已可勉强过黄河铁桥,并可在新乡站补票,这一喜真非同小可。于是办过补票手续之后,乘原车南行,于夕阳欲落时到了黄河北岸。未到黄河北岸前一站,即到处可见大水冲过的惨况,将近黄河更甚。

车在黄河北岸停了许久才过去。过去的方法是把客人另装在几辆铁闷子车上,另外过渡列车也分作几次过,大概因为恐经巨创的桥经不起大量车的缘故，每一组车先用小火车头推送到桥上，比近中流时，用许多人推过去，自然南岸有小火车头来接。等到一组一组到了南岸，才重新上车开行，因此耽搁了许久。我们是大水灾后首次过桥的，居然成功，所以虽费了些时间，也还值得。

到郑州已赶不上向西的车，于是找旅馆住。郑州的旅馆，是多年前领教过的，此次似不比从前好多少，而且在全国各都市中，恐怕郑州算是最乏兴会的，既无风景可赏，亦少古迹可吊，所谓商业繁华者，也不过如此而已。但虽如此，我们居然于十七日看看西郊的烈士公园，内中可以说全是因内战而死的，凭吊之后，只能引起人对数年来民国痛史的回忆。

由郑州到会兴镇，全在黑夜，约早四点到会兴镇下，时天未明，颇有凉意，在一旅店稍用早点后即过黄河。会兴镇街镇即在黄河南岸，高约六十公尺，由上至河边须下一蜿蜒大坡路，在黄土及较古新生代堆积中，故借此可看一很好的地质剖面。上部为真正灰色黄土，中部为红色土内夹泥灰质，沙土中得植物遗迹及介壳若干，最下至河边即为砾岩、砂岩等，后者并有巨介化石，即所谓有名之三门系地层。

渡口过河，自然少不了一番麻烦，幸我们因衣服特别，尚未被欺负，然而种种搬运钱却是不少。但最令人不平的是钱的分配不匀，顶出力的苦力所得极少，而苦力头一事不干，反而拿钱最多。

过河即为茅津，岸上之剖面大致如北岸所见，但少完整。到茅津寓一店，因要雇骡东行故未起身。我们的计划是次日东行，先到三门，再到始新统地层。此地骡子幸尚易雇，不甚麻烦。

（二）三门

我们此次过河到茅津又要向东去的主要目的，共有两个。一个是研究上边已提到的三门系，从前老的地质家，常对新生代地质不做精密的研究，凡是中国北方未十分固结的土状或沙质的东西，他们总是只叫一个概括而意义不甚清白的名称，就是黄土。既然意义不清白，时代也就不易明了。直到一位外国地质家叫安特生的才认识到旧黄土的复杂性，经多年考察的结果，把三趾马红土层，自黄土中除去。有一年丁文江先生过茅津，他在以东沿岸不远的地方发现一有意思的剖面。他在黄土层底下，见有一层沙质堆积，内含有巨大的介壳，因此就名此等地层曰三门系。自此以后，三门系的地层在中国北方许多地方都发现过，最著名的就是泥河湾地层，含有很丰富的哺乳动物化石，使我们对于那时的生物情形，可以知道许多。此外在山西中部东南部，也迭有化石发现，但是最初发现的三门系，其地文关系、化石情形反而不甚了了，我们抱着这个目的去，所负责任自然是很大的。

我们去的第二个目的也很重要，就是要研究研究平陆东部的始新统地层。中国第三纪初期地层，十多年以前，即先后在各地方发现最重要的一个，就是垣曲的始新统地层，含有若干介类和哺乳类化石，但是这个地层的分布并不限于垣曲一地。由近年来研究考察的结果，知不但沿黄河渭河以至甘肃，都有相当地层存在，即在秦岭以南，如河南西南部也十分发育。平陆县有始新统地层，所以我们除看新生代后期地质外，也想利用机会，充实一下我们对新生代初期的知识。

我们由茅津骑骡东行，大致沿黄河北岸，沿岸不时有小河沟，多为村庄所在地。听说在冬季，可以靠河边缘走，河边的剖面，自然十分清楚，但时值夏季，河水较大，河边的路已不能行，因此我们只得走距河边有五六里的路，随时也可以看到较好的剖面。在东延附近地方三门系地层发育甚好，我们得了若干化石，虽然破碎，但于比较年代上，已很有用。过东延向东即遇一流入黄河之支河沟，两边地层井然，有如教科书上所示，过河沟又上至高距远处沙相堆积，即不发育，而代之以富于结核之红色土，其上又为黄土所盖，此等地形与地质，在中国北部如山西、陕西、河南的许多地方均甚发育，多大同小异。不过欲细为区分其年代，若无化石几乎完全不可能，即有化石，亦不免时有困难。再由东延东行数里，见有紫色倾斜之岩层，多为砾岩、砂岩、页岩，内有数层含石膏甚富，此即吾人所欲见之第三纪地层。从远处看，最令人注意的是此等岩系所造成的地形，沟壑峭壁相间，奇突百出，自沟谷之一边望对过山坡，房舍草树显然，距离甚近，而去时须经极崎岖之路，下下上上方可达到，此即极显然之幼年地形，盖因地层变动较后，又距黄河岸甚近而成，然森林之摧残或亦与有力。

在一个沟的西坡，有七八家人家的村庄，名叫帕村。我们因天已暮，即在此借宿。这个小小村庄，就在这第三纪初期地层所造成的峭壁的山坡上，别有一种风致。向东南，可以看见黄河，河两岸的峭壁由此看去并不显得高，只觉河水低小。其实这时正是八月天气，为河水比较高之时，平汉路黄河铁桥之被冲摇，不过前三四星期的事。以东即为一巨沟蜿蜒通入黄河，它的上源就在东南不远地方，可以看见至少有一百五十公尺高。巨沟的两边有许多支沟，因而造成极新的地形。我们在附近看了一看，寻找化石，结果一无所得，重回村内。这个小村，当然没有旅店，乃是向几家通融借住一夜的，骡夫及骡子等住一二家，裴君和我住在另一家。我们住的这一家总算比较干净些，有两间屋，除一大炕外，勉强可以放下两个行床，我因感他们生活的简单，而自己不免有若干惭愧。我们到此村后，立刻为村中最引人注意的目标，村中大小觉得我们一举一动，睡的床，吃的东西，用的家具，没有一件不奇异。尤其引我们注意的两个老人，一位有七十多岁，一位已八十多岁了，但都还十分强壮，看到他们的享受，又不禁使我十分惭愧。

第二天我们离开帕村，沿河沟到黄河岸，因大雨不久，道路非常不好走，此支流将入黄河的一段为泥沙所淤，竟无法行走，但地质的情形，也可以在此看得清楚。原来交口下不远就是三门急流的所在，为砂岩及安山岩所成。以下河流甚急，不易行舟，故有人门、神门、鬼门之传说，意谓船自神门经过，可以平安，自人门经过，亦可勉强无事，如从鬼门经过，必是凶多吉少。三门庙即在此支河右手山岭上，我们因无工夫，故未瞻仰。沿河无路，所以又由此支河北返，稍许再沿另一支沟向东行过寨候到宋家岭。宋家岭，位于另一由北往南之河沟口，以南即为黄河，惟此河沟较由帕村到三门庙所经者为大，较为广阔，因之河床之后期堆积较多，第三纪初期地层之露出不如以前所见之多，但亦十分发育。此前较好者系由此向北，地层向北倾斜，下部为安山岩及石炭纪地层，由此往北可得一完全之剖面，此其上尚有第三纪后期地层如红土等，所以可以说是地质富有兴会之地。

这一天一直由宋家岭到张家庄，天已不早，乃在此投宿。张家庄比帕村大得多，位于河边，地势较帕村为平坦，沿河颇多可灌溉之地，所以也较为富庶。村中并有一小学校，我们得村长允许，即住于校中，地点比帕村好得多了。我们虽在此只住了一夜，但颇清幽可爱。大凡世上的风景可分两种：一种是一看之后，没有特别感情，不愿再去的；一种是去了还想去的。张家庄虽非第二类，却也令人有很好的印象，或者因帕村太令人感觉寂凉了吧。

第二天由张家庄起身，沿河南行不数里，于河东见一古坟，古柏甚茂，名曰许由坟，究竟是否真坟，且许由是否果有其人，我亦无暇深究。这一日的地质工作却有很有兴会的发现。我们在许由坟对过一沟中，在此间视为无化石的地层中，发现化石计有小介壳甚多，此外并有植物与昆虫遗迹，惜甚破碎，恐不能做真确之鉴定，故惟一有希望之化石当为介类，就其性质比较，似认此地层属第三纪初期，较为合理。

采集化石完后，我们沿河北至一村，名柳林集。我们觉得关于第三纪地层如做更详细之观察，非往东北方面去，且非相当时日不为功，而我们的时间实来不及。因此遂决定至此西折上高原，原来张家庄这一道河至此已很窄，第三纪地层露出较少，再往北即为以后堆积所盖，而不可见。计程惟或东或西二途，西折后，即徐徐上原，原上之村名叫淹底，在此北望中条高峙，西亦隐可见华山，中条山南麓之黄土平原实代表北方最普通之一地形，沿黄河则隐约见河在此第三纪、第四纪之复杂夹谷中流动，以上所述之南北向诸支河或沟，都是造成所述初年地形的重要动力。淹底附近以下，自仍有第三纪初期地层，不过以上所盖之有结核的红色土及黄土乃山陕常见之千篇一律地层，其时代代表上新世以后以至地史最近期。若沿黄河，则附黄土以外，其他土质地层，均成沙相堆，此等现象，亦在北部各省屡见不一。

由淹底北行，只过一大沟即到古王村，乃在此地住宿。我们在张家庄，曾听村中人说古王村附近有龙骨，这也是我们要到古王村的原因。古王村也位于高原上，不如张家庄依傍河边的秀美。据我们所得消息，七八天前本村人在附近沟中掘得"龙骨"一架，一切完整。我们一到村中即打听此事，费了许多周折，好容易才寻出当时参加发掘的一个人，据说就在他的地中，但所掘得的"龙骨"已卖给本县某药铺去了。我们听得此事，却也并不感觉奇怪，因为我国人吃骨头与乡下人采化石售于药肆乃是一最普遍的现象。我们只希望看看原产化石的地方，一来可知其采自何地层，二来还希望找些他们遗留未掘的部分或他们不注意的小化石。

次日一切收拾妥当，即同那人去找化石地点，走百四五里，到一沟旁，这沟就是东延东大沟的最上部，产化石层在有结核层的红色土中，果然尚有若干骨骸存留，但不幸都破碎得很，所可认识的就是一部分破牙，可断定为象类，其他无从说起。我们于怅望之余，不禁又想到历年所见关于毁坏科学材料的情形……

我们重寻原路又回到茅津，由茅津又过河，回到会兴镇。

（三）故乡的访问

到会兴镇后，计划是裴君和我分开，裴由此向东，以渑池、新安等地为目的，看看此区分布很广的新生代堆积。我则向西入陕，看看陕东同时期的地层，以与河南者相比较。如此我们可以节省时间，既可在渑池多采化石，裴君又可早回，以便与我们在井陉所留的技工相会，看看井陉采掘的情形。

西行，于我颇有一种不知是悲是喜的感触。因我自父丧以后，已五年没有回过故乡，连父亲的坟，也未回里扫墓。这次可借机会一看父亲的墓丘，并探视年初由平回家的母亲。

陕西在十七八年（一九二八年至一九二九年）是最惨酷的时期，不但有空前的荒年，而且受政治的影响，造成很大的灾荒。最惨酷的是西安西部一带，简直成了十室九空。当时的陇海铁路最终点，还在灵宝，此次入陕，已展至潼关。当我坐火车穿过潼关城下的山洞时，我不禁有两个感触：第一是潼关的天险门户，从此一条铁路穿毁了；第二，以后陕西的灾荒和暗如地狱的惨况，或可因潼关的洞开而减少或绝迹吗？

潼关车站在西门外，旅客往来的中心已由昔日城内的骡车店移到此地新开的旅馆了。别的生意如饭馆等已集中于此，充满了新兴的气象，经营的人却大半都是河南人。

我在潼关下车，已赶不上西开的汽车。我在潼关，差不多有一整天的停留，好在借此可以看看以南山上的地质，因而并不着急。休息以后，雇洋车一辆到以西十里的吊桥，由此可由河边往南入山沟，得一较好的剖面。因潼关南原的土山，也是新生代后期堆积和红色土及沿河之泥沙所成，而上覆以较厚的黄土。在潼关附近沿河两岸均有较好的剖面，不过上面如由潼关到吊桥以南，大半为黄土所盖，所以自远视之，好像这些土山会由黄土造成的似的。

最令人难忘而哭笑不得的是第二天早的西行。我因第一天已误汽车，为慎重计，一到即打听汽车西开时间，并把车费交栈房，请求代办。第二天早晨起来，一切收拾妥当，静候出发。栈房人已赴汽车站购票，我与其他伙计随后去办。但不料等了一点多钟之后，还是购不到票。原来这里的汽车有许多特殊的情形，客不到一车不开，而每天只开两车，超过之人数须待次日。他们卖票，也尽由潼到省的客人卖，若有余，才卖半途票，否则只有待次日再行。至于开车的条件，也不少，有兵差不走，有雨不走……我因购半途票，只等。最妙一会儿天空几块黑云作怪，下了几点雨，而车站宣布不开车了，即已买票的人也只有等候，或看着情形，觉得希望完全没有了，只有随着行李，再回旅馆去。最奇怪的，当我们回旅馆时，雨已停，日已出，又见从西门内开出一辆小包车向西驶，同时也见一辆载货的车开进大街。因此我虽怅然回栈，但还明白何竟不能走的道理。听说以前各汽车自由营业时，车多人少，现自统制政策实行以来，各车轮流开行，有一日多等不上班的，但详情我也不得而知，不过事实所告诉我的就是这行路之难。

我不能从此在旅馆度我有用的光阴，假使我等到明天一准可以成行，那我这一天的牺牲还为不虚，但谁又有把握知道明天一定可买到半途票呢？火车天天来，汽车不一定开，所以愈等只怕我的希望愈小，而且谁又保明天一定不下雨，一定没有意外的兵差呢？我于是放弃我坐汽车的计划，而雇洋车西行，洋车虽慢，究竟比住下不走好。后来回北平，有人说在一位省府要人汽车上，望见我坐洋车西行，不明白所以然，其实他哪知道做一个平民旅行的困难呢？

经汽车站的耽误和旅馆的踌躇，起身时已不早，行十余里已离开土原区，可庆华山屹然入我的眼帘，一切情形已渐渐与我故乡相同，虽烈日当空，而不觉其苦，正盼一路顺适不发生意外。不料我的洋车忽放炮不能走，只得下车，等候修理，等了足有一点钟，再上车走，不到半里，又放炮了。我心中很着急，眼看着特殊阶级来往的汽车，无法可施，不免又联想到可能的种种危险。虽然两个箱子，一个被卷，没有什么值钱的东西，然而在这样情形下，也可引起人的注意的。车夫修理完二次炮伤以后，对未来的前途似也不过于乐观，于是我们商量另易一车，适逢有一人拟去，因而另换一车前行。

经了以上种种，当天达到的希望是没有了。将到柳枝时天已昏黑，为慎重计，不便再走，因此我访附近的老同学张君克仁家。张君家和我家是世交，不幸其父未在家，但我与张君和其他诸旧友有一夜之畅谈，所以把白天的种种不痛快全忘记了。

第二天于起身前，到村南散步，南山如屏突起，一望林木蔚然，不禁令人感觉到故乡的可爱。至张君祖坟前，见堆放变质片麻岩甚多，据说将用以修碑，但此石不易破，恐难成功，已变更计划另用他石。其实此种石若用新式方法有如解板一样，不过一般人只用手工遂觉甚难。

在家住的几天，天气全不很好，常是下雨，放晴以后，拟照计划往渭南一游。同行王德崇君是我的老朋友,现任咸林中学校长。我们雇的驴由县嘚嘚出发,过赤水往渭南郭家壕附近,在以南山沟采了若干介壳,以前有人以为此地层或属第三纪初期,但依地层平铺未经变动及介壳性质看,当为较后期堆积。此地介壳和平陆一带的巨介不同,而为一种小的贝类,其上仍为红色土及黄土等,当晚回到赤水,装所采化石。有人颇奇怪,我们一去如何就可找见,并不解其用途。其实我们去的地点,乃是前人已知的。

在赤水,住在亲戚关疏英家,并约刘咸贞兄来,相谈甚欢。第二天由此往北,拟赴高塘。清晨辞别,出村南行,草树葱郁,风物宜人,心神甚为怡然。由赤水往高塘一路,幼时在咸校读书时,曾旅行一次,匆匆已二十余年前的事,江水未改,人事如何!前行不久,即舍冲积层而入高原,因华县西南乃至渭南、河南沿山一带,有黄土及较古地层的高原,其一般地质情形当与潼关西附近及三门一带相若,非如华阴、华县沿大路之低洼。此等低平区亦往往黄土盖其上,可证大体地形之造成,乃在黄土堆积以前。在高原上南行,秦岭已在望,屹立如屏,一如二华所形成者之显然,此等由断层而成之山,在华北甚多,但规模之大,风景之佳,当以秦岭为第一。午间抵高塘,高塘为华县西南一镇,近年因兵荒灾乱,市面不振,稍休息后,即离此而折向爪坡,以期晚间可以回县。

这一次旅行,所得印象最深的地方,莫过于爪坡附近。爪坡即位于高原边沿之下,亦为小镇,由原上远观华县平原,有如烟海,又如蒙古之戈壁,不过村落栉比,较大建筑历历可见,不致令人引起荒凉之深。北望渭河如带,南则高山壁峙,不但五龙、少华诸峰历历在望,即华山亦隐约可见。旅行至此,其乐趣有非言语可以形容者。爪坡附近沿任何沟,均有极佳之剖面,惜吾人限于时间,只匆匆一观。爪坡至高塘一带,在新生代地质上之重要,一如潼关、三门等地。

我本拟在家多住数日,但为事实所限,只得离家又东行。幸在县搭汽车,未至如潼关之麻烦,此时铁路工程已在积极进行,大概坐汽车往来潼关华县间,此为最后一次吧!

(四)访古代化石

我们因有技工留在渑池,所以须在渑池下车。在渑池附近看了一天,采得若干标本,又往东,到新安各处跑了两天,即搭车转郑县而返北平。现在只将所得感想及观察大概,略一申述,作本文的结果。

渑池、新安俱为洛阳以西县份,且沿大道,从前没有铁路时,也是必经之路。现在因交通便利,下车者甚少,所以不但新式的旅馆未见,即旧式的店也很少。在渑池因裴君北返时留技工于建设局内,所以我去找居住,尚不感何困难。我们到新安下车,竟有找不到店房之苦,也许因为我们服色特别,而他们于兵灾之余,不愿留我们住宿。费力找到一家,小而不能住,不得已,乃至县公署,承县长好意,住于县署内一空房中。于此可见内地旅行之难。两县因地理上、交通上情形相同,所以县城也相似,全是东西长而南北短,主要街市,只为东西大街。不但沿东西大路的县如此,洛阳也是如此,不过因后来都市衰落，中部凋零，只余西端残存罢了。我每以为中国各地都市，很可做一有兴趣的研究。凡已受新式都市洗礼的为一种，如上海、汉口等，旧式的有的系只由陆路交通支配如现所述为一种，有的受水路交通支配如南方许多都市如重庆为一种，有的系由政治的关系往往分为汉城满城又为一种。此不过略一提及，如能做一有系统的叙述，必甚有兴趣。

至于我们所去地方在学术上的重要，可分两方面叙述。

从考古方面讲，渑池为一很重要的地方，系因仰韶文化的发现而著名。仰韶文化原于渑池县东北的仰韶村，十多年以前瑞典人安特生发现有彩陶，证明为中国最古时代之文化，其详细报告，已见安氏《中国远古之文化》一文。我们的研究，虽注重地质，但因其重要，故数日前裴君曾采得若干石器及陶器回平。此外，河南西部一带其他原史及初史时期的遗迹，所在多有，若能做长期的采掘和有系统的研究，必得很伟大的结果与贡献。

从新生代地质一方面言，新安、渑池一带，也是很重要的地方，除新生代初期地层非常发育，在许多地方成为底部岩层外，其他重要之新生代后期堆积自上新统下部起，随处均见发育。最引人注意的是，有许多层，如上新统及以后的红色土中均有许多哺乳动物化石，多年前地质调查所曾做过详细的采集，许多已经研究发表，内中并有两种灵长类化石，即产于此区。我们此次虽为时很短暂，也采了若干，若非本地人将此等东西视作药品，当然更容易找。所以这一带实是新生代地质和古生物一个很重要的区域，有待于以后详尽研究。

末了还要说的就是我们到井陉去，原为找古代猿人的遗迹，其原因是井陉青石岭一带的化石群和产生情形，颇与周口店的相似，遂引起了我们做梦的初心。其实人类进化过程最关紧要的时期为上新世与更新世，由更新统已发现的古代人类化石（如中国猿人）看，知其已比较进化，与现代人已十分相似。故关键之关键，恐仍在上新统乃至中新统，所以凡是上新统地层发现的地方，至少由理上言之，更有发现人类祖先的可能。我国北方此等地层最为发育，化石亦相当丰富，因而这个梦实在是值得做的。也许真有一天梦境成为事实！

沿江印象录

二十三年（一九三四年）春夏，地质调查所新生代研究室，为求了解沿江一带新生代历史起见，组织了两次沿江旅行。这两次旅行，除德日进和我外，还有聘来的地文专家巴尔博先生。在九江庐山一段，李仲揆先生并来参加。在南京附近，并有中央研究院朱森、喻德渊诸君同行指导，因此，得到不少的方便。

这两次旅行的科学报告，已出了不少，举其最重要的，如巴尔博著之《扬子江流域地文发育史》，德日进及我的《扬子江流域新生代地层之层序》及我关于古生物的几篇小文。许多地方的印象及旅程中杂感，至今还很清晰，大约以一个地道的北方人，在气候生物乃至语言不大相同的沿江旅行，总觉事事都是新奇的。所以以下所述，在别人看来，或者平常得很，不值得一谈，但在我总还觉得新鲜，因此就想记载下来，作沿江两次旅行的纪念。至于是否于别人有若干可供参考的地方，那就要看各人眼光不同而定了。

以下不述高深的科学，但记旅程中的琐事。但琐事也有琐事的

沿江印象录

廿二年春受地质调查所所长翁咏霓师命壹为求入解悟亡

一带之地质史起见循扬子江东下溯沿途继续之地质状况。

沿途之地形、地质状况之记录、作我处所已有文字可据者即地起手专事已有博采之资，在无往昔之采集之足迹参加。

筹备之则近道而由岸新系生来倚赖川渝谁识此同行挂车因此新到初亦少曲多便。

遠西沒然约湖涸忌伏忘洪。山出皆聚尊女倏忽圆子。

荒芜如巴商甘等之局予此文安洪星及束向扬子江此代地芜夷晕咸同子。

古物的此也先公何志兵千餘千四多畅行鲁七日己上月已送足他行舟纸秘

"沿江印象录" 手稿

地质调查所抄件纸

趣味及教训。

（一）旅程的开始

因为我们想参观上海的胡德博物院和会晤自英来的巴尔博，所以由北平直发上海。

上海的繁荣，是尽人而知的，用不着我特别来记述，我对于上海虽到过几次，总是外行得很，所以还是不去多说，以便藏拙。但我这里要说的一点，也许旁人还没有说过，姑且做我这篇游记的开场罢。

我常说一国的文化表现，其中最重要的一个，是陈列馆的文化。它包括搜集、研究、保存三种重要使命。所谓陈列馆，不止一种，而最重要的为自然及人文陈列馆。自然陈列馆可以增进人对于自然的常识，也可以增进其研究兴趣。人文尤其要紧，乃为保存与增进一民族和其氏族的观感与进步的重要工具。在西欧各国，差不多每个像样一点的都市，都有各种陈列馆，或公立或私立不等。在德国有所谓家乡学（Heimat Kunde）就是把一地附近的自然宝藏、人情风俗的材料均搜集起来，研究保存，也是一种陈列馆的任务。我因而常说，西洋文化为陈列馆的文化。反观我国，私家收藏虽不少，且其整理多不科学；公家的陈列馆事业，近尚在萌芽之中，所以不但历史上许多好的材料散失十九，即自然科学上的材料也被摧残得很多。

像上海这样一个大都市，若在外国，至少应有一个大的博物院，至于其他各枝节的陈列馆，至少也应有一二十个。但事实上关于自然及人文的，只有两个博物院，而且全是外国人办的。一为英国亚细亚皇家学会主持的博物院，在英界博物院路。该院搜集以关于原史时期古物为多，但现代动物标本也不少，并且也有不少的骨化石。又如安阳的兽骨，他们那里也有一些。其出有一本杂志，名曰《中国美术杂志》，关于自然科学的文章，多在此上发表。

另外一博物院，现名胡德博物院，在法界震旦大学。其中搜集自然科学材料比人文材料为多，关于自然科学方面，乃数十年前一法国神父胡德主持所采各品，以哺乳动物之骨骼及软体动物之介类为最多。前者就研究哺乳动物言，可谓东亚最大之收藏。不但种类多，而且每一类标本大半亦甚多。吾人研究新生代后期哺乳类化石，每感比较不足，该处收藏，对我们很有用。幸有德日进介绍，可以前去比较。此外其他方面收藏甚多，如有一郑壁尔神父，研究昆虫，其昆虫之收藏，亦十分丰富。

至于中国方面关于此等博大收藏，在上海还没有一个，实可惭愧。近年幸有中央研究院一部分设于上海，使上海尚有文化可言，否则真可谓十里洋场，从文化方面看，不过一片荒地罢了。

因候巴尔博及接洽各事，在上海住了几天，一切有汤元吉君招待，十分方便。这时候地质调查所所长翁咏霓先生，车祸受伤后，卧病杭州。所以我们利用一星期天，前往杭州探视。早由杭起身，与丁在君先生及敦请诊翁病之某医同车。抵杭后，即直赴广济医院，而此时翁先生正熟睡，未便惊扰，乃与汤辞出，逛灵隐西湖。我于十二年（一九二三年）曾来一次，也是匆匆一逛。这一回因当天要回上海,所以更匆忙。但除逛山之外,并买小舟泛湖而返,也聊胜于未来。

巴尔博到上海后不久,我们所要看的标本全看过之后,即决先往南京。巴意拟自沿海岸出发西上,但事实上有困难,仍乘车出发。卞君因而欲做详细之参观并拟赴苏州,所以我们一行仍是三人,即德、巴与我。我们的目的,是先看南京附近的地质,有地质研究所诸君招待,颇收事半功倍之效。

在附近考察,均早出晚归,虽为时很短,也使我们对南京附近的知识增加不少。印象最深的为茅山之行,因深入南方的民间,在我尚为第一次。十一点自南京搭汽车出发,过句容县,到后白墅下汽车,又步行约十八里,至南侯街,找一旅店住下。茅山在句容东南约三十里,山脉正南正北,恰与鲍潭一带山约成垂直状,在地质构造上甚为特别。次日在附近考察一天,特别注意于新生代地质及地文之发育。事完以后,德、巴二君直回寓所。朱君和我上茅山顶去逛。所谓茅山共有三峰,俗称大茅、二茅、三茅,相传有咸阳来之三进士,至此修成,故以茅名。山上均有庙,我们所上的一个为大茅。自山坡至山顶,道路修得很好,可见庙中香火之盛。沿路上山人不绝,最阔的用轿子抬上去,当然不费什么力;普通的均走上去,尤其以脚小或年高的妇女上山最为困难,往往膝行以前。闻有人上山,一步一跪至山上,此等人固有,不过实在是走不动才膝行的也不少。此外有一种人,专门推人上山,方法即以手扶上山人之腰部,推之而上,如此上山人可以省气力些。至每推一次,究需多少钱,因未试办过,无从知道。

在茅山顶上四望,却也有意思。庙上游人甚多,除迷信用品外,亦有卖其他物品的,以玩具为多,颇有小商场的气味。大凡中外迷信,均须加以实用化。如现各国通行的圣诞节,事实上已为一家庭节,而茅山庙节乃至其他各庙会,在春季颇含有提倡人做户外游行的意思。

茅山看完后,当晚仍往南侯街所住的地方。在一大广庭下,除人来来往往不便外,倒也相当干净。我们以桌椅作界划出一片地作为放床之用。此地房屋结构,不与河北等地相似,没有大的院子,但有许多地方却与我家乡地方相似。我常觉若有人把中国各地的住宅,做一比较研究,必然十分有趣。

次日由南侯街起身,往距三十里之蔡苞。我们全坐人抬的竹椅子,也可以说是一种轻便的轿,便利处在四外无障碍品,只有一个坐人的椅子,所以坐在上边还可以到处观察,并且还可记录,可以说是调查地质最便利而舒服的工具。起身时天阴,后微雨,至蔡苞雨渐大,但我们仍照既定计划,舍轿步行往浮山看玄武岩。玄武岩为南京附近最特别的岩石,其所成之山,皆为平顶,自远观之,一目了然。后由浮山步行到天王寺,有汽车站,为后白墅以东之一站。由此上车,即回南京。茅山之行,于是告终。

我们在南京住了几天,把附近地质上有兴趣的地方全看了,同时也看了不少的名胜:栖霞山、燕子矶、雨花台、汤山等。

国民政府定都南京以来,日趋繁荣,由我们久居北平,精神上甚受外力压迫的人看来,真有啼笑皆非之感。啼的是半壁山河,危急不堪。六朝金粉的南边,又重趋繁华,好像几次不幸的历史往事,又要重新上场开演了。可喜的幸在各方危急之秋尚有一域,努力发展,倘能努力,未始不为复兴的根基。

(二)第一次驶长江

南京附近摒挡就绪,即决定乘船西上,拟过安庆往庐山做实地考察。初与李仲揆先生约在南京相晤,以便一同前往。但截至我们起身,尚未见来,船开行的时间和平浦车到时间差不多相同,我们很盼望能晚开十几分钟,看看有没有李先生过江。但竟不能,后来我们到九江遇李先生,才知他果于这日到南京,水陆不相接,遂致不能一同起身。

以前早就听朋友讲,在长江中轮行是最舒服不过的事,可惜未亲自旅行过。这次有此机会,所以特别感觉有兴趣。而且因携有两洋员关系,我们都买的大餐间的票。按船上等第,以大餐间为最阔,因吃西餐而名,其他设备,也尽量洋化。次为官舱,也很好,只是一切为中式的。最次为通舱。此等以洋式冠于中式之上,颇似以前"满汉什么"的神气,思之可令人悚惧。

果然在长江船行最舒服。不过不幸我因染感冒,且吃得不合适,因之对此美的旅行,也无兴会享受。正午即过芜湖,仅凭栏望望城市外表而已。最感不安的,轮抵安庆的时候为夜间四点,好梦方浓,只得于三点即起。下轮码头之浮桥,被水激荡飘摇甚烈,很不易过,而又下大雨,幸到附近不远一旅馆休息。旅社虽为新式,而地方狭小,上下不便,只得草草闷坐以待天明。

第二天雨仍未止，然我们性子全很急，不肯在此多停，即决冒雨往城南看看。初雇有洋车，后因道路狭而泥泞，乃舍车步行，到距城二十五里之集贤关，又向西绕许多山顶，仍戴雨而归，这一行使我充分了解了在南边旅行的困难。在集贤关休息，买不到馍饼，而煮米又来不及，只有就所带的一点儿东西充饥。乡下均为稻田，沟渠纵横，稍一不慎，即有迷失路径的危险，何况又是雨中行走，若非有若干好的地质剖面及露头引起我们的兴趣，只怕谁也不肯冒雨而走这么坏的道路。

回城后身体愈加不适，大约由于冒雨之故。幸第二天即决离安庆西上，在船上总可以休息。于是于第二天搭另一西上船往九江。我们原来计划，想看看安庆以上不远大通的砾岩。但因去须等小火轮，且不一定哪天有，时天仍下雨，为节省时间计，当然以上大轮直往九江为宜。至于我本人因昨冒雨，病更加甚，自然也是以往九江舒服些。航行一日，不时可见两边与雨花台相当之梯形地形。夜十点才到九江。次日看看九江附近的地质，晚李仲揆先生由南京赶来，相见甚欢，同寓一处，于是我们即计划往庐山去。

由九江往庐山，先搭汽车到莲花洞，然后由莲花洞改乘轿子上山。莲花洞位于山脚一谷口，在此须完登记手续，轿子价钱亦由公订，毫无争执，旅客称便。入山口后，风景十分清幽，山坡树木竹子，到处皆是。时天阴有微雨，浮云在山巅做种种异态，最是引人入胜。有时坡处很高，但抬的人均有相当训练，不感困难。再上雨变而为雪，弥望皆白色，电线上亦有积冰，可见天气很冷。时为旧历四月中旬，尚在江南看飞雪，固由庐山在附近为最高峰之故，但亦为不可多得之机会。将至牯岭时，李先生领导我们看以东不远之悬谷地形，乃舍轿踏雪前往。我之身体虽不适，但对此仍勉力为之。午刻抵旅店，为一西式旅馆，甚清洁。下午到东山看地质，归店后甚感疲乏。

庐山为东南一大名胜，近年来，尤占重要地位，用不着我来赘说。关于庐山的地质，李仲揆先生及喻德渊先生等有详尽的调查，我们按图追求，事半功倍，获益特多。尤兼李、喻二先生亲为同行，随时有请益讨论之处，尤为难得。我们一行特别注意的为新生代地质，尤其是对李先生之庐山冰川现象，特感兴趣。德、巴二君对之均有不同的意见，我因对此非专长，大有游夏不能赞一辞之慨。此问题至今尚未得合理的解说，希望有志的地质家多为研究，以期可有真实的贡献。

我们在庐山顶上，只住了一整天。庐山上下均奇陡，而山上则为比较成熟之阔谷，显然代表天然侵蚀面。这一天的工夫，我们到五老峰等地去看，但因余体不甚适，兴会锐减。

照决定的计划看完山上后，即由含鄱口下山往白鹿洞。含鄱口到观音桥一段路，最为景色可爱。时大雪已过，天气较暖，山谷中时有野花点缀，引人入胜，午刻即到白鹿洞。此为朱子备学之处，早已毁废，近经当局修葺，颇为可观。我们下午往东到鄱阳湖边，流连片刻后，即仍回白鹿洞。因往返道长，回时天已大黑。

第二天离白鹿洞，坐轿往上青山，由此又到湖边的蛙马石。因湖边一巨石灰岩，孤立水中，远望之有如蛙马故名。午后，离湖边往马祖山。夜即宿于山上之马祖寺中。这两天在庐山以东，西望庐山，尤其是五老峰最为清白，附近森林甚多，有时穿行丛林中几至迷途，此为在北方旅行中不可遇之经历。又参观本地采瓷土的工作，原来瓷器虽在距此一百多里的景德镇烧窑，而原料则全由此地采，由船运去。马祖寺为一大古庙，位一山阜上，四围皆茂林，景色殊不恶。一夜易过，次早由马祖寺起身返九江，午刻即到达。庐山九江一带，在军事区中，庐山东并有兵营。所以我们在许多地方，曾受人之注视，但一解释，即无困难放行。这天凑巧有西上的船，所以在旅馆稍休即计划西行，与李、喻二先生作别，仍是我们三个人西上。

关于在庐山这一次旅行的原因和目的，上已述过。我们连去带来，只用了五天工夫，还绕了一大圈子，由北面去，折到东边回来，未免感觉时间太短。在地质上因李先生指导，所以重要的地方全看了。至于名胜，因限于时间，可以说全未看。因此我名为已瞻仰过庐山，其实等于莫有看。不过从地质方面看，却也看了大半。总括起来，庐山不失为一胜地，今日作别，几时才能再见呢？

晚七时轮船开行，所以两边景色不能看到。次早起来，已不知确实达到什么地方。两岸景色一如九江以东，除一隐约之雨花台地形外，其他均平平。下午四点到汉口，又为第一次访问的都市。我稍休即过江往武汉大学访王抚五先生。次日王先生招待我们一行，且看了看武大附近的一切。武大校址在武昌南十里之珞珈山，形势很好。近年努力的结果，已成为华中一学术中心。

照我们的计划，想在附近可看的地方看看，但全有事实上的困难。远的需时太久，近的无多大意思。且交通亦不方便。德、巴二君尤急于回平，也是一大原因。后遂决定以一天工夫，沿平汉线往北到祁家湾、横店等地观察,却也有不少兴会的地方。后即乘车北上。德、巴二位要看看鸡公山,于是下午五点下车即上山,到山上已大黑,次早四点又下山。因之鸡公山一名胜,只在黑影中看到,其忙可见一斑。不过鸡公山顶上,也是平的,和庐山相似,亦确代表一古地面,于我们地文上的知识增加了一点。下了山即搭快车北上返平。

(三) 入川

回平以后,自然有许多杂事,最重要的工作为陪同德、巴二位往周口店,回后参加步达生追悼会,随即决定再度南下。关于南下的目的地,意见甚不一致。德、巴不甚重视长江下流的冰川现象,拟往西另辟新区。而丁文江则主仍在汉口以东多看看,后仅允西行以万县为止。

在汉口又承王抚五先生招待,并约在武大讲演。余等所讲均为关于周口店之工作情形。在汉口停了两天,即买舟西行。由此往西,又是我们莫有去过的地方,对我们来说,可以说是一个新区域。我们的第一目的地为宜昌,因普通火轮只到宜昌,以上须换小轮,而我们又打算在宜昌附近比较详细地看看。

当天午上船,夜十点才开行。而开行后即就寝,所以不能看两边情形,几有迷失之感。次早登船四望,极目皆平,仅在左侧有远山若隐若现,点缀这平坦的风景。不过不时也看到距岸不远的低山,及其附近的红色堆积。下午三时到洞庭湖北口,城陵矶江岸壁岩有赤色,或即赤壁名称之所由来。

洞庭湖（巴尔博绘，一九三四）

第二天的旅行更为单一。因由城陵矶以上,直至沙市,江流平迂,曲折甚多,而两边尽为近代地层,无多可观,迩来因时局略好,尚为平安,以前闻说船只经过,两边常被袭击。船主并示我们烟筒上的一个弹痕。

到沙市靠岸,即上岸略散步,闻城市距此尚有数里,此岸低,一有水患,即不堪设想。由沙市往西到宜昌,两边比较有意思些。尤其在益都一带,两边之低的阶梯地形十分显著,过羊溪以上,远处高处,亦有更古之梯形地可看。计我们由汉口起身,整走了三天才到宜昌。因巴持有一介绍信,即往于宜昌之安公理会,因此地之安公理会为苏格兰人主持,与巴有同乡之谊,我们被招待甚周。

我们在宜昌,除计划西行事外,即在附近看看地质,然后上船西行。计在宜昌停了五天,今且把宜昌附近经历,择要说一下,再记过三峡入川。

从地理上讲,宜昌为一很重要的地方,因正在峡口,虽说宜昌以东若干里,两边尚存岩石岸,且有虎牙滩之险,但此等岩石全为中生代后期或新生代初期地层,与造成峡口之奥陶纪石灰岩比,当然地形迂缓,成一山原地形。而真正之峡乃在两种岩石交界地方,即在宜昌以上六七里处。在形势上讲,宜昌为湖北、四川的门户。就长江讲,宜昌以下之长江为下流,而以上则为中流。

宜昌在政治地理上讲,虽归湖北,而就商业上说,四川的色彩十分浓厚,甚至政治上也有一点儿,此地用钱一律以川东为本位,人情世故也多带四川味。此正和北方石家庄虽隶河北省地面,而商业经济中心,全为山西派头,完全一样。

在宜昌做了两次沿江旅行，一回借汽筏往上游约七十里之南陀，冒雨前往，为第一次欣赏长江峡谷风景之美。我们去的地方至花岗岩露出地方以东止，岩石自冰碛层起，至奥陶系止，全向东倾斜，即为有名之黄陵背斜层之东翼。花岗岩区，地形大为迂缓，河床宽而有滩，一入石灰岩区，则峙岩壁立，怪石怒视，河谷亦甚窄狭，呈为奇观。

又一回为向下游，往虎牙滩一带，并过江到南岸，看了许多东西，宜昌以下，虽有峡而不陡，故三峡自宜昌上算起。我们此去，主要在考察新生代地质以后，也往宜昌以北许多地方，如东山寺等地。最有意思是北往镇平经南津关（在峡口）搭一民船回宜昌。去时沿旧铁路线去，此铁路即为富有历史意义之川汉铁路，清末即计划修筑。而终未修成，反引起大风潮。辛亥后，无形停顿以至于今，车站路基均尚可认，虚耗之钱可想而知。在镇平一带，四处山坡均有防御工事，则代表前数年之内争与匪患之惨烈。闻最紧急时，四郊完全不能行走，抢劫烧杀，惨不忍睹，现在算是好得多了。

我们本想搭民生公司的民康船西上，但这次船东下途中有误，至午未到，德、巴二位心急如箭，不能久待，乃退票改乘洋船。长江航业主权，不堪闻问，各国的势力均有，最重要为英、美、日。以前时局不平静时，中国船既有被拉兵差之苦，而乘客又因不安全，所以根本上难与外商竞争。惟川人卢作孚所领导之民生公司，立志振兴长江航务，其成效甚著。起初只有一轮驶宜昌、重庆间，现则有十余轮，兼驶沪、渝间。此外并有其他支线，可见事在人为。

我们此次改搭的船是美国公司的，以上因水势小，所以轮船也特小，因第二天清晨即开船，所以须先一日下午上船。头等舱中，除我们外，有一日本军人，与巴同室，我与德日进居一室。

以上所述的只是航业，其实外人势力所及，绝不限于此，各国的兵船，都可以上开到重庆甚至以上，若果他们愿意的话。我在宜昌，亲眼见日法兵船停泊沙市，并无日人，而有领馆，沿江腹地尚且如此，沿海及边疆可想而知。言及国家未来命运，真令人不胜叹息。

次日微明，船已蠕蠕移动，急起床以便可以饱看三峡美景。虽然说南陀以东已来往走了一回，但此等天然奇景，再百看亦不厌。而况我们于赏景外又留意于洞之有无，及寻其生成之理次。南陀附近统为花岗岩，地势迂平，河亦较宽，但往西一入石灰岩区，即为与以川东对称之构造。峡景亦奇，不过岩石倾斜向西而已，此一大背斜层，地质上名之曰黄陵北斜层，由附近之黄陵庙而得名。不但在中国地质上为一极好之天然剖面，即在世界亦未可多睹。

关于三峡地层，除以前外人有所观察外，近国内地质家做精详研究者亦不少。如李仲揆先生、谢家荣先生及赵亚曾先生等均是。翁咏霓先生之《四川游记》，于沿途之观察，亦有简要之记载。

若云宜昌以上到巫山，名为三峡，实共有六，因每一峡常分而二。关于峡的分法及命名，许多人尚不甚一致，今依李四光先生所述列于下（自东而西）。

第一，下峡或宜昌峡（黄狁峡、灯影峡）。两峡之界不易分，事实上可视为一。共长约五十里，即在宜昌、南陀间。

第二，中峡（牛肝马肺峡、兵书宝剑峡）。牛肝马肺峡在空岭滩，龙马溪间约十五里。兵书宝剑峡（米仓峡）在新滩和香溪间约十里。

空岭滩峡（巴尔博绘，一九三四）

第三，上峡（巫山峡，风箱峡）。巫山峡为最长之峡，西与风箱峡相接，共长百里有余。

上述诸峡，固主因石灰岩生成，而亦与地层构造有关。凡主要之峡，均为大江流与岩石走向成直角或近于直角之地。如流沿走向而进，则无峡。而言峡之风景，如其峙立千仞，奇石争辉之况，则完全由于石灰岩之故。如宜昌峡大半由于奥陶纪之宜昌石灰岩，牛肝马肺峡为震旦纪石灰岩，而兵书宝剑峡则为巫山石灰岩（石炭二叠纪），至于上峡，则亦为巫山石灰岩所成。

除峡之外，江中常经者为滩。滩之生成，由于较软岩石风化崩溃堆积而成。在行舟中以滩最为困难。沿江有不少的滩，有时轮舟亦往来不易。惟我们坐在大轮中，终不能感觉滩之困难，只能想象罢了。

且说我们一日之内，连穿三峡，晚间停泊于巫山县。县在江北，水自北来入江，我们乘机上岸，看城附近之类似黄土堆积。自远视之，并有阶梯地形，或当与益都阶梯地形相当。归途穿街市，见一切铺面设置，人民习尚，颇与吾乡相同。盖因陕西、四川，常有密切关系，陕人在川经商者尤多。入民国以来，虽大受打击，而其交互影响至今未变。就陕西言，一入秦岭，则完全与四川相同，无怪我们一至巫山，即有家乡之感。

第二日之行程，完全在盆地中航行。两边大半为中生代岩层，且河流常沿走向而流，所以无显著之峡。但此仍为山地，而非平原，且自底至顶全为红色砂岩，几无土壤，仅在低处或沿河沟，有若干近代堆积。所以江两边之山，还相当高，不过河谷较宽，且有一显著之阶梯地形，各市镇多建于此阶梯上。

这一天经过夔州、云阳，晚抵万县，但船停于万县对过北岸，距城尚远，且须过江，因之只自远望望而未前往。因照我们的计划，东返时必在此停，所以回来再参观。为时尚早，所以仍上岸观察，两河交汇附近，亦有如巫山之土质堆积，内且有若干结核。

第三日由万县起碇，午过忠州、丰都等县，晚至一小地停泊。盖由宜昌至重庆，每日日程不一定，所停地方早有预定，非有特别情形，始有更动。如我们巫山万县及此日所停，均为入川轮船常停之地。计程明日即可到重庆，停船后仍上边岸散步，观察与前相若，所苦为轮船所载，一切须听彼，不能做任意之停留及较远之旅行。但依我们可见，盆地中新生代地层如此甚少，即去恐亦无何希望。

第四日过涪陵，西行，船行生活已三天多，颇有些倦厌，惟过丰都以西，地形上比前面且少兴趣。因过巫山后经万县以西，江大半沿走向而流，较老地层亦未露出，极目尽为白垩纪之红砂岩。因盆地中红砂的走向为东北西南，而江适向东北流之故，其上新生代堆积又绝少；但过丰都以西，江自西北东南流，故不断横穿岩层走向，而较古岩层亦在所割切之轴中露出，因而也成为峡的地形。此等情形，翁咏霓先生在他的《四川游记》中，叙述得很清白而扼要。在李春昱君《论四川中生代地层》一文之附图中，尤看得清晰，所以我这里可以少讲。将到重庆，过一峡，岩壁上大书"铜锣峡"三字，亦不过许多此等地形之峡之一。

下午五点，船抵重庆，在对岸停泊，下船后行李检查甚严，示以证物亦无效。适有旅行社某君来接，为陕西人招待一切，免却若干麻烦。我们即渡江,依德、巴意寓梅姑庙中,盖为一美人寓所而兼招待来往西人者。地在旧城南地势高,临垣外望对岸,山色如画,房舍可数。俯视则江流奔波,船只往来如蚁,景色很好。

重庆在嘉陵江入长江口。嘉陵江入口处,以西南为重庆,东北为江北县,两城都市,均位于高出江面约六十公尺之山坡上。(有砾石,当代表一古时河流阶梯地段。)所以上下全有很陡的坡,均用石砌成阶梯,因之上下尚不困难。最繁华的街市为陕西街,但大半为改造之马路及新式商店,以西许多街道拆民房放宽马路之工程正在进行。所以旧的重庆已改变不少,只在背街陋巷,还保有本来面目。

(四)温泉北碚

到重庆后,当然先料理事务方面的事。如接洽卢作孚、何北衡诸先生及取钱等。照我的计划,我们在重庆附近,做较详的考察,即东往万县盐井沟。但德、巴二位之意,颇欲再行西去,此举超于原先计划之外,而二君去意甚坚,又因有某君汽车恰于次日开往成都的便利,所以更决意要去。我为节省时间计,不能同去,决偕技工北往温泉草街子,看看前数年发现之爬行动物化石地点。

次日到码头,上开往合川之船,船名民生,闻系民生公司最初的船。民生公司近年各轮事业,均由此船为出点,令人对之不禁起敬。船长因卢作孚先生介绍,招待甚周。

由重庆往合川,系溯嘉陵江下游而上,两岸景色甚佳,尤以过三峡区为甚。最下者为观音峡，中为温泉峡，上为牛鼻峡，均为背斜层，而为江流穿割。除当中一峡，石灰岩未露出外，其他二峡，石灰岩均露出甚多。此三峡称为小三峡，以与长江之大三峡相对。其实峡虽有大小，而构成之理，则完全一样。

北碚即在观音峡与温泉峡间之向斜层中，设有峡防局及中国西部科学院等。气象甚新，似有无量前途。不但各事业均有朝气，即附近小镇乡村，也都十分净洁整齐，不谓在纷乱连年的四川，有这么一块地方，真令人有世外桃源之感。温泉公园即在以上十余里，位于温泉峡中。此地原有庙寺，加以修葺，临江背山，杂以浮云丛树，风景甚为佳绝。且有温泉可以洗澡，游人住寓地点及温泉管理，均粗有布置，尚称井井有条。闻此地为重庆人士避暑休息之所，每届星期假日，游人甚多。我国许多游览地方，如北戴河、九江、鸡公山等莫不由外人开其端，而国人尾其后。独温泉公园，未借外人之力，独辟一游览区，尤为可佩。

第二天我们北往草街子一带考察，雇一木舟。峡防局派某君同行，某君前随谭寿田、李庚阳二君在川旅行多日，故于地质上亦有相当知识。上行逆流，船行甚缓，但借此可饱尝两岸景色。欣赏船行大江之乐，真所谓"马瘦行迟自一奇，湖山佳处看无遗"。到二岩以上，不远上岸即到了石灰岩区，范围不大，而一种喀尔斯特地形之状，也很清白。我们俯视不久，即得许多鱼鳞及介类化石，不久又得骨片若干，就中技工曾得一牙看似甚有兴趣。此地之化石虽有，但附着于极硬之石灰岩上，采取极为不易。且因风化之故，所露出之骨多骨皮，无何用处。以前之采集即系如此，我们因无充足时间，不能做大规模采集，对此等情形，尤感失望。但我们已采得若干，似尚可以得若干可靠的鉴定，聊胜于无。

午间到一农人家休息，借可得些热水。大江即在脚底，火轮往来，船上旅客可数。此外又有大货船，走下水当然容易，惟上水船则有数十人在岸上拖行，并做种种歌唱。令人想起俄国武尔喀舟子歌曲。若一与火轮相比，显然是富于矛盾性的对比。

我这一次饱尝四川内地之景物，此山此水均令人不易忘却。特别是乡村景色，如杏如竹，引起人的乡思，而这一天又恰为我的生辰，自己的过去与未来，都不禁在这孤独的旅况中，做一番回忆。

在温泉住了两天，一方面续在草街子采白垩纪化石，一方面在附近的石华中采植物化石（时代很新），内亦有介螺不少。此外则在边处做普通观察，完事后，即离此返重庆，期与德、巴早会晤。但我们到时，彼等尚未来，知其必由成都往灌县，所以延迟。

（五）万县盐井沟

次日午他们也来了，彼此互述所见甚欢，幸下午即有船东下，乃买舟上船，发万县。由万西上至重庆为两日程，但下水只一日，于次日午即到万县。照德意，往此地之天主堂，而此地中国人司铎见我们都不像出家人，盘问甚周，又对德谈拉丁语。德近年拉丁语已生疏，竟不能应付，几令他们疑德是冒充的。幸经多方解释，始允借宿。

我们住处安排妥当后，即往县署及教育局接洽，并打听盐井沟的实在名称与方位。因盐井沟之原来记载为英文拼音，未悉其究为中文何名，在地图上见县东南六十里左右有地名盐井沟，并闻近产化石，我们即觉当为我们所欲去之地，即决定日内起身。

不幸，我们一到即下雨，次日不能出门，大家很懊丧，午县长请在附近公园吃饭，即冒雨前去。该园借山临江，风景佳丽，闻系杨森所修，费款数十万。万县为川东重地，教育及建设事业全很发达，街面亦颇整齐。教育局长黄君，请我们往附近中学讲演，我们因无事亦即应允。学校设备亦不错，学生很多，我所讲者化石之意义，附及于盐井沟化石发现之经过，希望能引起些兴趣。

天放晴即起身，县方招待一切，他们竟派了十多个兵士随行保护，我们均不愿有许多。但据他们云，以南以北百里左右外均不太平，最近城内且大清查一次，并不时戒严，也只得由他们。以如此山清水秀之区，而时时有匪为患，我们未免太对不起自然了。

由万县起身，沿江南行。我们坐的是所谓滑竿，即以一椅子，两边系以竹竿，即轻便之轿。此等滑竿，在陕南、四川及附近等地甚为通行，用此调查地质，有许多方便。因四围无隔，极目各处可看，行进不快不慢，下来也不困难，坐上又可记录所观察，就是贵些而已。

沿江为四川最普通之丘陵地形，上上下下，山坡尽为稻田，随处皆有小溪，树木又很繁茂。这时正是初夏，不热不冷，真令人饱尝旅行的乐趣。

午在一村稍休，随后又前行。行不久，经一小村，即沿一小道曲折至江岸。计划上船，因盐井沟在江南岸，无论如何须过江。但一上船，逆流而上，走了许多时候，没有过江的模样，我们才知上了脚夫一个大当。他们为省力气起见，上船上驶，若遇顺流，倒也无所谓，不过逆水行舟，很费力气，且走得很慢，既费了时间，又无异于请他们坐船。但后悔也来不及，只有听之。上行不久过一滩，水流湍急，我们全上岸步行，而空船尚不易上行。好容易走了一个钟头，才过渡至东岸，船小浪大，中流几经困难才平安到达彼岸。

上岸仍坐滑竿前行，过二三村，均修竹茂林，真令人恋恋于村居的生活，把土匪等不安的情形全然忘却。午后至白水溪，为一镇，附近有一支流。入江处河流割石成峡，又因坡处较大，所以成一美丽之瀑布，水声闻数里外。入江不远，跨过一圆形之桥，建筑甚佳，与万县之圆桥不相上下。此瀑此桥，相得益彰。过桥后舍大江，沿此支河上行，江内风景，比沿江又是一种风趣。至镇市休息，由镇中办事所招待，我们即打听以前外人在盐井沟采化石事，他们尚有能记忆的。因此地为往盐井沟必经之路，镇中街道狭窄，街市相当繁盛。晚饭后即仍前行，过镇市上行，河谷小而较前宽阔，为一有兴趣之问题。惜限于时间，未能详为观察。再前，即舍河谷攀缘上山，沿途所经砂岩区、石灰岩区，各有各之美境，不能详述。过一小镇，以制造陶器著名，有许多已烧成及未烧之瓷器，陈列遍地，可算小工业中心。愈前行，河流愈细，山愈陡，而风景亦愈优秀，有时亦较宽阔。度时已薄暮，飞鸟归林，不远见有小庙一座，附近小桥跨溪，疏林中现出房舍，据引路者云此即为盐井沟。因已天黑，不能做何观察，即投一店安身。店为一庙改造，因我们什么全带着，所以极易凑合。

第二日出外一观，所谓盐井沟者，乃山谷中一小镇，附近因有

万县桥（巴尔博绘，一九三四）

盐井故名。但附近尚无石灰岩，所以也无化石，打听之后知产化石的地方，尚在以西南一岭上，距此尚有二三十里。闻以前谷兰阶到此时，颇惊异此地之有化石，对于化石之见于山巅，曾甚怀疑。因附近尽崇山峻岭，山坡河谷附近多系浮土及砾石，此外无任何较古之新生代堆积，更无从得找化石。

为探究竟起见，即由盐井沟起身，往产化石之地。经过市头有一白色庙宇式建筑，为一初祠宇，即谷兰阶来时住宿之所，因在照片上看过多次，竟一见如故。过此不远即上山，山且很陡，幸均有小石阶，路又相当宽，所以还容易走，景色较昨所经更优。其风景之所以好，当然不全因山势与河流，这在任何地方也可以有，特别因山坡林木多，河边水草多，显得格外好看。

走了三个多钟头，过了好几个小村，上升有三四百公尺，到一山岭，才到了有化石的区域。此地高逾江面，有七八百公尺（盐井沟已高出江面三四百公尺），为一石灰岩山顶，地势甚迂缓，显然代表一壮年地形。谷中或山坡且有凹下之洞穴，内中即有含化石之堆积。领路者导我们到一较大之洞穴，四围浮土甚多，云即以前采掘时所遗。我们俯视片刻，即得骨片、牙齿之类甚多，多为犀牛、土狼、象等，小动物之遗骨亦不少。此外又到附近各处看了许多，这样井状的洞也有有化石的，也有没有的，有的口外丛草茫茫，视之几若无井，一不小心即可陷入。上述山顶上迂缓之谷，当代表一壮年期之地形，可相当于所谓秦岭期地形。按个人意见，此地之此等地形，与庐山及鸡公山之顶均相当。石灰岩中之洞之造成当在此壮年地形之后，与含化石堆积之先，故当为上新统。

我们在山上略盘桓即下山，初绕他道，但不久仍归故道。归途返视（向东）见远处地形及近处山色，图画天成，不忍遽去。照理我们在此等地方当多做采掘工作，但一因天气不宜（在山上采集以冬季为佳），二因德、巴均急东归，乃于次晨离盐井沟，寻故道返万县，在白水溪稍休，即至江边搭二民船顺流东下。因如此不但轿夫可以不抬，连兵士及别人均可不走，而下水当很快，所以我们也赞成，不过人多船少，看来好像过重，不免大有危险。船开而后，正为下午三四点，为上下轮船经过之时，不一会儿见上去下去四五只船，震动得江水汹涌，波涛起伏，小木船当然受不了，于是东倒西歪，大有倾覆之势，无可奈何，至岸旁稍避，始继续东下。

到万县后即摒挡东行，巴尔博欲搭飞机往宜昌再会见，于是只德、我与技工定船东行。我们即夜上船，巴则留此于次日乘飞机。因火轮在对面，去时须过江，且因行李多、人杂，免不了一阵麻烦。此次所搭船为民生公司的船，次早黎明开船，下水当然很快，古来木舟尚"千里江陵一日还"，何况火轮。过巫山再入峡，又饱看此伟大的胜景。舟行甚速，虽留恋亦无法留恋。猿声虽未听到，而"轻舟已过万重山"却亲看到。下午二时许即到宜昌，上岸仍寓安公理会。次日巴自万来，言我们离开之那一晚，万县忽临时戒严，大加搜索，交通为之断绝。我们先行，固未受搜，但一念及现在川省混乱情形，每为之不释。尤其以四川之山水胜景，诚不禁令人喟然。

我们在宜昌还做了两次小旅行。一次沿江东至宝塔一带，此行于宜昌附近的观察很有意思。因宜昌一带的阶梯地形，以此地最为完全。一回稍远，由宜昌搭小火轮往洋溪，看该地之淡水石灰岩。

在小火轮上，另有一种风味，一律平民化，座位一排一排，好像在讲堂似的，并且真有人在那里讲唱，为一中年男子，手提木板，时唱时说，有如弹词，完后向观众讨些钱，以博一饱。船过某小地，上来三四个军人，讲话全为陕西口音，询问之下，始知某陕军随徐源泉在鄂西南"剿匪"。即询当地情形，甚详。年来因军事关系，南方人到北方，北方人又在南方各地，若说于各省文化沟通还有益的话，这却是一个意外的副收获。

洋溪为一小镇，我们到一小学校休息，即山外沿江上行，地层沿江露出甚多，在砂岩得破骨一块，形似肋骨，惜不能再多得。后上岸南行至石灰岩区，层位在砂岩之上。石灰岩为本地人烧灰用，故采掘甚多，其中淡水介类化石触目皆是，乃采集甚多。所有砂岩及石灰岩均为东湖系之数上部，在宜昌至洋溪沿江发育甚广，时代当为第三纪初期。由洋溪东望沿江之梯形阶地甚为清晰，则又多为所谓山原期之地面。下午仍乘由沙市西上之轮回宜昌。

在宜昌住了两天，一切算是都看到了，计划东返，此次旅行也就要结束。最妙的是由宜昌东下所来的船，就是我们由汉口西来所搭的那只。次早开行，西望游踪，尚不胜依恋。次日开抵沙市船停，沙市城远在数里外，闻低于江面数十尺，一有水患，非常危险。码头对过有日本旗在丛林中飘荡，一会儿自东来了一架飞机，闻为中国航空公司的邮航机在水面降落，我的心里充满着一腔矛盾的情绪。离沙市开行，船又行于曲曲折折的江流中了。

山东忆游

近年因服务地质调查所之便利，得到各处旅行，除地质观察及化石采集之外，于一般地理情形、人情风物，乃至旅途经历，不无可记之处。所经地方亦已不少，但在山东境内，尚未做过较长期的调查。济南至泰安、莱芜一带二十二年（一九三三年）春曾去过一次，是学生时代做地质实习去的，此外就是许多次津浦路上的穿行，不能说是看到山东腹地。

最近两年，始获有往山东内部旅行的机会。一回是二十三年（一九三四年）秋由泰安东至莱芜，再南折到新泰蒙阴，又西经泗水曲阜；一回是二十四年（一九三五年）夏，由济南东至昌乐、益都、临朐等地。两次旅行合起来不过一月的时间。今把一些至今未忘的情形，追记于后，或者也是一个小剖面吧！

（一）盘足龙遗迹的探寻

我们由泰安下车，在附近看了半天，到上泰山大道的半道上，往来一游，次日即东行。此次东行为历来所没有的，就是旅行的方法。卞君美年和我连随技工三人，全雇人力车，连行李也用人力车。一共六辆，连接起行，居然成一人力车队。泰安至莱芜为大路，近且稍加修理，可行汽车，所以当然无何困难。惟一的不便，就是过河，车夫均须"扒袜子"，赤足前行。河西边沙子甚多，有时空车亦不易走。自泰安至莱芜，本为一日程，但很忙迫，我们做两天走，以便做沿途观察。第一天住范庄镇，第二日午始抵莱芜县城。

到莱芜主要目的，是看以东不远的白垩纪地层和第三纪初期地层。所以曾东北至孝义集，西北到李家镇等地。一共停了三天，一切算是看到了。即计划离此他行。莱芜城甚小，而城内石牌坊雄伟异常，乡下的贞节牌坊亦不少，这大概是山东的特色，我们所居的旅馆也很好，因前不久我们的技工曾采集化石过此，所以竟成了老顾主了。

由莱芜到新泰，有好几条路，我们取道颜庄蒙阴寨（旧蒙阴县）那一条，因为地质上比较有意思些。这条路也算大道，出发后，天稍有风，比前天为凉。沿河及村中的树自淡绿、黄以至枯焦均有，且往往有红叶点缀，真是一幅绝妙的秋景。年来我因业务上的便利，每于夏秋到各地旅行，能于都市生活之外，饱看各地不同的野景。对我个人，可以说是一个绝好的机会。惜我在野外时工作匆忙，回去后又有种种事情，以致不能把所观察的充分记载下来。个人笔力

山东莱芜县李家镇第三纪初期地层（一九三四）

山东莱芜县三叠纪交错砂岩层（一九三四）

的不足，不能表现于万一，自然也是一个大原因。又因个人所习及旅行目的，往往虽经地势上或历史上有名的地方，也不能有充足的时间赏鉴，所以即有所记，也不过一些零碎的杂感罢了。

颜庄为莱芜一大镇，位后河南岸，镇内民居栉比，但兵匪为害情形，也还不少。我们在此，稍休即又起身。过此不远即入山，经许多地质上有意思和风景美丽的沟谷，过蒙阴寨，经一石灰岩区道路崎岖，人力车颇不易行，途中稍有延误，因之到新泰时已是皓月当空。我们住一家小店，虽然简陋，尚可容足。次日到县署接洽，旋即往城西不远之西园采集化石。因沿新泰蒙阴河谷，第三纪初期地层甚多，其构造与岩石性质，一如莱芜河谷，其与太谷地层亦成断层接触，不过此地前人已有骨化石发现，所以我们特感兴趣。到该地果见有不少化石，惜露头即在汽车道旁，上又为农田，露出甚少，不易做大规模采掘。

我们勘察以后，拟随后再令技工于归程中继续搜寻。为不多费时间计，即决即日离此南行，由新泰南往宁家沟，系沿新泰蒙阴大道。两边为山地，中为一小平原，而此平原又分为数阶段，最有意思的以白垩纪及第三纪初期地层受侵蚀后之地形，为平迂，其上后来堆积很少，应代表第三纪中期一老年地形，即普通所称之唐县期地形。沿途并经若干有剖面的地方，于地质上十分有意思。过蒙阴镇后舍大道向东南行，过数小村，村中均有碉堡等防匪工事，而村中住户却零落不堪，到处可以看到被匪祸后的痕迹。薄暮到宁家沟，系在一沟之顶部，位于上述唐县地形之上。初与村中人接洽导到一空房住宿，房内为堆草的地方，甚为简陋，却很干净。宁家沟为山东产

山东蒙阴第三纪地层（一九三四）

恐龙化石的地方。多年以前，德人某君发现之恐龙化石，即采自此地。这一村的人全都信天主教，蒙阴城内有天主堂，此地有小天主堂，因村人信教，而与西人教士接近。西人教士于科学上多有训练，所以很留心科学上的发现，此地化石之见知于学术界，他们的功劳，是不可磨灭的。以后外国的师丹斯基及中国地质调查所的谭锡畴，在此曾做了大规模的采集，除恐龙化石外，尚有鱼介类、植物等化石。

我们到此见宁家一家及村中许多人，他们全都记忆师、谭来此的往事。最惊异的是他们于化石的生成及其在学问上的价值全都有相当的了解。那位家长不幸已失明，但对我们述说过去发现经过及一切情形，滔滔不绝。据说他们最近还找到一大块，我们即去看，乃为大腿骨，我们要求送给我们，他们却有难色。因为他们惟神父之命是听，不得天主堂许可，不敢轻易处分的。

次日早起由本村人带我们看以前大采掘的两个地方，一在村东，一在村西，但均为土所掩盖，看不出什么。我们到处寻找了半天，除见有介类及植物化石外，未见什么骨头，大约要寻找非仔细下功夫不可，而且即是找见，也要大大地发掘。总而言之，巨大的爬行动物的采集，是一种特别技术，除知识外，还要有功夫。后来我打听此村人对已见之骨，或采去或竟掩盖，不令人知，这大约也是我们不容易找见的一大原因。

爬行动物在过去地史上的中古代，曾有伟大的历史，有许多种类，不但繁殖甚多，且多体格特异。有一类名为恐龙类，大半是体格特大的陆生动物，有的肉食，有的杂食，此等动物差不多在世界各大陆全有。中国近年来也有发现，在山东各处白垩纪地层中，许多地方有此等动物的遗迹。蒙阴宁家沟附近发现的两个骨架，已经科学研究，定名为盘足龙，为一种蜥脚类。此外尚有其他爬行动物的遗骨，但均不十分完全，就是原来记述的盘足龙也没有前证。我们此次在蒙阴发现前腿的大部分，可补前人之不足，大约若能加以有系统的搜集，前途似可有新发现。

我们在宁家沟附近看了一天，觉得没有时间做精详的搜寻，即离此东南行，到一小镇名西住佛。以前技工过此时曾采得若干恐龙化石遗物，附近地层及地形与宁家沟相同，惟地层位次当较高。我们留一技工在此，专令其在附近一带从事探寻，而我与卞君同另一技工则照预定计划南往蒙阴县城。蒙阴县城仍在夹谷中，大致地形与新泰以东相似，不过谷露县西边距山较近，地层上蒙阴县多而官

山东蒙阴白垩纪产化石荒地（一九三四）

庄系少且多为留县岩所成。我们在城东十余里之地做一旅行，可见大致与前观察者略同。归途中遇一老人，年七十余，据云前数年闹土匪时，家宅被毁，家人四散，今稍平静归来，而已孤独一人，竟无家可归。我们听后回想到前多年，这一带土匪为虐的情形，真尚令人不寒而栗。在城内曾闻建设局人言，附近某山上前数年为匪盘踞，拉票甚多，烧杀甚惨，所掳之人无论赎与不赎大半杀在山上，堆尸成丘，次年春暖开冻后，尸血融化，臭血水流至附近山谷底，臭味可数十里，其惨况真令人不忍闻问。蒙阴一带及以南泗水等地前多年匪祸之烈，早有传闻，今虽较平，而一般人尚有谈虎色变的神气。

我们晚上访此间天主堂，承其招待甚殷，神父奥人操德文故可倾谈甚欢，彼言下对在宁家沟采化石事亦肯帮忙，并允许宁家沟人将近发现之大腿骨送我们以供研究。次日即留所带之另一技工在附近工作,完后往西住佛与他一技工会,再沿途采寻回平。卞美年君与我则决由此西越白马关经县城由曲阜北上,目的在看看沿途普通地层,特别注意白马关西南的第三纪地层的发育。

由蒙阴而行,不远即入山。起初在石灰岩区中,水清山秀,村堡亦多,但愈前行,愈荒凉。所过村镇,大半仅有遗址,房舍为墟,只有颓垣废瓦,庙宇倾圮,乱砖碎瓦中透出许多未全枯的丛草。偶见二三户人家,其住房往往自外可以望见里边,所见的人都是蓬头垢面,狼狈不堪。这些现象全是连年闹匪的成绩。从前这里当然不能通过,现在我们居然能单人轻装地经过这样荒芜的地方,凭吊匪祸的遗迹,我倒于伤感之余,有一点乐观的希望,就是现在山东的治安比以前究竟好得多了。若果能再努力,或许不难恢复以前的光荣,我以为整个中国也不啻由此小小情况为之写照。未来总是乐观的!我抱着这样的希望继续前进,愈近白马关,道路愈不好走,尤其是洋车,空车也不易走,费了许多时间才到了关口。由此回望,由蒙阴至附近山势历历在目,向西则另一河谷之景色亦突呈于眼前,象征着未来的希望,就要实现了。

因为道路不好走,费了许多时间,所以过关后,天已不早,急急前行,至距仲村约十里之地,即已昏黑,冒暮色前行到仲村。仲村为费县外一大镇,但在城内看了许多地方都找不下住处,只得访区公所借宿。而主持人员不怎么好意收纳,后经多方解释,他们并打电话到县府询问过才让我们住了一夜。

次日离仲村西行,所经为大道,交通称便,因也可以行汽车,所以洋车更没有困难。西边景色亦时有兴会之处。晚寓城外一小店中，除空屋一小间外无他物。幸我们有床，尚不感困难。次日就道往河北，看第三纪初期地层。此区因沿河谷，人口众多，亦相当富有，不如前昨所见之荒凉。观看完毕后又过河西行，下午即至曲阜，将至曲阜即见沿途大墓地甚多，又过颜陵，尚有古柏参天，令人起敬。在曲阜已有小旅馆可住，十分清洁。次早即至孔庙瞻仰，并购碑帖数份，以作纪念。随出城往孔陵，占地甚大，时正秋深，红黄之叶与苍绿之松柏叶相杂，成一最佳之图画。谒陵以后，即上车往车站，途中时时甚念我民族之伟大，而增加个人对民族的自信，直到上了火车，在辘辘的车声中，我还做如此想。

（二）在古火山区

第二次往山东内地旅行，在胶济路沿线。以前全未去过，对于我可以说是一个新区域。济南住了一日即东行，先到昌乐，一下车即看见许多日本人和大学眼药的广告。入城寓一小店中，随即往民众教育馆看所谓龙骨。以前翁咏霓先生在济曾闻人言，新近自昌乐掘出龙骨。因为昌乐一带白垩纪地层很多，我们颇疑所谓龙骨也许真就是中生代的爬行动物，和蒙阴的相近。但一看之后，证实此想法不对，实为一水牛头化石，而非中生代之爬行动物化石。但这有相当意义，因为此水牛化石保存很好，化石程度甚烈，上且附有红土，证其确为黄土期前之物。且水牛一物在现在仅限于淮河流域以南，徐州以北完全没有，而我们历年在周口店、渑池等地，均有此等化石发现，知其在地层、古生物上均有相当意义。据云此标本得自距城不远之李家庄，即寻一人带路前去。出东门东行过一二村至李家庄，即上以东之山丘，果在白垩纪割蚀之沟渠中，有若干红土及沙泥堆积。据我们的技工云，在以东沟亦曾找有若干化石，所以水牛头骨十九自此红色土层而出无疑。南望方山等地，见玄武岩之山绵延成屏，乃于次日雇骡往游方山。山沟中之红土底砾岩以玄武岩为最多，且多腐朽，故此火山之爆发，当在此红土层以前可无疑。玄武岩直不啻覆于白垩纪地层之上别无其他堆积。流连半日，在山上庙中小休，即另寻一道回县。正值某镇有集会，赴镇购物及由镇回乡者不绝于途，熙熙攘攘颇有太平景象，若不知国家到如此地步者。

由昌乐搭车西往益都，益都即前青州府，为胶济路一大站，站距城尚有二三里。下车入城找一小店居住。青州虽大而店反不如昌乐之洁净，随即往教堂找齐鲁大学斯寇特所介绍之某君。因不知路，颇费周折始见，随即探听往临朐境山旺之情形，彼介绍一临朐人倾谈，随即辞出。次日由县起身，出南门舍大道见东南入山沟，介于陀山及云门山之间，新生代后期堆积甚多，层次亦颇清白。以前日人及师丹斯基均有化石发现，我们亦找得若干骨化石，大约与昌乐牛头化石同一时代。流连片刻，余即又投大道往临朐而行，下午抵城，寓县衙前一小店中，旅客亦不少。由昌乐、益都及临朐三县所住小店，得一共同观察，就是这些小店全靠乡下来打官司的老百姓维持，随时听见关于讼事的讨论，可以说，许多冤枉的时间、有用的金钱，全都消耗在这个上头。

在小店稍息，即往教堂访益都介绍之某教士，为一七十余老人，虽为本县人，但彼步履艰难，不便请其帮忙。其实关于地点等，他知道的并不多，随即辞别回寓。次日东行，所雇的洋车，初道路颇平坦易行，过三家楼路很崎岖，实际我们全步行着，除行李车外余均空车。再前至山地，初为石灰岩，后见白垩纪（青山系）地层甚多，其上不时有玄武岩，道路愈不好走。午后抵某处，计距城约十里，此间适有集。过山旺附近，村长某请至一店休息，候了许久始来一车夫，云有一车夫受热有病，即令送水并抬之来店。盖天气太热，沿途又无树可避阳，因之中暑。我们稍休并用饭后，即起身赴某村，寓于周姓家。盖因村长招待，一切均方便。不久本地村中教员，附近团上的团长均来拜访，待以上宾，自觉惭疚。下午利用余时在附近观察，山坡红土之割蚀不若他处之烈，但一种冲洗情形显然可辨。

现在把我在此地的目的补说一下，去年与卞君往莱芜、蒙阴时，在济南齐鲁大学见地质系斯冠特先生，他导我们参观他所保存的标本等，内中有一些植物和鱼化石最引我们注意，大致看去好像新生代的东西，其地点说在临朐。此时我们因有事赴黄河流域，遂即搁置，回平后，愈想愈觉此地之重要，乃拟以往昌乐看龙骨之便看看这地方。于是二次过济南再访斯冠特，承他又打听出详细地点，据云在山旺东北二三里地方，因此我们才由临朐来此。次日清早即偕技工及村人二位出发，越一山脊至解家河，河沟西边得页岩甚发育，内中即含鱼及植物，其保存甚完好，但一干即易破裂，采集有相当困难。此页岩因甚薄且内有树叶等做各种样子，本地人视为异宝，名之曰万卷书，也是一个很有意义的名称。化石之中有叶且有花，又有昆虫,还有蛙、蝌蚪等极不易保存的东西,所以在古生物学上很有意思。我们在此采集了许久,所得甚多,这页岩到西边山坡,则渐代以黄沙页岩,内有玄武岩弹甚多,其中亦有化石,不过不是鱼、植物,而为龟及哺乳动物的骨骼。从层序上看,当代表与页岩同期之堆积,不过为另一相。此等堆积之下为白垩纪地层,而其上为玄武岩,附近各山均为玄武岩造成,大部向北稍倾斜为玄武区,或代表一古火山区中心。经后在实验室初步剖析化石之结果,知此等堆积大约为中新统,而非如泰山南之第三纪地层自始新区直至中新统。如果可靠,则玄武岩流喷出之时期比较确定,不过页岩、河砂岩中火山成分甚多,恐当此堆积造成时期,另有一更古之火山作用(因新玄武岩与"万卷书"等成不整合)。

在"万卷书"一共正住了两天,并在附近也跑了跑,采得了不少的材料。我们留技工在此工作,期多采些东西,而我自己离此搭火车往青岛,想在沿线看看。在周家住了数日,他们招待甚好,第二日并允以马送我到站,沿途见桑园甚多。据说临朐以产丝著名,近亦不景气,又在沿途多有培养烟叶苗者,亦有鲁东特产。午抵站即搭车东行,第一站即过昌乐,东行过胶县,两边白垩纪地层露出甚多,且成一极平之台地,当代表一古时之侵蚀面,如与泰山南相差不远,则为唐县期之地形。沿途白垩纪地层为所谓青山系或莱阳系,因未详看未能决,但莱阳系中亦曾发现恐龙化石,很盼以后能有机会,做一较详细的调查。

晚抵青岛,虽人地两生,拟住一较大旅社,以免小旅社之竹杠。到站见一接客者即随之去,不料一抵店,却为一日本人经营之饭店,只得勉强住一夜，次日即移至中国旅行社之招待所。往访正在此地采海洋生物之张尔玉君，为北平研究院同事。张君导游青岛各名胜，收事半功倍之效，又参观张君采集之办公室，标本杂陈，得益良多。

我本想随张君采集之船，出发一日，以长长见闻并看看海景，不料当日大风，等至午，风尚未息，只得作罢。我又不能在青岛久住，即作别，搭车西去。青岛当华北三大市之一，初年全由德人经营，至今建筑，德人之作风犹存。参观德人所修之炮台遗址，令人回顾过去历史，又想到未来的难关。

两 广 探 洞 记

（一）广州

二十四年（一九三五年）新年后，有广西之行。由北平起，共德日进、裴文中及我三人，到上海停一日，即登塔佛脱总统号南驶。这一段路，以前去时已走过一回，无多可记。两日两夜到香港，当日即由九龙上车赴广州。入九龙车站，上车时有一极深的坏印象，即旅客检查极严，示以护照亦无效。司其事者，为一外人，面目甚狰恶。我们行李很多，任其细为查验，必要误车。此外海关上查验，我们当然不反对，其面孔虽凶恶，但此等人向例如此，亦可原谅。令我们惊异者，德日进出面一理论，彼即马上放行，未免令我黄面孔人有一点不平罢了。

车行不久已入暮，广九路景色如何，不能看见，仅由车窗外望，灯火点点而已。到广州，老友张惠远来接，可以无有困难。据张君云车站上教育界人士甚多，因胡适之先生有自港来广州信，故来欢迎。

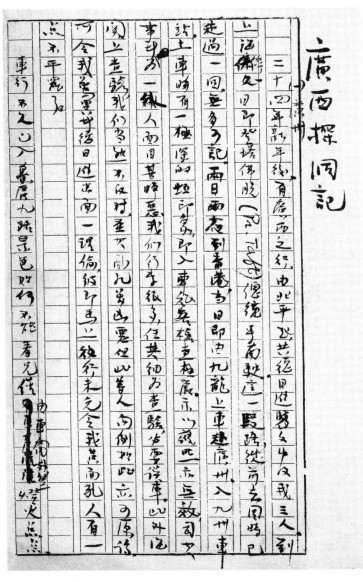

《广西探洞记》手稿

我们的首要目的，在参观广州关于地质的设备，并看看附近的地质，所以连日参观中山大学地质系及两广地质调查所，附近可看的地方为白云山、黄花岗、小坪、黄埔等地，对近郊地质得有粗浅认识，张君并请我们讲演。一切完毕，即准备西行入桂，张君并允与我们同行，广东才到又要作别了。因我们归途未经广州，所以对于广州只可说来去匆匆，只看看热闹的都市，说不到有什么系统的感想，但亦有几句话可以作游广州的纪念的。我在广州数日间所得感想最深的只有两种，一是好的，一是坏的。

好的是广州为中国革命策源地，且因与海外交通最早，得风气之先，所以有许多地方当然比内地进步，并有许多地方富有近代历史的意义，如黄花岗七十二烈士墓，使人肃然起敬。到白云山及镇海楼令人回想孙中山先生开府广州的往事，到黄埔公园一带又令人回忆蒋介石初年事业，这些虽不如陕西西安周陵、秦墓之古雅，但我们现在人倒应对近代事格外注意，格外感觉兴奋。以上可述各地虽有的是惨痛的内争的纪念，但也有的是中国革命史上光荣的纪念。此外新的建设亦是有许多向好的方面做的，规模宏大的中山大学新址正在修筑中为其一例，可以不必说了。我们学自然科学的，就从自然科学说起，如镇海楼关于自然科学的陈列馆，虽尚有许多有待改良，但也算有了好的开始。地质研究与调查事业亦算有一些根基，只要方向正当而加以努力不辍，一定会有好的结果。

坏的方面，也有些令人失望，就是思想方面的开倒车。我们到广州的那几天，正是胡适之先生在广州的时候，当地新闻上闹得很热闹，以胡先生在香港的言论不当攻击很烈，而中山大学原请胡先生讲演，竟中途取消。关于此事详情已见胡先生的广州游记，我无详说的必要，我所要提的就是从思想方面说，很希望不久改正。

（二）到梧州

从前听说，有由广州直往梧州的轮船近因生意不好中止，只有以摩托拖行的大木船，可由广直驶梧，很慢。所以须由广州搭火车到三水，再由三水搭由香港往梧州的船，行李多不免有相当的麻烦。到三水下火车后搬行李到码头、接行李上小舟的人多得不可以数计，且十九皆为女子，叫唤之声，不绝于耳。在南边妇女工作之苦与多，使我们北方人看见十分惊异，街面上妇女工作的特别多，且多做出大力的苦工，如码头上来往挑行李的几尽为女子，想这种人才配说男女平权。

大轮停在江心，上大轮须由小舟送往，当然有一度烦忧。我们的大轮名中安，听说为英商，但不如长江航轮之讲究。大轮旁小舟蚁集，除往来载客及装货外尚有营业的，面食点心全可以有，以一小篮持长竿上送取，十分便利。船尚未到开行的时间，又不便下船，乃在船面远眺，借以看看附近景，除江边一梯形址外，远山亦清楚可见。

下午四点始起锚上驶，一点钟后即入山中，过一峡名曰羚羊峡，风景虽不如长江三峡之雄伟，但亦有可观，不过就地形上略为成熟而已。再行即入暮，至次早即到梧州，所以沿江景色不能全见，甚以为怅。

广州羚羊峡(一九三五)

次日早十点到梧州，未上岸前受严密的检查，并做人口登记，为他省所无。上岸至旅社稍休，即往广西大学参观一切，并看地质。梧州位于西江与抚江交流处，广西大学在抚江以西，去时须过船渡江，广大有专船摆渡甚便利。广西大学为广西所建设之一校址，地势俯水靠山，风景甚佳，各院均为新筑，内容亦有相当充实，尤以工程部分比较完善。校长为马君武，闻有微恙未访，一切由校务长苏君招待。附近岩层多为花岗岩，一切受热湿气候之影响十分显著。

（三）梧州到邕宁

由梧州往南宁，有两条路，一沿江西驶，自然较慢，一即搭汽车前往，广西公路发达，早已耳闻，今幸有实地观察的机会。我们一行连张君共四人，再加上行李，恰可包一小汽车，有随时可停的便利，所以绝不搭公共汽车，以期稍可自由。汽车路起站在相距二十里之戎墟，位于江南岸，所以次早先上小汽轮上驶前往，汽车在彼停候稍休即开行。汽车路果然修得很好，宽而平坦，比起我领教过的西潼汽车路和其他路，有不可同日而语之概。在这里旅行最引人注意为一种丘陵的地形与分布很广的红紫色堆积。午过岭后稍休息，食品自然只有米饭和一种米做成的面，也有鸡卖，德日进必欲吃之，不料肉硬而粗，几不能分开。时天气很冷又兼有汽车行驶的风，所以特别冷，本地人以炭火盆放置腹部而单衣赤足，一若只有腹部怕冷者。

再前过蓉县，本地产柚子，闻甚著名。过北流向郁林出发，过一石灰岩区,风景秀美。讲到森林自然比北方的为多,不过秃山也不少,其为后人砍伐不得法,甚为显然。郁林城即在石灰岩造成之平的侵蚀面上。我们入城投一旅馆,规模不小,附近并有图书馆、公园等设备,可见广西各县的建设,已有相当进步。旅馆内有类似妓女之女客多人,据张君云广西境内列有若干特别区,在此区内可以有娼,否则不许,大约郁林算是特区之一。

次日由郁林起身往贵县,贵县在西江北岸,故在贵县以东不远须过河。过河方法系有一专载汽车之船,其上平,汽车可驶其上,然后载之渡过,无换车及搬行李的麻烦,其一切均由汽车局担任管理,亦不必多花钱,堪称便利。在河边因有好的剖面,流连片刻再上车,不久即到贵县。我们在贵县旅店中外望,俯视西看远山。最引人注意者为山自平面陡起,或如宝塔,或如直柱,此即广西最有名而特著之山水。在此县以东虽已有之,但不如贵县附近者之奇特。我们为一探此胜境及了解其结构计,稍休后即渡河前往。先在河边略做观察,与适才来时所见者同。后即向北七星山去,距河有七八里,在石灰岩平面上行,峙起之山亦为石灰岩,此为喀尔斯特地形之两种不同时期的表现,而都为一种地质现象。在山坡未见伟大之洞,再东折到红色砂岩小阜,似直覆于石灰岩平面之上。如果所观察者为确,可知其平面地形,已在砂岩造成以前形成。

第二天清晨,起身到宾阳。过宾阳后,过一花岗岩山区,其风景亦秀美,沿途丛草甚高,盖皆去冬之枯草,如在北方早已被刈作燃料,而此地尚完好。人烟也比较稀少,耕种区域限于平地及河渠旁平地,绝未有北方之在山坡或山顶开垦者。此当由种植物不同之故。越过花岗岩山区再西行,即至邕宁区。除在半途略做考察采集外,直发省垣,于下午两点左右到达。计由梧州到此共四百八十五公里,平常为二日程,夏天一天亦可到,我们为从容计,走了三天。

初到邕宁当然访问当局,并在药肆打听龙骨。因我们未来广西前即知广西许多地方产骨化石。前张惠远及徐瑞麟二君在广西调查,先后发现有洞穴堆积内含化石,张君并有一文发表。我们因历年在北方从事洞穴化石研究,颇感兴趣,且了解其重要性,故到此即在药铺打听,以期得一些概念。我国人吃化石之恶习惯,无南无北全是一样,果一经询问即见有许多化石,大半为已破的牙齿等。不过关于地点仍不十分明了。

其次就是往附近调查,我们有一天曾看附近的五旗山,为上新统地层,内含介类及植物化石,但找了半天,未见骨化石,仅有若干鱼的脊椎。

邕宁为广西省会,省城府所在地。在郊外江边,省府及各厅全在一起,皆为新式建筑,便于办事,可代表广西之新气象。市政亦很好,市面的式样自然和南方各处一样,两边造有廊子,以备夏天避太阳,雨天避雨。我们由统计局杨君招待,见其一切甚有朝气。未到广西前即听人盛称桂省建设,及今目见,果颇有可观。省省能如此努力,中国自有希望。

(四)武鸣探洞

由邕宁往武鸣,也通汽车路,北行数十里,即越一古生代初期之山脊，工程甚大，有一段尚在开凿中。越过山脊后即入武鸣。盆地平原上时有孤立之石灰岩山，山峰陡起，其中不少亦有山洞。我们先到武鸣计，途中未多停留，直发县城，午刻抵城即访县长，承招待并寻一住处。布置妥后，即往东北约三十里之苞桥墟，亦可乘汽车前往，苞桥附近三四里石笋状之山甚多而秀丽，山峰反映河面，倒插河中，盖以夕阳彩霞，几疑身在图画之中。

我们在附近探了好几个洞，有一洞最为清白，除洞之角缝尚有残余黄色较古堆积外，大半为一种灰色堆积，亦被以后摧残。此种堆积中，介类化石、动物兽骨及石器甚多，确为一文化堆积，但就动物化石之性质及石器之构造言，似为黄土期稍后之遗物，而比黄色者为新，那么黄色堆积中如有化石当比灰色中者更有意思。此为第一次在广西正式探洞，竟能得到东西，实因张君比较知道地点，故有事半功倍之效。我们均高兴非常，略做采集，因天不早即乘车返武鸣。

第二天由武鸣起身，往西北约七十里之锣墟，也是打听另一地点，但真正有洞之山又在以南三十多里。因此地为一区中心，须先接洽本地人前往，所以绕道至此，在办事处休息，见军队正集中操演，精神甚好，盖广西近正征兵，加紧训练。我们所欲去之地名芭勋，前往经极幽僻之山地，树林虽已多被摧残，然热带植物森林之状尚大部保存。芭勋为一山镇，因有招待之便，即被引至山洞地方。洞亦在壁立之石灰岩山壁，惟山坡及附近草木多，几不能通行，如无本地人引路，很难找到地方。我们在此也看了好几个洞，所获与预见相若，可以证明所见之不谬。看完以后，仍由原道而回。

广西武鸣之大车（一九三五）

第三天即辞武鸣回省。武鸣为陆荣廷故里，听说这一条汽车路，就是他首先开的。归途中在腾翔一带又看了许多洞，所以武鸣东、西、南三边的山洞，可以说全看了一看。而所得结果差不多一样，可以说此行之大成功。

回南宁后即计划往桂，此时黄旭初主席已回省，即往一见。省府人员无论何阶级，全着灰制服，平见无人介绍几不认其为主席，因此上行下效，非常俭朴。不但日货不易畅通，即其他外货亦无形抵制。

我们在此无意中撞见胡适之先生，他在天上飞，我在地上跑，时间相差不多，因而会见。胡先生畅述其在广州之经过，及其在桂讲演之苦，以为用口太多，用眼太少，而我们则不用口而专用腿与眼者。胡先生次日即要飞柳州，我们不日也要前往，只是汽车哪里有飞机快呢？

（五）过柳州到桂林

我们本还打算往邕宁南龙州一带一去，借以看邕宁系之分布和第三纪初期地层，但一因恐时间来不及，二因天多雨恐有延误，所以作罢。由邕宁到宾阳一段路，和来时一样，过宾阳才往北折，沿途比较平坦，有时经平光之石灰岩面上，远处天际则为峙立之石灰岩山，分割虽不如前所见之烈，却与北方之石灰岩山大不相同，代表一不十分剧烈侵蚀之时期。下午抵迁江县即往此。因汽车站附近无店，乃往城内投宿，住一小店之楼上，像一地道之南方小店。之后在近郊稍游，并沿江散步，江流割穿石灰山、平原甚深，在河旁视之，几疑为一阶梯地形，到平原四望后知其仅为河流割蚀此平面之结果。石灰岩中化石甚多，为石炭纪地层之物。

我们欲看城北六十里北泗之煤矿，曾与其办事处接洽，次早与煤矿人同往。他们另坐一生木炭之汽车，但行不数里即有毛病不能前行，可知此等汽车尚须研究改进，始能适用。我们无奈先行到矿上总办事处，一见总工程师，竟为北大同班江君，真可谓他乡遇旧，欢欣非常。江君引我们参观其矿，距此尚有二三十里，幸有汽车往返甚易。归由江君招待午饭，即辞别北行。北行不久，又遇大批石灰岩区，群岩峙立有如石林，我们一路常呼此等地形为竹笋，其直立而上有如竹笋。下午五点到马坪，即住柳州富江北岸旅社，过江见江水碧绿，实为可爱，因石灰岩区之水特别清亮，诚所谓山清水秀。旅社即位江岸，推窗外望，奇山与绿水相映，实为天下奇景。由邕宁到马坪计程六百七十里。

柳州为柳宗元谒居之地，脑中已有甚深印象，闻此地柳公遗址颇多，惜限于时间，未能瞻仰。我们目的不在览历史胜迹，而在探求史前历史，所以次日即外出探附近之山洞。跑了数十里，看了十余山洞，也得到相当的东西，但不如在武鸣一带之多而清白。我们因限于时间，未能对各洞做系统的探寻。有计划的调查，为我们未达到的愿望，此次不过做初步考察。若能实现我们的计划，必在古生物和史前文化上有最重要的发现，可无疑义。至于对喀尔斯特地形的研究，自然也是另外一个重要问题。

在马坪实际工作一日，即又乘汽车起身。这样好的地方，乍来

广西桂林山水(一九三五)

又去，自然有些可惜，不过我们同行全是很心急的，只有匆匆与河山作别。此行车过榴江、修仁，并匆匆在修仁境过瑶山以北及观山以南，多为古生代初期地层，以南之瑶山甚雄大。据研究生物者云，此地之动植物均特别，但不知地质方面何如，惜不能一去。到荔浦休息吃饭后即北行，过阳朔往桂林。荔浦附近，即有笋形之山地。一入阳朔地，此等山地雄秀而多为广西此等风景最著名的地方。语有"桂林山水甲天下，阳朔山水甲桂林"句，其实此等风景大同小异，桂林附近与阳朔一带全是如此，不过探奇者故作此语耸人听闻而已。再进一步言，恐广西其他各地乃至邻区，如云南东部、贵州东南区凡有石灰岩地带均有如此风景，其秀美当不在桂林与阳朔以下，或者因桂林一带与北方交通在早，而桂林、柳州等地又为政治中心及历代名宦谪戍之区，近水楼台，首先见赏于文人骚士，因而格外驰名，这是我的猜想，不知其究确实与否。不过阳朔一带之笋状山真是多而秀，峰峰竞美，步步生奇，令人有山阴道上应接不暇之势。最好是在碧绿的河边看此等山，更为俊丽。此外就是内中奇形怪状的洞了，以后当略为申叙。由马坪到桂林共五百四十里。

桂林昔为政治中心，近省府，而桂林仍不失为重镇，且为北通湖南以入中原的门户，城郊附近亦为石灰岩山峰，争奇斗艳，尤以西北为甚。而城即位于石灰岩平面上，城内经大改造，旧日面目已改变甚多。新修街道甚宽阔整洁，并新植树木，益见整齐，尚有未完工之路甚多。预料完全改良以后，当更有可观。

我们住桂林一家有名的旅社，自到柳林，已感觉语言已懂，粤语色彩不甚显著。及到桂林，几疑已到武昌、汉口，或者简直觉得离家乡近了。晚上无事，曾去听桂戏，也与粤戏大概相同，至少语言易懂，其音调可视为一种梆子的变调。

（六）桂林探洞

我们来桂林的目的非为览胜而为探洞，所以许多历史古迹也都未欣赏，即往城北探寻。出北门不远有一洞，前丁文江先生来桂时，即在其中探得若干哺乳动物化石。经作者研究，近来中央研究院地质研究所李月三先生在广西考察路过桂林，即在同一洞探得不少化石，标本运往南京，此材料作者也曾看过。此次来广西以前又承李君告以详确地点，所以我们一索即得。洞口向北部为类似军用防御工事之土崖所盖，然吾人仍可自由入内。我们在内盘桓了许多时，除采得化石外，兼获石器不少，此外并就石钟乳生成情形及残余之较古堆积，对其过去历史亦曾讨论。工作完后，即在附近观察，城北城西尽为此等石山，一望无际，亦有不少洞，惜我们限于时间，未能一一探寻，不胜遗憾。

除在桂林附近考察外，我们还想做较远的旅行，往西因交通不便作罢，乃决定往东北走。雇一汽车北行，尽量地跑，但于晚仍折回桂林。初起身一段路因避山地，反无多石灰岩山峰，又过一古生代初期岩石山岭，再往东北，始又重见喀尔斯特地形，再北到兴安县，共行一百五十里，在此休息吃饭。后登高北望，仍是山岭遮目，而非泥盆纪石灰岩，又因时间关系乃决计返程。在重过石灰岩山地（兴安南九十里）路东有数洞，停车往视，有两洞紧相连，北边大洞内有死尸一具，令人生厌。在口内不远略为探寻，得化石碎片若干。以南洞甚嫌小，亦做同样试掘，土为黄色，得化石若干。此时德及余均有倦意，拟舍而登车，而裴君在后乃续掘，须臾大呼"有好东西"。我们再近视，乃为犀牛牙等，大喜，即又全体继续工作，复得白熊、象、土狼、猩猩等牙若干，尤以猩猩之牙最为名贵。因邕宁药肆中，及两广地质调查所采集中，均有猩猩之牙及犀牛、象等，但武鸣、马坪、桂林一带之山洞中全无其迹，我们虽曾猜想此等化石年代当较远，或自大半被摧残之黄色堆积中来，但至今未有实在证明。今在兴安以南洞中，见以上各化石，不但可证明以前各地洞中之观察，且知药肆中所购者，确皆来自广西。此外还有一层，就是四川万县盐井沟的哺乳化石群中若干，此地均有，可以说广西此等堆积为四川万县之延长，使我们对于中国南方新生代后期哺乳类化石及其演化，得到不少的知识，并可以与北方所知相比。最后就年代讲，就已有猩猩化石讲，此地洞中甚有发现化石人之可能，胡适之先生在南邕曾祝我们再发现一"广西人"，今广西人固未发现，也已有了线索了。

现在让我把广西的山洞再结述一下。广西之大批石灰岩山，因受特殊气候之影响，成为喀尔斯特地形。此等地形在世界许多地方均有，然求如广西之雄大，殊未见其比。因此等地形不限于广西，邻近地区亦十分发达。就近构成之石灰岩讲，非泥盆纪（如桂林）之石灰岩即为石炭二叠纪之石灰岩（如马坪），此等地形之构成往往为时甚长，由老而幼，大约自中生代末期此等侵蚀即已开始，迄现在仍未已。现在所见最显著之平面及已被割切之孤峰显然代表两不同时期，一老一幼，他年幼者亦可变而为平，而平者又可为割切之孤峰，今特将其历史简列于后：

  石灰岩区之一部成为喀尔斯特地形，终至夷为平地。——中生代末期

  红色岩层之堆积为浅湖状，另一部石灰山地孤立湖中。——新生代初

  此孤立之山中经相当时间内部成无数之洞。——中新统

  此孤立之山再被割切成为笋状山峰。——上新统

  洞中黄色堆积之造成，在外部有红色土壤。——上新统末

  侵蚀黄色堆积。——更新统中

  灰色堆积之造成，在外部有黄红色堆积。——上更新统

  近代

以上所述不过略概其凡，详细研究有待于未来，即吾人已知识之报告，亦有参考其他出版物之必要。今所以略述，不过游者之一助，并借以启发国人有志者研究之兴会。

  广西山水素著盛名，我国文人有山水癖者甚不少，即具有科学思想者也不是绝对无有。如明末徐霞客，颇具地理眼光。所著游记颇能发人未发，迄今读之尚感兴会，但终因昧于生物可以成化石之理，及

时间的广化的原则,所到之处,仅惊叹风景之奇与洞中钟乳石之美与怪。又如桂林城中独秀峰洞中壁上,吾人尚见有介类及骨碎片附于石壁上,数千年以来竟无人道其所以,至于石器及其他更不必提了。

(七)过平乐往八步

桂林完事后,即又南行,由桂林过阳朔到荔浦一段,与由南北上所经同。游广西者多由桂林往阳朔坐船,因在水上看此等青奇之山,又是一种风趣。但我们既无充足时间,又要随时看洞,所以仍坐汽车南行,在以南数十里之西林公园附近稍停,并上山看看。西林公园以纪念岑春煊而闻名,其内甚好,并有师范学校,惜无缘一观。

阳朔风景既有甲桂林之目,所以笋状之山自然多而且好,附近洞中当有不少和桂林及兴安者详细探求,当候之异日。到荔浦,在同一店中休息吃饭,即折而东行往平乐。由桂至平乐三百余里,所以到得很早,平乐在桂江东岸,此水亦上通桂林,小舟亦可到。至河边过江,寓酒店中,随后往附近观察,虽无石灰岩山峰,然以西以南可望桂江,江流甚平,沿岸大小船甚多,但尚不通汽轮,所以由桂往梧者多仍由汽车去马坪,再搭轮东下。

第二天下雨,而我们仍照常出发。途经石灰岩山与某地较平之山,间亦有小平原。而到八步,寓市内一小店中,甚为简陋,行李衣物多湿,须取炭火烘干,我们又须乘机参观距此数十里之西湾。盖矿务局所在地,我们承当局招待参观附近煤田,及距此十五里之锡矿。矿在砾岩中,为更新统下期砾岩,于我们一路之观察甚有参证。

在广西沿途所住旅店，以八步者最为简陋，又因天雨，甚感不便，比及起身算账，却较其他旅馆并不便宜。次日天虽不下雨，但仍阴，在广西汽车路甚好，照常可行驶，除一二处稍有困难外，可以说同天晴时一样。这固然由于土质比较适宜的关系，然亦半为人事努力之结果。

我们回到平乐，住于同一旅店中，这时只得另做计划，因为我们颇不愿意又回到荔浦，再往马坪，走许多重道，所以打算由此上船往梧，为时虽多一两天，而所看多些，且另有一种风趣。大家同意，即决照办，辞却汽车，另雇一民船，即定次日起身。

（八）桂江舟中

我们所雇的一只小舟很新，所以比较洁净。所有舱中全部为我们占用，行李可以放在底下，上盖以板，恰不多，刚可容我们四人。白天为坐着舒服计，前边当间的板去了一个，两边即可当折凳使用。船主一男一女，两个三四岁左右的小孩，另雇一人帮差使桨。船中食品由我们购置，而船主代做，自然是女主的事。所带食物无非米蛋鸡肉之类，做得比较简单，然较之所在小摊购食物，尚洁净可口。总而言之，一切都比较舒适。

由坐船可以望见西面一切，两边因有小窗所以可以看见。江水很清，底上石子清晰可见。我们北方看惯浊水的人，对此甚觉可爱。西边风景完全在山沟中，有时远处可见石灰岩山峰，因无平原而又河谷甚深，所以常觉在山中穿行。

第一天起身，晚泊一小地，名八塘。时为阴历年关，所以到处可见预备过年的情形。第二天连我们船主也在船上贴上红纸装饰一新，旧历年深入民间甚深，即此可见一斑。午到一大地，名昭平，临时买了些补充食品，即启行。晚到凉风塘，为一小村，但自夜间起即闻爆竹声辄夜不绝，一小村尚如此，他地可知。此等情况在北方久也不能看到，虽然说南边放花炮之风比北方为胜，但也得要有兴趣。试思北方人民于现在处境之下，即官所不禁，似乎也没有大放爆竹的兴趣。

　　就个人说，佳节在小舟中度过，也自不令人感触。我们本计划赶到梧州过年，因不凑巧，赶在半途，其实梧州又将如何，不过吃得好些而已。而就风趣说，小舟中度岁，也自更有意思些。人逢佳节往往也同商家一样，是一结账的日子。在平常，时间一天一天地过去，不知不觉，也无暇回想过去，到了佳节，由不得对自己过去有一种回忆，而今在江中，小舟徐行，山河如画，由不得令人想一切。由对去之不满足，思未来更加努力，在这样的情绪中，一天也就容易地过去了。

　　阴历初一这一天，停一山地，名倒水，无足可记，但我可乘此把船上生活约叙一叙。船上最忙的不是男主而为女主，除做饭（我们的饭和他们的饭）、看孩子外，还要不时替他们把桨，二男子吃饭的时候照例是妇人把桨，两个孩子一点儿不怕水，自船边从前走到后，从后走到前，也不怕跌倒河中，实由自幼练习而成，将来大了自然也是舟子。大一点的，有时且帮着他母亲使桨，其身势步法，全很中用，我们有时试试，还不如他们。

两天以来所见的地层皆较平凡,全是古生代初期岩层,不过河边常有二个阶梯地形较有意思。次日起身走了半天,于午间见有一汽船,知距梧州不远,又走了一点多钟,已入花岗岩,不久即见广西大学地址及梧州城市。即在码头上岸,沿街商铺尚大半未开市,街上爆竹皮甚多,随处皆新年气象,即仍住原住之旅馆中。计由平乐到梧州五百余里,共走了四天,若是上水至少得七八天,但若有火轮,时间自然更为经济。

我们全急于回北平,因法国考古学家步日耶将于三月初到北平,周口店采掘工作尚须提前。照我们预计二月二十日左右到北平不会误事,因之我们比较有时间,又因我们买的是一家公司的来回票,而该公司船至十二日才有,以前的又赶不上了,算来还有六七天的时间。这几天还可以在交通便利的附近略做观察,但德日进老着急,恨不得立到香港,所以一到即打听由梧往港的船。恰巧次日即有,且是我们来时所坐的船,即着购票,不料竟购不到手,为此须搭后两天的船,德公急得了不得,乃提议于次日购通舱票东下,其实他可受此苦,我等当然无所谓,即决于次日离梧。先一夜曾略游梧州市面,并看电影,此次一别不知何日再来,不免令人怅然。

(九)由梧州到香港

所谓通舱者(一名尾楼),即为一大片地方,上下到处全为客人住的地方,中无间隔。其分上下两层,每人之地约有行床那么大,四边有三四寸高之立板为之界,以免彼越界。上铺有凉席,却也干净。我们四个连着排列，每人地位和在小船上的地位大小相若，也不觉得狭小，所比较感觉不快者自然是一种不好的空气和旅客的不干净行为，如吐痰等。在另外一方面，能看到各色社会的各别情态，却也有一种乐趣。

上船后即静候开行，倚栏北望梧州街市，觉此山水胜地，把晤不久又须言别，心中不释。开行后，即到一等舱吃饭，遇见广西大学校长马君武先生，因张君与之相识，所以辗转介绍，我们即谈论一切，以解途中寂寞。马君品学多可为后学景式，近年主持广大，尤有声色。时华北冀东又有事故，马先生虽已老，青年尚不胜愤慨，而于国人不崇尚武甚为太凶，据云当广西征兵时，广州多相卒近里或逃避，若在西洋国家将适得其反。

下午船当然很快，夜四点过三水，张君须于此地下船回广州。我们劝张君一同游香港，彼不愿。计张君与我们一同入桂数十日之久，一切学问上、事务上便利之处甚多，今一旦作别，甚为可惜。我们为惜别计，事实上一夜未睡，把茶长谈，抵三水始送张君下船。此时西楼旅客亦下去不少，有地方余出，我们三人即由尾楼移到西楼，再行入睡。

次早起来，舟行广大之冲积平原中，岸且甚低，几与水平，一望无涯，此即珠江下游三角洲地带，沿岸香蕉树甚多。按图所经地为中山县，乃广州最富庶之一县。下午过横门即入海，海面渔船甚多，在波浪中起伏，再前洋面，马先生告诉我们即为零丁洋，令人回想宋末下场不禁唏嘘今国事如此，国人如不再努力，此等惨事势将来临。傍晚船靠香港码头停泊，我们为上船便利计，拟住九龙。马君并介绍九龙酒店，据云一切设备很好，价亦公道，有人送该酒店对联为"头等唐人二等鬼，三次西餐四次茶"，盖谓住此酒店之中国人多为上等人，而洋人则多为二等，其内待遇一日三饭、四茶，房租自五元起算。

我们行李很多，由香港移九龙被脚夫敲了一笔。到九龙酒店，果有房屋，设备亦不错，即住最便宜之房。我们所提之洋人固非二等，或嫌不足，而就我们言，以穷地质家亦享有头等唐人生活了。

（十）香港种种

我们又到香港了，但距北上的船期还有五天，除看附近一切外，还很充足。头一天定了船位，即往香港大学解剖系访其教授佘某，因彼往马尼拉开会，由其太太与女书记招待我们参观。佘氏在香港附近所采之石器等，内有陶器甚多，时代当很新。此外就是游香港街市，由码头往香港大学途中即经中国街市。所谓中国街市者非主权归中国之谓，乃指营业人员及铺面种种均为中国人及中国式，自然全为广东人。香港虽割与英人，暂非中国领土，然中国人之影响当然仍是很大，即南方之政治亦因某公在此隐然为一中心。

上述香大之石器乃在香港附近发现者，据云，沿拉马岛及附近岛沿岸均有此等文化遗址可见，我们很想利用此机会一看。德君与佘太太谈及可以帮忙，乃由英方某人借一小汽船，连我们三人共四人外又水手二人，由香港皇后码头出发西行再南折往拉马岛。小船在海中行，始了解海之大且深，这天天气虽半阴而无风，故海面甚平，

在香港（一九三五）

在香港　山上远眺（一九三五）

仅我们船过处掀动波纹。我们跑了许多地方，果有文化遗址，但都不大好。又过一海边渔村稍休，村中居民门上贴对联，巷口供关帝，熙熙攘攘，若不知其地已在英人掌握之中，为之太息久之。

我们还以一天的时间，由九龙车站上车到大埔滘下车，往沿海船湾做观察。此已非割让区，路政交通尚称便利，流连半日仍回大埔，在一小馆吃饭。在南方惯吃之鸡三样，即用一鸡做成三味菜，两菜一汤，两三人吃用最为合宜。闻以西深圳为一大站，因赌博著名，香港九龙人士争先恐后地前往。按澳门为华南一大赌窟，深圳自难望与比拟，可是听说规模也很大，我们以未去为怅。

我们到处全看遍了，又逢天雨，只有休息着，有时不耐烦，相携往香港游散，由九龙到香港往返有小火轮，每十余分钟即有一次，很为便利，船上标有"勿吐口水到舱面上"，实习北方"请勿吐痰"之意，而在此由英直译再带些南方方言味，于是变成为上述的标语。大概广东语言，若写出来大抵如此，字法与北者不同，而意思却可晓。幸而本地虽时造有生字如靓、蚵等，但还未有其他变形字，否则将变为第二日本语了。我常觉得中国语言于中国统一上，帮助很大，若以音为主而不重形，恐早已变为若干不同的文字，而政治的统一上也就很难了。另外一方面觉得中国人终是中国人，北自溯漠，南极海南，东起海湾，西抵流沙，凡遇见中国人无论是何阶级，都有许多共同点，此等共同点之力量最为伟大。我们应果决地相信，我们还有伟大的将来，目前的困难不足以限制或阻挡我们的前途。

裴君与我闲游街市，并往欢谷一游，十二年前过此曾一去，几乎误了船，那时才夜间，不曾看得仔细。今在清晨前去，坐汽车去，坐汽车返,实为香港之最东部,后相携上山顶游散。在一地沿马路旁见一地质剖面甚好,可与两广多日所见者相考证。由山顶俯视全市海峡乃至九龙景色之美,为东亚所仅有。香港之地势为东西交通孔道,以温和之气候,港湾之形势,又经英人数十年之经营,遂为世界上一大港口。吾人对之,只有感愧而已。

下午即移行李上船,船在半夜始起锚。船上无聊,于是又往香港再游,借以与之作别。十点回船,于睡梦中闻机器移动声。次早醒来起视,载我等之皮尔士总统号已在茫茫海洋中,奔放其前程。在船上整两日。第三天早到上海,略做停留即起身,仅在南京停一日即北上。

廿四年(一九三五年),十二月,廿九日

甘游杂记

（一）十二年来未见的西安

西安，西安！十二年未见了。西安是我的第二个故乡，在这古老的都市曾完成了我的中等教育，先后过了五年左右的生活。自十二年（一九二三年）出国前曾往一握别外，到今年才有机会重睹西安，我的快慰与感触，自然是不言而喻了。

十二年来的西安，经过了不少的沧海变迁。它仿佛是中国十二年来历史的缩影，在军阀的压迫下，也曾一度为革命的中心。凡是国内大潮流所趋，陕西无一次不在巨浪中动荡，而且现在还在动荡中。这些辛酸和光荣的往事及现状，我不必在此赘述。现在我这"杂记"第一段所要说的，不过是个人一些零碎的感想。西安于我，正如多年未见面的故人，故人见了面，不过说些阔别和离别后经历的往事，只说些屑语碎话，哪能有关宏旨呢？

回忆我十二年（一九二三年）去省，还是冒着大雨步行去的。从华县到省，共走了三天。第二天晚上住在十里铺小店中，大雨不止，店房倾倒，几遭不测。而今经过了十二年的长时光，我居然能于夜色苍茫中在北城外尚未完工的车站下车，而由那新的城门进城，不可不谓是一个大转变，而可纪念的事。虽然因为天雨，路基不固，车行甚慢，而且浐桥附近被水冲毁，尚须盘运一次。但在我看来，这已是一个了不得的惊人进步，一二小时的盘运和三天步行的苦处是不能同日而语的。我坐在车上忍不住对两边的山水起了傲意。征服自然一语，在陕东，至少在交通上，可以说是办到一二了。不过同时也令人感觉到当时富于诗意的徒步旅行，什么零口面、杏村捞槽与河口包子等特殊食品今已不可复享，这些地方，也同新丰、鸿门等地，只供少数人凭吊罢了。

未到西安前，常听西安的朋友讲，西安的一切变化多了，和从前不一样。马路加宽，新开城门两个，从前荒凉的皇城成为重要的军署，此外学校的变动也不少。但这些变迁只是令十二年不来的我有骤变之感，至于久住西安的人，早已习于新环境而不自觉了。可是在另外一方面，西安仍是西安的结论，我仍很相信。一入北门新城，听拉洋车的讲话，虽只限于区区数语，但已令我深切地感觉到已是西安而不是别的都市，而可以引起我十二年前种种已经模糊的印象。说话的口音，行为的迟钝，都使我感觉到，又来到古老的西安了。

第二天早起到街上一走，可不是证实了昨天的结论。虽然钟楼外表涂了不美观的白粉和标语，而伟大的钟楼依然峙立，引起人的敬意。鼓楼呢？虽一部分有点不合建筑艺术的改修，而大体上依然如故，且利用为民众茶馆了。最引起人今昔之感的当然还是西大街和南大街，比前放宽了许多，就市政言，当然为一大进步，而就各个商店言,自然啼笑不同。有的完全被拆去,有的只留一小部分,有的从前在后面,今则露于当街。听说有许多留一小部分,其后面以重价收买,尚肯让,因此有许多房子削去大半仍勉强改造成为一种不中不西的"第三种"建筑。

政治的中心,依然在前所谓北院门,为接洽西行事起见,访主席邵力子先生。十二年前邵在《民国日报》主编《觉悟》时,曾在上海相过从。此后邵从事政治运动赞助北伐,其功甚伟,而我则仅读书消磨志气,迄今仍不免为一书呆子。邵由甘主陕,尤其在开发西北声浪甚浓时主陕,其于陕西的发展当然很重要,不料"运气很坏"(邵见面时曾语及),现在应努力工作之事,依然很多。

我在西安的几天,正是纷扰于两件大事,而这两件大事于我的西行均有关系,所以不能不记。

第一件是雨的烦闷,我们到西安已在一场大雨之后,省东浐桥之水泛溢,铁路路基且受影响。听说省西西安、咸阳间沣河大涨,泛溢数十里,汽车路且为之"失踪"(省报载当局派人探询汽车路)。最令人失望的是到省第二天又大雨数日,不但道路无法修复,且还有新冲毁的,至于远道如咸阳以西的道路消息,更是言人人殊,无从断其是,也无从断其非。在这种情形下,只有在西安守候着。好在西安是我的旧游之地,往日友朋也不少,可借此会会。不过感困难的是街道巷,全是泥水,是不用说的,即新修的马路如西大街,也是一片汪洋。关于此,西安人士也有不同的论调,有人对修马路不修水道很加攻击,但主其事的建设厅厅长雷宝笔君亲说,水道必在马路成功以后修。好在我是外行,对此事也不必辩其谁是谁非。

至于在西安坐洋车,虽在平时,道路比较好已甚感痛苦,又慢又不舒服,今道路如此,当然更是一言难尽了。幸而过了两三天后,天已放晴,似乎西行的希望多些。可是打听的结果,也很难乐观,因并不是雨的问题,而是已坏的路几时才可以修复的问题。关于此点简直得不到真确的消息,有的说须待水落方可修路,至少在半月以后,还要不再下雨。有的说可以绕道由某地到咸阳再搭汽车,我们虽承建设厅厅长及省道局局长的帮助也无法解决,真正小民旅行其苦可想而知。

第二个烦闷更为重要,便是陕局的烦闷。我在上面已说过,陕局往往是国内情况的缩影,以前数年江西的情况也要在陕西缩演一次。红军假道陕西已不止一次,而多少有根据地的地方,也并非没有于我所闻较切而影响到我们旅行计划的,便是此次在西安的那几天。那时候徐海东一部正在省南一带在引驾回秦头领等地,并有使人印象很深的表现,又听说他们有西向甘边的企图。我们起初本想沿南山向西以到宝鸡,再溯渭而往天水,由天水到兰州再由北路回陕。但依目下情形看,大有此路不通之感,这岂不是我们此次旅行一个重大的打击吗?

我们本可以由咸阳过河,沿河北经兴平、岐山等地到宝鸡,但听说正值大军西开,不但车不易得,连住宿亦有困难。在这样情形下,我们一时竟拿不定主意。因此虽在西安住了几天,竟有许多应去的地方也没有去,应会的朋友也没有会,每日只忙着打听消息。十二年未见的西安,满打算可以消遣几日,不料竟葬送在这样的情绪中,岂不可叹。

写到此，似不能不把陕西汽车路情形略说几句。几年以前，陕西汽车路最通行的算是由潼关到西安一段，其他虽说偶尔有汽车可以开到的地方，但终不大可靠，无有规则的客车，比较好一点的自然算省西到凤翔一段。西潼汽车，前两年我已领教过了，自铁路通西安以来，此路旅客当然减少，即路未坏，也只有军事上的用途。但另外一方面，因全国竞言建设，尤其在开发西北声浪高唱入云霄时，修汽车路一事，已成为要政中之要政，西安的建设厅虽也有造林、采矿等工作，但全都赶不上修路时髦，所以地质调查所的牌子，自赵次庭死后，即已干脆摘下。因努力的结果，不但西安至凤县的汽车路早已成功。即边地如凤县到陇县的汽车路也已成功。此外尚有不少已成的，或十之六七已成的，或尚在计划中的。若能完全成功，那不啻为陕西的交通开一新纪元。但除陕西省当局修的路而外，还有经济委员会修的路。如西兰公路，自西安到兰州，此路在西安到咸阳一段与省公路同，但由咸阳西北折经乾县悬而入甘。不料老天不作美，把西安到咸阳一段冲毁，以致两条路甚至三四条以上的路（因西凤公路又为通凤陇路及由凤通汉中的必由之路）和西同（西安到同官以达陕北）也都交通为之断绝，使我们眼巴巴望咸阳以西而不能去，其焦急为何如呢？

俗话说"事到着忙处，就有下场处"，诗有"山重水复疑无路，柳暗花明又一村"之句。这样看无办法，竟有新出路的情境，又被我们在西安抓住。不知由某处听得西兰公路东站可以开车，我们即公推马溶之君去打听。果然不错，于次日即可起身，但须即刻去买票。我初听此话，颇疑做梦，明明说西安咸阳间有一二十里一片汪洋，难道可以飞渡吗？仔细打听，才知西兰公路定盘运办法，由西安西关到咸阳一段用骡车输送，但车票仍可由西安买，一切行李均由路方负责转运，而并不加价。此法于旅客甚便，不知为什么省公路局不仿行？又不知为什么他们连这个消息也不知道？这且不提。可是我们既得可动身的机会，便喜出望外绝不肯放过，乃决改变计划先由陕取北道入甘。在兰州附近工作后，再看情形，或经庆阳沿泾河回省，或由天水回省。幸而我们的车票都买好了，一部行李，且可即刻送站，数日来沉闷的空气为之一变，对于旅行前途，不禁抱了无限的希望。

又快要离西安了，计此次到省一因多雨，二因忙于筹划西行，不但许多旧游之地和新的名胜，未能抽暇游览，借以了解西安的"市容"，便连一些应访的朋友，应看的亲戚，也多未能探视。以上所述，又大多限于关于西行的事，所以再见的西安，也不过如此而已。但是我的基本认识却很简单，便是西安仍是变而未变，所谓西京也者，犹如一个人多起了一个名号罢了。即表面之所谓变，虽然有时很可惊异，如许多商号之幻灭、马路之易观、公署地点的更易、学校的改更等也不过表面的变罢了。

但是若谓西安事业绝无进步，也是一偏之见。而且从许多方面看，西安是在两个时代的交界，新的好的势力一天一天地膨胀，乃是可以预期的。如果没有特殊的剧烈的变化，这恐怕是我们对于西安惟一的祝福，也就是我自重看西安后惟一的安慰。

（二）西兰公路

这次由西安出发，正同来西安一样，也是印象很深的。由西安东大街南汽车站出发，坐的是汽车，到西关即须改乘骡车前行。我们一行共四人，卞美年君、技工唐尧和我都是新生代研究室的，且一同由北平出发；不过在西安我们遇见了地质调查所另一位同事，就是土壤研究室马溶之君，他于八日即到西安，先我们一星期，竟因雨不能西行，所以在西安的焦急，数倍于我。因他也往甘肃去，所以可同行，尤其是我们改变路线后，和马君至少可以同行到兰州。

讲的六点由车站出发，事实上到八点多才动身，三叔在车站上送我们，他因开车尚早，乘骡先往西关，当我们到西关时，他已守候多时了。下汽车后，设法上骡车，每四人一车，我们恰有四人，尚觉方便，但因人多事繁，一刻不能妥当。直到我们在附近戒烟院吃了午饭才辞别三叔，动身西行。这样旅行却也有意思，骡车数十，列队前行，另有几个大车专运行李。

西安西关稍门以西，我的足迹即未到过，所以也和内蒙古、新疆一样新鲜。不过以西直到甘青的路，在现在开发西北的声浪中，已有不少人去过，且多有文章发表了，我大可不必再凑热闹。所以我所要记的只是关于地质地理上一些零碎观察，和个人旅程中的若干经历而已。

虽然坐的是西兰公路的车，而出西关不数里，即沿偏南之一大车道走，因汽车路有十余里尚在水中。我们所走的路是绕道三桥的路，竟未能以人工制止自然，实觉可憾。因久未出外而这日天气又

由西安西关上骡车西行

很好，所以山色河光，甚觉可爱，以南秦岭如屏，以北北山隐约在望。当中一大平原，这正是"八百里秦川"的景致，自入潼关即如此。西安位于黄土平原上，自以东十里铺即上平原，以西至三桥尚在北平原中。长安形势因两旁及北边均有河流，故有"八水绕长安"之说，此次水患，以东使铁路生障碍者为沣河。我们由西安到三桥即入冲积地区，又过数小河，各河水势虽大减，而洪流遗迹尚可看见，再前即较大之沣河，西边泥泞特甚，骡车亦不易行，直到下午五点多才到渭河北岸，过河有汽车站载汽车的船，故尚不感困难。

咸阳古渡，为长安八景之一，但我们到时已晚，不及细细欣赏这风景的美处。从表面匆匆一视，只感觉平凡，恐在八景之中，要算倒数第一。过河后听说汽车局特在城内设有招待所，即随步而入。时因于学忠部正向西开，自城门以到城内，无一家未驻兵，心想若非汽车局这等设备，在咸阳将无休息之地，因此深觉先往兰州后由南路回省计划之得当。但一入所谓招待所，便有些失望，因仅居破碎座房，除座房外别无长物。可是这等地方我所经已多，所以不觉什么，而只为那些未带行床的人担忧。不料不到一会儿公路人来，传了一个消息说是行李车走得慢，正在过河。但六点钟即须封城，与县政府交涉，也不能通融。至于为什么六点就要关城，当然是因为军队太多的缘故。当这时候已五点五十分，显然行李不能进城，我们如住于招待所，便来不及同情别人而先要打算自己了。马君提议到城外去，但又顾虑找不到地方。几度商议之后决仍旧。于是我们到楼上物色一席之地，经办了许多交涉，才要来一叶席，其他茶水全很费劲。而招待之人，又多很横，大有就是这样，否则另请他地去住。这分明是以奇货自居,旅客只得忍受。据说房价每人二毛则毫不含糊。好在旅程怪状,吾人习之已久,也不在意。乘时到街上看看,虽是一座破烂古城,却有许多地方表示以往伟大的历史。所谓破落,不过近代的结果,这不是代表整个的中国吗?一天骡车动摇已很疲倦,只得就楼板仰卧,就所带的一点儿东西尽量地利用,好在是夏天,而不很冷,就这样入了睡乡了。咸阳旅店一宿是此次出外印象最深的,我在梦中似乎还想着,开发西北交通⋯⋯衣食住⋯⋯行⋯⋯

第二天才算正式坐汽车,一早起来即出城,而车上朝前面及靠窗的座位,已被别的旅客或东西代表占满。我们无心于座位的好坏,但此一段汽车路,也想利用机会做一点浅的观察,今若坐于当中数行,未免令人失望。幸而下、马二君均还靠窗,也就算了。在车站门口吃一点早饭,同时也欣赏一下这"咸阳古渡"的风景,即入车坐定,专待出发。不料望了足有一个钟头,而车还依然停在原来的地方。一探听之下,说是车的一个轮子安反了,我不解他们以前干些什么,直到车将出发,才想起来呢。此次西开,共有两辆车,车很新式,后部另一小间,专为放行李之用,车顶也可放大量的行李,所以一行人的行李,全分放在车上。而坐人的座位共四排四行,每排可坐四人,但中间亦可用布椅加座,故可容二十人,两车都是满的。前一车已开行后约一点钟,我们的车才开行。在小小的座位中,腿也不能伸直,更不易转动,闷坐两小时之久,也是一件不易受的工作,和昨夜的席地而睡,真是无独有偶的滋味。

如今好了,车已开了,以前的忍受总算有了代价了,前途充满着无限的希望。车道绕咸阳城东城北而西北行，一会儿即上了黄土平原。原来咸阳城全位于冲积层上，由咸阳直到永寿，大体讲来，可以说是"步步高升"。到张店升第一阶梯，到乾县又升第二阶梯，不过两大高原面上均有小凹坡罢了。过乾县上升尤为显著，至永寿可谓达于极点，过此始下降入一沟中，但由此又渐上升经一高原，才到泾河岸的邠县（今陕西省彬县）。将到邠县下一巨坡，道路蜿蜒为西兰路大工程之一。由西安到邠县共计一百五十八点四公里，除由西安到咸阳一段外，余均为这一天的成绩。

在汽车上看地质，正是所谓走马看花，只能得一些粗浅的概念。见到特别有兴会地方，又不能停车去看。倘有一线之路，绝不愿如此做地质工作。关于地质概要后当略为择要一叙，现在先说我坐汽车的经历罢。邠县汽车站有为旅客设的招待所，比起咸阳总算好得多了，许多人争先恐后地抢屋子，其实我们不抢，也一样有地方安身，一宿易过。次早上车，又无靠窗的座位，失望之余，也是无法，好在当间也还可以望见外边。

汽车路先沿泾河谷前行，约三四十里，至泾河与马连河交流处，始舍河谷而攀登高原。其上几全未被割蚀，一望水平之状几疑在戈壁上，但若远望河旁刻蚀之状及一睹黄土之铺满视力所及之地，始信在另一地质乐园中。道路甚平坦，至长武一带仍如斯。过长武后数十里，为窑店镇，乃陕甘交界处，自此即入甘境，将至泾川路始舍高原而重降至泾河谷。两边除新生代后期堆积外，其下略有倾斜之地层，随处可见。自泾川至平凉，大致均沿河谷，这一带在政治区分上号归甘肃，而在地理与地文看不出和邠长一带有何显著的区别。

平凉为陇东重镇，且很富庶，从附城各建筑如庙宇等的魁巍，即可看出。我们一到旅馆即忙于找房子、吃饭菜，竟未有时间一览，殊觉失了机会。次早登程因车稍有毛病，将及中午始到高店稍休，再前进过三关口，盖过平原数十里即渐入山区。高店位于横亘南北之六盘山东坡下，以西因石灰岩露出，路遂突呈奇突之状，山岩壁峙，河流穿行，杂以野花草树，庙亭三五，风景亦不恶。据云，此即杨六郎把守之三关口，恐不可信。斯时我们那一车在前行，至此有人提议看看庙景。我们正想停停看看地质，不意人甫一一下车，而后来一车开到，扬言附近路不平静，时有匪人出没，也不知是真是假，大家即又匆匆上车，可谓一无意识之举。过三关口后，河谷又变宽阔，一部道路尚在修理中，大约因大雨冲毁的缘故。这一段，我们的车在前走，至一地，开车的不小心开上一方才开修的路，一边是山崖，下为一巨坡，因才铺上的土石未固，不能前行，车向侧面倾斜，很为危险，幸乘客尚及一一下车，所以没有出事。经许多时候，费了许多气力才把车拖上来。耽搁有两点多钟。在这样情形下，旅程的计划是很不易预计的。再前行愈近山脊至瓦亭，即舍山谷而攀爬山坡，路愈崎岖则景色亦更秀丽。六盘山为陇东主要山脉，走向几为正南正北。构成六盘之地层，全为白垩纪，但因地层未经详确测量，且少化石，故究为白垩纪之何部分，尚为一待解决之问题。地层受变动甚烈，大半为红色岩系，颠倒断乱不可究诘。山坡之以后，土状堆积亦皆缺，除少数部分尚有森林或森林之遗迹外，其他均成土山濯濯，风景为之减色不少。但时正盛夏，满山盖满丛草，夕阳欲落时，一种晚照奇景，亦颇令人为之神往。汽车路盘旋而上，工程甚大，闻此段前由华洋义赈会兴修，西兰公路成立，不过略加修补而已。在盘旋之山坡上前望奇峰，下观深谷寂静中，但闻汽车机声，旅客们除叹景物之佳妙外，仅可以照相机摄取佳景中之一部以作纪念。至山顶稍休，东西怅望，均为群山，不过比六盘山正脉较低罢了。

俗云上山容易下山难，此语未可用于汽车，仅用上山不到一半的时间，已下至山脚，沿一河谷西行。距山较远又复旧态，红土黄土等新生代堆积，触目皆有，盖地势较平，被侵蚀者少，所以便显得多。不久即经隆德县，县中有驻兵，但城内破败不堪，显然由近年兵荒所致。再前地势平坦，道路亦宽阔。旧日大道西边之杨柳，尚有大半保存，此即所谓左公柳，乃左宗棠西征时所植，惜大部分均被砍伐殆尽，只有少数地方，尚有若干保留。古道夕阳，真令人不禁有今昔之感。一辆汽车又有毛病，须停下修理，因之又耽误了许多工夫，到静宁时，天已昏黑。

静宁比隆德稍好些，然而已随处表现出荒凉，公路所预备站房也甚简陋，和旧日的大店无甚分别，或者还要差些。然而一般旅客的抢夺并不少减，真令人有些不解。有几位旅客，上车须占好座位，放行李也要放在好地方（不怕雨淋且容易取），住栈也要好房间，一不如意即大肆咆哮，此等人之公德观念，已等于零。闻内中颇有往西北工作者，吾人于此殊不能不有几分之怀疑焉。次早天有微雨，昨由平凉西开之一车，据云车有毛病，不能西行。而由平凉起身时该车载有兵士若干，名借以保护旅客，遂不能不分坐两车之上。两车既已满座，又有许多行李，所以也只有坐于车顶上之一法，至于

西兰大道仅存之左公柳（一九三五）

过量运载，他们都不甚注意似的。

据说西兰公路上最危险的一段就是华家岭。即由静宁到定西一段，前曾出了许多次事，因而自平凉起有若干兵士护送，但此恐亦是心理治疗之一。我出门对于不幸事件向抱机会主义，不信心理式的保护，但此种形式上之保护，有时，至少对少数或胆小的土匪，也有心理的作用，所以也不十分反对。所令人不满意是这天的路，特别难走，有许多黄土山、黄土岭要爬，而车反比以前载得重了。前行百余里，到一黄土岭坡，名叫祁家大山。大家推车之时，后遗之一车，忽姗姗而来。我们才知道那辆车并没有什么毛病，不过故作病态以图减少分量而已。前车汽车夫即与之交涉，以期分一部分人与东西过去，以便大家都可以走，竟被后来车中某旅客强烈抗议作罢，还得照旧前行。此等怪事，我老实说有点儿不懂，何以同一公司的车，分量如此不均，又何以一二凶横旅客即可以号令一切呢？

华家岭为一未十分被割蚀之高原，在地理上十分有意思。即为黄河与渭河关分水岭，以西之水西北入黄，而以东之水南流入渭。因华家岭的面积较大，所受侵蚀的程度比较小些，一种高原的地形还保存得很清白，因而大半全为黄土所盖，除少数沟坡或因人工显出若干剖面外，不容易看到别的堆积。在这个地方旅行简直和蒙古草原相似，不易看到人家，也是因大半村落均沿沟稍低，所以在高原上竟成无人烟之地，但是到处均被耕种，没有什么荒田。可见开发西北，在耕种一方面，除增进工作效力与改良土壤外没有大的希望了。旧日的大路系由清江驿过会宁到定西，现在的汽车道颇向西南折，大部分是因工程上的关系。在这个高原上足走了三四个钟头才到华家岭镇，闻汽车道未开以前因受兵匪等灾，几已全无人烟。近因交通关系才有市面，并有若干驻兵。我们在此未停，继续前行至距定西六七十里之凤头山附近，始舍高原下入一河谷。此河源自马营，南过定西，北注入黄。将下高原时，西边沟渠甚多，百数处仅有一车可通，两边则为壁立之黄土。据开车者云，前多日有一车即在最险要之一地遇匪，匪在崖上开枪轰击，计死一旅客及一车上人员，其他受伤者甚多，损失财物不计其数，我们今竟平安过此，诚可谓有幸有不幸。但时已约五点钟，夕阳渐低，而大河右侧（大路所经之一面）支河沟甚多，每一河沟的桥都被冲断，所以行走非常困难，常停下来推车。不久太阳已落，但仍有百四五十里，在此情形下不免令人生戒心。原来这些桥梁的工程都十分幼稚，本身既不坚固，仅用乱石与木柱草草了事，而又太小，做时未计水量之大，所以一遇大雨，无不全毁，虽曰天灾，但人事也要负大半责任。

　　三车中一车，因无甚毛病先行，及我们车到定西，已将十点钟。车站上所预备的地方全被先占，我们只得住在附近一小店中，设备虽简单，然已十分满意，次早起来始见定西真面目。定西距兰州二百四十里，为兰州东门户，定西城内因未去，不得而知外。由表面看去，仍在河川中，两边均山，形势亦甚险要。清早起身天阴颇有雨意，五十里到巉口镇，亦有军队驻防，系中央军队。由此再前，又越一山脊，也是黄土山，到甘草店，计程走了一百二十里。在此休息吃饭，但天已由阴而雨，再行过一段道路不能行，停车出视始知，旧车道边崖崩毁一部，车不能通过，而新修的汽车道甚松软，尚不能行车。有人提议在前毁崩处开辟，但旁观者多，动手者少，最不解者，连车上人亦不十分卖力气。我沿汽车道视，发现路下部虽有几处被水洗去，但或可勉强通车，后因完全辟路无望，乃以木板铺成，仍由汽车新道通过，试开第一车竟成功，他车亦照样开行，最后一车所遗木板甚重，载该板之车因已前行，欲暂放于第三辆载重车，而内中某旅客（即前咆哮之某）竟无理拒绝，直至各汽车夫动愤始罢。过了这一段路，后有一段比较好走些。而车上人言纷纷，有大多均对公路不满意之言辞。其实路与管理上均诚有可议之处，而旅客之言亦有言过其实之处，甚有对西北开发根本非议者，实不失为因噎废食之论。过某一小河时，汽车夫又借故欲痛打某旅客，此举尤令人看不过眼。大凡此等车上人役，开车本领有限，且因为工资制，故对车辆不甚爱惜。二客中闻有一车，只往兰州去了一次，不但车表面已破坏，连机器亦有毛病。但此等车夫之一切下流毛病无不应有尽有，诚可叹息。在甘草店附近耽误，天气又不很早，而天雨又继续起来，正在为难之际，兰州车站有一车来接，于是分匀旅客于来接之车中，继续前行。随车来之某君自称站长，意态颇殷勤，而因要向旅客要票查看，竟受某某旅客大加抢白，因不满公路及于他人，实在大可不必。走了两三个钟头，仍是到九十点钟才到兰州，车站不免又是一场纷乱。费了许多时候才把行李取出，雇车入城，时雨虽小而道路十分泥泞。幸曾打听有一陇海旅社，遂直前往下榻，计自西安起身第一日由骡车到咸阳，自咸阳由汽车五天到兰州，西安到兰州依汽车道所标，为七百五十三公里。大雨之后，能于六日达到，总算很好（平常须四日）。我们旅程中第一目的地，总算平安地达到了。

（三）兰州苦雨记

到兰州即遇大雨，共下了五天未停。一切应进行事，除向官厅访问外均无进行，只有闷坐于旅馆中，其烦闷情况比之西安更甚。因西安尚有三叔及家人一部与若干故旧，而兰州则除一二旧友外，一切皆是新的。不过尚可以温习一温习西安至兰州的旅行，不禁有一些总感想，今姑且补志于后，以免看了以上所述总有没有头绪的感觉。

第一是关于地质与地理方面的认识。语云百闻不如一见，在自然科学的地质与地理真是至理名言。我平常看地质报告，看游记，看地理图，虽也有不少的印象，但总是模糊的。今虽在汽车中匆匆走过，但已使我的知识，增加不少，尤其是各种地质、岩石性质与地形上的深切认识，至于各种阶梯地形，更非亲眼看过，总是印象不正确的。关于地质上一些专门的东西，我现在不必说了，但是有一件非说不可的，就是黄土的广布。黄土为第四纪中期产物，在华北各省均甚多，不过以前学者误以所有新生代土状堆积，大半均为黄土，所以以为很厚。近年我们在山陕等地详细分析的结果，则留灰黄色一部，所以厚度大减。但陕西西与甘肃所经各地黄土的厚度，似乎比以东更厚些。最引人注意的是它的横的分布除少数山脊及河流附近外，地皮十九为黄土所盖。它在未十分被侵蚀地方成为高原，于耕种及道路均十分方便，独在距河沟较近之地受侵蚀甚烈，其被侵蚀情形颇与石灰岩区相仿，也成为一种喀尔斯特式的地形。奇沟怪壁，甚至于天然桥、天然柱等，常可看到，因此于交通上亦有影响，汽车路上最感不便的就是此等地方。其次重要的地层，就是第三纪上部红土，但分布上也许少些（也许盖的多的缘故）。当我未往甘肃前，总以为甘肃红土甚多，其分布当不亚于山西西北、陕西一带，但事实上并不照所想象得那么广。此外第三纪初期地层及六盘山之白垩纪、邠州附近之石灰岩、凉州附近之古生代（奥陶纪）石灰岩及乾县一带之古生代石灰岩均有相当认识。所以汽车上看地质，并不是完全不可能的。

最有意思的自然还是地理一方面。由西安至兰州共经四个水系，西安、咸阳一带，当然在渭河流域中。但北行到邠县即入泾河水系，自邠县往西直到六盘山脚下，全在泾河流域。过六盘山到静宁一带又为渭河水系，因附近的沟渠都归一总河，南注入渭。华家岭为一重要的分水脊，西南经定西的河北流与自会宁北流的相合，称祖厉河，到靖远入黄，所以又是一个水系。这一些地方基本地形的形成，须追溯地质构造，这里就不能详述了。

上古时，西北的交通为六盘山所限，已为极西边地，所以平凉附近的崖峒山竟为一个富于西方神话的山。至于民俗及一切景物，因自然背景相似，所以也十分相近。旅行中特别引人注意的就是回族分子的增加，尤以平凉一带为最。回汉民族的冲突在甘为常见之事，至今尚为西北一个重要问题。此外引人注意的就是鸦片烟了。陕西烟苗至今尚未禁绝，不过在大道附近县份，已不易看到，入甘以后，却时常有广大的烟田，触入眼底。又因此地节气稍迟，许多烟苗已在开花，异常鲜艳可爱。此等美花我已有二十余年未亲眼看见了，但一看到沿途烟民形容憔悴的样子，又不禁对我们民族前途抱无限的忧惧。

最后关于西兰公路，我也忍不住要说几句话。大凡一种建设事业，总不免有许多实际及初想所不及的一些困难，但我们只有认为大前提不错，只有设法改善缺点，同时排除阻力，而万不能因噎废食。大凡今国内有稍常识的人，全不否认发展交通为开发西北的初步基本工作。陇海路一时到兰州甚难，而飞机航线又过于特殊化，只能限于信件及少数旅客，所以汽车路实为目前惟一要政。即或将来陇海西展，甚至平绥也西展，但西北西兰公路依然为交通上一个重要工具。即以我们来兰来说，在情形不十分好的状况下，能于六日达到，已省去三分之二的时间，其他可知。但事实上的毛病与弊端，我们也不能否认。

此次我们所看到的有许多并不是不能改的毛病。最重要的当然是路，尤其是桥梁，还须大大地改进，以与自然相抗。关于此点，有许多人往往归咎于黄土，因此几认为西北公路无法开辟，这其中只有一点浮浅的理由，大半是冤枉黄土的。关于此节以后再为申述，暂置不论。其他更都是人事上的毛病，极显而易见的为开车的和帮助开车的那种令人生厌的习惯和侮谩旅客的态度，动手殴打旅客是我这次亲眼看见的，无论旅客如何不当，也不能如此对待。事实不易见而若不改良必成为最大问题的就是载重的超过分量。每车本为十六人，今加为二十人，行李大半都很多的，已经要超过分量，而又加上兵士坐在车顶上，他们仿佛不知道机器也和人与牲畜一样，既不能超过它的能力，也需要相当的休息。听说这些开车的都有较高的工资，待遇不算薄，不过他们与路局不发生别的关系，所以既对机器不经心，又对旅客多怠慢。以上可说不过偶感所及，随书一二，详细的记载我也不愿多说来占我用于其他工作的时间。

现在再让我记一记雨中的兰州。在旅馆中除一种纷乱外，最深刻感觉到的，就是人役的迟钝。一壶水也须喊破了嗓子才有，人来了，而非再用至少同样的力气还是拿不到水来。旅馆是一位临潼人开的，其他员役亦均陕甘人，这样不长于组织而应付迟慢的情形在开发西北的现在，如何能不立于失败的地位呢？

旅馆中照例没有饭食，吃饭须自外叫，叫来的不但冷，而且味道也不见佳。在旅店中也闷得发慌，所以就冒雨出去。出去的困难，倒不怕自上而降的雨，而怕街上的泥水，至少有半尺深，自街边沿以至街心无一处无泥，不过有的地方稀些，有的地方稠些罢了。泥色黑灰，我戏名之曰"文化泥"，因此在兰州出外只有坐轿车最佳，如步行则非穿皮鞋不可，自然最经济简便的法子是赤足。幸而兰州城并不大，饭铺也相当近，否则一天之内必困于文化泥之中了。

我们所吃的几家饭铺，全是天津人的，可见天津人施展能力之伟大，有时几超过了山西人，但别的商业却以陕西人为最多。我们初到兰州的头两天，因须向官厅接洽，所以比较有事做，及至见了主席及建设厅的负责人以后，即要预备出外工作，而天气依然不晴，其烦闷远过初来的几天。无可奈何中，找熟人消遣，比较可找的为老友郝梦九和何守之二君，是多年前的朋友，今在新一军需处。他们不但解除了我们的寂寞，且于旅行上帮忙不少。其次可去的就是一位兰州籍而在北平师大地理系毕业的沈滋兰君，她于七月初即与其弟由北平起身，也因雨阻于西安，以后才一块到兰州来。因沈君

兰州城及黄河桥（一九三五）

且有同行之谊，所以也去访问一下。此外就是守候天晴了。

到兰州的第四天下午雨始稍住，略有晴意，我们遂决计往城北看黄河。黄河久别急欲在此一见，乃踏着那文化泥出北门，见黄河即自北城下，时大雨之后，水势甚大，距岸只有二三尺。由此沿河西行数十步，即到远近驰名的黄河铁桥南端。此桥于清季修成，火车、汽车及行人均可通行。以前无此铁桥时，以船桥代替，当然不方便。我到桥上东西瞭望，几如身在波涛之上，有一种不可明言的愉快。以南可见五泉山及向河波来之四平台，以北为白塔山，为五台系岩，上盖以其他的古代堆积山坡，庙宇林立，以与黄河及兰州城市配成一极美的风景。过桥后即为一沿河大道，往西为通甘凉肃及西宁之大道,往东为通包头之大道,所以此桥为交通上的门户,其意义重大,可以想见。我们在北岸高处略一流连,引人印象最深的为沿河的梯形地形,实代表黄河河谷的历史。时天仍有雨意,乃重寻故路入城,多日来的沉闷情绪,至此为之一扫。

次日天真晴了,虽然因大雨,不便远行,但可以看城南的五泉山。闻五泉山为兰州重要名胜,可是我们前去,大半为看地质,出南门及南稍门二十二里即到山脚下。严格讲起来,五泉山并不是山,乃是黄河南岸之老梯形地形之一,其下部为地质上有名之贵德系,有倾斜,色红,多为砂岩,中夹石膏,其上部则为黄土及其底砾岩,所以若在黄土原上看即不见山,而所谓兰山者,不过五泉山后一较高之土山而已。但话虽如此,五泉山有清泉灌注,且有伟大庙寺,上至半山又可北望兰州全城,黄河蜿蜒,对岸又可见白塔寺等地,所以风景也很有可观。五泉山庙宇似最近重修的(听说在张广建时代),不过建筑稍嫌太密,而题字等太多且不雅相,如与其他寺庙比自当稍逊一筹了。我们由五泉山向东沿山坡行六七里,仍实习视察,除五台系岩展未见,贵德系特多,可谓与河北主要不同之点。随即回城,准备做较远的旅行。

(四)村野风光

本来先一日即把车雇好,计划次日即去。但到了第二天,等到正午还不见车来,此虽由旅店办事迟钝,但车户的捣鬼,谅也不免。最令我们生气的是,天虽已晴,却也闷守店中,其无聊也百倍于天雨时。此时行李均已收拾好，但看看已三四点钟，不能起身，只得又重新打开。在此期间，另行找了车夫，决计次日起身。

但是天下事每出人意料。白天一天都是好天气，而半夜在睡梦中却为倾盆大雨惊醒。雨一直下到次早，不但未住，而且更起劲。这场大雨，真是开六七日来所有雨的纪录，既大且猛，这么一来又不能起身了。又回想昨日之未起身，实为不幸中之大幸，若昨勉强出外，这样的天气不但不能工作，而且山渠中遇如此大雨，也很危险，如此说来我们的不运气，反而成运气了。因此又悟到中国人常用的一种哲学，即是退一步的想法。譬如我们来到兰州，久困于雨，既不能工作又无事可做，坐困愁城可谓不幸已极。但第二天从省起身的车，至今尚无明确消息。有一种谣言，说是在邠县附近遇了险，后来才知遇事的为交二团的汽车，而由西安第二次开行的客车十六天后方始到兰，路上所经的困苦当然不言而喻了。所以我们虽在万分困苦中，尚以运气好自慰，也只是比较言之而已。

这场大雨足足下了一天一夜，到夜间始渐小。第二天幸又天晴，遂即出发，仍等车夫。好容易来了，说是一个车夫家里的房塌了，并且说恐大雨后，路上不能走，要求缓一天出发。但我们又何能再缓呢，无论如何，也须出发，遂于十点多起身。兰州城的文化泥，自然比从前更有可观。最令人惊的为黄河的水位，昨日在城内即听人说河水已与岸平，倘再下雨即要上岸，据说兰州黄河每三十年上岸一次，算到今年已二十九年未上岸了，今年水与岸平可谓二十九年以来未有的大水。在黄河铁桥上看水，更是蔚为大观，不但流急，波涛也特大，皮筏子均停止活动，倘无此桥我们即无法渡此天险。

过河后沿河岸向东行，初仍为街市，再前过一小河即到盐场堡。为一小镇，本地人有言："先有盐场堡，后有兰州城。"如果所言属实，可证兰州是由盐场堡脱化而来的。在盐场堡向西北，看东南，地形特别清白，主要的三段阶梯地形，一目了然。兰州城及沿河大多数镇市，全位于最低之一阶梯上。我们由此再前行，有一段路乃紧沿河行，因在大水中，河滩许多农田均付之东流。而沿河的田也被洗去不少，一部分道路也有被摧毁的，六七里后始舍河，沿一河沟北行。河沟西边均为所谓贵德系地层，红紫色砂岩、砾岩，到处显露，似为这一带风景生色。时正八月初旬，大雨后热蒸特甚，幸沿途有瓜可买，足以解渴。关于瓜中最有名为醉瓜，味甚甘。我们来的时候恰为醉瓜上市之期，足饱口福。入沟后行十余里，均在山谷中行，有时无所谓路，因路原在河床中，大水而后自然无路了，由此更令我们相信昨日之未来实为万幸。在此山沟地形而又树木甚少，甚至于草全都很少的地方，山水来得甚急，但也降落得急，沟旁虽有大水的鲜痕，但已和平常差不多，只留一沟之水。

我们在一个小村名叫水头的地方稍息吃午饭，一切食品均是自带的，只用本地些开水。村中人见我们奇装异服，颇有不愿招待之意。后经脚户说明，始得在一家门外解渴。我们的目的本要往泥湾，而往泥湾的大路在水头以下一支沟中，因无大车路，须绕至长川子方可，我们至此也只有到长川子再定行止，但长川子到此还有四十里。时天已两点多，不得不急急起身，由此往北仍沿河谷行。不过河谷愈走愈窄狭，人烟也愈稀，不久舍河沟上坡即到高原。高原上仍有黄土山丘，此黄土山丘在地形上与六盘山以东各地乃至华北各地可见者，大不相同，莫有天然裂纹及人工阶梯，而为圆丘上盖青草，自远视之宛似岩石成的侵蚀山坡，而绝不信其为黄土。山丘间亦有圆平之山谷，与将上坡所见的侵蚀甚烈的沟恰成相反地形，所以成为最特别的悬谷（Hanging Valley）。此悬谷代表黄土后之第一次侵蚀，而立直之沟乃代表第二次侵蚀，所以黄土堆后只有两度割蚀现象，很为清白。

且说我上高原不久，过一山脊又入北流之河沟中，其大约情形一如水头一带，而黄土下之棕黄色沙系亦随处可见，不过道路比之以前非常难走，尤其是贵德系爆发的地方。因此河沟不如水头谷之宽，大雨以后，石骨露出介以泥坑，有好几次非把骡子卸下抬车不可。因此到长川子时天已沉黑，最不幸的，在此竟找不到住的地方。起初我们以为本地人见我们服装奇特不愿收留，及一细探听，才知所有的店房无一不漏，实在是没有可住的地方，有许多旅客全住在街面房檐下。后来再三交涉，才找出一小屋，也是漏雨，不过稍微好些罢了，才离大都市第一夜，格外觉得这种小店生活的简陋而富于诗意。

第二天一早起来，才对长川子有相当的认识。原来在一大河谷的南岸，此河东流到泥湾入黄河，距此尚有三十里，我们倘必走泥湾，往西时仍须走此，以北无比较合宜的路。为节省时间及避免重复计，只有将泥湾之行作罢，而直向西行。但一早西行即遇绝大的困难。街西端过河大道被河水洗去大半，成为绝壁，不但车马无法穿过，单人亦不能行，后来才设法由街东一道下河，当然骡子卸下，再慢慢地抬车。费了足有两点钟工夫，才由坡上抬到坡下，始照常前行，我们很后悔为什么不雇骡子而雇大车，可是把我们在兰州的情形一想，也只好暂且如此而已。

由长川子西行仍沿一河谷中，不过此河谷稍宽，所以不时舍河而走河的西边。但是两边的路，实在损坏得不少，有时还不如在河道中走。三十里足走了四个钟头才到了水埠河。也是一个镇，不过比长川子大些，沿途所见情形和昨日相似，只是贵德系有一部分特别发育，而且几全为固结的砾岩，倘此砾岩在别的地方如广西发现，我们无疑地当作第三纪初期的地层，但在此区只有照原地质图上所示，仍归作贵德系。

到水埠河以后，我们的路线本可再向西，但一来打听路不好走，二来到西南去可看第三纪初期（固原系）地层，所以决往沙冈捞池方向去。由此经一沟名曰烟筒沟，沟中一切与昨相同，尤以黄土山丘所成之悬谷地形最为引人注意，但往西南又须上山，因而道路又是另一种不好走。日已薄暮而不见到，到七点多，已昏黑，到一村名曰彭家庄只得住下。我们在此找到一甲长，即住其办公所中，尚算清洁。

在一路所吃的东西，以浆水面最为普通，可是若无此习惯，也有点吃不来。招待我们的即为本村的甲长，人很和蔼，我们谈了不少关于乡村的话。最后说到这一带地皮太高，不宜耕田而宜植树，他很肯定地说这一带地形是十年九旱，不能生长树木。但到第二天起来，我在洗脸，往外边一望，即见一大树巍然峙立于一小庙前，可见这里不是不能种树，而喜耕地与摧残树木，不啻我农民第二天性。

第二天由彭家庄到余家湾，所过地方风景，除余家湾须另记一二外，其他和前两天所见的差不多，但我们走路的困难远过于以前所经历的。最困难的，为沙冈捞池到牛鼻岘的一段。路过一大山脊，两边的路凡在沟中的，几乎全冲毁了，只得绕道而行。可是绕道又不是一件容易的事，常有凹凸不平的地方为阻，因之自清晨走到日色过午，才走了二十多里到牛鼻岘。此地为山坡上一小村，人家甚少，简陋非常，西北的农村十个就有十个破产，而这个又是凋零得更可怜的，一般人民无不面有菜色。因为时间的关系，稍息即起身，折而南行，因有一人带路，幸未走错道。沿一大沟行不久，即到由兰州往甘凉的大路上，路上并有汽车印。在这样荒凉的地方，忽而看到这二十世纪的物品，而这二十世纪的物品，又不与民众及一般人发生关系，真令人生出无限的感慨。

　　到由兰往余家湾大路后，又舍沟而爬山坡，一切情形与前所见差不多。最引人注意的为距余家湾三四里地时，正爬至山坡高处，道路急转直下，至一盆地，此盖由贵德系地层及其上部之所有堆积，均因近代侵蚀，大为割裂，故一脊自东视之则为圆平之阜丘，而自西视之则成为割裂之峭壁，风景奇特，实为美观。余家湾即在此巨坡之西端平坦处，此地虽为一市镇，亦很荒凉。我们因到得稍迟，竟找不到住的地方，后来才到一家祠庙住。此祠庙为余家湾最好的建筑，内中似曾为学校，但已久无人，幸我们一切自备，不感困难。惟吃的水很咸，几令人不能下咽，所卖锅饼内有石沙甚多，扩大镜视之，除石沙外，马粪及其他不易鉴定的东西甚多。沙子系地质环境所赐，尚可原谅，至于其他物品只有归咎于不洁之习性而已。

到余家湾后，本可折程回兰，再计划东往天水之行，但因看地图，知产化石之盐水河距此不过四十里，遂决一去。次日由余家湾起身西行，过小捞池等地，沿途各地层割蚀之状，亦甚清楚可观。再前至琵琶台子，在自北向南注入黄河之一河谷中，沿此谷北行抵哈家嘴，为一大镇，稍休即起身，又舍此河谷穿另一山脊西北行，地层仍多为第三纪初期的贵德系等，再至一大河谷，即为欲至之盐水河。时天尚早，即打听产骨化石地点，而此间竟有一人知其所在，且记忆以前安特生采集事，即请其引路。沿盐水河东行过所谓泉头不远，在石灰泥砂岩中即有化石。我们找寻许久，除零碎不能鉴定之骨片外，未能见有何完整的东西，仅卞美年君得一类似犀牛之下颌骨，稍完全，而牙齿磨蚀太烈，恐亦不足以研究。可是我们借此看到产化石地点的实在情形，于已记述的此地点的化石得到深切的了解，并且知道贵德系在兰州盆地，实含有化石，证明我们前两天在由水埠河到彭家庄途中所见的化石十分可靠。

回到小店以后，已很饥渴，又兼疲困不堪，而此地的水味很咸，几令人不能下咽，顾名思义，此地水自然当咸。最失望的是，因无他物可食，买一鸡，竟亦煮得不能吃，我们所住的店为盐水河最大的，听说以前安特生一行亦下榻于此。

第二天我和卞君在附近观察，令技工仍往泉头采化石，约定十一点，由此折程回兰州。我们把地层看清白，而未能找得化石；技工回来，虽也得了若干，也没有什么好的，但为行程所限，却也只得回去。这天赶到余家湾，因为时尚早，乃继续前行，由盐水河至前天由牛鼻岘南下沿沟至于大道相接的那里，全系重复。由此南行沿一大河谷行，又与前数日所见相同，不过后期之橙黑色沙相堆积特多。下降以至谷底，可见河谷之重要割蚀期，实在贵德期以后，此沙相堆积以前，由余家湾到朱家井子有三十里。因日已西落，尚在沟中行，惟在暮色苍茫中坐在骡车中行路，也有一种兴趣，并且使人回忆到幼年做此种旅行的情形，于是对于路上戒惧的心理，也消失不少。到朱家井子已八九点，店门已闭，幸此地临近省城，店亦较大，设备比之盐水河甚佳，因而并未遇着若何困难。

朱家井子距兰州只有四十里，由此出河谷到黄河北岸不过十里左右，但这十里左右的路却最为有意思。因河横穿五台山脊成一峡谷，风景也很好，路即在河床上行。西边时有壁立，发大水时最为危险，因山水甚猛无法躲避，据车夫说每年常有车马行人在此遇事。出河谷即至黄河北岸，为南北宽可十余里之谷，连日在山丘子中，非爬山即穿沟谷，眼界不能出数里外，至此可东望兰州，南望高山，眼界为之一阔，精神亦为之一快。大家沿山东行，一直到十里店都距河稍远。过十里店后，河北岸迫临山脚，而山坡度甚高，沟甚多，大雨而后，冲来石块甚多铺满路上，至不易行走。按此地为石山，且为甚坚硬石头所成之石山，非黄土可比，但山中森林草木摧残殆尽，侵蚀无有阻力，因之亦可为患公路。听说冬季时沿山路甚平，因石子全移去而路基又硬，可见所有石头，都是大雨后冲来的。我们深感侵蚀力的伟大及西北森林问题的严重，而更觉一般人把公路不易修筑全归咎于黄土的见解之错误。此兰州城已在望，不一时到了金城关，北为高山，南临黄河，有一夫当关，万夫莫开之势。入关不远即到铁桥北端，我们去时由此向东，今自西而返，整绕了一个圈子。

（五）东行乎？西上乎？

我们仍住在旅馆中享受那种种不堪的景况。幸我们辞退了楼上一间，四人同住楼下，虽然拥挤些却比较清静，且没有厕所那样恶臭。照我们的原意，主要调查路线即由此往天水，再由天水近西安，慢慢地走，正可于九月初竣事。留二三日，一方计划西行，一方再看兰州以南附近的地质，以期完成兰州盆地的工作。

但是天下事能如人心意的总是很少。我们一到兰州即访朋友，而各个朋友都对我们下一严重警告，劝我们不必冒险东行。因天水附近有红军经过，势甚凶猛。听说天水城曾被围，以北秦安已失守，甘肃东南各地一夕数惊。后来打听知道，到甘的就是我们在西安时，在西安以南的他们，沿渭西上以至甘南。这么一来，我们的东行计划，不能立刻决定。久住旅馆非计，乃承国防会西北通讯处杨诒祥感意招待，请我们往他那里去住，我们一方面可免旅社中的不靖，一方面又有更好的地方住，当然情愿，于是就移往那里。地在道升巷，距旅社甚近，所以并不十分麻烦。

这几天天气无雨，格外晴朗，正是做野外工作的好时候。不幸不能出发，而且所听的消息一次比一次紧张，虽明知所述绝非全为事实，必有些演义，但困难在不能确知何者为可靠，何者为不可靠，因而于选择路程上，竟感到困难。我拟议，若是天水、陇县的路不通，拟起汉再经平凉县，因来时坐汽车未能详细考察，若能于三星期左右由此道回西安，也是一个好计划。不料有消息说，走西华家岭以至隆德一带全很紧张,因此计划不能实行,我们有心向以南临洮去一两个星期,回后再定行止。而有人劝我们也不必去,官厅方面又得不到可靠的消息与负责任的回答,因此竟陷于进退维谷的状态。

在此苦闷的情形下,惟一的办法,就是看看兰州附近未看的地方,有一天我们去后五泉。后五泉在兰州南十里恰五泉山后,去道系出西门沿往阿干镇的大路,在四平墩以西,沿途时沿河行,时舍山坡上行,惟大半为黄土及其下之砾岩,有一部分树木,其景色亦甚可观。有数处且有水磨,不过大半停工。所谓后五泉,即在注入此河之一支河,内有若干庙宇,听说虽曾新修而毁坏处不少。有一石佛,亦露于外。此处之泉水亦由砾岩之故,而该硬砾岩,与五泉山庙高处之砾岩为一层,不过因向西南倾斜,所以在这边较低砾岩之下,有浅红色土露出,一如五泉山附近,因此我们对于这个地层得到较深刻的认识。庙中有一道士招待,年幼而俗,不似有道行者。在此吃了西瓜略为休息之后,即沿沟而回,到沟口与巨河接处适有树在渠心,见巨水所冲的泥痕高丈许,远处分支处,可想见前数日大雨时水位之高。一小沟如此,他沟可知,一河如此,他河可知。苟于西北各地之此等山坡不求培养森林与草地,则虽每年如何努力,以言黄河水利,真是所谓缘木求鱼,舍本图末。

有一天,我们又过黄河铁桥往河北看看,本计划直上白塔山往北,因路不好走仍出关再左折沿一沟而进,此沟名罗锅沟,有车道可通前数曾去之沙冈捞池等地。此沟我们虽戏名之曰北五泉,许多情形(地质上的)与河南所见的大不一样,初为贵德系,再前即与五谷系相接，地层几为长直甚为清白，其上则覆橙黄色沙及黄土，与前多日在水埠河一带所见者同。以后上山高望，在此等无树土红黄灰色的不毛之地（bad lands）的山区也自有一种风趣。卞君和技工有上山兴趣，取直道南返。马君和我则仍由原道回到关口吃瓜稍休，盖夏天出门吃水反不易找到干净的，而西瓜却比较保险些。

我们虽外出数次，但东行的困难情形，并没有改善，而且一天一天地紧张。马君比我们好些，因他要西往甘凉肃等地，并且去前要详细调查兰州附近的土壤，因此除与我们往各地以外还要看沿河各地，可是沿河对于我们毫无看的必要。至此我们不得不有新的决定，就是利用这两星期的时间往西部调查，沿黄河上行经青石关往享堂，时来得及，便往西宁折回兰州后乘飞机回西安返平。这样一个不得已的计划，比坐困兰城无所事事强得多。从各方面打听的结果，在现在情形下，也只有这条路最为可行。幸资源委员会派往青海考察的顾谦吉君一行，这两天刚由青海返兰，使我们得到不少关于西路的知识。所以遂即雇好骡子，及日起身，我同卞君开玩笑似的说，我们原来考察陕西西部、甘肃东部，现在却改作甘肃西部、青海东部了，整向西移了一省！

（六）兰州以上的黄河及其支流

我们因鉴于上次雇大车的失计，这次决定不雇大车。起初颇有困难，后经友人介绍到一熟识的大店，才雇了一个骡、一个架窝。原来当此时期，城内外都拉差，此等情形，又令我回忆故乡前多年的遭遇，近自通了铁路，这样的情形，才改善了一些。马君留兰考察附近土壤，所以我们西行，少了一人，不免顿感寂寞。这次由兰州出发，不过黄河铁桥，沿山坡河南岸向西行，最初十余里几两边全为人家，可视为兰州的延长。因为兰州城太小，中又为几个大衙门、官署、寺庙占去十之六七，因之各城关的发展乃为必然的事。城北紧邻黄河，所以北关到河北去了，东关、西关和南关几乎连成一片，把城三面包围，这实为兰州在西北交通上位置特别重要的缘故。兰州附近沿河东西百余里为比较繁庶的地方，两边山地大不相同，也是他们利用大的水车吸起黄河或支流的水，能够灌溉的缘故。此外还有一点可记述的，就是兰州及甘肃西北许多地方的种地，在我们自东方来的人看，很为奇特。譬如我们家种地最见不得地里有石头子，若有的话，辛劳的农人必设法除去，但在兰州一带，有许多地故意盖以厚的砾石，好好的土地上边却盖以一尺左右厚的石子。所以有一种俗言说："挣死老子，吃死儿子，饿死孙子。"其意盖言老子（即父亲）手里费尽力气搬来的石子好好盖上，往往等不到吃利就死了；到儿子手里，因盖石子而丰收，获利很厚；及到孙子，则地又薄，欲换新的石子却没有力量，只有饿死。至于河川盖了石子，地即丰收其说，理由大概有二：一、纯土质的地掺以石中的沙，有改良土壤之功；二、地上盖以石子，可避强烈的日光，水分易于保存。

如今且说我们离了兰州沿河向西而行，天气晴和，地方又为未走过的，所以特别感觉有兴趣。尤其在将到古城一带，路沿河岸行，下为黄河巨涛，上为五泉山一类的砾石壁立欲坠。河中时见有一皮筏子载西瓜顺流而下,最使人得深的印象,而感到身在地道的黄河上滩。过古城一直到新城,有一个地质奇观,就是河北岸第三纪初期及后期地层所成的一绝好剖面,长可一二十里,以一背斜层为中心,而向东渐渐倾斜,以至于近于平铺。此因恰在河岸,被侵蚀甚烈,又少树木隐蔽,所以其清楚有如教科书上所示。这个剖面虽不如长江三峡黄陵背斜层伟大和秀丽,却使人不期然地联想到那里。而且这红的峭壁、苍郁的黄土、覆盖的远山和万里的黄河也自有他的个性,在全世界找不出第二个来。

在新城住了一夜,此地驻有军队,听说是中央军队。店因在大道上,所以还算设备很好。第二天早晨继续出发,河谷较昨为狭,行十余里到青石关过黄河。此处为一渡口,有很大的木船,可谓在甘见所未见,因兰州自有铁桥以后不用船只,上下水交通全用皮筏子,这一只仅有的船岂非甘肃稀有的东西。过黄河当然很费时间,行人及牲畜满装了一船,在急流中驶过,却也不容易。过后回视南岸,也很有意思,阶段地形,尤其特别清白。至于青石关以西以南的地层,因未实地去看,不得而下断语,也许还是第三纪初期的东西吧。

由黄河北岸起身即上此坡,坡一大半为第三纪初期地层,倾斜甚突,中含石膏盐很多,有许多晒盐的上到高处即遇砾层。再上即为黄土,并且很厚,在黄土山上行了相当时间,才又下坡到低的沿河地方。此青石关为一峡,非如此走不可。再前不远,我们便要舍黄河而沿黄河的支流湟水西行,因黄河正西南自贵德流来,而往西宁的大道,则沿湟水西行。此第三纪地层,到处呈露峭壁,很为好看。在这一带,(自兰州以上)到处令人看到高河,河在较新的第

兰州　黄河上的皮筏子（一九三五）

三纪地层，和山陕黄河在古生代或中生代岩层中流动不同。其他如古代后期的地层在此只在高处可见，近于平铺橙黄沙砾及黄土，而看不到像山陕间上新世下部还是平铺的地层，因代替此时期的贵德系也变动甚烈，而有时也和第三纪初期地层一样当作底岩割蚀。为说明这个事实，似乎只有一个说法，就是甘肃境内黄河的历史比较新些，详尽的推论，我们暂且搁起。且说我们前行二十里后到一小地方，名叫张寺，打尖。见有许多三五成群的兵自西东开，听说不久前他们才向西去，但目下又何以东开，也令人不解，又见沿途有些地方有修碉堡的准备，象征着这多事的西北。

这一天我们到黑嘴子住宿，因到时稍晚，看不出黑嘴子的真面目。次日收拾好起行到外边周围一看，才知黑嘴子并不黑，仍为红棕色。昨在暮色中颇疑已见古生代石灰岩，今早看来，仍是第三纪地层。这一天由黑嘴子到享堂，所过地方十之八九全在地层中，有时上到高处黄土中，有时下河岸。在此时地层所成峭壁下行，上望危岩巨块，不但形状百出，且其势甚危，时时有坠下来的可能。沿路尽为石块，有一段几全盖了大路，可见全是大雨后才坠下的，由此可见此一带侵蚀力量的伟大。沿途所见一切情形，和前两日差不多，就是在各村镇可以看到回民的成分多些，有些几乎大半是回民。沿途打尖，多在回民店中，所吃以凉面最为普通。在王家口子一家回民店中打尖，除我们一行五人外，还有许多人，凉面已卖完，而店主夫妇扯面、下面、烧火、捞面、面上加油和应酬客人等，二人分担，一来一往有条不紊，好似很有组织、很受过训练的样子。他们的衣食品若与汉人的相比，实是比较干净。我们的第一目的地本是往窑街看中生代地层，由王家口子往西北越山前去，只有四十里左右，但道路十分难走，所以仍沿大道往西。到大道河入湟水的地方，有一镇名曰享堂。在以前，乐都、贵德等县原归甘肃，自青海实行改省，乐都等六县改归青海，于是甘肃和青海在这一带的省界，即以大通河为界。大通河自北来在附近穿古生代石灰岩，山名叫哈拉古山，至享堂附近注入湟水。哈拉古山在地质上形成一最明显之大地堑，因之自享堂以北数十里形成大峡，由甘肃入青大道即在峡南口内不远，在峡谷上筑有木桥，桥两端并有牌楼，甚为雄伟，地势甚占险要。在此青海军队，入境时颇受相当盘查。过桥后所视风景至为秀丽，而第三纪地层与石灰岩接触之状及其与两边岩石、出黄土之关系等，尤为清白，可谓研究地质的一个好地方。再前不远，即是享堂镇，附近正修筑碉堡，镇内回汉杂居，我们住于一汉人店中，以待次日折回窑街。

由兰州到享堂共约二百一十里，我们走了三天，每天约七十里。由此往西再三站即到青海的省会西宁。欲意往西宁，但有两层顾虑使我们不敢断然前去。第一恐怕时间来不及，第二我们此次西走事先未通知青海省政府，恐节外生枝。因此遂决定由此北往窑街，再往永登而回兰州。因大通河以东即归甘肃，比较合宜些。但这样一改路线，失掉两个重要的科学观察，头一个是以前所谓甘肃考古，安特生由甘肃西部得来的彩陶，最有名的为半山、马厂二地，前者在宁定县，后者即在乐都县。甘肃西部、青海东部于黄土高原上此等文化遗迹很多，尤以乐都一带为最。第二个是含化石的第三纪（后期）地层在西宁一带听说很有，今即不去，自然只有怅望而返罢了。

离开享堂寻原路又过昨天所过的那关，过关后即沿大通东岸蜿蜒上行，在峡谷中走。起身时天阴黑，甫出街道即下雨，但又不便中止，只有冒雨前行。峡谷中风景本很有意思，又兼在石灰岩山中，所以更富于画意。大半凡是石灰岩区所造成的山，总是奇峭的，在此当然不能例外，最好是配那一渠呈线的流水，不但好看，而且好听。这样的风景，若在普通的晴天走，印象必也不平常，最令人不能忘的是在蒙蒙雨的天气中看这样的景色，尚不时蒙着慢慢移动的白云，我们走得高了，白云好像在脚下，我们走得低了，白云又升到半空。此外的好处就是寂静，这虽是修成的一条汽车路，但汽车少走，行人也少，我们走了一二十里只碰到了三四个人，大概因天雨的缘故。

我们静悄悄地走着，看着山色，听着水声，嘶嘶的细雨，嘚嘚骡蹄伴奏着前进之曲，许久许久没有看到感到这样美的天然环境了。可惜我们不久就要穿过，可惜我们不能久住！

这一条汽车路为甘青交通孔道。由兰州过享堂有两条路，一即我们由兰过新城所走的路，一为由兰过盐水河到永登，再由永登过窑街，经此峡到享堂。由甘入青的汽车路，采的是后一路。这一段路特别的险恶，有许多地方是或辟了一部分山，或在山坡帮修栈道而成。前行不远至石灰岩与花岗岩接触处，入花岗岩区后，山形已不如石灰岩区中奇陡，但亦颇有可观，有许多地方，也一样的险要。但一过花岗岩区而到古代及中古代地层区，河谷顿为广阔。计自享堂入峡到出峡有二十余里，风景最为佳丽，再前行不远即到窑街，系位于河东岸一镇。此时天雨更急，只有找旅店住下，找了半天找到一回民店中住下。

下雨天气在小店中闷着的滋味，我们每次旅行都尝到。此次自兰州出发，都是好天气，这天虽然下雨却帮我们饱尝了山色，现在只希望雨不要延长就是了。所住的店，面积很大，房间也还相当干净。对过马棚下，有两头犁牛，其角有一直角之弯，为西藏最特别之牛，此等牛在陕西太白山附近就有，所以此地亦有，不算稀奇。店主即住在后面上房，一会儿老回回回来，与我们谈天。他有六十左右年纪，有很美的胡须，身体很结实，据说从前在军队中当过副官，自认为有万夫不当之勇，现在退休住在家中，又说原籍陕西东部某县，大约同治间因乱移回甘肃的。

第二天天气虽未放晴，但雨却已止了，于是我们决上东山，此山即为产煤所在地,有五七里,店主招来甲长和煤窑上负责人,很热心地招待我们。此地以前地质调查所孙健初、侯洛村二君曾在此调查过,在中古代煤的石灰质岩中得有鱼背刺,经我研究,因此我很想借此机会看看,我们在山上跑了有二三个钟头,在几个地方虽找有此等化石的遗迹,却没有很完全的,只得废然回寓,又做起身之计。午刻吃饭后辞别店主即起身北行,原来自享堂出发以后,大致的方向已是向北行了。

走了约二十里到马连滩,驻军很多,军容不很整。又打听再行十余里尚有一地可住宿,遂仍前行。在街北头停有一辆邮政车,想是从永登开来的。在这样的荒镇,一切生活全是十八世纪的样子,而忽然看到汽车,令你有一种莫可明言的感触。在各种工业化的物件中或者以汽车最易入于民间吧,而民间又何尝感觉到汽车的好处呢。

且说我们离马连滩不远,即舍大通河主谷而另沿一支河沟北行,又到了那丘阜与山沟的地形。西边土山,一沟如槽,幸而还有相当宽,道路上还平,时夕阳欲坠,牛羊尽在归途,而我们住的地方有三四里即到。最失望的是到了以后,找不到住的地方,原来地方很小,又无店舍。再打听前行十里可有店,遂又冒暮色前行,在此等情形下,不免有了戒心。好容易走了一点钟,到打听的地方,名叫唐坊,此地居然有一店,但已住满了旅客,说只有喂骡的地方。时已过晚,未便冒昧再行。遂打听此地甲长,初村人见我们服装特别不肯招待,后经再三解释,始有一家允我们住在他们家中。于是喜出望外,即随往,入门满院尽是牛猪粪,室内很狭小,又有气味,然已不可得,只有住下。主人甚诚，很热心招待，据云有兄弟六人，彼居长，已娶妻，有小孩，其他兄弟均尚未授室，家产除有地几亩外，尚有牛羊猪菜。看来也算此地小康之家，然其生活简单之状似尚不能维持生活，更谈不到教育问题。

由唐坊东越土山脊，可到红城堡，有三四十里。从地质上看来，这条路比大道有意思，不过听说小道崎岖难行，又兼有十分不平静，时有小匪劫道，因此我们仍照原来计划前行四十里到新绍。沿途所经各地都很荒凉，都可以令人想见以前繁盛时的情形，而如今所残留的只是几家破店和破落的住房，此外半倒的颓墙，这才叫作农村破产。每一村常引起我同一感想，就是过去光荣时代的追慕、现在颓废情形的凭吊和未来命运的挽补。这样的颓废是真代表一个民族末日的来临呢，还只是代表民族融化进度中一个小不幸的时期呢？

在新绍稍休，所有食物甚简陋，仅以所携带者勉强充饿。时天又转变，大有风雨在即之势，乃起身十五里到杨家沟滩，仍前行，不料甫过村头二三里，大雨漫山而来，只得折回，找了几家，告求借地避雨均被拒。到大道旁一比较大的人家，叫开门，说了许多好话，才令我们进去。一进门其院落甚广阔，室内亦很整洁，且有客房，挂有祝寿对联，后为小儿娶亲喜对，一老者招待我们，看来是一小康人家。稍谈之后，老人知我们为有公干之人，尽情招待，这时最令我们欢慰的为一干净的大热炕。此时天雨不止而又甚冷，他们已有穿皮袍的，我们幸得此热炕，可谓舒服之极，躺下一睡，醒时已有些昏黑，当即吃饭，夜间即住宿于此。

次日雨已止，但未完全放晴，寒冷如昨。此地地势高亢，一变天即有冬意,村外的麦还是深绿,距收获至少还需半月,可见一斑。热炕虽好,未便久恋,乃即辞别起身。主人这场好意招待,颇令人不过意,后照付食用,彼满意照收,心始稍安。由杨家沟滩到永登去有两条路:一条小路近,越山道,达永登正面;一条大道远,约四十里,绕至永登以北,再南行入城。我们为安全计,走的是大道。沿途仍多红色第三纪地层,所经背斜层自第三纪初期至贵德系,全很好露出,在距永登不远将出谷时,还找到几块化石。

永登旧名平番,在由兰往凉州的大道上,位于南入黄河的谷旁,因河谷广阔,且四季不断水,所以成为很好的区域。我们至城西关,即有回兵盘诘,示护照始作罢入城,但在城门口又受同样盘查,麻烦了半天始得入城。城很小,视状很荒凉,听说以前很好,乃是十八九年被摧杀的。我们本住店中,后县长申君招待我们住于县署,谈及此间一切情形,总是目下最急之势在修碉堡,我们打听省城消息,他只说不好而不言究竟,并希望我们早日设法离甘。这样看来,似有不好的神气。下午我们出城往城东去看,他派人招待我们出东门,即下土山,各处均有碉堡,碉堡附近且有战壕设备,我们至最高最大的一个,看四面景色均好,西北还可望见远山,当为古代石灰岩及其他东西,正西则为起伏之新古代地层,我们即自这方向来的。足下城旁一河蜿蜒不尽,直向南流去,成一大河谷,此河经红城堡、苦水堡,到新城附近入黄河,我们明天就要由此回兰。这么登高一望,颇令人畅怀,只是东山西山尽为黄土所盖,未见任何红色地层出露,即有也在以东较远地方,只有流连片刻,原道回城。

第二天由永登起身沿河南行,离城三四里路过一大的荒城,据说是满城。以前在清朝,重要的都市都有满人驻守,且不屑和汉人在一起,别为一城名曰满城。其主要的原因当然是监视汉人,其气焰之盛,势力之大,比之现在的租界,真有过之无不及之势。然曾几何时,烟消云散,所留的满城,大半复为农田,或只有残垣几段,荒草一片,留供我们凭吊罢了。

由永登南行,因在很宽的河谷中,所以道路很好,可以说是阳关大道,汽车自然可行。但路上并没有修过,只可说是汽车能走的,却不能含混称之曰汽车路。有时路旁而有若干未被砍伐的柳树,比即左公柳的残留,每个上边全有号数。初不解何故,后到省见绍良主席才知是为保存起见,编号以资稽考。保存盛意当然赞成,然苟能扩此心而充之,西北的道旁、河旁、山坡如均能植树,并保护薪草,那不啻为中国解决了一个很大的问题。

且说我们南行过一区镇红城堡,此地有回兵防守,南行不远到一小村名徐家魔打尖,后即舍南行大道而向东上坡。因由此往兰有二路,一由此南经苦水堡,在青石关附近过河经新城,一即由此往盐水河再经余家湾到兰,后一条路苦些而不过河。我们为看剖面计,舍沿河之区而上山。初上山坡黄土甚多,但以后仍为贵德系岩层,且有许多颇与红色土似,中有结核,所不同者,只是有所倾斜。由永登到盐河共一百里,所以日已薄暮才望盐水河。此时太阳已西坠,村中家家烟筒中烟扶摇而上,连成烟雾,并有一种烧草与马粪的气味,表现十足的乡村景色。我们仍投宿上次可住的店中,这一圈子又合上了。

盐水河至兰州一百一十里,我们已走过一次,本拟在此住一日,即可多采化石。然一因上次成绩不好，二因急要知道兰州情形别做计议，乃于次日离盐水河，东南行四十里到余家湾打尖，匆匆起身，但在沿途仍勉做视察，以与昔日所见者相参证，到朱家林子为时尚早，脚夫有不愿走之意，经再三劝导，才勉强起行。出沟口后，豁然开朗，有四五点钟，望着兰州城前行，沿途路虽一样，却有些变了。从前打瓜满园尚未成熟，今则瓜皮成堆。最引人注意的沿途稍有形势的地方，都修筑碉堡，有的已然成功，有的尚在修筑中，这个或者映出前途的隐忧吧！到十里店日已西沉，仍前行，出坡见支沟前所冲击之乱石已不如以前之乱无头绪，也有路线可寻，可见自然摧残力与人事互为消长。入城已薄暮，又回到原来的地方了。

（七）兰州的留恋

在野外，一心一意做工，虽明知局势不佳，但究因在外有事，于这上不十分操心，而且也没有新的消息，反觉安慰些。一回到城市，又是那一套烦闷，汽车路仍不通，惟天水情况似已好转，若取道天水回陕，当较可能。但可惜我们的时间已不够实行此计划，没有办法，只有维持旧计划，即往南再去一趟，然后坐飞机回陕。飞机座位已于去永登前订好，不便退还也是一个原因，而平凉、泾川一带的紧张，也迫得我们不得不如此做。

一天在兰州城内访问，杨君约再游五泉，乃与顾君等同往。晚间约我们认识的朋友及帮我们忙的人便饭，以表谢意。可惜马君调查，尚未回兰，于是缺了一位主人。一切办完以后，又雇骡子南行，由兰起身过后五泉，往南四十里到阿平镇，阿平镇已在山中，附近为中生代煤系，产煤，所以也算一小工业中心，以北以南均有古生代石灰岩，谷中风景亦佳，惟不如享堂、窑街间之清秀。我们在阿平镇打尖后，仍前行。由兰州起身时，天已亮，雨旋较小，因不便中止乃决行，沿途时小时大，再走了十里到一小地名和尚铺，雨更大不能前行，乃寻一小店休息。我们的目的已算达到了一半，因自起身到此地，沿途已看了不少的剖面，但终因天雨不能远视，又不便爬上山坡，当然不能算圆满。

入店不久即已天黑，店主由外归，见我们服色特异，很招待我们，我们也乐与攀谈，打听附近驻军等情。他言及驻军不时有吃人家东西不付钱及许多不讲理的举动，很为愤慨。我听到此不免为军事前途担忧，益信三分军事七分政治为经历之言。

我们本计划再南行一程，到分水岭的地方再折回，而第二天大雨仍不止，且以上路更崎岖，如雨止，势难前行，枯坐店中又无聊，只得折回，照原定计划系由阿平镇以南，东上土山绕至兰州东南再返兰，然这条路在雨中也不容易走，无可奈何，只有仍照旧道回兰。可以说南行一段很不得意，我们在文化泥的兰州街道中回旧地，朋友们见了寒暄，我只有苦笑回答。这时候马君也自野外回来了，又聚于一小室中谈笑，以解烦闷。

我们离兰州这天，天气又有些捣乱，自阿平镇回兰州后仍未放晴，且还下了一天雨，自西安应来的飞机也为之脱班，如再不晴，连飞回之日期也要更改。好在这时候死心塌地地要东归了，我不禁对这一月多的甘肃生活发生留恋之感，又禁不住对我们的工作做一回忆。今借收拾行装之际，约略分述一下，或者也可以作为我这篇杂记的结尾吧。

我们这一回在甘，一因天雨太多，二因受时局影响，未能照原计划完成工作。但也就观察所及，可把甘肃尤其是兰州一带的地史发育知道了大概。我们既注意新生代地质，所以对于近代的地史尤为注意。概括起来讲，在白垩纪以后，最普遍的堆积为所谓寺口子系，即上述之第三纪初期地层。其岩石性质代表一湖相堆积，此湖当为内湖逐渐干涸，于是在石膏的生成，在中新统中期，地层有较烈的变动和侵蚀。而变动以后大致的情形还没有改，不过规模较小，于是有贵德系的堆积，其一切情形与寺口子有稍相似之处。贵德系代表的时代较长，自中新统上部直到上新统上部，后又有大的变动，继以侵蚀，然后才有橙黄色沙系的堆积和又一次侵蚀以后的黄土堆积，虽然有些地方地层近代还变动，然主要的变动当在贵德系之后，颇与山西许多地方泥河湾地层的变动相像。

就黄河的历史说，河两岸很明白地有三种高度不同的阶段地形。表面看来和山陕间的相像，但照我们对地层的认识一加分析，则颇有不同。最高的为橙色沙系，当间的为黄土，而最低为板桥期的阶段地形，非如山陕间的高者为红土（下上新统），中间为三门，而低者为黄土期的。这样看来，我们在兰州一带所见的黄河比较新，至若说橙色沙系以前的黄河，虽有也因地壳变动而不易认识，至于说寺口子及贵德系即为古黄河之遗留一部，还须得有证据，才敢说一定。因此我们在兰州附近所看的黄土，其清楚的历史不能追溯至上新统，中新统的唐县期地形也有，只在高的山面上（如哈拉古山）

似有非如山陕等地之清白，而且往往尚为宽的河谷。

黄河的整个历史到现在不甚详知，还需要多方面的研究，而不把新生代地层弄清白，只观其外形，往往易生误解。现在我们尚谈不到黄河历史，以上所述，只是供给一点资料罢了。

甘肃乃至与陕西连接一带的地形，十分简单。关于此，前人已有言及，简单地说起来，有三种不同的地形，就是山、原和川。

山地的地形，概由新生代以前岩石造成，折曲变动甚烈，且往往有断层，常为盆地的边缘。如兰州和永登盆地南、北、西均介以高山，以东可以说到六盘山，此大盆地中，亦可有石山峙立，有如孤岛之在土海中。

其次就是原或高原，几令由新生代岩石造成。自河谷视之，往往也壁立千尺以上，俨然一山。但若上至高顶，则一望平野，而杂以沟渠，乃实割裂之高原，而不是真正的山，最显著的如华家岭高原及兰州以北的高原，全归此种。有时割裂只存一部成为台状，本地常有地名曰什么什么台子，十九均为此种地形。此等高原往往表面相似，而有时可由不同时期的岩石造成，如第三纪初期地层及第三纪后期地层，均可造成，有时前者的平均高度还要高些。但其上边常盖以黄土，没有的乃是被近代侵蚀冲洗了，而黄土曾覆盖一切，以前的地层可无疑义。这样一种地形，在西北最为普通，也支配了西北许多性质，如交通、住宅等，而在新生代地质方面看来，乃是绝好的一个研究对象。

第三种就是川，即河流经过的地方。其宽阔大小当然依河之大小而定，如黄河最大，所以川道也大，其所遗留的板桥期以后冲积的面积也大。比此还新的也不即所谓"滩"，凡此等地方都是农业的好地方，也很富庶。在甘肃除少数例外，所有都市均位于川上或川边，沿河川道也是村镇集中的地方，但这川不一定是平的，最低的成于近代，即是滩。有的只在水位低的时期露出，而大水时即埋于水中。再高的则为板桥期以后，即我们叫作兰州期的堆积，可以说是冲积层。此层不大易为水漫，许多都市即位于此层上，兰州即其一。再向旁，高处为板桥期梯形阶地，有时很清白，特别在石质的岸旁，至黄土期堆积，已靠近两壁，而往往为川之界限，其山前之清水侵蚀期，须渗于堆积下求之。

以上所说的川道，可以说是西北比较富庶的地方，因为原上往往雨水太少，耕种不甚合宜，有时连吃水也成了问题，非掘一大坑（捞池）储水，即有断水之忧。又因新生代地层多不储水，即间有富于盐质而不宜饮用，于是成为最苦的地方。至山区，当然也很苦，不过有森林及草坡的地方，有森林畜牧之利，比之荒苦的原当然要好些。

甘肃的居民，除汉人外回民的成分很多，此外还有少数其他民族，所以虽不如新疆的繁杂，但比之内地却已很复杂。回汉的争端，至今仍不免，想法子沟通，是西北一个很重要的工作。

西北大部分土地，可以当得起"贫瘠"二字，但在以前尚有若干特产及特殊工艺可以活动经济，但近来也都衰落。如兰州的烟，本来很驰名，行销东路，但近为纸烟所挤，也不景气得很。在市上看不到烟叶，而却到处是哈德门的牌子。又闻红缨及许多药材以前也好，近亦不振，因此可以说一切受新式货品影响，有趋于破产之势。

此外再加上天灾与人祸。天灾最烈的，当然为十七八年的大旱灾，而最烈的还是人祸。在甘所见村镇，有许多真可谓十室九空，一条很长的街道，大半没有人居住，但有许多好的建筑，如牌坊、庙宇、祠堂尚有残余的遗迹可寻，表示并不是自来如此荒凉，也有过黄金时代。这等现象象征着整个的中华民国，而以西北为甚。永登县当西路孔道以前很好，而现在真是荒凉不堪，听说西关、南关在不几年以前全被焚于兵火。西北的天灾也不是完全不可以挽救的，今再加上人造的灾祸，瘠荒的西北，当然更不堪闻问了。

近年来关于西北，不但有开发之声，而且有事实表现出来。最重要的交通，已很有进步，最有益传达信息的，自为欧亚航空以前由北平到兰州好几个星期才能收到的信，现在二三天准可收到，此外并可以载人。不过比较普通化一点的，还是汽车，即此已增加便利不少。如西安到兰州为十八站，今于四五日即可达到，可以说已便利了四五倍。汽车路初办，其管理与护路方面当然不能尽如人意，但此可加以人事的改良，而绝不能因噎废食，怀疑甚至反对汽车政策。至于有许多人以为黄土为害汽车路莫大，甚至以为西北不能修汽车路，也是冤枉黄土的。黄土固有它若干的坏处，却也有不少的好处，一一算起来，好处当比坏处多。西北的根本政策如能进行得宜，黄土的坏处可以减少；若不进行或听其自然，恐不但黄土为害汽车路，即别的岩层也大半有被削蚀崩倒、危害交通的危险！

关于开发西北，有的人希望太高，有的人又太悲观。其实西北实地情形固不容我们太乐观便以为是黄金地方，但亦不是绝对不可为。所要注意是除过少数例外地方外，不能再增进耕种的地方，而且应当限制。我常觉得西北之所以荒凉，和我们先民过于爱种地也有关系。明明是适于长草或植树的地方，全被开垦，变为水旱不均的主因。所以今后在西北须用七分力量增进林牧事业，三分力量改良耕殖，至于开矿，也不是完全无望的。

现在让我再述我们在兰州的情形吧。重回兰州的雨毕竟比初到兰州的好些，不久也就住了，飞机已有如期来的消息，那么我们的旅行快要结束东归了。顾谦吉君一行的皮筏子已收拾好，也要不日出发。马溶之君兰州附近土壤已调查竣事，要向甘凉肃前进。因此，我们所住的地方，顿成为另外一种空气。我们行李虽然少，却也需要相当的收拾，并且还要寄标本，飞机上不能多带行李。幸有顾君之便，我们的行李等可托顾君带去。所留的时间，就是辞别主席，并看看兰州城内的风光。沈滋兰君引我们看城内的国货陈列馆和民众教育馆，无意中得了些科学资料。安特生当年所采的东西，如陶器及化石尚有一部分留在这里，不过盐水河的化石均为破碎的，其他也有说明不尽对的。有一块骨化石来自天水，可证实天水为一好新生代地质区。这一回未能前去，只有付之遗憾罢了。

在兰州还有一个纪念，就是一位德国神父的访问。兰州东关外有一个规模很大的天主堂，由德国神父主持，内有一位海国春神父。彼于传教之外对于中国古史及考古很有研究兴趣，因他由维也纳大学毕业，就学的这一套。前一二年他曾来北平，参观我们新生代研究室和周口店的工作。我们初到兰州即去访问他一次，那时他赴西宁，未能会见。当我们离兰州前，又往天主堂探视，彼已回，相见甚欢。彼引我们参观一切，其伟大之教堂，尚未完全竣工，一切建筑均用本地材料，且多杂以中式，十分美观。海本人以其所著《汉族文明进化史》（一名《由原人而高尚底文化》）见赠。该仅第一册出版，讲中国文化之由来，收集甚富，连周口店人类化石等亦加入所述。关于历史初期事情亦不少，不过推论多有未当，尤其用天主教眼光评判一切，显为不甚科学。不过彼以传教之余，努力于中国文化之研究，亦自可佩。我常说：中国能亡，而中国文化必不能亡。试看罗马、印度之文化，至今尚巍然为学术界之重要资料。所以我国目下急务乃在图存，不必对古代文化起自骄之心，亦不必有惧其灭亡之虑。惟一的问题，仍是自己的刻苦努力。

一切已就绪，只待出发。飞机票已购好，自兰至西安每人票价一百七十二元五角。马君往凉州的车，也已雇好。顾君一行的行李，也已大部分移上皮筏子。最凑巧的，我们三组竟于同日出发，只有杨君一人留守。天明即到飞机站待发，有站预备的汽车接送。我们只带允许分量以内的行李，所以十分轻便，辞别诸友以后，即上汽车开行。初以为车出东门，其实仍出南门，沿西兰汽车公路东行。车出市街后，见旭日初出，映在五泉山及南北山上的绿草上，特别美丽。朝露未散，空气清新，令人神快，但同时不免因兰州及其环境无限的美感而起了惜别的情绪。计我们初到兰州困于雨，后又因事不能实现调查计划，所以对兰州竟乏好感。现在要走了，不免令人留恋，尤其在甘肃目下的情形下，尤其在西北紧张的空气中，西北重镇的兰州，啊，未来的命运如何，端赖各方面之努力，我们在目前只有预祝不久再见罢了。

飞机场距兰州约有二十里，六点半到，机场已有许多人，并且

由兰州上飞机返回西安（一九三五）

送行者很多，大约有相当要人东行。我办完了照例手续，即过行李及称体重，并签字于一种票上（声明遇事无干），即候出发。我们要的飞机为二号机，由机房推出试验摩托，有十余分钟即上机。机上乘客部分与司机部分完全隔离，面向机尾共可容八人，这次共有七名大人和一名十二三岁之女孩。邮件与旅客的行李，堆在最后部，但与乘客不分。门闭以后，两边均有玻璃窗，可以外观。

入机不久，即觉机轧轧向西移动，在地上约绕片时，即南绕腾空而上，再转东行。此时兰州、五泉均在眼底，机场附近的村镇与靠近的黄河，来时均未留意，而此时一一呈现眼下，并且都是俯视，实为巨观。大半吾人平常所看见地面样子，有时并看不到真正的"面"

的样子,因为我们的视线不但不能俯视,并且斜视也多谈不到。人之渺小,好像蚂蚁在乱石堆中跑,高高低低,一道一道,而真正石堆的外观,最不能得到。换言之,总是在圈内,而不能跳出圈子外看看,坐飞机的好处就是能够跳出地皮圈子(姑且如此讲而已)以外而看地皮。所谓视者是最有兴趣的事。看上文所述"原"的割蚀形状,黄河以北的原割蚀特烈,沟道多而坡度也大,远视之有如鸡皮纹,趋之放大,而更有规律,很难找一适当比喻形容。此为西北最特殊的一种割蚀,因土质软又乏森林保护,所以格外显得剧烈,以南近山反而好一点,或许与近期地壳变动少有些关系,以南的现于眼底。

自兰州起身过定西、静宁,底下一切完全易了解,这是因为我们已有地理知识的缘故。路线和汽车路差不多,再往前见有白云飘浮,初为数片,渐次加多。飞机乃在云中,但亦有时在云上走,到云多的地方好像大船在云海中航行一样。有云的地方我们当然看不到地面,有时一块块的云不连,有如一包一包刚弹好的棉花。从云隙中可以望见地面沟中的剖面,甚至可以清楚地看到黄土下的红土露出。再东即过六盘山,虽沿一山势低处通过,但飞机向上爬行,机声隆隆之程度不断增加,可想其难上之一般。至于俯视山岭,又为一种景色。过六盘山,平凉市镇又呈眼底,其以北的泾河一带,尤为认识路线的标志,沿河行看到泾川,照汽车路往东应过长武、邠县,但以东长武、邠县均未见,实因航线偏南经灵台、永寿之故。六盘山以东地形的割蚀,无论南北均不如以西之烈,所以虽有上看的高原,却多有平原的样子,不过沟谷当然还不少。南望终南怒峙,知不久将到西安。一会儿即望见渭水蜿蜒如带,而顷刻间已到咸阳城上,过此到西安只十余分钟。逐渐降落,毫不觉得困难。

计由兰州到西安汽车路为七百五十三公里,飞机航线可缩去约三分之一,需时共四点五十分,可算很快了。也因这一天天气特好,没有困难的缘故。由兰起身很冷,加衣较多,一下机即感觉热不可耐,又到另一世界了,心神自然为之一快。入城后,即直赴三叔处,未见三叔,访数处均未见。为要赶舅父生辰计,即夜东行,在家住了三四日,即寻陇海、平汉北返北平,甘肃之行至此告终。

廿四年(一九三五年),十二月,九日

晋蜀掘骨记

　　山西的大部，四川的一部分，以前曾去过。二十五年（一九三六年）因特殊的缘故，我有再去的机会。而且所去的地方，有些固为旧游，但大半却是新的。同行除所偕技工外，有由南非来华的美国加利福尼亚大学甘颇先生。原来自从我研究袁希渊先生在新疆所采化石一部分报告发表以后，引起外国许多人士的注意，那就是新疆的兽形类化石。此等化石为动物进化史上最重要的一个关键。在全球以南非为最好，其他各地每有此等化石发现，大家对之莫不异常注意。新疆所发现者，保存既完好，而又与南非各种特别相近。故于古生物学、古地理学上均有特殊关系。甘颇研究爬行动物化石多年，去年休假，得一机会，先到欧洲参观各大陈列馆，随后到南非做实地采集，又由南非来中国，意在看看袁君的采集品，顺便看看中国中生代的地层。在我们一方面呢，新疆有这样好的化石群，岂不更好。甘颇既来，正可借此和他一同看看，也可收他山切磋之益。因山西三叠系中脊椎化石，除德日进和我在石楼县所找的一块外，至今未见过。这一回我们想到山西东南三叠纪地层最发育的地方，看看究竟有没有发现的希望，这是我们要到山西去的原因。

至于我们何以又要到四川去，是为找白垩纪恐龙化石。原来四川白垩纪恐龙化石，在十多年以前，有位美国人在荣县采了些，直到前二三年，才由甘颇研究发表。虽然材料十分破碎，但在发现的意义上，却十分重要，因为在长江流域还算第一次呢。我们得到这消息以后，就有到四川荣县一去的意思。恰好研究这项化石的甘颇来中国，所以我便怂恿一同前去。因为往山西找三叠系，他因前未发现过，把握很少，而四川却明明有一地点待我们开发，好在翁咏霓先生对此事十分热心，他说不妨两个地方全去。我说怕时间来不及，他说不妨坐飞机，以便省时间。这样我决定了计划，先往山西，后往四川。

（一）山西的探寻

1．阳泉

我们这一回在山西要去的地方，为东南部辽县、榆社一带。因为这一带为一大三叠纪的盆地，沿边又有二叠纪地层很规矩地露出，在探寻兽形类化石上，可以说是一个绝好的地方。我们由北平出发，在石家庄过一夜，乘正太车西行，到阳泉下车。第一回把一个不曾到过中国内地的美国人，带到一个地道的中国小店中。可惜我于心理学莫有研究，不能猜测他这时候感想如何。但大致看起来，似乎莫有什么惊奇。一会儿我又同他吃午饭，无疑地，他是第一回吃真正平民化的中国饭，是不是和吃一回东兴楼有一样的感想呢，也不得而知，不过他的饭量是很好的。

我们到阳泉不过十一点多，吃饭也不过一点左右，本可以起程南行的，但一来雇骡子相当费事，二来也想看看阳泉附近的地质，所以决次日再动身。时日光正烈，热气逼人，便在店内休息，以待下午出去。我们正在半睡的状态中，忽然一阵搬行李声音，把我们惊起，原来我们的行李，挂次一回车来的，这时才到。同时袁希渊先生，也进了我们的小店。我由北平起身时，他就有同来之说，后因旅费问题未定，不果成行。在此找见，欢谈之下，才知他已由清华弄到旅费。袁先生在新疆工作多年，又亲自发现重要的三叠纪化石，于此当然十分内行。因此我们对此次的旅行，不禁增加了无限勇气。

晚上我们一同到阳泉镇以西山沟中去，西行六七里后沿铁道回寓。所看多为二叠纪地层，三叠纪地层仅见其底，因时间来不及，折回。多时不做野外工作，第一天格外觉得兴奋新鲜，虽无何发现，然这样一个楔子，亦觉得是满足的。

在店中把骡子雇好，计共三骡四驴，因二驴便等于一骡，所以可说有五个骡子的驮量。次日一早收拾好行李，即南行，也可算一个小小的队。虽然这一段路，为我第一次旅行，而山西的一切，究竟有他的若干特殊共同之点，使人感到已到山西的外县了。但扩而充之，中国各地虽不同，亦有若干共同之点。无论在辽宁也好，在广州也好，在迪化（今乌鲁木齐）也好，也令人感觉中国的特色。

我们由阳泉南行的路，为由阳泉经和顺到辽县的大道，并已有汽车路。离阳泉十五里,到平定县,为一大县城。阳泉不过平定县的一镇,但因交通及煤铁矿关系,在交通上,竟较平定为冲要。我们过平定未停,仅在附近城关赏鉴若干旧日建筑之美。再前到锁簧打尖,一小店吃饭,甚感困难,幸携有糖、牛奶、肉罐头等,可稍救急。

由阳泉一路行来,大半沿二叠纪地层走向南行,有时三叠纪地层亦可看到。较古之岩石,则在大路以西,沿途随处可见。煤矿或铁矿有的已中止,有的尚在进行,均系土法开采。煤铁在山西为最著名之出产,但究有多少尚无可统计。而统制开采,也还未曾着手。

下午行二十里左右到昔阳县城。城在一小山上,因山坡为城,形势甚佳。我们寓街前附近一店中,尚为整洁。入店不久,即有状似巡警者前来查询,照例要名片。因无要事,未找县长,第一日的骡上旅行,是特别感觉疲倦的,一会儿即匆匆入睡了。

次日由昔阳南行,所修之汽车路,大部分均尚好,可以行汽车,只是沿河或近河的地方,已冲毁不少。大凡近来各地新建设的公路,只注意修路而忽略护路及补路的工作。加以北方黄土分布,冲毁尤易,所以如没有整个长久计划,一条路不会长保存的。中午在一小地方打尖,尚有一规模较大之铁矿在附近山后,随即上山,山尖红土及黄土尚有残存者,但沿山坡则大半为童山濯濯,不但树木稀少,即草亦不繁茂。真为北方山地特色,可发一叹。晚上因赶不到和顺县,所以在李阳镇住宿。此地因已深入乡村,所以本地人对于外国人也就加倍地予以注意。

我们所雇的骡驴,本来约定一直送到沁县汽车站,但自出发以后，一再有不愿前去的表示。其理由是往南的东西贵，又兼他们一天一天离家远，恐回家不易。其实据我们沿途所见，差不多往北去的骡驴均载吃食，可见以南生活贵的话，不甚可靠；至于嫌离家远，当系实情。可是我们为便利计，当以不换为好，因不但收拾行李麻烦，且在小地方也不易一下就雇得许多骡子，因之我们只有对付骡夫等，到和顺再说。第二日到和顺，果然雇骡子不易，乃托县府帮忙代雇。

下午我们往城西山中考察，希望可得若干骨化石。因自李阳到和顺，经过若干地方，露头甚好，岩石性质亦佳，此等地层即在县西山暴露。我们三人分途前行，意在扩大观察区域。由山脚至山顶，又左右盘绕，十分留心。但结果除若干植物化石外，仍一无所获。由此北折沿山脊走去，至一山凹，松柏葱郁，林木稀处，有房屋及台亭三五，风景佳秀。乃信步沿山坡而下至山腰探视，乃为一龙王庙，附近台亭乃近年补修者。据看庙者云，此庙无和尚，亦无道士，庙常为各地人祈雨之所。此姑且不论，而其为和顺附近一游览之区，则无疑义。

回店后即打听雇骡事，据云已雇好，但至次日早起身时，却不见来，令人焦急无比，只有重与旧骡夫商定，许以较优条件，始得成行。这一天起身太晚，晚只到一小地名下其住宿，共行五十五里，地在河旁山坡，已为奥陶纪石灰岩。次日前行三十五里，到辽县，沿途多沿石炭纪及奥陶纪地层边缘而行，所以更无找得骨化石的希望。计出发五天，一无所获，不免十分失望。

我本打算到辽县店中打尖即西行，到县城附近，在城东墙外有一大建筑，询之为教堂，且为美人主持。甘颇因之颇想同乡。我因他数日吃不合口味饭食,如能借此换换口味也好,遂赞成。入内有一对美籍教士,诚意招待,并带我们参观他们的医院和学校设备。后又一同入城,在城门洞见有许多石板,云自以西附近山中运来。此石板厚二寸许,为红砂岩,上有各种条纹,看去极适宜保存骨化石或足印等,但我们看了许多块,仍是什么也没有。若西行,当有看见此层的机会,如能往采掘地一去当更好。不幸打听了半天,竟得不到相当结果。

回校后,即在其寓所共进午饭,其一种喜欢朋友的神情,殊为我国多数人所不及。他并告诉我东边可望见那洞的情形,惜此次为事实所限,未能一去。饭后稍休,即起身西行。某君又骑自行车送我们。离城不远即过河,不远又过一河,沿河前行十五里,到一村镇名石匣,两边皆山,露头甚好,乃决在此住下。我们并抽时间在西南山坡沿河详细看了看,地层多红土及砂层。据甘颇言,与南非之水龙兽层完全一样。但我们找了半天,未见一点有骨的痕迹。同来的某君因晚要赶回县,即别去。我们沿山看了看,即入村投店,技工已安排妥帖。店甚大而洁净,若附近有大发现,足可为久住之所。

2. 第一块骨化石

第二天上午,我们又在附近山坡河谷仔细探察了半天。我们四个人,均不同路,除技工与袁君往河西外,我与甘在以东沿一沟前行。层次甚清,砂岩之交层波纹雨点,并均甚清,而未见有化石痕迹。为不延误时间计,即午回寓,收拾起身西行,以穿此三叠纪地层。前行不远,舍一大河谷而沿一小谷西进,不时也在附近趁机会看看。过某村后,在河旁硬岩上见一小骨片,喜出望外。因在硬石上,颇不易取下，工作了半天，才取下来，惜破碎不完全，说不出是什么东西。但确为骨化石，千真万真，所以可证此间被视为无骨化石的三叠纪地层，是有化石的，而且也似乎表示未来很有希望，令我们可不必灰心。这一天晚，到魏家庄，即投宿于此，附近露头亦不少。入店后，因为时尚早，乃即出外上山，我们全到红土多的地层去，不料竟无所获。

第二天由魏家庄起身，西行沿途仍仔细看，午间至一小地，名叫红崖头打尖。此为我们出发以来最简陋之一地点，几至连火都找不到。因开店者均为农人，时正农忙，全在野外工作。幸费了许多力气找到。但所做食品，脏污不堪，草草一饭，即行起身。沿一河谷走，因两边露头甚多，再由红崖头起身，西行一段，我们竟连找到好几块骨化石。其中有一块特别大，至少可以磨成薄片，以供研究。

由此再西行，山势稍陡。随即经过最高处之分水岭而入榆社水系，仍沿一河西行。至地层却无何变化，仍是三叠纪砂层。沿途在好几个地方见有若干植物化石，其于年代的鉴定上或也有些用处。

再往前不远，河谷渐宽阔，无何出山地，土状堆积亦渐发育。但吾人前所谓榆社系之地层，至少自外表视之，并不十分发达，真正之榆社系盆地，尚在榆社县西南一带，将近县城，已为一小平原，全为冲积层。此地前次来时，曾来过一次，不过是从北边来。这一回我们自东来，又到了以前所访的地方，自然有一番感触。我们本想在此住下，但一因城内有机关，外无店可住，二因以南十里之潭村，为上次采骨化石地方，今为时尚早，正可一往，所以即起身南行。两次过榆社县，均未入城，可见此城于我真是无缘了。

由榆社往南，即沿漳河东岸南行，以西山谷中之新生代后期堆积尚遥遥可辨。以东山沟中，虽有但似不甚发育，而黄土又覆盖甚多。十里到潭村附近之小镇，有店二三家，我们即到以前曾住过之一家，并住同一屋中。方布置完毕，忽有自县城赶来二警察，种种盘诘。其结果仍是要了几张名片方去。

第二天清早，即去访此地有名之龙骨商某。上次来时，伊住一普通之民房，今则大兴土木，房舍十分宏伟，还未完全竣工。可见贩龙骨之结果，以比研究龙骨者之碌碌，不禁喟然有感。入院一视，所存化石甚多，最要者为象类之门齿和臼齿、三趾马头骨以及熊、虎、狼、狐、猪、鹿骨等，凡应有之化石，无不尽备。有若干且十分完好，无论陈列研究，均为不可多得之珍品。乃一打听价目，其昂贵有不可以理喻者。如一象之门牙，索洋二百元，其他骨每个即数十元，我就研究用之有疑点的选了十多块，保存并不见佳，竟亦要五十元。甘颇挑了几十个零牙，据云要五块洋一斤，其结果也非二三十元不可。大概我们去了三人，各代表一方面，各自讲价，或许是价特别高的一个原因，其结果我们一个未买，悻悻回店。按我国各地骨化石之被一般无知人民摧残与毁损，为时甚早。每年珍贵之科学材料，因而付之东流者，不可以数计。化石在我们中国，除受自然侵蚀力量销毁外，又多一人力，可谓倒霉之至了。

由潭村南行，仍沿此河谷，午到某小地打尖，天气酷热不想吃什么东西，只草草喝了些水，其一种异味，也令人不易下咽。因武乡稍偏东，我们往沁县去，可无须经此，乃直取往段村的那一条路。过河曲折走了许多时候，下关附近路旁，甘颇在一块石上，看到一块骨，喜出望外，乃即起下，自石匣西来，连此已至少有三地方有化石了。惜此石块为孤石，来源不明，但其块甚大，表示其距原来地方当不远。晚抵段村，已入暮。为一大镇，甚为繁盛，但店却一点也不干净。

次日由段村起身西行，附近因在平坦区域，田禾甚旺盛，居民亦较富庶。再前所过地方，又为前多年所经的一条路。越一小山脊，岩层几全由变动较烈之后第三纪地层造成。在数处曾经流连，亦未见有化石。按榆社系中化石之多，在国内几无其他地方可与比拟，但匆匆一过，亦不见得就会有发现，可见其他不经见之化石，更不易有求必应了。想到这里，殊觉我们自辽县西行以来，未免把山地走得太快了，有些耐性不足。

过了几个村庄，平平无足可记。由段村到沁县，只四十里，所以正午即到。为方便计，寓于汽车站之旅店中，比沿途所经小店，当然稍微干净讲究些。

照这一带三叠纪地层分布的广大，和我们已得了一些骨块讲，我们实有在此区一带再详细考察的必要。甘颇还要往四川去，他又有一定的期限，须到上海赶船，所以事实上竟不能在此久留，只有决定次日即换汽车往榆次，再乘火车回平，然后再做南下计划。可是此等办法终觉于心不甘，于是我乃决定令技工王存义由此往东北穿漳河西之三叠纪山地到寿阳，袁、甘和我三人由此直回北平。以后证明此计划，为我们一大成功。因王在这一带工作十余日，曾在石壁一带发现三地点有较佳之化石。尤以石壁附近一地点，最为有兴味，计得一完全之上臂骨及大腿骨，又有脊椎及坐骨若干，为兽形类一类骨骸。可证明不但山西之三叠纪有骨化石,而且有保存优良有兴趣之兽形类化石。在古生物学,实可为新园地,有待未来之耕耘。

沁县为太原潞城汽车路的重要站,这条汽车路在山西也算干路之一,为通东南各县的一条动脉,每天有客车来往。我们一打听,次日虽照例有车,但不一定有座位,因在半途又无法预订。到次日果过去一车装满客人,无法可想。不久又来一车,旅客虽不多,而车厢中装满脂油,据说为自某地特别运的,且货主有劲,非搭客车不可,我们殊不解何以客车与货车不分?后交涉再三,始允把上层的油篓取下,可令我们三人搭车。但因中间地方,均全为油所占,所以必须盘膝而坐,不能放直腿与脚,实一苦事。我不解汽车方面事,何以不顾旅客舒适。且一有危险,其危险程度,比未装货只装人之车甚大。甘颇迭谓见所未见,令人真不知如何回答才好。近年来各地公路甚为发达,诚为一好现象。但有许多地方,如不加以改良,真有莫大的危险。在沁县看看报,即有一新闻述汾阳附近汽车肇祸事,谓司机因贪看旅客中之一女性而车覆,死二人,伤多人。即此一例,已可见行旅难之一般了。

由沁县东南行,仍穿许多三叠纪地层,虽有许多地方想去看,但一上汽车,即失自由,只有听其推动。出山后即至汾河平原,在太谷以南附近,即见新修之同浦铁道,为山西近年伟大建设之一。下午六时始抵榆次,一日苦行始告终。投宿车站附近一店中,夜间同至一大饭庄公食。盖野外多日,未尝大嚼,今又重新得汽水、啤酒等物,宛若又进了若干世纪。

汽车路与正太无相当联运，故非在榆次住一宿不可。次日到石家庄也须住一宿，始能北上。在新式交通已有规模的地方，似不致有此等不方便及莫大的时间损失，实为可叹！

（二）荣县掘骨记

1. 西安至成都

照我们计划，回北平即筹备往四川，但甘颇和我们均有许多冗繁的事情，直到一星期后始得成行。甘搭特别快车南行，并想看看郑州，我因想借机回家一省母亲，所以先一日夜车南行。陕西近年来的交通，总算比前方便得多了。两天即到华县，下车在县稍停，即回家省母。吾母于二十三年（一九三四年）九月再度来北平小住，二十四年（一九三五年）七月初又偕芝芬等回县，在家主持一切，劳苦非常。我在外每虑及，心甚不安，今借西行之便，抽暇回里一视。时吾乡新麦方收，正晒杏干，遇母于堡北场地。母正在劳苦工作中，一见之下，几欲泪夺眶出。草草在家一宿，尤觉任母一人在家之非计，但又无法请母即时来北平。次日忍痛辞行。到站上车，即遇甘颇，同到西安下车，锡龄及芝芬、瑞英等均在站迎候。为方便计，先看定西京招待所之房间，后又到三叔处，晚间又会了几位旧友。

在西安共住了一天两夜，时间仓促，未能把想见的人都看到，西安近来的建设事业也不及一看，所以一切也就不说了。我的总感想是和去年时差不多，可是此次在西安虽为时甚暂，关于我本行的东西却得了些新知识。刘依仁君春间在华岳庙购得骨化石若干，据称自永济、匼河得来,曾抽暇约为一观,如象、牛、鹿等化石。有许多与周口店猿人地点相似之处,但在地层为湖相,所以特有意思。

由西安到成都的飞机票,我们在北平已预购好,票价计二百二十五元,地位当然已预订,所以在西安无何特别手续。午离招待所,三叔及许多亲友送到机场,行李照例必须过磅,我们最简单的行李,竟也过了五公斤许,补费十余元。甘有照相机在外边,据站上人云不许带,出言不甚客气。去年我由兰州飞西安时,同行即有相机,何以并无困难?与之相商之下,该员竟有一种令人难堪态度,且云即放在箱中亦不能带,此直可谓无理之至。此等人在西北视西北人民往往为被征服者,我因说话改为陕音,故有此怪剧,即此已可见西北目下情态之一斑。后来站上人一闻此机为西人所有,竟无事放行,尤令人替他们难受!

午后两点由西安起飞。坐飞机的经验虽为第二次,但由兰州到西安及由西安到成都,均为国内航程中最有意思的部分,所以对此次航行甚感兴奋。天气又清和,过山当不致为云雾所阻看不到山色。起行后不久即折向西南,秦岭北坡宛在眼底,随即过岭,依时间知,当在由太白山以东穿过。在机上下望,全山尽为林木,已无人家耕地,可见其森林之多,此后固当利用,然亦须保护。甘谓曾见某君著中国游记,谓中国无林,可见此等说法所见之小。时天气晴朗,机影映地面上,甚觉有意思。因机行速不知为多少,又因无明确之地图可寻,又不知所过路线究为何地,所以过秦岭即不能清晰辨别地方。据甘云美国营业飞机上,例有一女招待,旅客有病可以看护,平时讲解所过地方情形,旅客甚便。我们此次所搭机为欧亚巨型机,可坐十四人,地位宽敞,比去年由兰所搭机好得多,也有一男役,照料一切。但他对地形也是茫然,竟还问我:"到了什么地方了?"

此机系由上海飞来,由西安起身时,东来旅客只有二人,连我们共四人,就营业上讲,未免太不合算了。二人中一为法籍某军官,将过昆明赴安南;一为燕大吴文藻,相见甚欢。

虽然不能详细地看地形,但大致是可以了解的。过秦岭为一盆地区,过大巴山脉以后,即入四川盆地,以地图猜计,当在广元、剑阁间。河流蜿蜒如带,城市清白可辨,行人不易看得清白,其高度当有可观。四川分布极广的红色地层,亦逐渐可以看到,其丘陵状之地形,在飞机上看,尤为清楚。一会儿至低的平原,河流纵横,知抵成都近郊。果然飞机即逐渐下落,到成都北飞机场停。乘客的座位,在飞机后部,向前不能看,因降落时未回绕,所以并未在飞机上望见成都。下机后无人来接,却有成都法领事贝栅来接同机之法军官。此君为德日进好友,前在香港曾相遇,而我们此来又有德特别介绍,他即约我们全住在那里。我正想莫有地方,当即应允。其地点在北门外张家巷,其住宅占地很大,并有一化学研究室,园中花木均带南方性质。一切布置就绪后,入城到四川大学,得知任叔永在家,驱车至其寓所,除吴君在场外,又遇李济之等。

我们在成都一共只住了两天,还有许多事情要办,所以对于这美丽的成都,竟无时间一游,事后想来殊为遗憾。成都位于川西大平原中,街市整齐,有如北平,不但为一政治中心,商业亦相当繁荣。今姑且将我们在成都两天的经历择要记述一下。

我们先要接洽的当然为我们调查的事宜,先到建设厅,适厅长卢作孚未在,不能与负责的人一谈。等了半天,才得一某君,声称未接公事,大有不允招待之意,遂不得要领,而至省府,也得着同样答复。我们以携有护照,绝非冒充,公事或因邮寄稍迟,当即请求予所欲去县份保护,以利进行。幸蒙见我们的某秘书应允次日前去取公文。因公文尚须我们带上自投,此等办法,对于调查不甚妥当。然既如此,亦是无法。所去各机关全是人员很多,但办事头绪纷繁,难得要领,一人不能当一人用。

在成都,第二个印象深的事,为两次访问华西大学。成都有两个大学。一为四川大学,任叔永为校长,在城内,近力图整顿。任曾约我们去参加他们去年度的欢送毕业同学大会,在会场上会到了好几位知名而未见过面的朋友,甚为快慰。另一个为华西大学,系加拿大教会所办。我们第一次去,未得会着主要的人。第二次去,始得有机会一参观。华西大学的博物馆,其中最精彩的一部分当为历史及民族部,尤其关于西藏及苗夷各民族之衣饰物品搜集甚多,历史的及艺术的亦不少。我们所特感兴会的,为其前几年在西康发现的石器及骨骸,惟因地层尚多待考,所以关于年代也不易下判语,可是无论如何,当不致如华北周口店,甚至真正黄土期文化之古。此外见有一堆碎骨,据云采自川南珙县,虽破碎而可认出有象、土猿、藏熊等之牙齿,其性质与我们在四川万县、云南富民、广西兴安等地所见者十分相似。华西大学在城南占地甚大,进内一视,几疑身在北平之清华或燕京,有此陈列馆,足为本地生色。可见西人足迹所至之地,富于搜求精神。盖此等标本,在四川搜求,并不甚难,但开其端而具有规模,终须让外人着先鞭,真令人愧死!

我有一近同乡同如兰君，在军政部之无线电台服务。乃即抽暇一晤，相见甚欢。同君又招待一切，且诸多帮忙。又有闻名而未见过之友人周晓和君，亦习地质，对我们在成都各方接洽，尤多尽力。周君因学校已放假，欲乘机会与我们同行，我因地方生疏，又可得周君帮助，可解旅途烦闷，当然十分欢迎。所以尽两日内，把一切预备就绪，打算即日起身。

照我们原来计划，想由成都搭汽车到乐都，再由乐都起早到荣县，待工作毕东归时，离荣东行至蓉渝汽车路，因如此可以多看荣县以西及嘉定成都间。但一经打听成都、乐都间的汽车路，时常出事。闻在一月之内，竟有八次被劫，旅客亦多受伤者。在此等情形下，我只有听周君劝告，放弃原来计划，决由成都到资中，再折往荣县。

一切稍定，即与同、周两君，略一游览街市，并到一公园小坐。市内茶桌甚发达，公园尤甚。据周君云，许多重要交易，私人往来交涉，均在茶肆办理，无形关系甚大，故如此发达。我因为时太匆促，未能详游，幸以后川陕交通比前方便，或者还有重来的一天。

2．成都到乐城

我们在成都三夜，每夜全有大雨，但次日即天晴。起身的前夜，雨尤多，天明时雨幸稍小。票已购好，当然起身。幸同君仍令汽车送我们往，殊为省事。在同君处数日，诸多招待，尤其两三日凡出外均用他的汽车，对我们诚为省时，然殊令人过意不去。在这样的情绪下，我们离了张家巷。上长途汽车的地方在牛头市，尚须穿城而过。到站旅客已甚多，须有过行李等手续，不一会儿周君也来了。虽说六点开，直到七点才有车开行，我们因到八点多才上了一车。由站出发，雨仍未止，汽车路半为泥水所盖，殊不易走。地势平坦中略有低阜，多为红色黏土，亦即土壤家所谓成都土，间亦见有砾石。但汽车上看地质，竟是走马看花，其彼此关系，殊不易定。三十余里到龙泉驿，始舍成都土所盖之小低阜式山，而上白垩统所成之山地，亦即为我们此次调查最注意的地层，所以更聚全神向外注视。岩层多为红色砂岩，沿途露头甚好，惜不能下车一视。午到某地午饭，车上遇一在重庆开业的医生，为美国人，与甘同乡，因此一块吃饭。彼在川已多年，讲四川话甚流利。饭后继行，大约沿沱江两岸南行，计一百七十七公里，到资中即下车。依周君意，恐住小店不便，拟往城内中学，因其校长为周君之老同学，遂即把行李候到，即离站进城。资中城在沱江东北岸，车站在西岸，故须过江。沱江在资中已是相当的宽大，此时江水尚未涨，过去甚易。过江进城，即直到中学，与校中当局会见，相谈甚欢。

但为时尚早，所以还可以在城内及附近一游。城内街市整齐而清洁，为我在国内所仅见。所有街道全用砂岩铺成，两旁并植有树木，闻此等建设亦近年事。出城游某寺，为一古迹，石像甚多，后过公共体育场返校，所经多风景佳丽之区，令人恋恋不舍。此等丘陵式之山与蜿蜒之江，又装饰以天然易生之树木，再加以人工之培修，自然到处可成胜境，非如北方各省之荒枯。

在校寓一教室中，范围广大。承校中当局好意，约我们对学生做一讲演。义不能却，遂即从命。首由甘先讲述，大意为鼓励青年求实学，用国货，抗强敌，由余节要为中文。以一利害不相关之美人，对我国青年做此中肯语，深可感动听众。我则就青年目下最应注意者数点约为申述。周君所言，亦多勉励青年之辞。

我们为明了附近地质起见，决在资中住一天。是日出城，由汽车站沿车路南行，沿途慢慢地看地层之剖面。所露出者多为砂岩、页岩及红土等，如硬的岩即造成丘陵式之山阜，而较松之岩则为低地。二十五里到莲池铺稍休，又十五里到金子铺。依谭、李两次之四川西康地质图，此等地方地层全为所谓白垩纪之自流井，系为荣县相同，所以也当有发现爬行动物之可能。但我们沿途仔细找了许多次，均未发现任何遗迹，不禁怅然。归途过莲池铺后，取一小道到沱江岸之唐明渡过江。据云系因唐明皇曾由此过江，故得名。过江，沿途风景尤佳，返抵城内，时已是万家灯火。

由资中到荣县约一百七十里，为二日程，最方便的走法为雇滑竿。我们三人因有行李，共雇了四乘。甘因巨大系三人抬外，余均二人一抬。次日由资中起身，校中当局率学生全体送至江岸，遂与此印象甚佳之资中作别。过江时适江水大涨，幸波涛尚平，得以迅速渡过。过后沿汽车道走数步，即取往西南一小道前行。四川乡村小道，均为用石砌成者，平整可行，但遇坡处，全用阶梯式，所以只于行人方便。其他车辆全不易行，所以路虽好而自行车不能利用。此路大半很窄，平均宽不过一尺许，所以一离汽车路，即看到旧四川的交通。沿途所经均零星住户，而无如北方之伟大村落。此盖为地势所限，且因到处可取水，故无须聚集一起。前行四十里，过蔡家场，为一镇。道经一黑色砂岩区，当为侏罗纪物，树木亦不少。再过双河乡，附近见石灰岩，即为著名之自流井石灰岩，亦有鱼鳞等化石。沿灰岩下层红土暴露甚多，我们找了半天，仅得两骨块，然破而不易鉴定，又因为时不早，只得起行。这一天共走了一百里，到威远县，县城不如资中之大，街道亦仍为旧日面目。为方便计，周君又导我等到县署，县长未在，其秘书李君为周君老友，招待甚诚，一见如故。

我们的滑竿，仅雇至威远，所以第二日又换了一批，但不如昨所有之能力。我坐的那一乘出西门行不远，其竿即坏而不能用，周君与我换坐换行。由资中到威远，大致方向为自东北往西南，由威远往荣县则几为东西。北方一清白之山脊，当为侏罗纪硬砂岩所造成。而我们沿途所经，则全为自流井层，自然也是一种丘陵式的地形。午过一镇，名镇西场，全场之马路，修得十分整齐，当亦为新建设之一。在此另补雇一滑竿，继续西行。再前到高山铺，为荣县东二十里一大镇，位于石灰岩山顶上，在此稍休息即西行过高山铺。经许多建筑壮丽之石碑坊，其式样与北方习有者不大一样。薄暮入荣县城。县城市面长，甚繁荣，一如威远，似为旧面目，若与资中比，自觉较差。沿街家家户户全有军队，一经打听，始知为中央军自西康东部开来，调往贵州道经此地者，又不禁为最近时局增若干杞忧。为方便计，仍暂住县署，县长不在，由秘书某君招待，到县府不久，我们由北平派来荣之技工杜林春即来相晤，因我们由平起身时，预计派杜先运行李由汉口、重庆西来，先在附近探采。我们则由飞机相晤，以便节省时间。据杜云已在县城附近十余里内跑了许多次，曾在三四个地点见有骨化石遗迹，甘与我闻听之下，均甚欣慰，俟一切布置决定后，即前往调查。

3．荣县近郊的游探

我们由资中起身的第一天，天气很凉爽。第二天便特别热，当夜住在县府。地点较小，又未带蚊帐。既苦于热，又苦于咬。好容易到了天明，又遇着更热的天气。我们因要在荣县久住，所以要找一比较清静的地方。该县当局帮忙，找到本县的中学，此时中学已放假，当然地方是有的。不过据校中当局云，放假后茶水与伙食均不方便。经多方交涉，由我们出钱购煤烧水，伙食则由附近一饭铺包送。一切定妥后，即于上午由县府移至中学。我们住在新修的大楼之一巨大教室中。以北窗外即为城垣，以南为一大广场，远望城北之小山，亦历历入目，所以我们对这地方，算是十分满意。本来部署就绪后，下午即可出去调查，无如烈日当空，酷热异常，即在室内，亦汗不能干。我询甘是否可外出，伊颇有难色，并云凡初到一地方，最忌立刻出去做辛苦工作，否则易生意外。我一想也有道理，遂决定休息半天，次日再乘凉出发。

在未出外调查荣县附近以前，我可把荣县县城大致地介绍一下。自威远到荣县一带，所有中生代后期地层，大致均向南倾斜，以北最高可望见之山，即为侏罗纪黑灰色砂岩，其上为整合之白垩纪岩层。照谭、李之图，最显著之自流井石灰岩即在城北不远。其上之地层在附近一带为较软之页岩，与较硬之砂岩相间，硬者往往成为东西方向排列之小山，此等丘陵式地形，在四川红色盆地中，随处皆是，不过此地尤为有规律。荣县县城即在东西排的许多丘陵山脊之间一河旁，河自城北由侏罗纪山地来，由城东穿过，西折而向南流去，虽此等小河亦与四川各大河之情形相同，即在岩质较软之地，成为阔谷而与之走向平行,一遇较硬之岩层即直为穿割,而成一种峡之地形。

第二天决乘早凉出发,但因等了许久饭才送来,以致出发时已八点多。红日肆威,热气逼人。由校起身后经正街东行,过县署大门至东大街出东门,沿街商铺栉比,行人众多,兼尚有后来的过军,显得热闹。我们一出东门,即折北行。低地全为稻田,山坡多为苞谷。沿路上一砂岩构成之山,即到一小山,名马鞍山。因两脊一凹有如马鞍,故有此名。技工导我们至其所见化石之地点,计有两处:一处只大骨一块,惜已掘毁;一处有若干小骨,又有鳄鱼牙齿等。我们自掘了许久,也得到若干化石。但细视骨块,均甚破碎,且其损毁之处,均已磨蚀,可证在堆积以前,早已损毁。如果如此,则无整齐标本,找完整之标本的希望似乎甚少。时天气热不可耐,周君由附近一民家借来清茶少许,止渴后即前行,看第二有化石之地点。过河东北行,河水尚大,但有巨石可涉渡。河旁有自动水车,可以灌田,法即以木竹做成巨轮,有如大齿轮,每齿部有一竹筒,筒之方向与流水之方向相同,每筒旁系一板,将水引到近岸,使入一窄渠,即以大轮浸水中。此轮即因水力而冲动,木板旋转,同时竹筒即载水而上,每筒经过低处,即成盛水之筒到上部,倾入做成之木渠中成为空筒,而连续不已,木渠即成细流流入欲灌之地。此法有时可灌高到二十公尺左右之地,必要时可用两轮,即完全为用齿轮原理巨型之轮,有大有小,沿河甚多,诚为一水利利器。

我们东北行,穿过许多稻田与稻田之间,仅有窄约五六寸之土梁,而梁边又种豆类或高粱等植物,穿行至为困难。我农民对有寸土可以利用之地，无不尽量利用，可令人感叹。前行即上又一砂岩构成之山脊，再北即为石灰岩，盖已到自流井石灰岩露出之地。此地之石灰岩中，亦有鱼鳞遗迹，我们并得一极佳之鱼标本，与资中、威远途中所见者，正为一层。沿山坡曲折前行，沿途见妇女可担七八十斤之木柴，向城中求售。盖以城内有军队，又有销路畅旺之场。此等妇女，均为天足，固可胜任。但如此勤苦之妇女，比前在广西所见，不在以下，可令人起敬。惟有年龄甚轻或甚老之妇人，荷如此重担也未免有些太过。无怪甘颇对我说，如此卖力气的女人，他从未看见过。

我们在一小庙旁稍为休息，此地树木多，随处可以找到阴凉地方。为了不多耽误时间起见，仍前行。过石灰山区后，地势稍迂缓，石灰岩下仍为红色砂岩及红土等。该处道旁有一小店，时已正午，饥渴交迫，乃即停足求食。店中主人全为女性，饮料已完，正在由山下往上送。吃的东西除麻花及零星糖果外，无其他。无已，只有候茶来了，大吃其茶。此茶并不要钱，为布施性质，尤有古风。由此折向东行，上一小坡，即到产化石地点。在烈日下我们找了许多，果有不少的骨头，且较第一地点所见者为丰富。似有许多也是零星散布，没有彼此接头地方可寻。究竟有无发现整架的希望，似乎不易确判。不过此地全为较松之红土，若果有化石的话，发掘时当十分省事。由此以东为一河沟，沟东又为山地，其构造与这边完全相同，所以也似有骨化石的希望。本来打算前去一视，未果，一因据技工云曾去过，没有见骨化石，二因天气太热，甘不愿去，只有待以后再定。于是我们乃沿一小道南行，过陈姓民家，依周君意稍休，并请代备午饭。其家大小初有难色,答以什么都没有,嗣经周君解说,遂慨允。我们在竹荫下乘凉,一会儿请入内吃饭,除新做之面饼外,尚有许多素菜,如泡菜等,多为辣味,虽简陋,但并不难吃。

饭后再南行,盖我去时,沿山西一条道,今则沿山东小道而南。过石灰岩后,即偏西向县城方面行,盖所走最远地点,距城已有七八里之遥。将到县城东关以北,沿河以东有一小山,本地人名之西爪山,即为又一有化石之地点。甘因往河中游泳,我们先到,见有化石露出之处一部,经与甘商谈再三,觉得可以由上向下做一小规模之采掘。于是乃打听地主姓名,拟求其谅解,遂即由此沿南行,即到东关。由此西行有很长的一条街,始抵东门,合计东关连城内之东西大街以至我们住的学校,约三四里之长,以奇形异服的我们,过这样的街道,当然为人人所注意,所以我们一来不久,即轰动了荣县全城。

西爪山地主为钟姓,地户丁姓,即在产化石地点以北不远。附近有一巨树,可资歇荫,所以在采掘上,十分便利。我们托邮政局局长龙尊三君介绍,得向钟姓说明我们的意思。闻钟姓原为一家,近分三支,而对此地皮,似均有主权。但幸他们均表示无何异议。当即决定,次日即工作。我们雇了四个工人,三为石工,一为小工,即地户丁姓之子。由技工领导前往工作,甘与我清早亦去。我们为明了附近地质及多探化石地点计,于指定工作之后,即离此拟向城南探察。盖产化石地点,在一小道之东,为一高十五六尺之崖,岩上有一微坡之平地,再东始为小山之西崖。照我们的计划,打算由上边平地,沿此崖长约八公尺、宽约三公尺处向下掘。其最高处距发现化石之地点，尚约有五公尺厚，所以在开工两三天内，纯为掘土石工作，没有什么可以特别注意的。

甘颇与我沿东关东端南行，路东山崖之巨石像近在咫尺，特别清楚。闻附近尚有庙宇，有石雕刻，一如资中城郊，我们却未前往。时天阴欲雨而较凉爽，比昨日舒适，所以继续工作。我们这一天主要目的，在寻找甘前记述之骨化石的原来地层，依鲁德巴之报告，当在自流井石灰岩之上约一千二百英尺。但昨天我们所看的那几个有化石地点，最北的一个，在自流井石灰岩底下，西瓜山和马鞍山两地点虽在其上，但依其向南倾斜之坡度（约十五六度）计，至多也不过五百英尺。因此我们敢断定以前所找之恐龙，与我们此次所找者，绝不是一层。就岩石性质来推判，也是如此。所以我们往南找的目的，即在能发现二十年前所发现之恐龙地点。因鲁、甘之报告虽新近出版，但尚未接到，所以对其详细地点，竟不明悉。过河到河西，再沿河南跑了二三里，山坡全仔细看过，竟毫无化石踪迹。午到一民家讨吃些新煮之玉蜀黍，味甘而可口，即饮所煮过之汤解渴。一餐午饭，即算如此解决。在川西一带，居民全零星散布，除场镇外，无大规模之村庄，此因随处易取水，并为耕田便利之故。我们休息后由此越山，即过沟渠向西南行。过了好几个山脊和山谷，在这些地方，两山脊间的地，完全用作农田，稻亩纵横，又时当稻田旺盛之季，小道全为农作物所掩盖，不易寻找。所以看对过之山坡，虽似很近，然步行前去，经许多直角的曲折之道，好久才能达到。最后我们到一最高山坡，其上之坡地，全为耕田。但每块田之四周，围以青草，其田内做许多与坡向垂直之断断续续小沟，每断处与相邻之沟之连处相间。如此水道自坡上部流下,不致过多,亦不致过急,故不但作物不能被毁,田中有肥料亦不致被冲去。此等办法,我在西北各省从未见过。在附近找了一块大鱼鳞,此外均一无所获。依层位推算,早已在鲁氏所采地方之上。因天已不早,乃寻进城之路北返。走了一点多钟到城西南角,乃由南门入城返寓。后来我回北平,按鲁、甘报告,始知含骨化石地点,在由荣县往自流井大道旁,也就是由荣县往高山铺大道,距县城约三里之以北。至于该地究否尚有希望,至今还不能确知,实为一遗憾。

4. 西瓜山掘龙记

自我们决定在西瓜山开工掘恐龙化石,即于七月二日正式开工,至七月十六日完全掘完,共半月之久。后来因装箱及运料等事又停了四天,才正式离开荣县。这期间的生活为我这次旅行最精彩的一段。虽然说老在一个地方,却也有不少可记。今免去日记式的麻烦,且把印象最深的追记一下。

开工的头一天,即有许多人到西瓜山来看,至少也有三四十人。因工作简单,所以我们对观众并未限制。只要不妨害工作,随处全可以参观。一会儿地主钟姓来见,并对我们的开掘表示敬慕与欢迎。我们因要往北乡一带,所以即离该地他去。晚间技工回来言称下午看的人很多,这样看起来,有请县署派人维持秩序之必要,于是乃商请县署派二县警到场维持。工作两天以后,即有数肋骨露出,因而来看的人更多。所派县警,因本地人的关系,对参观人亦不能阻止。无可奈何中,将工作区划出,四围圈以绳。为慎重计,夜间仍请县警看守。即使如此谨慎,次日一早,竟有一坑露出之骨不翼而飞。设法追寻，亦无效果，因此我们又不能不加倍地小心。

工作的地方种的是玉蜀黍及豆子等，坎下为一家，归租户丁姓。坎上又为一家。我们开工前即声明，损毁之田禾，定负责赔偿损失。不过逐渐来看的人太多，除南北两端不计外，工作上部之山崖下，也都站满了人，甚至山顶及山之半壁也有许多人看。最多的一天，来来往往，不下数千人，因此田禾的损失，大出乎预计。人最多的时候，有许多自以为是了不得的特殊人物，往往强要入场亲看，但又无介绍。若一令入内，其他人亦要相率效尤。我们三人交换拼命制止均无大效，因此有许多人不免对我们很不满意。又因我们中有一外国人，于是遂生出一种谣言，说是所采标本，要运到外国去，又有人因被制止入内，竟破口大骂。我不大懂四川话，据周君所听到的，很丑的咒语和很刻薄俏皮的讥笑话全有。有一天我前去制止，几位状似学生打扮之女子与一位老妇人入内，竟说中国人何以不让走中国地。我闻此等大前提，不免替她所受的教育伤心。她当悻悻离开之顷，尚骂我为汉奸，为亡国奴。我想我要龙骨十余年，当自认所业至少为于己有利、与人无害之事业，不料也居然得到这等徽号，你说做人难也不难！

后来县府恐事态扩大，要出意外，于是把县警改为穿灰色兵衣的保安队。他们比县警负责任，也许因为有枪的缘故。不过竟有十名左右，实觉太多，而且有时也妨害工作。但为工作可以进行计，也只有如此。保安队连续来了四天，成效大著，也没人公开地骂我们了。

至于荣县当局与地方士绅，特别对我们工作帮忙。县长张镜蓉,广东人,但在四川长大并服务,实际已完全四川化。闻其夫人为陕西朝邑人,一谈之下,仿佛更表示亲热。他对一切不为众意左右,对我们工作甚感兴会,也十分帮忙。此外民众教育馆馆长杨元度,与邮政局局长龙尊三,均因本地人关系,极力赞助,并对本地人细为解释,所以我很感激他们。开工第四天,也有几条肋骨与其他骨一一挖出,县长及许多地方士绅,前来参观。张县长初一视,即说系是树根,并名之"泥巴"。于是对参观民众,做一简单之演说,说明此等材料,并无什么商业价值,亦非至宝。此盖针对一般人以为我们来是盗宝的观念而发。骨头之所以被窃,也是由于有人以为此骨可以压邪。龙先生也有一简单说明,后并照了一相以作纪念。杨君及县当局又见我们在烈日下工作甚苦,搭一席棚,以避酷热,同时也可使守夜的人比较舒服一点。

当我们初开工的时候,钟姓地主表示无异议,让我们采掘。但工作数日,参观的无虑千百,尤其是早上和薄暮,由县城至西瓜山道上,行人踪迹相接,当然轰动了荣县。不但城里人来看,听说还有由七八十里路来,特为看掘龙骨的。过了四天,又居然出了骨头,在我们为一种试探的成功,当然十分高兴,却无何特别神秘之可言;不料在他们看来,确是一种不可解的神秘。怎么以三位从来没有到过荣县的人,居然到荣县一天,便指定了西瓜山某地有龙骨,居然一掘,即有许多骨头发现,岂非奇而又奇?在他们大多数人心中,我们必有盗宝之本领,而此宝又必十分有价值。我们把此等化石叫作恐龙,乃是根据日本人的译名,在中国亦十分通用,但这个"龙"字,在他们竟视为中国古书上及传说中的"龙"。龙在一般传说上,为奇世之珍，今又得其骨，其宝贵可知。无怪乎地主钟先生，视其土地中产此，认为奇货，以为"龙为国瑞"（钟来信中语），乃来信有所要求。他们第一次来信是写给甘颇的，他们的心理，总是把外人看得重，把中国人看得轻。信中措辞甚和婉，大要不外要"名"（做报告陈列须列其地主之名，并设法转请政府褒扬），要利（采掘之地需要作价赔偿）。关于后者虽未说明若干，但正因未说明，所以更觉意不在小。他的信是中文的，甘当然看不懂，由我说明大意，甘当然表示不负责任，但为郑重计，也回了他们一信。甘去后，他们又向我直来一信，大意与前同，不过把龙的价值格外抬得高些，指为中国雄飞世界之兆。恐龙果有如此功效，我很想竭一生精力发掘恐龙。我对他要报告及陈列说明地主姓名一项完全接受，至于褒扬及地价二事，委出我个人权力之外，所以请他们呈县转省，咨南京实业部请求。因不但照事实当如此办，且可以不妨害我们工作的进行。

现在让我把采掘的情形，有系统地简单讲一讲。上边已经说过，开掘后四天，已露出许多骨头。原来我们采掘的地方并不大，每天有五六个人工作，又所掘的土质为一种灰绿色砂岩，层理很清，又大受风化，所以除少数部分十分坚硬外，大半都是容易起的。这里的石工，每人用一长约一尺半之石錾和一铁锤，以錾凿欲起下之部，而用锤击之，一块一块，即可起下。看去虽甚简单，但工作尚不迟慢。所以三四天工作，由一面向下掘，到发现有骨之处已有六七尺深。此地地层和其他附近地方一样，向南作十五六度之倾斜，在有化石的地方，有极清晰的水成交错层。乍看似乎倾斜，特陡，其实为水成交错层，所成者并非真正的层面。所以恐龙的骨骸，可说是埋在这急水交错层中的。

露出的骨头为深褐色，有时青黑，无怪乎一看以为是树根。有时虽也有很硬部分，但因风化的缘故，大多全是易破碎的，非加胶水再用心胶糊不可。但我们出发时，因火酒不易带，所以也未带石来克，今为补救，特在城内打听有树胶可买。于是买了四块钱的树胶，用水熬成，再和以清水，即可用。以涂于骨上，使之徐徐渗入，干后骨即较硬。如此一次不足，可以连续多次，至骨头变硬而后已。我们把胶水熬好，注入一大瓷罐中，令技工带到西瓜山，但一刻想不到涂抹和兑稀胶的家具。后来我情急智生，在笔铺购了两支大笔，在瓷器店买了一个中等夜壶。当我们买夜壶的时候，店主似尚不大惊奇，但我们携此穿过荣县最繁盛的街市，几乎人人无不注目。其实此东西之做如此用，有许多方便：口小不易溢出，外边尘沙也不易进去，又可免烈日下多蒸发。但当我们用初买之笔向内蘸胶水时，也不由得发笑，觉得有些糟蹋圣人！

经过五六天的工作，骨头已露出来不少。最先露出的，为东西方向的几个肋骨，后来也找见几个南北的，有六七个，与前呈不规则的错交，这是在开掘的较北部发现的。以南有一大堆骨头，因为盖的土尚不少，还不易断定是什么部位，依大体形态推之，或者是胯骨部分。再南连续露出许多彼此相连接的脊椎骨，有十二三个之多。这一排脊椎的东边，除此肋骨外，尚有两块大骨头，以东尚有一块似大腿，又似前腿的大骨，十分完整。以南有细长之骨，似为后腿之下部腿骨。其西边也有几块骨头。就当时露出的情形来，十分有希望，我们自己也十分高兴，不过不如一般观众感到神秘罢了。大体看来，似乎这条恐龙的胯骨部分，大半保存，但竟未见有头部骨头。就各骨分布的情形看，似乎须当在西北方。而西北恰已为凹地，早为耕田，如真有的话，当早已损毁了。但我们还希望在东南方，所以开工七八天之后，决定把东部分扩大，在以南多掘五公尺，一直伸入东约十公尺，如此可与前之区成一"L"形。如果东南有骨，而东边有再掘的必要，当然再由东边向下掘。

这些骨头露出之后，当然把松碎地方先用胶水变硬，经试办之后，效果甚好。以后的问题就是如何把这些骨头由地下起下来。就原则上讲，采掘恐龙乃至其他一切脊椎动物化石，最忌把块分得太小，必要时可以采很大的巨块。闻美国采恐龙化石，一块常有一吨以上的重量，他们在某地采化石，因有一段不通汽车道，甚至临时修汽车路，以为运恐龙骨化石之用。但此等办法，在交通不便利的我国内地，实不易办。当时我还打算把所采标本，由邮政运北平，所以更有采取小块之必要。但一分为小块，即不免要损毁。甘颇想把当间大块糊在一起，再用锯锯成小块，这法子在外国也实用过，但一时找不到相当的锯子，即找下，是否能保证不弄坏尚是问题。想了又想，还是由四边逐渐一块一块起下较为稳妥。

一块骨头起下来，实在不是一件容易的事。用胶把骨变硬以后，先在上边糊上棉纸，再用粗布或麻布浸以面水糊上，两者以麻布为最好，不得已时用粗布也可以。麻在荣县买三四毛钱一幅，每幅可撕成长约一公尺半、宽约二寸之布条，约八九条。每一块骨头，均在露出部分缠绕两端，尤当注意缠绕之法，因标本形状而异。其目的是加固，不使标本微有移动。等糊好，干后，须小心反过来，另一面亦须如前法包好。等干后，即在标本上成一坚硬之壳，不但可以保护标本，不易损毁，且于转运上亦十分便利。我们在荣县把已发现的各骨，均如此包缠，当然用布、麻布和面粉很多。参观的人，见我们把龙骨如此贵重地包装，更证实了他们以龙为宝的理论了。

这里的地层向南倾斜，骨亦随之，所以愈向南，骨愈低下，甚至比地面低，以东南如再有骨，便非掘深坑不可。工作七八日之后，甘因要赶已在上海定好之船期，必须动身东下，如再多留二三日，即非搭飞机不可，又恐误事。且此回单纯之采掘工作，亦无彼在此之必要，于是乃决定即日东行。周君亦急欲归成都，因甘不会中国话，路途不便，乃特烦周伴甘君到内江稗木镇。幸周君慨允，可省我许多麻烦。在这一清和的晖曦中，他们雇好了三乘滑竿，握别东行，虽有数日之聚首，临别亦不胜凄然。自此以后，在荣县掘龙的，只留我与技工了。

上边所述在东南部续掘之面积，经多日之工作，已相当深。东南角始终无骨化石遗迹，且岩质甚硬，似无希望，故下掘三四尺后，即停止工作，专在以南掘。至比地面低二三尺处，约与有骨地层为一层之处，发现类似颈椎之骨若干块。再以东以南，掘了许多，均无骨可见，以大势推之，如尚有骨，伸向东南，则适在上述之硬砂岩之下，非大规模采掘不能成功。如伸向西南，则已过路，当早已损毁，无何希望再找。因此，我们决终止扩大采掘工作。但为慎重计，以北以南，沿坎均还把浮土除了，再向内掘一尺左右，看看有无骨头，结果一无所获。在原先骨头陆续露出时，不知究竟还有多少，所以无法预计日期，现在新出之骨，均已露出，只要天气清爽无雨，有六七日，亦即可完。我们每天共糊就三四块，也陆续移回寓所，多移回一块，心中也多放心一些。放在野外，终是不放心。一般人对我们如此之注意，而此时地方正苦旱无雨，曾数次祈雨无效，在他们的意思，或许以为我们把龙掘去，所以天气亢旱了。这样一想，又想到不少人因参观不满而去的愤恨，和有些人以龙骨为至宝的心理，很有发生意外的可能，不由得不令人心生戒心。

又经过六七天，露出的骨头，一天少似一天，一概陆续移回来了。有许多块终因事实关系，不能太小，有的需三四个人或五六个人方可抬回。每抬骨经过大街时，大家莫不予以新奇的注意，我们走过时，也隐隐可听见"打宝的来了"或"打龙的……"的呼声。

5．荣县到重庆

自在西瓜山开工半月之后，已露出的骨，全已掘完。依我们的观察，似乎全已掘出。我们所得的并不完全，计为胯骨之大半部分、若干脊椎骨和腿骨、肋骨等，为一恐龙四分之一强。最可惜的，莫有找见头，否则可算十分圆满。但因胯骨为除头骨外最重要之部分，所以也十分重要。因外边所传，却与此不同，以为为一整架龙，并云在世界所见甚少，为稀世之珍。此等浮言，我且不计。如今总算把应采的、可采的，全采得来。其次的问题，便是如何装箱，如何运回北平。

所采标本，大小不同，所以须按大小定做木箱。经几度斟酌，一方面做箱，一方面装，费了两三天的工夫，共装了二十四箱化石。有十几个小的，意思为要交邮局收寄的，有十几个大些，最重的一个竟有三百三十斤，轻者亦有百余斤。原计议邮局不能寄时，设法自运，二十四箱总共重为两千三百余斤。经与邮政局局长龙君面商，不但大的不能交邮局运北平，即小的也成问题。据说照邮章，不通机运之处照原价四倍半收费。譬如普通十公斤收洋一元，此则收洋四元半，如此则许多标本，非大宗运费不可。筹思至再，反正大的不能交邮，小的也不妨一并起运，好在多受麻烦有限。决定之后，即设法雇人运送。由木匠介绍一揽脚人，言明或抬或挑，将各标本运到稗木镇汽车站，共约九十元。大约需三十人，小的一人可挑两件，大者少则二人、多则五六人抬，最重的一件六个人抬。起身的先一天，一切全预备好，只待次日出发。至于我们，则雇滑竿起身，可不必跟着他们，由揽主负全责。而且我们两天到，他们也许得三天。因在荣县采掘用费不足，原拟同地方当局借若干，幸所中旅费，恰于一切预备之前一日兑来，所以即定次日起身东行。

计来荣县已三周有余，今一旦起身，却也不胜恋恋。依荣县地层情形，含脊椎化石当甚多。虽云到处农田草木，不易寻得，然得的希望，究非没有。且如一般人知识提高，亦不难有发现之可能。倘一切事均入轨道，若干年后，安知荣县不为产恐龙化石之圣地？今匆匆一来，虽非全无所获，但究去理想之成功尚远，此为我内心之感想。然在一般人看去，以为我们大发洋财去了。箱子起运时，道旁人竟喊道："打宝贝的走了，打的宝贝走了！"我坐在滑竿上，还听道："打龙的走了，打宝的走了！"在他们心目中，我们或许真是发洋财的，比刮地皮的贪官还幸运，其实这才是无地可诉的冤枉呢！

动身以前，均与地方当局及士绅数位作别，又承他们招待，而今匆匆远去，也不过在人生中，留下些看不见的爪痕罢了。由荣县东行，仍沿来时的大道，过高山铺直到威远县。后来回北平，始知原来发现恐龙之地在荣县高山铺道上，惜当时不知道，未能一去。在威远稍休息，因有一乘滑竿儿不好，又换了一乘。出威远南门东南行，始为以前未经之地，出城即过河，虽路未经过，然丘陵的风景，却是千篇一律。不过以北侏罗纪的山地，渐走渐远，以南地势，究竟比北平坦些。斯夜到龙会镇住下，共走了一百里。我们所投宿的为一店，建筑甚佳丽，房间亦整齐，此为我在四川所投乡镇店之第一次。前闻四川旅店甚整齐，迄今始为证实。不过说到干净，还是谈不到。入店以后，一些人知道我们由荣县来，向我打听，听说荣县发现一条金龙的消息。我一闻听之下，甚为骇然，传说之烈，乃至如此！几块石骨头，经十九天的辗转传闻，竟成金的了。无怪乎顾颉刚先生对于历史的传说，有深刻的怀疑。

次日一早，由龙会镇起身南行，沿途见挑盐者甚多，盖已距流井不远。我们不久，采一偏东之道，四十里过张家场，又过三十里到白马庙。在此地稍休起身即街头，大动修路工程，盖由内江到此之汽车路，正在动工。前行过一小岭，即到河边，上船下驶，至关鸡渡。岸上题字已残，当为一有名古渡。前行不远，又上高坡，有较古之砾石，沿途阶梯地形亦颇明显。计由白马庙到稗木镇三十里，薄暮即到。寓汽车站对过一家店中。

稗木镇归内江县，为沿重庆到成都一大站。由重庆往成都的车，在内江过夜；由成都开重庆的车，在稗木镇过夜。所以我们赶到此间，也为的是上车便利。我们住的旅店，正在江边，开窗即可见江流。对过为沙滩,地势甚坦平,时正大水,江流甚涌,凉风由江心扑窗吹来,旷人心曲。时天气尚早,即外出一游。主要街市为马路式,甚广阔,亦有相当繁华。先到邮局投龙君所付之介绍信,即信步前行,到街市尽处。汽车道在此有一岔道开江边,以便过江。附近地层剖面甚好,流连片刻,无所得而返。旋邮政局局长来谈及运输事,仍以为非照加一二倍不可,所言我不甚解。因历年在各地寄标本均无所谓加价之说,独在四川,有此困难,或因特殊情形所限之故?只得仍由汽车运到重庆再说。不过运费,恐将可观。

此日起,即大雨。到次日,天雨未止,我们的箱子还在中途,当然受湿,不禁令人担心。然一念居然下了大雨,至少似可向人证明天旱并非因龙被掘去,减我之责任,反为之一慰。这一天,雨时大时小,到下午雨似住,而天仍未放晴。幸到下午各箱陆续均到,即在车站过磅,共一千三百八十公斤。照章按一吨半起运,共洋一百元零四角,尚是特别优待。

第二日由稗木镇起身时,仍是大雨。若在北方,必不能起身。但究因道路较好之故,车辆尚照常开行。惟一入车内,座位上全是水,无法就座。车甚简陋,窗口时飞雨水,其苦比走路为甚。然为赶路,且舍此无他法,只得忍苦就座。幸开行不久雨渐小,两边山坡多红色岩层。到隆昌县稍休即东行,以北有一大山脊,即为侏罗纪地层所成。到荣昌县午饭,旋即起行。两边时见凸出之山,均为侏罗纪。惟汽车道避免穿山,故多沿走向或较远处绕过。盖此带之地层走向为东北—西南向,成为若干背斜与向斜。侏罗纪地层,往往为背斜之脊,而向斜中地层则为较新之白垩纪,即威远、荣县以北之侏罗纪山亦不外此等构造。过来凤驿山东行，始横穿一背斜层。中心之三叠纪地层，可以看见。再东到白市驿等，又一背斜层，三叠系且多露出。盘绕上山又转下山，不但风景佳丽，汽车路工程亦可称巨观，为成渝汽车路最精彩之一段。闻以前修此路，所费甚巨，较修铁路过无不及，希望此后多加保护，勿令损毁，方不负以前苦工。下午到重庆，寓青年会。

我们的化石箱到下午也来了，现在惟一的问题，就是如何转运。打听了许多，重庆也没有可以运到北平的转运公司。邮寄当然是可以的，不过报关的麻烦和自运是一样的。打听了好几家，均无办法。次日访民生公司，承该公司特别帮忙，并代办报关手续。初有许多麻烦，几乎赶不上第二天要开的轮船，后访何北衡，他向海关打了一电话，竟已无事可行。中国事说难便难，说易就易，这真是一个好实例。当天晚上，把箱子由汽车站运到码头，当然又免不了一番麻烦。

我本人本也可附轮东下，但北碚草街子那一带前虽去过，惟所得化石，仍嫌不足。又因在此遇见西部科学院罗君新由京来渝，约一同前往，遂决定再访旧游。

6．温泉旧游及归途

重庆在二十年（一九三一年）本来去过一回的，当时德、巴西去，我往温泉。这一回由川西东来，到重庆市，以前的样子还记得些。当时已拆民房正修马路的情景，不大看见了，自然市政外表比以前好像进步些。我上次来时，还在中央军来川以前，川东川北均不靖，这一回来，当然比以前好些。不过在许多地方，常看到人多得了不得，一如成都所见。我国人一个人不能当一个人用，几乎各地皆然，无可讳言，但在四川，我的感想特别深。

从千厮门再往嘉陵下游的小轮上驶，景物如故，无可记述。午到北碚上岸，午饭后即到中国西部科学院。上次来时，此新房尚在建筑中，今已完，即参观各部分。在此地方有此组织，亦自不易。听说近来因经费困难，一切事不能照所计划者完全推进，亦殊可惜。后李、罗二君先后示以若干标本，中有一恐龙骨，得自以东石柱县，甚可珍贵，惜已残破。惟可证恐龙化石，不限于川西各地，如能努力探求，必更有伟大的发现无疑。下午即分途出发，我探视北碚以南各地层，直行到将与侏罗纪地层部始返，惜无所获。次日又往西北方探视，午到金刚碑，稍休。此地距温泉只有三四里，一方感疲乏，一方急于洗澡，乃放弃重回北碚之计划，即步行到温泉，仍在上次居住之数帆楼，寻一小室居留。此地本为旧游，真有江山如故之感。

我们一共在温泉住了四天，除在附近找化石外，并往以西约二里之缙云寺一游。竭数日之力，仍只在草街子一带有化石。其他层位相当之层中，均未能寻见，殊出意料。但在草街子得一鳄鱼头之前部，较为完整，亦可谓一重要收获，此外如鳄鱼牙及鱼鳞尚不少，亦可补前次所得之不足。缙云寺在以西一高峰，下为一古寺，我与罗君雇滑竿前往，以前曾有由温泉修一汽车道到缙云寺之计划，我沿此未完成之路行十多里，始寻一小道而上。四边山坡均为茂林丛草，由林木疏处，可望见低处江流及丘陵起伏之低地，真有使人心旷神怡之乐。到缙云寺附近，风景尤佳。南望北碚诸村镇，历历如在脚底。缙云寺之僧人，颇受新潮流影响，寺中对僧徒采用学校式，并有图书馆、游泳池等组织。亦奉中山先生遗像，可谓寺庙中之改良派，殊可为其他各地取法。寺中招待我们午饭，亦清洁可口。参观完后，到寺前散步，又采一地休息。凉风袭人，顿忘酷暑，而林木中之风声，在此清幽之奇景中尤为快人心神。但园地虽好，不能久留，流连片刻，即仍寻原路下山返抵温泉。

温泉游完后，即计划仍返巴，拟乘二日东开之民风。早由温泉码头上船，下流较速，十一点许即到，仍住青年会，即收拾行李，预备次日上船。上船以前，又遇李、罗二君。盖前半月由京往川西考察之郑厚怀君等一行，相晤甚欢，我们则冒雨到磨儿石码头上岸。因上游大雨，江水暴涨数十尺，以前码头边之房屋道路，全被淹没，道旁拆来之房板及运来之什物山积，我们上囤船亦须坐一小船方可到。此等大水，为多年所未见，奔流而下，在宜昌东或有溃决之虞。在磨儿石上小轮，转施家河，在重庆对过江南岸到后即上船，北望重庆江北两城峙立江岸，两江水均狂涨，波涛汹涌。时夕阳欲坠，江上船者不绝，而我则凭栏观此长江流域形胜之重庆，不胜其依依之别情者。我去年游甘肃，曾有句云"江山于我如故旧，别后何日再相逢？"，实不啻为我此地之心境写照。

照预定船，于次日清晨即须开行，然一觉醒来，船仍在施家河，装货之势，依然不绝。后经打听，始知货未装完。盖因其他船来在此，停三四日始东行，而民生公司轮则随到随行，最为匆忙，遂不免有误，而大水或亦为一因。然至正午后，机轮即动，奔波而下，晚停泊某地。次早九点到万县，下午两点又开行，过夔府即入峡，又饱看此间无二之胜境。夜泊巫山，时正为上月，枯坐船尾，对月忘怀。

晋蜀掘骨记

再次日早，即到宜昌，因江水涨，几令不识初次所见之宜昌。下午一点即又开行，因江水大，过沙市后，在夜间仍停泊，因而于次日傍晚才到汉口。上岸办理转运标本竣事后，即北上。计此次由北平出发，过西安，到成都，在荣县工作后，过重庆返平，共计四十二日。所以如此，实受交通便利之赐。而我因特殊目的，仅注意于骨化石之寻找及采掘，未能对其他方面多所留意，故虽走笔以记所经历，恐究不能厌一般人之所期望，只有付之遗憾罢了。

跋

搁置了七十一年杨钟健先生的《剖面的剖面》终于在杨老逝世三十年后的今天出版了。这首先要感谢中国科学院古脊椎动物与古人类研究所的支持和资助,杨老的家属完整妥善地保存了手稿及有关档案也是功不可没的,尤其是任葆薏女士参与了本书的策划、编排、校对等全部工作也是应当感谢的。

杨老一生从事了六十年的古脊椎动物学研究与调查工作,足迹遍及全国和欧美。除发表了四百七十三篇学术论文、二十一部专著外,还出版了六部游记体裁的记事文学,即一九二九年的《去国的悲哀》、一九三二年的《西北的剖面》、一九四四年的《抗战中看河山》、一九四七年的《新眼界》、一九四八年的《国外印象记》和一九五七年的《访苏两月记》。这些游记基本概括了杨老六十岁前

---

* 此书于2009年在科学出版社出版,此为该版后记。由中国科学院古脊椎动物与古人类研究所李传夔研究员撰写。——编者注

主要的野外工作经历。惟所缺者是一九三二至一九三六年的一段，即《剖面的剖面》中所记述的历史。如今该书得以出版，杨老室外工作的"完整剖面"可算出齐了，这也了却了杨老生前的一大心愿。

纵观国人老少五六代的古生物学家中，能有杨老如此丰硕研究成果的鲜有，能把野外所见认真记录下来得以出版的更无二者。而杨老的游记是以"对于每一地的地形山川等地质背景、地理状况，以及人情风物，均当以正确的记载，此等事实，真实的描述，再佐以优美的文笔，自然是适合于现代科学化的游记"的高标准来撰写的。只要你读到游记中的那些记述"地文期""喀斯特"等的章节，你就可以明了这不仅是一部游记，而且是一篇饶有风趣的科普著作。

我从事地质古生物工作也有五十余年了，每当拜读前辈们这些学术论著之外的文字时，同样是汗颜无地，悔恨已晚。自己真算不上一个合格的古生物学家，更愧对这个研究员的称谓。杨老他们老一辈的科学家做野外调查时是处在国家四分五裂、盗寇横行的时代，是以置生命于度外的大无畏精神在工作的。这不是耸人听闻，赵亚曾、马亦思等先烈即是明证，杨老他们又何尝不是冒着生命的危险呢。至于野外生活条件之艰苦，泥泞山路、鸡毛小店、带马粪的锅饼等都是我们年轻一代无法经历或难以想象的。如今我们已到了汽车加招待所（宾馆）时代，大非昔比的了。但要检查一下我们的野外工作，却是翻转到另一番天地。杨老出到野外是以地质古生物学家的目光在观察周围的山川地貌、化石文物的。在游记中除了古脊椎动物这一主题之外，要记述地质，可见花岗岩、冰川；记述地理，可有阶地、水系；而论及古生物则是从元古代的藻类一直观察到旧石器，重点突出，而又博览万象。相比我们年轻一代到野外多是直奔化石点，很少过问四周。做新生代的不问中生代，一个盆地挖了始新世化石，还不知有中新世、第四纪地层的存在。这样是愈做愈窄，知识面的狭窄又限制了思维的开拓，就会制约我们研究的深度和广度。对比前辈我们不应当反躬自问吗？我想研究所力主出版这部书的初衷，不就是让我们好好学习老一辈科学家的学风，借以自励吗？

《剖面的剖面》脱稿于一九三七年。在此之前，一些章节已在当时的报刊上断续地发表过，如《山西的一角》和《井陉猿人梦》发表在一九三三年的《自然》杂志，《晋蜀掘骨记》发表在一九三七年的《禹贡》杂志。时至今天这些刊物已极难找到，而杨老当年的意思恐怕也是想汇拢成书，给读者一个完整的概念。当时他请了关中才子、时任监察院院长的于右任为书题字，又请了地质调查所所长、时任行政院秘书长的翁文灏作序。一切就绪后，于一九三七年夏，交给禹贡学会的顾颉刚送商务印书馆以"禹贡丛书"的形式印行。但是年恰逢"七七卢沟桥事变"，战事一起，商务方面于一九三七年九月六日致函禹贡学会称："惟日前以战争关系……一时实无法印行，深用为歉。所有原稿因邮局对于稿件暂停收寄，俟可以寄发时，当即邮呈。诸祈亮察为荷。"这样当杨老一九三七年十一月离京南下时并不知原稿的下落。所以在以后的《抗战中看河山》《杨钟健回忆录》中多处提到原稿业已丢失。直至一九五〇年杨老才找回原稿。欣喜之余，才有了"十三年尽经沧桑"的诗句。可能由于杨老工作繁忙，《剖面的剖面》又搁置了二十三年，直到一九七三年，杨老已是七十六岁高龄的暮年，在当时极度困难、混乱的情况下，老人家想了却这桩心愿，不得已又求助于古生物学界一同人。求人信函读来让人心酸："一、用纸可以次一些；二、印的份数可否压缩到三百份或四百份，这样可以省些纸和装订等工本；三、插图和图版如价太昂可以去掉。总之我希望每本能压到三毛左右至五六毛，万一不行至多八毛。"当然，在那个好事难成的时代，书是出不了的。又过了三十五年，在杨老逝世后的三十年，书终于由科学出版社出版了。而这科学出版社正又是一九五〇年中国科学院成立后，由杨老担任第一任编译局局长时亲手组建的。由杨老创建的古脊椎动物与古人类研究所牵头为杨老出书，由杨老组建的出版社落实书的出版。杨老！您地下有知，也可含笑于九泉了。

后学　李传夔

二〇〇八年十一月四日

抗战中看河山

杨钟健·著

目录

序　　/ 207

再见吧！北平　　/ 211
  北平的沦陷　　/ 212
  "新交"的恫吓　　/ 213
  在铁蹄下　　/ 215
  失望……希望　　/ 216
  近郊的便衣队　　/ 218
  汉奸的写照　　/ 219
  个人的苦闷　　/ 221
  再见吧！北平　　/ 222

湖南七月记　　/ 227
  第一次看敌机轰炸　　/ 227
  潇湘烟雨的长沙　　/ 230
  地质调查所在长沙　　/ 232

东郊踏查记　　/ 234

　　湘乡纪行　　/ 238

　　湖大的浩劫　　/ 242

　　衡阳寻骨记　　/ 244

　　别矣长沙　　/ 251

云南初印　　/ 254

　　长沙到昆明　　/ 254

　　说到昆明首次被炸　　/ 260

西南漫话　　/ 265

　　引言　　/ 265

　　喀尔斯特地形　　/ 266

　　西南的山洞　　/ 270

　　西南山洞堆积与中国远古文化　　/ 274

　　云南的湖泊　　/ 278

　　云南的水系　　/ 282

　　西南的冰雪区域　　/ 287

　　西南的河谷　　/ 291

　　路南纪胜　　/ 295

　　论红色岩层　　/ 299

　　云南最早的陆生动物　　/ 303

昆明及其近郊　　/ 307
　　闲话禄丰及其他　　/ 310

川陕旅话　　/ 316

　　川北心影　　/ 316
　　三种交通工具　　/ 317
　　几种路上印象　　/ 321
　　一个自然的认识　　/ 324
　　闲话广元　　/ 325
　　陕南旅踪　　/ 328
　　抗战期间关中一瞥　　/ 335

新疆再游记　　/ 345

　　从天空看西北　　/ 346
　　迪化的今昔　　/ 349
　　风雪中看天山北麓　　/ 350
　　一个重工业中心　　/ 352
　　汽车上看南疆　　/ 354
　　乡村风光　　/ 357
　　几个城市　　/ 360

后记　　/ 365

序

我年来因职务上的关系,常有机会在国内各地旅行。近与朋友们谈及,到现在为止,所没有到过的地方,只有福建和西康*两省及外蒙古与西藏两个比较特别的区域。我们所走的地方,不只是一些都市,而大部分是穷乡鄙野,甚至荒山流沙;我们所能观察的,不只是风土人情、山水名胜,而大部分是山之所以成、水之所以来,及其他自然上许多问题。因有这种好的机会,所以很愿意把专门部分以外的材料,写为游记式的文字,借供已去过的人们参考,和未去过的人们卧游。其下笔以前的动机,已在我第一部游记《西北的剖面》序言中详细地叙述了。

本着以上的见地,我曾把十八年**到二十年的游记,汇为一册,

---

* 西康省,设置于中华民国二十八年(1939年),后于1955年废止,主要为现在的四川西部及西藏东部。——编注

** 民国十八年,即1929年。此后民国纪年不再另行标注。——编注

名曰"西北的剖面"出版。在这一本游记中,我所到的地方是东三省、河北、山西、绥远、察哈尔、陕西、新疆等省,二十一年到抗战发生为止,我又汇集了不少的游记,名曰"剖面的剖面"。所到的地方,包括河南、甘肃及长江流域与珠江流域各省。这一本东西完全编好,照例也附有路线图和一些照片,交由顾颉刚先生在禹贡社出版。不料适值抗战发生,顾先生和我先后南来,原稿存留北平,至今未能与读者相见。据顾先生讲,原稿迄今平安无恙,那么这一本书的出版,只有待之抗战胜利以后了。

光阴过得真快,"七七"至今,整整六年了。在这六年中,从含泪离开北平为始,到二次由新疆回来为止,我又有机会跑了不少的地方。在这些地方中,有些且是平常极不容易到的区域,我照例也把每次所去的地方、所得的印象,记载下来,汇为一册;今题名曰"抗战中看河山",以示纪念此神圣战争之微意。

这一本游记共约十万言,承独立出版社卢逮曾先生,允予在当前印刷万分困难中承印,今既已编定目次,整理就绪,付梓有日,转觉感慨多端,因借序言之地位,约一述之。

吾人常见国人形容我山河之美,曰锦绣山河;物产之丰,曰地大物博。此当然均为确切不移之评语。但究竟美在什么地方,为什么那么美;富在什么地方,是不是样样东西均富,恐能答出所以然者,千不得一。譬如三峡之胜,桂林山水之秀,乃脍炙于人口的其他名胜,而一问其成因,很少能说出所以然的。又如"物博"一词,名相符者,固然很多,可是并不甚多,有待我们警惕的,也还不少。尤是谈到分布的问题,更当痛切地感到失地有立刻收回的必要。所以对我们山河进一步的认识,殆为一般国民所必要努力者。达到此目的方法很多,而深刻叙述的游记文学的提倡,也是重要方法之一。

地理与游记知识的重要,可由相反的方面为之说明。即在目前为止,以各国文字,记述我中华各地情形作为游记者,可以说是汗牛充栋。此无非由于过去百年积弱时期,人人以中国为染指之对象,无论自然科学家、政治经济家,争来游历以求了解此一块大好河山之真相。人对我尚欲知之若此之切,而我们自己,反多不了解其所以然,其足以惭疚,自不待言。德国自希特勒秉政以来,妄欲并吞世界,称霸欧陆,诚不足法。但我亲见他们于第一次欧战失利以后,对所失各地,包括我青岛在内,做一丛书,每地一种,述其山川人物地理风俗,特别指出其可爱之点,与经济上之重要,以唤起其国民之注意。回观我台湾丧失多年,我东北丧失多年,我其他边疆地方丧失多年,从不见有此等相似书籍之出现,两两相较,未免令人明目惊心。

抗战以来,随后方各种工作之后,西南西北,到处驻足。每见我尚存山河之美之富,辄联想及于我已失山河之美之富,愧无生花之笔,以描述其万一。然而唤起注意之心,未敢稍衰,未敢云即足为上述缺陷之一助,不过欲为此等运动中之一小卒,稍尽其力,我在第一部游记中,未敢名曰游记,只曰剖面,以示所述者不过整个记载中之一剖面罢了。第二部游记,更缩小范围,曰"剖面的剖面",以示其仅为剖面之一部分罢了。今虽名本集曰"抗战中看河山",然河山如此之大且美,我们看者,不过沧海之一粟,故不得不仍本前义,提起读者之注意,即其中所述所记者,亦只能谓之曰"剖面的一角"而已，未敢云足以尽供读者之所需要也。

不过这一本游记所记，也有和以前者稍有不同的地方。《再见吧！北平》除述漂泊逃出时之情况外，亦曾叙及北平初沦陷后在平所闻所见情形。《湖南七月记》与《云南初印》，则于叙述颠沛流离之生活中，兼及所看到的一部分山水。《西南漫话》十二篇，原欲单自成一小册子，因其体裁为欲着重自然的描写，后因故中止，故附于此。而《川陕旅话》三篇，与《新疆再游记》一篇，则为比较纯粹的游记。以上各篇，除《西南漫话》之前十一篇，曾在《益世报》之边疆周刊发表外，其他均未发表过。

原来的意思，也想照以前的办法，插入路线图及风景照片若干。但因当前印刷上的困难，决予放弃。以后情形改良，或可于再版时增入。我的前两集游记，均承翁文灏先生赐予序文。今翁先生政繁务忙，不敢以此小事相烦，但我知翁先生对于本集的出版，也和以前一样，是寄予无限的希望与期待的。

最后我愿意借此机会，对独立出版社，特别是卢逮曾先生致谢意，因在目下此等困难情形下，印刷这个似乎不重要的书籍，是不容易的。同时对于同事黄汲清先生之善意的督促，使本书能为出版，也是一样的感谢。

杨钟健序
三十二年七月　北碚

再见吧！北平

我对于离别一个地方，向来不抱什么惜别之情。因从旅行的人生观点看来，随处皆是居亭逆旅。然而十多年以前，我离开德国明星时，曾有过不可遏止的别惜，不过因为在那地方住得较久罢了。若以那时的别情，同最近我离开北平来比，那时的痛苦悲哀，何尝及现在的千百分之一。近千年的故都，中国的文化中心，对于我差不多有二十年的第二故乡的印象，一旦沦于外人的手中去了！现在庄严灿烂的建筑，成为妖氛弥漫的所在。一百多万的市民，在"关中父老望王师"的情绪下，过着抑郁凄惨生活。人谁无情，哪能遏止住悲痛呢？

自七月七日卢沟桥事变起，到十一月三日离开北平止，我在危城中共过了差不多四个月看不到青天白日的生活。此期中见见闻闻，颇足纪念，有许多或已有别人记载，但我所经历者，为又一面又一部，或者有可以补充前人所未及的地方。今特就回忆所及，拉杂记之。

北平的沦陷

卢沟桥事变不久,我即卧病,在协和医院治疗。在七月八日一直到二十八日中间,做梦也想不到平津会沦陷得那么快。二十八日下午,看到各报的号外,尚言战况甚胜利。谁知次日一早,平市街头,仅有徒手警察,代理委员长的文告已经布满市面了。医院中顿显出十分清静,大家都不作声,干各人照例的事。回想在前几天,大家自外人以至擦地板的工役,全很兴奋,期待着好消息,一天晚报上载有通州消息种种,一个工役兴奋得从别的病房把报拿来让我看。我问:"靠得住吗?"他说:"真不真你先开开心,痛快一下子!"可是后来北平的沦陷完全证实了。起初佯说日本兵不入城,但到八月八日,日兵已在市内游行了。我于八月一日离医院返家休养,看到街市依然,只是萧条得不堪,忍不住洒了一些热泪。回家看一些窗户,全糊得十分严密。据说二十八日晚,全市谣传日军要放毒气,家家做无聊的预防,有的用草,有的用土,总之全是心理的方法。

平津失陷以后,稍重要人士,均设法南下。北平的人,先设法去津。其不能去津者,暂避在平市安全地区。我呢,自觉不十分重要,又因职责所在,仍照常到任事地点。上下午仍西城东城地奔跑,随后听说重要文化机关均决定分别迁移内地。关于此点,后当论及。不过就我担任的一部分来说,我决定若无退去的命令,当设法尽力维持下去。

"新交"的恫吓

日本兵起初进城者还很少,但不到一两天,重要的地方,都已驻扎。因为他们纪律不良,北平的市民,也格外恐慌起来。凡临近日本兵驻扎的地方,无不大搬其家。有的房子刚找好,遇此情形,也只得放弃。一到夜晚,日兵往往敲住户的门,如不开,他们即由外边上房下来。初要纸烟或酒,继及金银财物,甚至还有其他种种要求。薄暮以后,以搜查为名,任意检查行人,对妇女尤喜作种种丑态。装饰品或财物,亦有时拿去,当事者敢怒而不敢言。一次有一年轻妇女被搜查,初在上部,渐及下身,欲任意揣摸,该妇愤不可遏,怒掌其颊,该搜查之兵,一时局促,或者良心发现,无可如何,挥之使去。

日兵入城后,最常听到的消息,除以上所述外,就是买东西不给钱,或所给钱只等物值的一小部分,商民无可如何。他们拿东西去的时候,口叫"新交,新交"(奉送之意),而人民无奈,亦只有"心焦"而已。因此卖鞋的铺子,只放女鞋,男鞋全收起。各钟表店只放大的钟,手表一类也收起,以防灾厄。许多饭铺无法抵制,只有关门。有时买肉数十斤,只付洋数角。或鸡蛋许多,只付洋数分。若一要求,责打立至。这样的军队,他们还自命为皇军,岂不可笑。后来某外国报纸,一度做公正的批评,日宪兵稍做整顿,才稍微改良一些。

北平沦陷以后,市面自然萧条极了。以前阔人们的新式汽车,往来于街头者,至此已不再见,而代以日本的灰色汽车或载重车。这些车往来驰骋,如入无人之境。而且他们开车,也不按规矩,也不受警察指挥,所以常出事情。人或狗被撞死或伤的,差不多天天都有。最令人伤心的,是成队的坦克车,在市内乱跑,所有重要的柏油路,被压成一高一低的伤痕。这样下去,北平被认为差强人意的马路,不久都要恢复到以前旧的状态。我有次外出,看到被破坏的路,禁不住一阵难受,一个向前演化中的都市被毁成这个样子,实在是我们的一种耻辱。

北平近郊如南口、良乡一带,尚有战事时,日本兵在城内的特别多,有的整队游行,往往至半途休息,枪支放在一边,或坐或卧,或在铺号门外骚扰。以前北京政府的军队固有些纪律不佳,但我在北平二十年,尚未见过如此怪现象。最妙的是有许多兵往往在马路旁或铺门前(王府井大街、东安市场一带最多)酣眠,有的说这都是前线退下来的兵,疲惫已极,所以如此。

最初驻兵的地方,不过在原来驻军队的地方。后来即陆续侵占其他公共场所,北大一院属宿舍、师范大学、北平大学工学院,均先后驻兵,驻兵也任意破坏或使用家具及仪器等。听说工学院关于机器的东西,一律被移用了。这些驻兵,时来时往,时多时少,北大红楼每窗子口,均挂有裤子,所以有人根据窗口裤子之多少,判别日兵之多少。

日军中有东三省人,他们是不得已的,临来时家中具有连环保,如有异动,所有关系人均有生命危险,在军中又与日人混在一起,监视甚严,在天坛景山内常不断有日兵自缢身死。据言均为东北人之良心尚未泯者,故出于不得已之举。

在铁蹄下

既然北平陷入于这等悲惨的命运，那么无辜的民众，只有在铁蹄下过着呻吟的生活，日兵初入城，就有传言，说是要挨户搜查。后虽未实行，并由汉奸们否认，但民众的惊恐已颇有可观了。凡是三民主义的书，甚至有党旗的印刷物，共产主义书籍更不待讲，都家家自动销毁起来。最妙是取缔的书很广泛，凡抗日的刊物，均在取缔之列，按日人对"抗日"二字，解得十分广泛而荒谬。凡提倡爱国或主张团结等，在日人之解说，均可名之曰抗日，这么一来，几乎无一本教科书无一本杂志不在取缔之列。他们最初对各书店加以严格检查，而居民闻风所及，也只有自动销毁之一法。

事实上，他们用不着挨户搜查，他们只择较重要的一查，其他已闻风丧胆了。而且某也应查，某也应搜，也早有人向他们报告。他们设了许多所谓宣抚处，给人民一些小惠，如看看病之类，招收许多中国流氓，以做他们的走狗。这些走狗，也往往假公济私，某若与他有嫌，即可加以陷害。

至于在作战区域，其残暴有非言语可以形容者。日兵借口通州保安队反正，流亡四郊，故在四郊凡遇有壮年或穿制服的，往往加以枪杀。闻良乡城破时居民因奸污烧杀而死者，不下六百人，良乡陀里车站站长，全家均因不堪压迫，投井而死。南口未失陷前居民之壮健者，相率逃避，某村只留一对六十岁以上之夫妇二人，日兵到后强将老妇脱成赤身，群为之拍照，拍照后，以废炮弹塞入老妇之生殖器中以为戏谑。后来老夫妇二人均愤愧以死。此等残暴行为，虽中古时代或现在之野蛮民族，亦不过如此。不料以文明国家自命之军队乃亦如斯，所以许多人，以为日本人者，即新式武装起来之野蛮民族，实不为诬。

在城内他们最注意的为教育界。各大学相继迁移，所以一时尚无积极办法。或者他们也和东三省一样的待遇，认为无办大学的必要。至于中小学教育，当然尽量地压迫。史地一类的功课，差不多完全变了。凡是有三民主义或提倡爱国的课目，一并删去。在他们以为如此，便可以不抗日了，实行中日亲善了。殊不知其效力适得其反。而且飞机到处轰炸，日兵随地兽行，此等宣传力之大，千百倍于几本教科书。

北平的新闻统制，他们当然是十分注意的。入城后，不到几天，所有的中文报纸完全变了面目，如《世界日报》《实报》《晨报》等还保留，而内容完全两样，正同北平一样，宫室依然，主人已非，所载全为同盟社消息，吾人谓之曰倒霉社，以其音颇相近。所有消息，无非替日人宣传，对中央政府做荒谬之攻击。最妙报头上还印着中华民国字样，而内容却全是反中华民国，真令人啼笑皆非。起初可看的只有英文时事日报，到我离平的前几天，连这个报也被日人包办了。整个的北平，陷于不能知道消息的苦闷中！

失望……希望

中国军队退出北平以后，人民虽然失望得很，却仍对中央军不久可以收复平津，仿佛很有把握似的。不久战争即在南口、良乡、独流镇等地爆发。这时候，北平个个良善市民的心里，闻胜则喜，闻败则忧。平津线无何变化，津浦亦在小规模的战争中，惟南口最为激烈，日人以全力攻南口，伤亡甚重。北平的传言，不一而定。有的说日兵已不足用，用许多橡皮人代替以图蒙蔽。有的说日兵死多少多少，雇了多少中国人替他们割头，因为连尸体运回，实在太多。有的说中国数次诱敌，在南口关内，毁敌坦克车若干辆，兵士若干若干。这些消息使北平人异常高兴。

希望中国军队胜的，不只是有知识的或一般平民。拉洋车的、倒泔水的、送牛乳的，从他们的口角，往往流露出令人不能相信的胜利消息。如中央军一度入永定门，中央飞机轰炸丰台和南苑，毁日机百余架等。人民望中央飞机之来，有如大旱之望云霓，看几架飞得高高的飞机往往忖度，以为是中国飞机。他们的论证，是飞得很高，或者是单翼或者是双翼，或论颜色，希望是中国飞机，而有一番作为。

北平人民希望中央军卷土重来的心情，仍随时都有。涿州失守，又传说涿州已克复。保定失守，又传说中央军已克复，并且迫近平郊。大家起初甚至有这样的传言：以为日本兵不久就要退出平津，有的说因为攻战不利，因而卷旗回国，因日兵时时有调动，市民遂以为真要退出了。一天我到协和医院，上下中国人，无不传说日军要退了这样的说法，重复不止一次。

北平市民对附近战况如此，对上海及其他地方，更为关心。差不多的人，都预备一份上海地图，每天看进展的情况。北平的无线电，当然被没收，而替日人宣传。所以有收音机的人家，无不设法听上海或南京的。但日方设法捣乱，尤其对于南京广播无线电台，扰乱得最厉害，有时简直听不清。市民无法，只好收听镇江的、南昌的、长沙的、汉口的或西安的。

以上所述，无非证明一般的民众对于国家如何关切。他们无一个不是爱国的，这是中国空前的好现象。相信只此一点，中国必不会亡，必可复兴。只可惜没有组织，没有武器，所以只有暂时在恶势力下呻吟。

近郊的便衣队

廿九军撤退后，不久，北平近郊，即开始不安静起来。七月末及八月初，北平常听到炮声，据说都是打通州退下来的保安队。原来七月廿八日，通州保安队知道前方胜利消息后，即反正，枪杀城内日兵甚多。后来不支向西退。他们还以为北平还在国军手中，不料北平早已失陷，他们只有落荒而走，有的跑到保定去了，而被枪决的当然不少。

随后西山一带，即有便衣队蜂起，他们以抗日为号召，人数甚多，听说内中也有教授和学生等，或者甚有组织的，均非普通土匪。他们曾掳去黑山沟教士数十人，一时成为北平报上重要的资料。这些便衣队，占地愈来愈多，后来大觉寺北安河一带也被他们占据。地质调查所在北安河附近的鹫峰地震研究室，也被他们占有，一部机器和颇多图书被损毁。

他们起初以抗日为名，人民非常欢迎，给予食品、棉衣等，并且为之通声气。一时城内相传他们声势甚大,四郊全为便衣队布满,日军已数度攻打,炮声隆隆,所以平民数度传中央军进抵近郊,北平市民以闻炮声为乐。这些便衣队,或者因太无组织,或者少训练,既不能急切成功,而扰民如常,民众之恋望,既不能达到,反日被剥削,逐渐生了厌恶心。所以游击式的战略,固然有其必要,但如何减少人民的痛苦,及如何不失人心,却是十分要注意的。

总而言之,北平市民,身受日军淫威,无一时无一刻不望着中央军队的到来,只要是有利于中央的消息,虽不可深信,亦希望其正确。对于日军胜利的宣传,虽无法反证,亦盼望其不确。

汉奸的写照

事变发生后,正人君子渐渐隐迹,汉奸地痞大为活跃。汉奸的层出不穷,确是我们民族复兴的最大威胁、国家的最大耻辱。许多外国朋友对知识界人士之"退却"政策,不甚赞成。他们觉得保卫一个机关和保卫一块土地一样重要,不能一切委之于军人。但同时对于汉奸之活跃,异常痛心。这两件事,有密切的关系,正惟汉奸多,所以不愿做汉奸的人,只有退却之一法了。他们说上次欧战时法国对所占德国地的方法,同日本人对东三省一样,找汉奸成立伪组织。但德国的官吏不但不退却,反较平时增加。一位受法国利用的德国人,在就职后一星期与法军官由茶馆出来,被德国青年枪杀,自此法人之计划不能实现。现在华北情形,与当时莱茵河区域相似,但对汉奸之打击太少了。北平沦陷不久头号二号等汉奸一一上台了。

最卖力气的当然还是潘某*，他以卖国贼自命。人一至于如此，也就不必批评。据他说要等百年以后，让历史评定他的是非。这真是侮辱现在所有活着的人的说法。他这样的行为，妇孺无不切齿，判别是非还要费这么多的手续吗？他在北平的职权，非常之大，除公安局外，惩治盗匪和紧急治罪等部，也由他执行，大有威风八面的气概，所以许多人也就在这样情形下牺牲了。不过事实上北平公安局直到日兵入城许多日，还挂着青天白日旗，为最后撤去国旗的机关。后来警察的帽章也换了。一切的一切，全照日人的意思"明朗化"了。最令人肉麻的，为潘作诗捧日本军人，说日人如何地好，此诗竟有人译为英文发表，一时传为笑柄。

潘以外当然还有许多，不能一一毕举。这些人之重要者，报上发表谈话，或在广播讲演，所述之言，无非认贼作父、背叛国家的那一套，闻之令人痛心。此外新闻报纸几乎全为汉奸包办。我很惊奇哪里来的这么多的人才，不过早几月，听说有少数无耻新闻记者，月领日人津贴，又有许多被日人豢养，那么这时候正是他们图报知己的时候了。一切的报，全替日人宣传。至于地方维持会，市政府的大部分人员，我想却也是基于生活问题，迫不得已，不见得甘心附逆。地方维持会分若干组，第五组为文化组，开会时例有日人若干人列席，当然一切惟日人之命是听。关于北大驻兵，器具任意被破坏，保管人据实报告，他们不但不向日人交涉，反否认其事，对

---

* 潘毓桂（1884—1961），日军占领华北后任伪北平公安局局长，抗战胜利后被捕，后病亡于监狱。曾说："我做的是有立场的'汉奸'。"——编注

报告者加以斥责。

有许多事情，日人并未想到，或想到只做三四分，而汉奸们即为之体贴入微，样样想到，并一做即做到十二分。如双十节，日人并未否认挂中国旗，在伪组织未成立以前，既不挂日旗，当然中国旗还有效，但汉奸们不让挂。审查教科书会议中还有丧心病狂之徒，主张取消国旗。关于强迫市民挂灯、学生游行，固是日人授意，但他们办理之认真，远出人意料之外。

他们的目的虽异，而方法仍是那一套。市面上不断可以看到许多荒谬绝伦的标语，但他们能想到的不过那几句且有些半通不通，如"信任日军除暴安良之善意"，"华北乃华北人之华北"，"铲除赤化，惟有铲除国共两党"，"华北人结束起来"，等等。

就我本人感想讲，我恨汉奸比日本人还要厉害。没有汉奸，日本人不会有这样的成功，至少没有这么快。不过有的朋友以为不应当把日本人做的罪恶，全放在汉奸身上，可是至少汉奸的罪，不会比日本人还低的，尤其他们也是中国人！

个人的苦闷

卢沟桥事变初发生，和平解决的传说相当浓厚，谁也料不到将来如何演变。到廿九日，北平失陷，一切的和平希望全绝望了。日人之不可理喻，与全国人士一致抗战的情绪，使我们转入一个伟大的时代。但是我们因困在北平的人该怎么样呢？尤其是有职责的人。我不愿意照一般人的办法，以三十六着，走为上着，来了却一切责任。所以仍苦闷地支撑着，并且用种种方法，保全我们的财产，保全我们的标本。本来我们有一部分与外国机关有相当的关系，并且有许多外国朋友肯帮忙，所以还勉强进行着。至于在城外的部分却也无法，只有听其自然。周口店一方面因技工用命尽力保全，损失尚小。鹫峰一方面，因一再为便衣队盘踞，损失甚大。但书物仪器仍尽力运出一部分，放在安全地带。最无聊的为地方维持会，要求我们机关也要派代表出席，在淫威下，只有派一不主要人员应付。但这样下去，终非了局，所以急于离平之心日益浓厚。但我的见解，如无主管上司下退却命令，仍当全力维持。好在各外国朋友，都极力主张不去，因为他们的见解以为日人目下不致积极地干涉文化机关。他们惟恐大家不继续工作，并且以为吾人退一步，日人就要进一步，所以应该抱不放弃主义。不过事实上各机关全放弃了，一机关也就难乎为继。后来京方迭有函电催促南下，至此我之责任已尽，所以就决定离开这乌烟瘴气的故都。我们的重要事情，只有暂时委托给外国朋友帮忙，而所谓正式机关，至此宣告解体。以后的命运，也就要看我们努力的结果如何而定了。

最痛心的是，经一年多的努力，把以前地质调查所搬家所留下的残局，整理得才像一个局面，却这样地暂时中止了！

再见吧！北平

由北平南下，不是一件容易的事：第一如何安全离平津，第二走哪一条路。关于第一问题，随时不定，有时十分困难，在车站，在车上，在天津车站，全有相当的麻烦。听说前门检查，常被日人无理虐待，或加以打骂，或把衣物故意四掷，又有半途被日兵驱下车的，亦常听说有生命的危险。最麻烦的为天津，日兵与中国保安队（姑且这样称呼）排在旅客的两边，日人可以任意择其所认为可疑者指出，然后带去审问。问的问题甚多，往往至八九小时才完。有的带去不放，拘禁至数十日之多。他们问的问题，多是侮辱我国人的话，如你爱国不爱国、崇拜不崇拜蒋委员长等。有时候听说检查得稍微好些，不如以前的严重，但这是靠不住的，他们可以随时再严重起来。

因此有许多人，以化装的方法离平。但经各方调查，这个方法，并不十分好。一被发现，吃苦更甚。但我去志已决，也顾不了那许多。终于一个清朗的早晨，驱车离开寓所。这时真是满腔悲苦，一言难尽。街上还看到日本的汽车来往穿行，日兵荷着武器，傲慢地走着。北平啊！我二十年来，来来去去何止百次，没有一次像这样情绪的。惟一的希望，将来可以光复旧物，再来故都，现在呢，只有忍痛告别之法呵！

到车站，显然和以前上车不相同，多了日本兵，最妙的是中国人之检查者，对行人格外蛮横，格外上劲，也许他们为了吃饭问题，不得不如此吧。上车后，虽然有熟人，也静悄悄地不大答言，免生意外。车上自然是日兵高于一切，他们任意占座位，任意来去，真是"请看今日之域中竟是谁家之天下"！思至此，不禁饮泣。

车开行后，一片灿烂的北方，一年四季的最佳秋色，呈现于我的眼前。西山像含羞似的，被一层稀薄尘雾罩着。路旁村头，不断有红色秋叶射入眼帘,又骤然地不见了。这时我只有吟着杜甫的诗句"国破山河在,城春草木深,感时花溅泪,恨别鸟惊心"以当对此锦绣山河的别颂,希望可以再见吧!在车嗡嗡的进驶程中,我这么默祷!

在杨村、廊坊一带,还残留着战事的遗迹,有几个车站,已损毁得不堪。许多的房屋只有一些墙垣峙立着。当然有一些健儿,在此尽了他们神圣的责任了!后死的我们呢?

自事变以后,车行的时间,是没有规则的。经了好几次改良,到十月下旬,还需七八小时。但自十一月起,又重新改良,只需四小时,已算大进步。这其中显示着一个重大的事实,就是日人在平津,显然立足很稳了。

车辆一切全南满化。听说沿途站上行路标帜,也全南满化。车中饭食,已成了和餐。每元一份,有些生鱼生肉之类,连用的纸、洋火均是日本做的。从日人的见地言,真彻底明朗化了!

到天津居然没有受什么检查,一直到法租界的旅店中。在目下情形,只有以外国人的租界为安乐地,说来也惭愧。在津设法购船票,当然是找英国船,非常拥挤,说了许多废话,费了许多气力,才购到一张房舱票,票价自事变以来,涨了五六倍,这正是洋人走运的时候。最可恨的,为买办先生们,他们在此时还上下其手地大发财,可谓毫无人心。

天津的一切,也是一言难尽,但一切同北平差不多,有的还要厉害些,如南开的被袭,与总站附近的残痕,都予人以甚深的刺激。天津警察当日人一到,已换了帽章,一切比北平的压迫还要表面化。

反正日本所擅长的，无非那一套。一切的一切，都由他们导演着。不过天津的电报局、邮政局，因租界关系还未被接收，至于海关听说已开始予以压迫。新闻界关于中文报纸，也和北平一样受着统治，只有在几种外国报上可以看出别的通讯社的若干消息。在北平，虽然市民被压迫着，但情绪很乐观，我们觉得一到天津的租界必然有较可令人安慰的消息，不料在天津几天，所感觉使人不满。

由天津租界太古码头上了驳船，顺河而下，这一段路，在过去六十年充满着国家的创痕，这日夜不断的河水，洗不掉我们的耻辱。在而今，一切的一切，全要看此次抗战的结果如何而定。如果我们不争气，再度失败，那么至少我们这一代完了，看不到河山重光了。在这样的情绪中，到了塘沽。沿途及塘沽，到处可以看到日船日兵日旗和日人的兵站，一切都在人家主持之下。到塘沽已黑夜，而大船已开往大沽。在此停甚久，幸未靠岸，也未被搜查，在月色苍茫中，我们驶出海口上了大船。

大船拥挤异常，货船舱面，到处拥满旅客，房舱中亦四五十人全占满。其中茶役蛮横异常，全不以旅客为重，旅客向之要求什么，亦不甚理，但也只得忍受。次日午，船始开行，遥望海岸作别。

船上的生活，可谓人间地狱，旅客或茶房夜夜竹战，又杂以鸦片及各种臭味，彻夜不能安眠，白天亦无去处。船到烟台略停，始得遥望见中国国旗，精神为之一振，在青岛曾上岸一游，市面萧条不堪。由青岛直驶汕头，四五日的船上生活，当然为旅程中最苦之一段。汕头街上看到日飞机轰炸的遗痕，同时看到此地军人颇有精神，使人得到一些安慰。香港上岸，依然昔日繁华，与内地都市相形之余,真不胜其感喟!中国的前途呵,要看中国人自己努力的结果了!

廿六年十二月,长沙

湖 南 七 月 记

去年我尝想，在国内未跑过的省份，只有四五省，湖南为我没有到过省份中最想去的一处。想不到空前的国难，造成了我实现这个企图的惟一机会。我于十一月二十三日，由香港乘欧亚航空机，于下午二时许抵飞机场，计自三日由平出发，第一次第一日到真正抗战的中国的后方，自然另有一种兴奋和愉快。步出机场，遇到兵警检查，不但不感到麻烦，反有愉快之意。在长沙一住，就是七个多月，不但回平之想未能实现，反要跑向中国西南陲的云南。在长沙期间，自有许多事情足记，而前后三次的野外旅行，尤得到不少的新见闻。今拉杂追记，作为国难流亡以来游记的第二部分，取名曰"湖南七月记"。

第一次看敌机轰炸

出机场无人接，正不知如何进城，忽遇到于右任及张溥泉两先生搭机赴汉口。寒暄之余，遇送于先生之旧友马文彦君，乃即相携至鱼塘街于先生所住之旅馆。盖迩来由南京西来者甚多，长沙房舍，求过于供，彼等所住之房，皆省政府所预订者。到旅馆又遇刘允臣先生，一年前在北平相别，不期在此重晤，真不胜沧桑之感。据刘君云，彼于十一月初始冒险由沪乘车至京，迨时沪战已甚急，沿途危险万状，近始又由京与于先生等过南昌来长沙，即晚搭车赴武昌云。

我在旅馆稍息，即赴湖南地质调查所。在那里遇到多年不见之老友田季瑜及在临时大学之孙铁仙等。国难中遇老友，自有一番愉快，即同赴附近之健乐园便餐。饭后田君坚邀我寄寓其家，盖我之被卷托香港中国旅行社转运，一刻决难到，而天气相当冷，故季瑜为我解决此难题，留我赴其家暂住，谊不可却，只得允从。

地质调查所由京西移，除一部分书籍标本早运至长沙外，若干标本及同人则于十一月二十日前后，先后离京西上。京所仅留少数人留守。黄汲清君等一行也于日前到长沙，会晤之后，自不免对所中事有一番商酌。大体的计划是要在长沙找一地点，盖若干房舍，作为国难期间工作之用。困难之处，是近来长沙房子地皮全很贵，而且一时也不易完成一切手续。因此打算求其次，就是或者借湖大或其他学校的地、房，或是在相知的友人或机关的空地皮上盖房子。

在这样的原则下，有好几个地方可看，黄雷田诸兄要分别察看，约我同往，我因初到长沙，因此正可看看长沙的风物，乃欣然同去。二十四日上午在东郊看了一块空地皮，回城吃午饭，即过湘江到河西。湘江为湖南惟一大川，汇许多支流北经洞庭入大江，在长沙附近有一水陆洲，横于江心，所以在此过河须过两次，小水时甚至过三次。水陆洲长十余里，直竖江心，其上亦有房舍，盖已为大水时所不能淹没之区，长沙之名即由此得。按湘江沿江此等岛洲甚多，尤以自湘潭以下为著，盖因自上游挟泥沙太多，至下游乃至洞庭湖，坡度突落，地势平坦，无力搬运，乃成沉积。然详细研求，或尚有其他原因，也不失为一有兴趣的问题。

过河经汽车西站，沿公路南行，此时天空有数机徘徊，但标帜看不清，季瑜等尚以为是我们的飞机。前行到某烈士公园附近，看一块地皮，忽又来飞机数架，且飞得很低。不到一会儿，隆隆数声，起于河东，嗣见青烟数缕，自河东涌起，于是我们始知敌机来轰炸。此时才听到各处放出紧急警报的声音，那时我们的防空设备未免太幼稚。敌机肆虐后，尚有一二机在河西湖南大学上空侦察甚久，始随其他机逸去。我们看了地皮之后，也就寻旧路渡河东返。在中山马路上，看到人山人海络绎不绝，也有东去的，也有西来的，人声鼎沸，于是才知道敌机肆虐，很有损伤。事后打听，也得不到真正可靠的消息，无疑问的是投弹地点，在东车站附近，死伤有二百多人，据说有一家正在结婚贺喜，死了不少人，新娘也死了。此次惨事，为敌人袭长沙之第一次，自然表示寇患日深和后方空防之重要。但实也有许多地方令人不能满意的，如事先毫未闻知，待敌机投弹后，始有警角进入耳膜，闻飞机场尚停有若干飞机，而临时因飞机师全不在场，不能起飞，幸敌人目标为车站，否则将有不堪设想的损失。事后传说敌人此次轰炸，目的在一批正在转运的军火，当轰炸时，该列车即停于南门外不远的地方，只差数分钟未被殃及，也可算是天幸了。

自经这一度轰炸以后，长沙空气，顿现紧张。许多人相继到四郊去住，当局对人口疏散，也极力提倡，市面的防空壕也渐渐加多。幸市面尚照常，只要上下齐心努力，倭寇这一点黔技，是不足深虑的。

到长沙的第二个印象最深的事，就是伤兵问题。以前因旧当局对伤兵无正当办法，以致常有伤兵滋事的事情发生。就是自张治中力加整顿，也还不能马上收效，在我住长沙的数月中间，发生了好几次严重的局面，伤兵在前线奋勇杀敌，后方人士对之只有感激崇敬，对其一切难题自当设法帮忙协助，所以关于伤兵收容与医院，是不能不十分注意的。同时也有些伤兵，恃功而骄，有意寻事，然一念他们过去之劳苦与知识太缺乏，自可予以原谅。所以一部分责任，还在地方当局。记得长沙市面有一关于伤兵标语："大家要尊敬伤兵，伤兵要尊敬自己。"可谓一针见血之言。

上边所说地质调查所在长沙修房事，经看了许久，最后决定在北郊喻家冲一符姓的空地建筑所址，定有租用合同，大致一定期间内所中无代价用其地皮，而此期间以后，房产即归符姓所有。符君为田季瑜旧友，故一切可顺利进行。惟该地距飞机场相当之近，又闻尚有其他军事机关亦迁附近各地，从安全的观点上看也不能算十二分的安全。

潇湘烟雨的长沙

我初到长沙的半月，天气很好，差不多天天有温暖的太阳。有人说前多日阴雨连绵，非常讨厌，我真有些不相信。后来雨渐渐地多了,真是地道的季候风雨,恰与诸葛孔明祭风以后的时候相当,可知孔明并不是能算,不过他有些气象常识知道快有东南风罢了。所谓祭风,也不过捣捣鬼,骗骗一般人罢了。闲言莫叙,且说长沙之雨,一下就是十天半月,确实有些令人不耐。好容易一天没有雨,甚至有几个钟头的阳光,但天一阴又下起来,又是那么久,据说这是长沙的特色,并且有名赏地叫作"潇湘烟雨"。好一个具有诗意的名词,却不知我们在这潇湘烟雨中过的哪一种苦闷的生活啊!

不过这样的气候,在长沙却也有一层好处,就是不怕日本飞机,真是一种天然防空。本地人讲这是南岳菩萨的保佑,事实上自上次轰炸以后,有两个多月没有警报,这实在是此等天气所赐,哪里和菩萨有关系呢?

可是因为下雨的结果,整个长沙市在水的笼罩中,尤其是新修的马路,宛如一条泥的河,至老式的路,因为石条铺成,虽然排水欠佳,可是究竟有底,还不致有没脚之虑。至于一出城,大半为红土区域,泥浆滑性特强,一不小心,就有跌倒的危险。

在这样的环境下,自然免不了引起人的烦愁,战争无大展,老母在陕,妻子在平,自己只身来此,做万里孤客,虽有老友做寓公,又有许多同事谈笑,但一念及目下所处之境况,又兼在岁暮,虽铁石人也不免动悲叹之思!在北方有秋雨恼人,在湖南却是冬雨愁人了!

最令人失望的是自己一二年来事业的失败。地质调查所自南迁后,北平所存无几,零落不堪。经数度整理,费不少精力,始渐有可观,但今竟沦于异族势力下,将来究竟能维持到几时,大是疑问。

自己在平有许多手头工作要做，满以为自己兴会所在之事，可以放手做去，不料今来湘中，一筹莫展。又据同人言，南京所存新生代方面标本，半付灰烬，多年心血，十九葬送，虽由日寇肆虐，实亦人谋欠佳。未来能否图补，实为问题，思念至此，真叫人忧心如焚，徒叹奈何罢了！

其他的问题，也够令人讨厌。母亲在家，就目下情形言或尚可苟安。北平家人虽暂能安居，然一想到诸儿求学问题，也够焦心。个人呢，尤为烦闷。我每清夜自思，在国家危急的今日，而数十年雄心勃勃的我，难道能贡献于国家社会者还只是几篇文章几块碎骨吗？每念二十年前壮志，只有自怨自艾，目今大有陷于忠也不能尽、孝也不能全，或忠未尽、孝亦难全的地步，岂不惨伤！因此不免时时想回家侍母，以便至少可以一全，然值此时期，亦有向人不便开口者在，陷于这样矛盾情形下的我，再加上所处的客境、所遇的天气，其内心的焦灼可想而知了！

唉！岂止潇湘的烟雨闷人啊！

地质调查所在长沙

湖南地质调查所，由刘德村、田季瑜诸君主持，已有多年，成绩为各省地质调查所之冠，所址在上黎家坡三十三号。此次地质调查所迁湘，颇得便利不少，人未来前，已有二百多箱书物运存此间。人来后在自己房屋未盖好前，也暂在上黎家坡办公，人来得愈多，地方愈显得狭小。我和卞君四五个人挤在他们藏书室内，聊以度日。

不过多数人均无公可办，因为书标本全不在手头，虽如此，表面上却很紧张，重装箱子的，讨论盖房屋的，搬木器的……这样就是抗战的后方工作了，言之惭疚。在此情形下，我觉无事可做，为不了之局，乃自告奋勇编《地质论评》，幸尚有眉目。以后不久，也有几组出外调查。虽然天气欠佳，而仍冒雨工作。这样的精神，地质调查所还算有的。

盖房子的事，经几度商酌，由田季瑜介绍工人在喻家冲建筑简单的房屋，限一月完工。但一月并未能完工，还有许多枝节问题，因而生出不少的是非，其详细情形，不便尽述，总之，不可说就是了。到一月末，总算一切修好，大部人员，乃移入办公。不过尚有一小部分仍留上黎家坡。我因校印《地质论评》亦留城内，上黎家坡从此不如以前之乱哄哄了。

有时候我也到喻家冲走走，房子未盖成前，去过好几回。出兴汉门到北车站，已是一片野景，点缀着若干新辟的马路和新修的洋房。特别在天气好的日子，已令人感着一种舒适，不像在城内窄陋的街道与市廛的一种烦扰。沿北大路向东，马路割切红土冈阜，露出很好的剖面。两边山丘大半为坟墓所占，这是国内都市通有的现象，所以古诗有"出郭门直视，但见丘与坟，古墓犁为田，松柏摧为薪"之句。在马路的左手岂但古墓犁为田，整个几十顷的小丘陵全平了，作为建筑伤兵或难民收容所之用。再前也有不少地方如此，作为建筑地皮之用。墓中检出的尸骨存放在许多瓦罐中预备找地再埋，听说也有遇到古墓得些古器发死人的洋财的。

再前见一树丛中露出白色的墙垣，旁有一池清水，虽不算是好的风景，却也有几分宜人，这便是喻家冲。所中勘定的地址，就在符姓房舍旁边的阜坡上，小松树和坟墓也不少，因修房也还须迁好几个墓。房址及附近的地势全为红土所成之小丘陵，其下为白沙井砾石，闻附近某地间有老地层露出，登高一望可见浏河蜿蜒注入湘江。在此工作风景亦殊不恶，可惜在流亡中简陋的设备不能满足大家的愿望。

由平来湘同人一大半没有家眷，在城内原有宿舍，但新址落成后，一大部人出城去住，不过也还有一部分人宿在旧宿舍中，至于有家眷的人向来自己解决住的问题。流芳岭流芳里因年前湘所人员建若干房屋，流芳里一二三四号等家全为湘所人员之产业。当此时他们原住的人大半疏散，有空房出让，而外地地质界同人来湘，住的尤多。所以流芳里各号差不多全有地质界的朋友，我因与季瑜同学关系也住在三号，周曾在同院，黄在四号，孙、王在一号，所以我戏谓流芳里大可改作地质里了。

地质调查所既在湖南，自然关于湖南调查事特别推动，并与湖南地质调查所合作。湘南湘西均有所中人工足迹，无用如余，也三次出外调查湖南之红色岩层，因在此时以矿产或与矿产有关之工作为第一，而吾人尚能在炮火之余努力纯粹问题方面之追求，也未始非不幸中之大幸。

东郊踏查记

湖南各处，红色岩层分布甚广，与邻近各省相似，此等地层许多观察者见解不一，有的说是白垩纪，有的说是第三纪，有的说两者俱有。因为没有化石的发现，所以始终得不到结论。我们此次南来，凑巧有此机会，所以很想把这个问题解决一下。初到湖南即计划出发，但不幸天雨太多，有一次李、戈二君出发，又遇阴而回，随后又是旧历新年，行旅不便，所以一直延到二月初七才能出发。我们第一次去的区域为长沙以东浏阳西部一带，距长沙甚近，在一个明朗的清晨，我们整装出发，在临时大学门口会齐，计为卞美年、李悦言和一人及我共四人。我们惟一的交通工具就是步行，另雇二人挑行李，雇的人为湖南人，满以他久居长沙认得道路，想不到一出门路就走错了，费了许多事才回转到由长沙赴浏阳的大道上。约行五里才出了长沙的防卫界。

久不实际旅行，乍又登途自不免有一番快慰，天虽晴而在雨后，空气异常清新而道路还十分泥泞，我们穿的为橡皮鞋外套草鞋也十分合用。因草鞋穿上不滑而内加橡皮鞋可免割脚之苦。至于我们雇的那位工人和沿途许多行人多为赤足，他们的脚真是训练有素，无论怎样凸凹的路，全很自然地走，诚不胜欣慕之至。

沿途所见，多为红土，过浏阳不远始有丘陵渐起，而所得红色岩层即呈露于眼底，但这"红"之一字，实是大概言之，有许多部分不但不红，反有其他各色夹杂其中，因露头太少亦不易做有力之观察。是夜到黄花市住，寻找得一旅馆，因值新年以后，有许多铺子尚未开门。原来虽在抗战期间，而湖南对新年仍是大规模地过，在长沙，自除夕前多日起爆竹之声即不绝于耳。季瑜特自野外归来过年，在这离乱的年头，客居在多雨的长沙，真也有说不出的味道。

"杯酒残岁尽，孤灯白发添"，也只有付之一叹而已。且说在这过年的辰光，家家关门，直到过了六七天尚多有未开门者，而旅途中又时常听到近树远墟送来的鼓乐，令人追忆起可爱的童年。而在前方喋血的现在，听到这样升平音乐，尤觉令人啼笑皆非。

头一夜住在南方式的"火铺"中，老板娘以新年茶食款客，吃饭时我们新添了些菜，如腊肉鸡子之类。第二天早晨结账有六元大洋之多，比长沙贵好几倍，真可谓竹杠之尤者。按发财心理，无论何人、何地均如是，可是得"生财有道"。我国人多犯喜发横财的毛病，实于人生真谛大相径庭，而应当改革的。

第二天我们沿往武昌的公路，以春华山为目的地进发。沿途露头红色地层分布甚多，亦有粗砾岩的发育。到春华山住的客栈倒也十分干净，附近公路上停的北方式的大马车和骡车甚多，显然是北方（皖北）战区来的，详情如何就不得而知了。次早离公路东行向沙田市前进行十余里时，忽听西部隆隆之声甚响，无何见有飞机多架自西而东飞去，很像敌机又来肆虐，惟听其声甚近，疑非长沙而为附近地方，后来打听才知实为炸长沙，百里左右，尚可听见，其威力可想，听说也有相当损失，在无量血债中，又加上一些血债，待我们来讨还的。

沙田市为一小市镇，我们在此住了两夜，以之用作中心，观察附近地质。一天我们至以北约十里之赤马殿，为一大庙，香火甚盛，第三纪红色地层与花岗岩之侵蚀接触，即在庙后附近，甚为清晰，为盆地之边缘。沙田市附近看完后，再南过一产石膏之邵家墟，石膏亦产自红层中，不过地面无露出者。据云石膏质之佳与产量之丰，不亚于湖北应城。惜在年后，尚未开工，只在井口张望，并在废堆上看看而已。晚抵永安市，住在一家最污脏的店中。在乡下旅行，往往小地方有干净店，而大些的镇市反污秽不堪，南北一样，很少例外。第二天东行到洞阳市，为盆地东缘，乃红层与古生代岩层作断层接触。由此沿边缘南行，到浏阳河岸的湘阴港。地点甚小，住在很简陋的小店中。沿河冲积式之阶梯地形，十分发达。我们沿大路到鹿芝岭，盖已折向西，又由此过浏河往跳马涧，已为盆地的南部。过河后不远，即有老地层露出，因非所欲查之正题，所以很匆忙地穿过去。计由洞阳市到此，共走了三天，其实每天也不过数十里路，不过一因步行，二因挑夫时要更换，遂不觉迟迟其行了。

跳马涧为我们这一次调查的最后一个中心。因不久以前，同事计荣森君曾在附近获得甲胄鱼化石，甚为重要，我急欲一看，并盼能多采些回去。我们很容易地找到原来地点，又做了许多次采集，获得不少新的标本。虽然说在红层中迄未得任何化石，然今得此，亦可解嘲。以后我们又沿去长沙的公路，到同仁堂一带考察，第三纪地层亦于构造层序方面略有所获。

我们七日由长沙出发，已十日了。这一天是十七日，天气非常晴朗，阳光晒到人身上，有一种舒适感。我们即离了跳马涧向长沙进发，以结束我们这一次的短期旅行。过了同仁堂，再前到距长沙十里左右的地方，即见天空飞机甚多，有的隐在云中，似为敌机。到前面打听，果然有警报。再前有数小店距长沙保卫界甚近，已不能通行，于是我们停下等待。不一会儿，机声响起，时掷弹声与高射炮声交作，形势严重。闹了有十几分钟，始解除警报，再前行，沿途行人如蚁，均来郊外避难者，殊不知近郊之危险性，比之市内为尤大。走到快进市区，忽又有警报，一时无地可避，只有站在附近空地之墓旁，幸不一时即解除，仅为虚惊。比及到上黎家坡，已三点多钟。可是一进门，便听到比方才警报还严重而惨痛的消息，就是吴希曾君于二月八日出发后，在益阳遇难，汽车倾覆起火，死况甚惨。吴君为所中新进最有望之一位，今因公殉职，而其凄惨，较以前在昭通殉职之赵亚曾尤加一等。

湘乡纪行

回长沙后，即着手于中国地质学会年会之筹备。因去冬曾由理事会决定，来届年会尽可能在长沙举行。经多日筹备，一切始就绪。大半赖湖南地质调查所赞助之力。论文收到者有三十余篇。虽比之去年稍有逊色，然在如此局面下，亦自不易。大会于二月二十六日召开。上午事务会由余主席，余任理事长已二年，在此非常时期，仍能完成责任，殊为欣幸。我的理事长演词，未如去年者为学术论文，而为余对目前情况的普通演说。以后会即由新理事长黄汲清君主持。第二日同谒丁文江先生墓，及凭吊吴希曾先生灵柩。丁墓于一月五日曾集在湘同人一谒，我有诗记其事，"我辈多奇才，继述应未忘"。今值兹境地，更显得迫切了。

此次年会，共开了四次。论文会景象还算好。会后旅行，原打算取消，忽会中有多人提议赞成举行，结果以去湘乡一路者为最多。我与卞、李二君，原想不日前往，正可借此同去。由田季瑜做队长，因他在湘工作多年，对湖南地层最熟悉，可以令大家收事半功倍之效。我们于三月初旬的一天出发，包有一辆汽车，十点左右由长沙开行，过易家湾到湘潭对岸过河，在车站稍停，即继续前进。虽然距我上次回长，只有两星期多，而绿柳吐丝，春风宜人，已是初春天气，不像上一次那么寒冷了。午后三点多，到湘乡车站，即找附近一旅店，放下行李，找些东西充饥以后，由季瑜带我们穿县城过河，到城东南看地质。主要目的，仍为红色层系。就岩质论，似乎很古，但究未见化石，不能作为定论。回见县长接洽，并言及保护事，在车站附近中山公园内吃晚饭。十多位同道，且吃且乐，亦自有其风趣。因地方较干净，所以一部分人就住在此地。

第二天早晨，由湘乡向下湾铺前进，过了许多土丘陵地而后，平原中露出许多小山，下湾铺就在山顶，有一个小庙在小山脚下。我们休息之后即到此处去，因以前有人在此曾发现过化石，所以特意来看看。此行于我，十分重要，因湖南的红色层，前研究结果，以为与衡阳者不一样，故名之曰潭市系。但化石的证据，尚付阙如。此地既产化石，自然十分重要。在此地许多人都找有化石，归纳起来，为鱼与若干植物叶之类。由叶子的形态看，为第三纪而非白垩纪的，但究因保存不佳，不易确判。

匆匆西行，沿途露头甚多，尤其在潭市附近一带，变为大量由花岗岩风化而成之粗砂岩及砾岩等。在潭市过了一宿，次日即西行。潭市位于盆地之边缘，附近岩层甚粗，过此即为古生地层露出之山地。因湘黔铁路正在修筑，新开出不少的好剖面。过山地即又入一盆地，照地图看，应全为红色岩层，但事实上大半为冲积层，仅在沿路基一地，看到一很好的剖面。我们由潭市，两天走到了壶天，自然看了不少的地质，此处不能详述。单叙我们到壶天的前一夜，气候忽然转冷，加上所有的衣服还不见暖。次日即有风雨，并在雨中杂以雪花，天气显然又回到严冬的景况了。在壶天住了一夜，次日起来远近皆白，原来夜里下了大雪，而此刻还在雪花飞扬中。我们为了实现原来计划，不便因雪停留，仍折向马龙桥出发，倒是令人生赏雪的豪兴，比看地质还要浓厚些。在弥望皆白、朔风迫人的风景下，四山均在浓雾笼罩中，孑然一身，求寻一般人所不注重之骨化石，受尽罪，吃尽苦，所为何来！自问亦殊可笑，途中曾有一诗纪其事，今录于次，亦所以志鸿爪而已。诗为："寻骨走群山，雨雪过壶天。云重眼际小，雪深道路难。人生真羁旅，大块为自然。有涯求无限，一贯知何年。"

这一夜住在马龙桥，原来我们西行，以壶天为终点，自此东北折，马龙桥已在潭市之北，在此仍照往日的样子，大家在一块吃喝，说笑了一夜。次早决定两路分行，一路大批人员，直往湘乡，一部分往潭家山考察，一部分回长沙。一路，卞、李二君和我，为要再仔细调查湘乡盆地，还想耽搁几天，中国地质学会的会后旅行，至此可谓已经结束，而大家要分头行事了。总括起来，这一回的会后旅行，人数之多与结果之佳，很令人满意。

且说我们这一天早晨，辞别了大家，以下湾铺潭市间的石狮江为目的地前进。时旭日无力，积雪满山，行路之难，比昨天更费力。走不了十里路，力气也用尽了，皮鞋也湿透了。因为路上全为一尺多厚的积雪，欲化未化，十分地难走。在休息的当儿候到季瑜等赶来，原来他们最初十多里，还和我们走的是一条路，自此便各分东西了。

我们下午到一个小地方名叫真明寺，虽距石狮江尚有十多里，但天已昏黑，且雪多水涨，不易辨别路径，只得找一小火铺住下。这个火铺，小得连鸡子木炭也找不到，大有挨饿之势，幸多方努力，始可开伙。

由马龙桥到真明寺一带，全为花岗岩区，其地形也是小丘陵地。有时马尾松沿山坡，稻田地遍沟渠，也自风景宜人。此等地形，与红色岩层者甚相似，所以仅凭外表，不易得到实际的地质界线。次早离真明寺不远，即到铁路线，沿路基探寻，幸得红色岩层与花岗岩之正常接触，甚为满意。由此沿路基到石狮港，午餐后即过涟水南行，夜宿城江桥，也是一个很小的地方，地甚污浊，湘俗每间屋子，均有大便桶一个，臭气甚重，若在夏季，更不能耐。次日由城江桥到虞塘，为盆地之西南边，附近即有老岩层露出，该地沿由湘乡去邵阳之公路，有汽车站。次日我们沿公路东北行，到朱津渡，距湘乡已不远，本可直回湘乡，不过我们前在下湾铺采的化石，还寄存在一小店中，且经多日探勘之结果，仍以下湾铺露头于搜寻化石较有希望，有再找之必要。因此我们费一天工夫，再到下湾铺，沿途幸经若干小山，得一绝好剖面，并找了许多化石。在铁路线旁，又得一层有化石的地点，也采得若干，希望由此于年代方面有所阐明。

工作至此，可谓已完，即由下湾铺寻旧道回湘乡。到湘乡即听到敌人陷风陵渡、潼关吃紧的消息。怅望家乡，徒唤奈何而已。由湘乡到湘潭，计九十里，我们以一日之力步到，沿途看的结果，知湘乡盆地中之红色岩层，渐由东北与湘潭一带者相连，至少在层序方面无由区分。那么所谓湖南红色岩层者，恐是二而一了。

湘乡为曾文正公故里，此次能有机会一游，甚喜，所经地方祠宇之多，家家养猪之盛，乃至一般人洗脚之勤，或者还是曾公的遗教啊！

由湘潭乘小火轮回长沙，上船很拥挤，沿江景物甚佳。比抵长沙，适在一度警报解除之后，不过敌机未来，不如上次之严重罢了。

湖大的浩劫

长沙已在春的拥抱中，微风熏人，有初放的花，也有已落的花。院庭的草，也长得很长，显然已到了暮春了。遇着天气好的日子，尤其是星期日，士女如云地逛岳麓山，或其他名胜地点。一来看看醒过来的春，二来也可以避避飞机，以前在冬天天气很冷，但遇着好天气，也还有不少人去到岳麓山的树荫下，静待警报的来临，现在更应当的了。

但是近来长沙的警报，来得格外少了。前方的战事相当有进展，尤其是台儿庄的胜利，使每一个国民，都感觉到快慰，得到一种自信。这一天我在公事房，一位同事来说，前方大胜了，大街上有游行庆祝。我和季瑜在赴一个宴会的途中，看到家家在燃爆竹，这时候真是令人喜极而流泪。中华民族的前途，果然是有为的，努力吧！且争取最后的胜利。

不几日，有庆祝胜利并拥护蒋总裁的大游行。好几万的青年男女，冒着雨喊出雄壮的口号，真令人兴奋。有这些热心青年，尤其在民气蓬勃的湖南,谁还怕什么日本鬼子的猖狂呢!

这一天是四月十日,天气晴朗,一个醉人的暮春天气。但因为星期日,早晨起得迟一点,也就懒得出去,午饭以后,正不知向何处去。我和田太太讲,想找一位朋友,若是不见面的话,即过江逛岳麓山。决定之后,即独自出门。我所要会的人为一位老友刘君,好几次没有找见,这一次很幸运地找到门牌号数无误,凑巧他又在家,接谈之下,十分欢洽,因为我们已有十多年没有见面了。我正要兴辞作别,忽有警报之声,送入耳膜,出去不便,只有接着再谈,希望又是虚惊,敌机不致真来,但过了一会儿又有紧急警报,但我们还在谈天,话还未完,高射炮声与炸弹声交作,遂避入刘君之防空壕中。时炮声甚烈,爆炸声尤巨,仿佛很近的样子,过了十几分钟的静寂,又是一阵剧烈的爆声,前后闹了一点多钟,才解除警报。我们出壕不久即有某处电话来说是河西被炸起火,于是我们不免为湖南大学担心,但又有人说炸的是汽车站,在这样狐疑中,我们一道吃了晚饭,作别而归。后来真确消息到来,才知道炸的确为湖南大学。

据说这一次来袭的敌机共有三十八架,炸的目的地为湖南大学,共炸二次。第二次见起火后始逸去。投弹不下二百枚,并用机枪扫射,所以损失甚重,除图书馆及科学馆与宿舍之一部被毁外,其他房舍倾倒者亦不少,人数死伤总在二百以上,尤其这天是星期日,游山的人甚多,故游人死者不少。亦幸因为学校放假,否则将有不堪设想者,所中有同事数人,是日也去岳麓山,曾目击轰炸情形,但也很危险。

敌人此次轰炸湖大的原因传说不一。有说是故意摧毁文化机关，有说是某处存有汽油等，还有其他不可置信的猜判。总而言之，只有少数人知道真情，我们也用不着去探究。所可断言者，即日人此等残暴行为，将使我上下敌忾同仇之心更为坚强，失掉人性的日本军阀，终有一天要得到他们所应得的果报。

衡阳寻骨记

我们在湖南做的第三次野外旅行，就是在衡阳，时间也比较长，差不多有一个月。结果也比较好，因为我找得了骨化石，解了这红色岩层的谜，而此行正在春末，初夏的时候，单衣已见需要，酷暑尚不苦人的天气，在风景清幽的衡山以南做长途旅行，自是人生不可多得之清福。所可惜的，方此战事，只觉令人有不胜其惭愧罢了。

我们于五月初的某一日出发，由田宅沿环城马路往车站。因为我们要乘武衡快车南行，二等车还像以往平汉平沪道上那样舒适，只是两边触目的景色不是华北那样一望很远的平原，而为丘陵起伏的山地。车过易家湾，即已为我们的新眼界，过株洲南行，在衡山车站下车，时烈日当空，站上一无所有，连力夫也找不到。几经周折，始雇了两个，我们随着步行。沿途见有陆战队装束之兵士甚多，闻系由青岛退下者，不知确否。不一会儿，到了湘江西岸，渡口旁砾石及土成之梯阶地形甚佳。过河即为衡山县城，得一店住下，稍休后出外看看。原来衡山改为实验县，孙伏园在此任县长，去访未晤，到县中的中山公园一游，地势尚佳，而有待修葺。

在衡山过了一夜，次早于微雨中雇洋车上南岳站。一出城即见红土十分发育，因之道路亦甚泥泞，归长衡大道后路面稍佳，而前越一古生代岩层之山岭，也不易行。不过新雨方住，夹道之梧桐花正开，有的凋谢，随风飘飘而下，任行人践踏，此等景致，殊觉有趣。无何即入花岗岩区，因天阴雾重，也看不到山巅。下午二时许即抵南岳，在中国旅行社的招待所住下。休息一会儿，即寻大道过南岳市而到南岳庙，庙中驻有军队，但尚可进去一观。遂沿路上山，到送子殿附近，半山亭在望，惟因天晚，只得回寓。

次日拟抽出一天，做南岳之游。为节省时间计，想雇轿子前往，并且照旅行社定价约定。不料次日一早，我们出大门，他们还未来，好容易来了，又借口下君太高，我太胖，非三人抬不可，经多方让步均办不到。于是我一生气，决徒步前往，由旅行社门口沿昨日所走路到南岳市，过市我们走左手一路上去，以免与昨日所游者重复，由此过了好几个寺庙，无甚可记，风景最佳的为磨镜台。树木葱郁，新式建筑亦不少。据云某公主湘时，为其女儿辈每一个修楼一座，以备宴乐之用，不知确否。过此即经观音桥与麻姑桥，桥下坡甚陡，清水流下激荡，白花四溅，丁在君先生逝前游此有句："为语麻姑桥下水，出山要比在山清。"盖即指此而言。

过桥后山势陡起，坡度加高，同时树木亦少。经一度爬绕，即到南天门，已有相当之高，俯视山脚，丘陵式之红色盆地不十分清白，盖因天气有云雾之故。我们稍休息后，再鼓勇气，到山巅下之寺院中，院内雅洁，方丈招待甚殷，出其所藏古画等及名人题字相示，又款以午餐。谈到时局，他相信最后胜利必属于我，并引出许多证据。此次抗战,无论三教九流,全存抗战必胜之心,实为一好现象,比什么宣传力都大。

午饭后我们到观日峰去游,山坡杜鹃花尚盛开,盖因山高稍寒,依然春初风光。由此拾级到最高之视融峰,亦有一庙,香火甚盛,登峰四望,郁气为之一舒。山西北甚奇陡,或为断层所成,我们流连片刻,即寻旧路而下山。下山当然省力,不一会儿即到半山亭。因由此可沿另一路下山。附近路旁有龙公纪念亭,旁附一碑,刊丁在君游衡诗二首,并朱经农纪念先生之短文,感喟久之,不禁追怀哲人。今国难如此严重,吾辈书生,所为何事,惭疚之余,真觉有负此大好河山。到旅行社已五点许,晚饭后,收拾一切,预备次晨出发。

我们沿衡阳公路南行,约三十里到九渡铺,沿路大半为花岗岩,惟九渡铺附近始见有红色岩系之底部出露,惟与花岗岩间,尚有一古生代岩层介乎中间,其性质与在长沙东赤马殿所见者颇相似,因在此住下,预备次日再做测探。我们由此东行到五里铺,所见剖面甚佳,且于许多土质泥灰岩中,得植物化石及介壳类甚多,颇有些与下湾铺者相像。我们的目的,到以北或东北寻与花岗岩直接之关系。照六县地质图所记似甚近,但我们跑了十里左右以外,只见与古生代之接触,而不见花岗岩,始知原图有错,乃向西寻大道南行。我们中途,雇轿子到九渡铺以南十余里之樟木市。半途过九渡铺,昨晚所住之火铺,其老板等对我们十分惊奇,大有看见"者行孙"之概。因早间明明向南去,此刻何以从北来,而殊不知我们绕了一大圈子也。

樟木市在湘江西岸。湘江由此即向东拐一大弯，沿江红色岩层粗而露出甚多。附近树木杂生，风景尚佳，惟旅店则仍然很坏。我常想以乡下那样好的空气与环境，稍微布置得宜，既不难又简朴又清爽，但何以相反地如此污浊，实乃教育有缺，并非农村经济破产一语所得而却责谢过。

第二天我们预送行李由水路往衡阳，而我们则往以西十五里之集兵滩，再往衡阳。因由此可横穿一古生代岩石山脊，而两边之接触，均可看到，离樟木市西行不远，即过汽车路，而岩层的正常接触就在路旁。由此沿一小路前行，谷愈狭而树愈多，流亦愈细，而吾辈游人之精神亦愈畅，再前过一小分水岭，渐见眼界开阔，盖又入红色岩层之区，虽未见好露头，但见红层向东倾斜，显为断层所成。由此再西越一红土所成之小岭，红土下之砾石保存甚佳，布满山坡，想见当时地形之一般。在西坡即见右手一小镇，人甚多，沿途来来往往趾踵相接，盖即为集兵滩，且有场，所以如此热闹。为避烦嚣计，我们折向左行，沿赴衡阳之大道，南到杨梅桥稍休息。于是雇了几顶轿子，以代脚力，慢慢地前往。约有二三里，到乾塘坳附近见一小土丘，有灰绿色泥土露出，颇似有化石之望，乃下来找寻不到五分钟，果然除介类及植物遗迹之外，见到若干骨片，大半为龟类。虽保存不佳，然因此而知确有骨化石之存在，不如以前之全不知有骨化石，所以十分重要。我们每个人都很兴奋地进了衡阳县城，找东华酒店一小屋住下。至此我们衡阳旅行的第一部分告一完满结束。

我的姻弟王国章在衡阳服务，打听之后，才知他的工作地在以南三十里之东阳渡。经约定次日前去一视，兼可看看附近地质。第二天早晨我们坐兵工署的小汽车前往,在上游三四里地方渡湘江,沿江东岸南行不到半个钟头,过了许多红色岩层所成的向斜背斜小山丘,而到东阳渡。地在江边,附近之二阶梯地形甚清白,江以西古生代所成之小山一排,清晰在望。我们到他们的临时办事处,始知他正在车站工作,乃又到车站,为粤汉路一小车站。看见他正在指导装卸军火,大半为炮,运来后须检查配齐试验后,即又分发各地工作,甚为繁忙。据说有时工作在十四小时以上。在烈日下,我们看到他面红汗流的样子,心中十分惭愧,像他们这样,才配说是"工作"。像我这样搬家忙,无事忙,无聊的调查忙,所谓工作者,不是无聊的自慰,就是自欺欺人罢了。我们在这里意外地吃到北方口味的菜和馒头,吃完以后,即仍由他们的车送我们到车站附近的渡口,过江回寓。

我们调查计划定为盆地的东部,乃决定由船往大堡,水路有六十里。在船上看两边台地及冲积层甚佳。红色岩层所成之折曲,尤为清晰。大堡在湘江东南岸,由衡阳前往,过樟木市再三十里即到。我们舍舟上岸,进餐后即决东行,拟往一小镇名甑军岭,距此有十五里之遥。所经多为红土台地,其下之砾石亦因风化,布满山坡,但有时其下之红色层,往往露出。我们到距目的地有一二里之一山坡,见露头有灰泥状,乃相率俯视得到若干骨片。不一会儿,李悦言君说:"这不是一个牙床吗?"我们还以为他在开玩笑,他则以一小牙床见示,保存一颗第三臼牙,其为哺乳动物完全无疑义,或者且为较高之灵长类。于是我们全很兴奋,因历年讨论未能解决之问题,至此解决,衡阳非白垩纪,而为第三纪初期。

为要详细搜寻计,决在甑军岭住一天。尽一日之力,在附近探寻。说也奇怪,我们除在原地找些比较好的龟化石和另一地方得些碎骨和介类化石之外,并未再得其他好化石。昨天我们过那地方,天暮人疲,且将近目的地,不知如何忽然灵机一动,寻找竟得足以确定时代之化石,连我们本身亦莫名其妙,戏之曰:"龙骨显灵。"到第二天居然求之不得,益觉昨日之事有些神奇了。

结束了甑军岭一带工作之后,我们即东南行,意在寻其向此方向之分布。是日到了铁丝塘,一部分在古岩层所成之山中行,谷幽水清,甚富佳趣,铁丝塘距前地约三十里,附近红土甚多。以东之山,为古生代岩层而非花岗岩,因我们沿一谷东进许久,且登高瞭望,只远处有花岗石之可能。在此住宿,到夜间曾一度闹匪警,一夜不曾好好睡。次日往以西之头狮岭,沿途露头甚佳。头狮岭附近红土尤多,所谓岭者,即由红土所成。下午我们外出,看到受训练之新军甚多,皆北方人,接谈后,知其"敌忾同仇"之心甚盛,不胜敬佩。次日向泉溪市前行,仅十五里,途中大雨,时稻禾正盛,山坡树草尤茂,悉在雨雾中,亦为不易得之一种佳境。泉溪市在耒水东岸为一大镇,西距衡阳三十里,但我们为要多看以南地域计,不回衡阳,而折南行,打算到耒阳一带。这一天即折南行,初在红土及红色岩层所成之台地上行,继又走到河旁冲积层,因已离大道,乡村情形格外清苦。在杨柳河附近过河,大雨之后,河水大涨,很不易渡。渡河后南行,有许多地方路均冲毁,穿行至为不易。下午到观音桥,为粤汉路之一小站,公路亦距铁道不远,实为平行线。

由此三十里到春江铺,看附近之安山岩,确为红色层中之物,甚有兴会。次日沿公路再三十八里即为耒阳县,为盆地边缘,但由春江铺南行,山势迂缓,耒阳附近较粗之堆积甚少,以南则为较古岩层所成之山区。我们由此搭汽车入山至永兴盆地,亦有红色岩层,分布虽少,而岩性与构造,同衡阳红砂岩系甚相似。由此到郴县住宿,郴县为湖南一大县,以南即为山岭,山岭因无时间前去,乃决搭火车回衡阳。因沿铁路可再一看永兴盆地之剖面。不幸山雨太大,路轨有碍,我们自上午等车一直到黄昏前,始得上车,须夜中过此赴衡,兼之白天在车站呆等,亦未游览。所可述的就是柳县,虽为湖南境,而广东化的程度甚高,此与石家庄之山西化、宜昌之四川化盖相同,实研究人文地理者之有兴味的问题。

　　在衡阳休息了数日,并得便往北(沿公路)到北塘附近,看有化石地点,盖与前发现化石地点之乾塘坳甚近,得了许多龟化石及螺等。其次的计划,即为勘察衡西南部分。原先打算由郴县回后,便道往水口山一去,后因其他困难与时间限制,只得作罢。我们由衡阳沿往桂林的公路向西去,由城内雇洋车前往,倒也十分舒适。晚抵白芍铺,沿途所见,仍多红层,不过以南以北,均有孤山陡起,显为较老之古岩层,次日前行,一度舍大马路西南行入山,得二者之正常接触,仍寻原路回。再舍公路北行,因至此我们已得边缘,无再沿大路前行之必要。当晚至一小镇,名大水江,地方虽小,而我们所住的小店甚清洁,为出发以来之冠。镇在群山中,风景佳丽,我们沿一谷西行,在红色砂岩所成之山谷中,树草葱郁,溪水羊肠,可令人忘倦。在距镇六七里之地,得红层与古生代岩石之断层接触。目的方达,大雨倾来,只得冒雨而返,路窄泥滑,大有行不得之势,比回旅所，已衣履尽湿。

次日由大水江又东北行到新桥，在蒸水岸，地虽大而旅店少，乃又沿河北行，宿阴坡，其污浊亦颇可观。次日西行许多里数，地名与图不相符，可见所测图之简单。夜在将军店之学校中宿，次日再西行。到演陂桥，已在古岩层中，接触处即在其以东不远，此为我们调查衡阳盆地西北之终点。由此折而东，又到盆地中之台源市，由演陂桥到台源市，所经剖面甚完备，可助人了解红色盆地之历史。次日北行到高亭司，又南折到关王庙，除看接触外，并在古生代岩层中行，由关王庙出山，沿边缘到杉桥，亦在距接触不远地点，此等红砂岩，按地图向北伸出，分布甚广，至衡山西北，而与湘潭红色沙砾相连，我们时间所限，至此告一结束，次日即由杉桥回衡阳。计先后在衡阳调查共约一月，以城为中心，分三次，将各方面之红层均做一勘察，因构造层序及化石方面之所获，深信湖南之红色岩层，不易区分其可代表一沉积时代，且确为第三纪初期而非白垩纪。

在衡阳整理了一天材料，次日搭车回长沙，这时已六月初，天气炎热，在"寻骨为谁忙，三度过衡阳"的情绪中，我离了衡阳，安全地到了长沙。

别矣长沙

这一次回长沙，没有遇到警报，但不几天，却有惊人的消息，就是因徐州不守战线后移，人心又紧张起来，地质调查所又有搬家之说。据说是这样，所址名义上仍不动，由干部人员驻守，在重庆、桂林和昆明各设一办事处，使工作人员分散，一言以蔽之，即为狡兔三窟之计。我对此事无权置可否，所可知的，就是要我到昆明去。《地质论评》暂行在长沙出版，由田季瑜编辑。就我本人讲，当然很好，因久欲去而不能去之云南，可因此而实现，因此我即赶编《地质论评》，希望走以前可以告一结束。自此我知长沙不能久居，离别在即，不免对之颇生留恋了。其实长沙于我也无所谓好，仅于个人历史之一页中，留些印象而已。不过所最痛心者，我由平到湘，乃至许多中央机关（包括地质调查所在内），由南京迁长沙，满以为湖南为西南中心，又有重工业中心省之建议，可以不成问题地为抗战核心，复兴基础，所以前次临时大学有西迁之说，有人十分非难，我也觉士大夫之以"跑"与"找安全区"为说不过去之事。就情势讲，长沙人心尚静，比南京初失守时好得多。只以徐州不守，战线日向后推移，为安心工作计，不能不做迁地为良之打算。就我本人讲，对长沙的离去，与其说是惜别，毋宁说是可怜。难道说这一个襟山带水的城市，也要步其他无数名城之后，沉沦于无人性的贼寇的铁蹄之下吗？今朝别去，将来能否再来，殊为疑问。在这种情绪之下，我转觉短短七月做客的长沙，也和二十年为故乡的北平，一样值得留恋了。

我所服务的地质调查所，虽云尚存在此，然实际仅为躯壳。在此七月工作从表面上看来，十分紧张，然试一自问成绩，于国家贡献者究有几何，再一比抗战健儿死难之烈，无辜难民流离之惨，真叫人惭疚得无地可容。我结束了一切，距行期近了。季瑜于无形中不胜其感喟，尝说："长沙要寂寞了，大家都要走了！……唉！"

真是仅就地质界言，若拿中国地质学会开年会时的空气，和现在的空气一比，那真可说有天渊之别。那时候大家全计划着如何如何工作，如何详细调查湖南地质，现在则是如何离开，取道汉口、贵阳还是桂林。一念及此，虽铁石人亦动悲肠，何况富于感情的季瑜，何况长沙有他心血结晶的湖南地质调查所。有他的妻子，并有他的一切……

我本想在离开以前，再一谒丁在君先生之墓，但因时间来不及，只得作罢。今年一月五日丁墓如此热闹，未知明年又是如何呢？丁先生有知，看到我们流离失所的情况，也要洒一掬同情之泪吧！

这一天我别了一切友人，尤其我七月作家的流芳里三号，季瑜夫妇那样亲切地视同骨肉的招待，更增加我的别愁离恨。我不爱听的一句话："你们现在到安全的地方去了！"虽然，我是到比较安全的地方去，然而我在许多方面，若是可能的话，宁愿在不安全的地方，和民族的战士们共甘苦。

别矣长沙！再见！再见！

民国廿七年六月完稿

云 南 初 印

长沙到昆明

离开长沙，不是一件容易的事。由长沙到昆明，有三条可能的路：一是取道公路经贵阳前往；二是取道桂林、南宁经安南前往；三是搭火车到广州转香港，由海路到海防前往。由桂林转柳州、贵阳前往，据说亦可走，但可能性更小。由沅陵、贵阳前去，最为简易，但问题在如何能购到车票。据说路既坏了一部分，且挂号已挂到一月以后了。我为备万一计，决定先挂了一个号。取道香港道迂而贵，比较起来，以第二条路为较妥当，但由长沙到衡阳一段，也是问题。火车甚挤，而公路不易购到票。幸天无绝人之路，谢季骅因要赴江华就新职，接洽了一辆车，几经交涉，始得成功，所以我们决附他的车往桂林。我们同事，一道往昆明的，为卞美年、许德佑二君，其他除季骅外，尚有往桂林的许多人。六月二十七日的早晨，我们便凄然地与长沙作别了。

由长沙直到衡阳以西，大半为旧经之地，无足可记，不过过易家湾、下摄司等地，看新在建设的那些工厂等，工还未完，将来命运又如何，也够令人寻思的。美丽的南岳，从汽车的窗口慢慢地过去。衡阳一带，我调查的地方，许多曾经停留过的山坡、溪边、树荫、店口，而今又一刹那地再见，又一刹那地别去了。感念到多灾多难的国家和到处飘零的自己，除叹息而外，还是只有叹息！过了衡阳不远，又为新的眼界，依然是绿的原野、黛的山岭，好一个锦绣山河。车到零陵休息，我们入城午餐。城为一标准的内地小县治，代表中国文化的城楼、城垣、市面，行人和平地往往来来，若不知国内许多地方已在强寇的铁蹄之下者。然而中国的命运，是整个的抗战胜利，大家同为太平之民；抗战失败，大家同做亡国之奴。其间并无什么轩轾，那么这里表面的和平气象，也不过是时间的问题罢了。

由零陵西行，再过一程，即为黄沙河，为湘桂两省交界地点。虽在河东，而广西式引人注意的标语"建设广西，复兴中国"的大字，已赫然呈现于吾人的眼帘。实在说起来，这不只是标语，广西的人士确照这样办。此等标语之所以特别引人敬佩，而不致像其他地方标语之引人不快者，也就是这个缘故。我们由浮桥上走过黄沙河，汽车随后赶到，再继续前往，到了兴安，又是我旧游之地了。因为那一年我由广州入桂，曾由桂林北到兴安，县治南数里，中有一洞，内有化石甚多，此次在汽车道旁，尚可望见。下午四时许入桂林城，许多街道顿改旧观，可见其建设事业之猛进。我们住在环湘旅店，天气很热，稍休息后，即出外访李仲揆先生。因中央研究院地质学研究所由京迁桂，李先生仍主持各工作，晤谈之下，对我们去滇有许多期待，关于国家前途，我们也谈到，只有一步一步走着看之一法。

在桂林住了一天，除在公路局有政府接洽车辆及出境护照外，也就是访些朋友。晚间李先生邀吃饺子，作别回寓。次早清晨出发，我们包了一辆汽车到南宁。第一日到柳州，第二日午到南宁，此地亦为旧游，真是河山如故，感念全非，一片片富于画意的石笋状的山，配着石灰岩区所流出的碧水，又兼天气宜人，自然令人畅快。不过由桂林到南宁的车，不如前之舒适，亦自有些疲乏。在南宁住乐群社，为公营招待旅客之所，甚雅洁。南宁当我上次来时，尚为省城，两广事变后不久，始移桂林，今虽非政治中心，然规模之大及地位之要，依然不失为西南重镇。在此只宿一夜，往日游地，亦不及重访。次日购到往龙州的车票。这一段旅行，极不舒适，车上人与行李杂堆在一起，而且挤得不成话，无论车开车止，都有说不出的苦处。幸而两边山水很好，竹笋式的山，虽不知桂林、柳州等地之多，但也有数处，尤以将近龙州一百里左右以内，那些山区人少树盛，热带性十足，公路在山岭中蜿蜒绕行，工程之大可见一斑。下午到龙州寓镇南旅馆。龙州为边防重地，以南不远，即为交界，置有龙州对汛边防督办。凡出境者，须在此办护照。我们一行，已由省政府来电，应当手续简单。无如到日适为星期六，且因车误点，过了办公时间，只有待星期一再办，星期二始可起身。如此便要在龙州住两天。由我们住的旅馆，往城市须过一大桥，市面相当繁盛，有几家大饭铺，均广东式的饭食，盖在华方各地，广东商业势力无论远近，无不深入。桥旁有一中山公园，规模甚大，树木既多，亭榭亦夥，两天中无事去了好几次。星期一将护照手续办好，次日乘汽车出发，此汽车来往谅山、龙州间，因国际观瞻所关，所以特别讲究，皮垫，并按号入座，所以虽座位甚窄，但并不拥挤。初行一段路，与来时相同，由此先到凭祥县稍休息，此为最南之一县，再南不远即为镇南关，距交界不远，此地有对汛公署人员检查护照，停了许久。门前有一城楼雄峙于两山凹处，势颇雄壮。出关后，山势陡降，有界碑峙立道旁，则已为法国殖民地之安南*境。安南原为我国藩属，其文化受我熏陶者数千年，中法战役，黑旗军在谅山一带屡立战功。乃以当局目光短小，终于屈辱，割安南于法，法人经营安南仅数十年，然已吸尽脂膏，使安南人无从翻身，亡国之痛惨，于斯可见。我前在西贡已感到安南之不易独立，今由桂入越，印象仍前，在同登受法人严密检查。即由此上火车，在车窗中可见山坡上两国之界墙起伏。那一边就是我多灾多难的祖国，这一边有法国的海军营炮台等建筑，相形之下，觉我们应努力之事，实在太多了。过谅山未下车，由车外看，尚觉很繁盛。倘使中法之战，我国不屈服，不但谅山为我们的，恐安南民族的命运，也不致这样地残酷吧！我坐在车内这样痴想着，看到二等车中法国人那目中无人的气概，与车外安南人那种忘其所以的神气，被日人占领下的中国，不就同这样情形一般，甚至更残酷吗？想到这里，更觉到窗外山水的可爱，那灰岩所造成的喀尔斯特地形，不也就和广西一样吗，富于热带美的林木茂草，触目皆是，又感到自去年七月七日以来，我流浪得距北平愈远了。

　　下午到安南的都会河内。地在红河旁，跨河有铁桥，除中间为

---

*　安南，越南古称。——编注

铁轨外，两旁可通行人车马，下站后，住天然旅馆，为国人经营，沿滇越路均有支号。在河内住了一天，访安南地质调查所，其所长回法，由索伦等招待，并参观其陈列馆，内容除安南各地材料外，云南之标本甚多。谅山附近，洞穴中之骨化石等亦不少，彼等最近在以南某地新采恐龙，亦为珍贵之品。在流浪中的我，看到他们这等安闲工作的情形，真令人钦羡，承他们一番好意，允许将其所中出版品，送一份到云南我们工作的地方，盛意可感。在河内除看了地质调查所外，就是游览都市，我们因时间有限，只游了一次公园，完全热带风味，主要的马路也跑了跑，法人区与华人区分得甚开。全市随处均有我国以前来此开拓或宣扬文化之名人住宅遗址，或祠堂，想见我昔日国威之盛，感人之深，今则不但一切的一切，在白色人种的铁蹄之下，而我抗战，尚有赖安南庇护之处。抚今追昔，真有啼笑皆非之感。

由河内往昆明，可以购通票。为节省旅费计，购三等票。由此赴昆，有一种快车名米士林，因行李太多不能坐，且闻路轨有损，亦不畅行，所以只有坐慢车，须走三天，白天走，晚上住店。这一日在酷热的天气下，由河内起身，重过大铁桥，即沿红河而上。由河内到劳开*，大致均沿红河，并且逐渐升高。沿途各站地名均有中国字，不过古怪的名字居多。许多地方风景甚佳，沿山尽树林丛郁，尤其在将到劳开那一二百里间，香蕉树与松柏杂生遍野，完全为热带式之丛林，晚间车抵劳开，地为中越交界，与河口只一河之隔。

---

* 即老街。——编注

下车后赴检查处验护照，由天然旅馆招待尚不觉麻烦，因天已晚不及过境，只得再在外国住一夜。其实河口国界乃为后定，以南及班洪一带，原为中国领土，竟因外交一再失败，多方割让，殊为痛惜。这一夜旅店比在河口稍觉舒适，不过竹杠甚著，一房间，越币二元四角，合法币四元左右，此外尚有外项，旅客无法，亦只有忍受而已。

第二天早，即收拾行李，仍由车站上车过桥。盖河口、劳开有一支流，入红河口，中越即以此河为界，河南为劳开，河北为河口，河口亦有一车站，车停后到中国检查处查护照及入境手续等。我们因手续齐全，尚无何麻烦，不过也耽误了一个多钟头。车一开即过山洞，入大山，由河口到开远，大半在群山中绕行，风景之佳与工程之大早已驰名四远。今天气甚晴朗，在群山中除听车声隆隆外，山色溪流历历入目，路轨沿河谷行而穿割山洞甚多，有许多瀑布如白练悬空中，蔚为大观，愈向上，坡度愈高，尤以白寨、正村间路工之巨，风景之佳，为全线冠。午间到一地，因山洞塌毁，须换车前往，步行约二三里。山地过后，地形顿显迁缓，盖已入高原之顶部，天气已大凉爽。前行不远，又有一段路轨冲坏，又换了一次车，因为车屡次换，车上无饭车，但经过一站，有卖零饭连担子挑上车来叫卖，如炒米饭米线之流，亦视为不可多得之上品，聊以充饥。下午过蒙自盆地，蒙自城即在望，再前为碧色寨，为蒙自重镇，由此有一小支路通锡矿中心之个旧。是日因换了两次车，误点甚久，于晚八时许始开远县，又下车住于车站附近小旅馆中。

第二天早晨，又上车，为赴昆最末之一日程。所经山洞仍甚多，但山势迂回，不如昨所经险峻。开远附近布沼坝产第三纪煤田，所中近派员详勘,又卞美年君去年曾来此,许多地方为彼旧游,向我等指点,如数家珍。车至宜良县境某地,又因山崩毁路轨须换车,盖云南正值雨季,山洪急湍,遂有毁及轨车之事,三次易车,自增麻烦不少,又越一岭为滇越路最高点,约二千公尺,由此稍下,即入昆明盆地。于下午五时,安抵车站,下车后自不免一番盘查,我们初到,亦无人接,乃依卞君意见先至青年会一视,因卞君去年曾住许久,或有法可想,到后各室均住满,经特别通融住五楼客厅中。稍休息后,至街上各旅店打听,均告客满,昆明之骤趋繁盛,可见一斑。

我们计六月二十七日由长沙起身,七月九日到昆明,连途中耽搁算在内,共走了十三天,去年此时做梦也未想到今年跑得如此远,现在我的漂泊生活,又转入另一新章了。

说到昆明首次被炸

初到昆明,即接洽及筹备成立地质调查所昆明办事处,其他应来滇之同事,仍均未到。幸有卞、许二君,得臂助不少。而朱仲和去年由京经湘来滇,从事铜矿调查,适在昆一切帮助亦多。我们几经商洽,始得翠湖通志馆内三楹作为办事地点,金碧公园万字楼上一部,作为化学实验室。办事处于七月二十五日开始办公,取道贵阳来滇各同事,亦先后到达,共二十余人,调查各事,除已在滇工作者外,均已部署,先后出发,一切事尚称顺利,只是觉得吾等工作,缓不济急,未能对抗战发生真切实效,令人惴惴。

昆明高出海面一千八百公尺左右，所以虽地近热带，而天气凉爽，又兼夏季多雨，所以有时夹衣尚嫌凉。提到雨，令人不觉回想到长沙的雨，不过这里的雨与长沙不大相同。长沙的雨，为绵绵细雨，多日不息；这里是急骤暴雨，雨后即天晴，故一天可以下几次，一天可以晴几次，富于热带色彩。据说自秋末至来年夏初则雨量甚少，号为干季。夏不热，冬不冷，可以算是理想的气候，不过又有人说此等气候太好，使人失掉对于严寒酷暑的抵抗力，然这可以说是过虑，谁真要在昆明住一辈子不成？再就是此地人多吃不到海盐，多生大瘤于颈部，据说因内地盐无碘质之故。但这也是慢慢发生，不会突然生长，也用不着过虑。所以目前只觉得昆明的美，市面相当地整齐，因时雨时晴，所以空气常保持清洁。最令人满意觉得比长沙好的，为公园的多与美，在长沙虽然有名胜的岳麓山，但究有一江之隔，往返十分不便，城内还有几棵树和一些空地的地方，就只有民众教育馆和天心阁二地，其他便是街市区。在昆明近郊的风景，我暂且不叙，单说公园，就有好几个。南城的金碧公园，地狭人闹，无何可取，至多不过如长沙之天心阁，而整洁尚不如，姑且不谈，但北城之圆通公园与翠湖公园，确为昆明增色不少。圆通公园因圆通寺而得名，寺即在园内背后，依石灰山势修成，有洞水流，有小型之喀尔斯特地形。依此优美之地势，有许多亭榭牌坊、花草树木，杂然并陈，自成佳趣。而且登高一望，不但全市尽入眼底，远如滇池、西山、东山，亦一一在望，附郭稻田尚未熟，自高处望去，宛如一片绿海。园内之寺宇，亦十分整齐，香火甚盛，并有茶肆供客品茗，所以每逢佳日，士女如云，诚城内惟一胜地。至于翠湖公园，亦为不可得之胜地,遍湖尽荷花茨菇之类,穿湖有马路数条,树木夹道,亦自宜人,环满各路,为理想之住宅区。开轩一望,翠色可餐,湖内有建筑数所,最富丽者,为翠湖饭店,由一古寺改建而成,由当局租于法人经营,为西人及中国之阔人息寓之所。湖北缘有昆华图书馆及通志馆,我等之办事处,即借自通志馆三楹之地,权为漂泊时暂栖之用。院内虽荒芜,然时花杂草,古柏清池,亦自可畅人心神。

昆明虽如此佳丽,然究因僻处边陲,平时内地人士来者甚少,即去年西南公路初成时,褚民谊一行到此,亦自大吹大擂,有如哥伦布之发现新大陆一样。圆通公园亭中尚有碑纪其功勋,可见一斑。自抗战以来,外省人士来者趾踵相接,尤其自西南联合大学自长沙来昆明,国立北平研究院设办事处,国立中央研究院一部分移滇,昆明蔚然成为文化中心,而其他军事、行政机关来者亦多,遂成为后方重镇,市面也繁荣起来。最令人感觉到的,就是旅馆、饭馆、理发馆之座常满,每到下午以至深夜,正义路、金碧路,游人如织,宛然如长沙之八角亭一带。昆明真成天之骄子了。

我在青年会住了两个多星期,感觉到久住亦非常局,而只身亦不易解决住的问题。联大孙铁仙君为多年好友,住富春街六十四号,坚邀我去住,于是就移往,因距通志馆较近,免跑许多冤枉路。在孙家系与物理学家饶树人同住,我起先住在孙先生的书房,后来因国桢南来,移居饶先生所余的那一间。自去年由平南行后,平寓家人如何处置,成一大问题,久居平不好,南来亦非久局,所以在湘七月,对此事始终未决。及来滇议决,觉滇或可久居,乃去信北平,请斟酌为之，或全来，或只来一部分。国桢在平，知我来滇，即决只身来此，留诸儿在平，托亲戚照料。她于七月十六日离平，八月十日平安到此。她此次只身南来，富有意义，不过一念及在平诸儿，尤其是他们的教育问题，仍是令人时刻在念。抗战一年有余，骨肉流离失所者，何止千百万人，像我们这样的漂泊，已是受国家厚恩了。目下只有勉尽职守，其他一切苦痛，只有忍受而已。

昆明地处边陲，地势又高，在群山中，敌机前来匪易，不过也并不是不可能的。敌人在广州湾得据地后，尤为可能，果然昆明也闹起警报来了。九月二十一日即有一度虚惊。嗣后即有两次警报，但均未有敌机侵入市空。二十八日这一天，天气晴而空中云彩多，八点许我即由寓至通志馆，不到半点钟，即有警报之声，初尚以为仍为虚惊，乃不十分钟，即于飞机声外有炮声交作，嗣后又有隆隆轰炸机声现于西北，始知敌机真来肆虐，如此闹了十多分钟，再经过许久始解除警报。一会儿有同事自外来，据云敌机来者共九架，全为轰炸机，在小西门外潘家湾投弹，死伤甚多。此外稍有一点慰人的消息，就是传有敌机三架被我机击落。午间我由通志馆回家，路过红花桥一带，看到许多救护的人抬着受伤的人往医院送，其状甚惨。回到寓中，相互道当时情况，他们由楼上到楼下暂避，虽距潘家湾甚近（不过里许），尚未大震动。国桢于事后并一再到出事地点参观，据云残垣破屋已不忍睹，断臂遗脚尤为惨然，事后计死难者六七十人，受伤者二百余人，因觉损失甚大，然亦不过无数血债中之一小笔而已。

自此次轰炸以后，昆明起了一个很大的变化：稍微有办法的人，均出城在乡下找地方，一般商店均关门大吉，有如过旧历年的意味；大多数的机关，更改办公时间，自下午三时或一时起才开始工作；每日清晨各城门外的人可谓人山人海，城内宛如死城。这样正中了日本人的下怀，真可痛心。日本飞机不远千里而来的目的，岂不是就是要扰乱我后方的人心吗？未来的事无人可以预测，然而今天应做的事仍应照规矩做，乃为毫无疑问的问题。炸弹的威力，也只能动摇一般不懂做人道理的庸才罢了。

在这样的情绪下，我们一天一天地过着。

廿八年一月完稿

西南漫话

引言

我于二十七年七月由湖南到云南，以昆明为中心，在云南住到二十九年十月，才离开昆明到陪都附近的北碚。在此期间，除短期到重庆一次外，在云南境内也跑了一些地方。当然于工余之暇，想把在西南所看到的自然现象和著名的景物择要记出，名之曰"西南漫话"，心目中所要讲的题目，不下二十个，原想发表完毕之后，再汇印成册，并想附入若干必要的照片和插图。

不料此计划因故未能实现，一共只写了十二篇即辍笔，因此后即到四川，虽也似有东西可写，然因没有发表机会的鼓励，也就中止了。今于编《抗战中看河山》一书之时，检视西南漫话旧稿，十二篇中，一部分记载西南山水，一部分为我亲见亲历地方，如路南、禄丰等地之描写，正可以代表我所看到的西南河山，所以把它列入本书，而把续写和另出单行本之计划打消。这十二篇东西，正代表我在昆明将近三年的旅踪，把前边所记及后边所记，衔接起来。

喀尔斯特地形

在北方住惯了的人，看到中国式山水画，往往以为所画的奇起奇落的山水，是理想的作品，并非实有其物。但曾到西南如湖南南部、广东西部、广西、贵州、云南等省游历一过，看到这奇形怪状的山峙立原野，便知中国山水画上所绘的，不是臆想，而是写实。按此等山形，均为石灰岩或白云石造成。西南各期石灰岩分布极广，所以此等地形也特别发育。世人最早知道的是桂林，所以有"桂林山水甲天下"之称。桂林城郊，有不少此等奇起石山，城内亦有一个有名的独秀峰。但其他各地，此等地形更多、更发达。如阳朔附近，虽然其成立之原因与桂林相同，但确乎伟大，无怪又有"阳朔山水甲桂林"之说。此等石灰岩区的河流，内含泥沙甚少，澄清异常，又往往与山脚迫近，水呈碧绿色，两两相形，真是十分清幽，令人可以忘倦。以前在北方常听到唱词有所谓青山绿水，但事实上，北方的山或者有一点青的意思，至于水，实在谈不到是绿的，此等青山绿水的美景，实在是描写南方山水的最好词句，而不是仅看过北方山水的人所能想象的。

按此等地形，通常称之为喀尔斯特地形，在欧西已有，而中国之西南部亦分布甚多，较之分布于西欧洲地中海沿岸者有过之无不及。虽然此等美的风景，为我国文人雅士所赏述，艺术画家所描写，远在欧洲人士了解他们的喀尔斯特地形以前，可是因为未经科学的研究，终于相形见绌，甘成落伍。其实关于喀尔斯特地形，应以中国西南各省者最伟大、最复杂。其中包括许多纯粹科学的研究，尚少人过问，如能有人加以努力，必可于此等学问放一异彩。我国从地理上之见地言，无一不表示我民族我国家之伟大。如言河流则有长江大河，言山脉则有昆仑天山，他如戈壁沙碛、黄河平原、西藏高原、西北各省之黄土高原、四川盆地、三峡峡谷，乃至西南之喀尔斯特地形，无不成为大观，在世界几找不出可与相比者，表示泱泱大国之风度。此等良好环境，无论研究与利用两方面，惜尚未做到良好的境界，不但国力因之衰微，亦以启野心者之觊觎。

关于喀尔斯特地形的论著，虽然很少，但也有几篇。关于广西的，我在《广西几种地形概述》（《地理学报》第二卷第二期）及《论两广新生代地质》（《中国地质学会志》第十四卷一七七至二〇九页）二文中均约为叙及。二十五年马希融作《云南石林地形学上初步之观察》一文（《中华留日本帝国大学同学会理科论丛》第一卷第一期），于云南路南县石林一带的喀尔斯特地形，亦有所论及。同年《地质论评》第一卷丁文江先生纪念号中，有高振西君《喀尔斯特地形论略》一文，于喀尔斯特地形之生成及中国西南各省此等地形之分布，做一概括的叙述。凡这些出版品，不过是初步研究的开始，说不上正式的研究。因以前交通不便，能来西南的人有限，不易做详尽的调查，这是不可否认之事实。但如能参阅这几篇文章，关于西南分布最广之山水，亦可有初步的认识，不致视为神秘。我国古时文人多好山水之描写，但除徐霞客漫游西南，其所记载颇有科学的见地外，其他均多神奇或臆想之词。今各文化机关迁西南者甚多，科学界人士亦集中西南都市，各项地方性学问之研究，朝夕从事者，大有人在，喀尔斯特地形之研究，亦为一端。我今论此，并非欲对此问题做实地详尽之叙述，因实地详尽之叙述，尚有待于实地详尽之调查与研究。不过聊以解释一般人对于此名山胜水之神奇观念，并略述实地研究应注意之点，以引起同好的注意罢了。

欲打破一般人对于喀尔斯特地形神奇之观察，当略述喀尔斯特地形之成因。一言以蔽之，喀尔斯特地形由于化学溶解作用而成。因石灰岩及白云岩均易溶解于水或碳酸，别的岩石与岩盐及石膏自然也可以被溶解，不过地面上分布较少，而石灰岩与白云岩较多，所以所有的喀尔斯特地形，差不多完全由此二岩石而成。在西南各省，石灰岩的分布最多，所以此等地形也特别发达，以倾斜较平，或近于平的岩层为最适宜。因为水沿岩石的节理向下流，沿流水处的岩石逐渐溶解，水流不到的地方，或不常流的地方，则可免除溶解。于是高者愈高，低者愈低，而形成柱状之孤山。在广西常见到峰巅在孤山当中的，其岩层差不多平铺，而峰点倾斜者，其顶点常在岩层倾斜最高之一端。因此等流水经过地域之曲折不同及地下水面升降之关系，造成许多地形上之奇观。最普通者当然为洞穴，因水性就下，在岩石中流来流去，所过之处，岩石为之宰割，有的成为巨洞，有的成为其他形态，要视其溶融之程度如何而定。最著者为天生桥、渗孔、漏斗、溶解谷、潜水道等。此等当于灰质之水，愈流含量愈多，遇有机会，又要分泌而出，于是成为钟乳石等，成为许多人赏叹的名山胜景。在其他岩石，便不能成而奇观。既因需要水或至少一定时期不断之水，方能成喀尔斯特地形，故连带的条件，需要气候潮、雨量较多等。如在我国北部，虽然在石灰岩等分布较多的区域，而在现在的气候下，也不能有此等地形形成。

在西北各省，黄土与红色土发育的地方，于河流两边，如地势合宜，也往往成为类似的喀尔斯特之状态。但此只为相似而非真正的喀尔斯特地形，此盖因黄土等具有直竖节理，夏季大雨时，水挟泥土以去，土层沿节理崩倒，遂成此现象，纯为物理的侵蚀而非化学者，不可相混。

地质上许多现象，非短时期内可造成，喀尔斯特地形亦是如此。虽然说此等石山由化学溶解作用而成，但以短短的人生，绝不能看到一巨大的石灰岩或白云岩区成为喀尔斯特的状况。一般人对于此理或者还有不相信的，但稍受科学训练与具地质知识的人，自会知其非妄。据我们在广西及其他地方考察的结果，知此等喀尔斯特地形之造成，就可考者言，可以追溯至第三纪初期，乃至中生代末期。因为在广西郁林、贵县一带，看到第三纪初期红砂岩覆在已成为喀尔斯特准平原的上面，而以后的各式形态，或者表示衰老之状，或者表示为方兴之形，甚至有次生的石灰砾岩，因受同一影响而成为类似喀尔斯特的地形。所以细为区分，无疑成为若干周期，不但为地文时期比较之助，且或可与新生代若干地层之生成与销蚀比较。所以喀尔斯特地形的研究，须具地史的眼光，乃为基本的需要。此外各种石灰岩、白云岩的时代与成分，于此项研究，亦十分重要。因不但因成分之异同，可知某地最合于喀尔斯特之发育，某地不宜，岩石成分确定以后，遇有砾石造成之喀尔斯特，亦易区分其先天的关系。至于喀尔斯特地形之客观的描写与分析，如漏斗、盲谷、天生桥等之实地测写，自为题中应有之义，可不必深论。

总之，自然伟大，一草一木，可供吾人之研讨者甚多。喀尔斯特地形，为文人雅士所欣赏不置者固多，然叩以成因与演化，则多所不知。日前某报刊有贵阳附近某山洞游记云，洞长六七百里，入口后自某县复出，荒诞不经，甚为可笑，实为不求甚解与科学落后之象征。目下西南交通日繁，人文渐盛，此等对自然真正认识之工作，不但在科学上为要图之一，即于训练人之思想与增进游人兴趣上，亦有其必要。喀尔斯特地形，不过各种研究之一端罢了。

西南的山洞

我国西南各省，石灰岩、白云岩分布甚多，又兼气候条件适宜，所以成就了许多风景优美的喀尔斯特地形。在此等地形中，最著名而多见的就是岩洞。岩洞的造成，自然也是十九由于地下水的化学的溶解作用而成。在非典型的石灰等岩区，有时也可以造成山洞，不过不如喀尔斯特地形区之多而易。别的岩石，如花岗岩、砂岩等，也有时有小规模的山洞，但大半都是既浅而小（有时竟有人工加以扩大，不可不注意），虽其造成另有其他原因，然而严格言之，未便目为真正的山洞。所以真正的洞穴，还是以石灰岩区的洞为最佳。此等洞在西南各省分布甚广，今姑且举此以为谈笑之资，略论如下。

这些山洞的成因，如上面所述，由于化学的溶解作用而成。水自上面沿节理而下，无隙不入，其所经之地，沿途岩石即被溶蚀，因而空洞愈来愈小。水量如加多，更可增加溶蚀之速度。如遇当时地下水平而适宜，流水不再努力下蚀，而作平面之溶穿，于是即可造成平面之空洞。盖一般所谓洞，指顶部全为或大部仍有岩石，一洞口或数洞口，由岩壁向外。此等洞口不一定即为原来之口，也可由以后的侵蚀作用，或岩石崩倒，将原来之洞切为洞口。

因流水之水道，系依当时复杂之地下岩石节理与硬度情况而定。故所成之洞形，亦至为复杂，而不规则。严格言之，恐世界上无两个完全相同之洞，洞中常有钟乳石形成，此盖由饱和后之水，遇有空隙，灰质又分泌而出。有者自洞顶下垂，有似冰溜，有自底部直起，有如竹笋（水自上下积聚而成）。如无杂质，其色纯白，但通常外表为灰尘所污，呈灰黄色。有时沿洞壁因地势沉积形成许多奇形怪状，可以由好事者予以假想之名称，如观音、十八罗汉、狮虎等，不胜枚举。从风景之观点言，实为吸引游人之动力。有因形态及地方之关系，击之成声，或似鼓，或似钟，或似锣，一任好事者之推想。然一考其实，皆钟乳石因形状与密度不同，故所发之音亦异。甚至有似科学家而实非科学家者之流，竟指奇形怪状之钟乳石为古代爬行动物。如民初宜昌附近山洞所见，及前数年南京附近某洞所宣传，列之报章，腾笑中外。此实由研究太粗心所致。其实钟乳石之形态，一如天空之云霓，异形怪状，无奇不有，见仁见智，依心之所喜而言，实际皆非科学的研究。

山洞固为喀尔斯特地形主要现象之一，但在非典型的喀尔斯特地形区域，亦往往有山洞之存在。因或为古时地下水道所经，或由特殊供给流水地方，自亦可有洞之生成。详细推判，须一洞一洞地研究，不能概括论述的。但也有的山洞，或为以往喀尔斯特地形之遗留者，如北方许多地方，就现在气候言，实不适合于喀尔斯特地形，此等地形，系由在地史上某期曾有喀尔斯特现象，但至现在，此等现象未被完全摧毁，尚有一部分保留。

这样说起来，山洞之生成，一如其他喀尔斯特地形之造成，颇有相当悠久历史，非一朝一夕所能成功。所以研究洞穴，也得具有历史的眼光，今不过拉杂略述一二，以供对山洞有兴趣者之谈助，至于详细与真正之科学研究，尚有待许多方面的努力。

山洞之生成，系由水或含碳酸之水溶解而成。但水究该在何处溶解，何处不溶解，则要看那山环境情形如何而定，其原则上已述及。此地要补说的，就是山洞造成之主要原因，亦常因石灰岩易沿节理崩碎。所以物理的崩碎，也可以借加助力不少。譬如已由水的作用造成一小洞隙，其顶部之石块，有沿节理（自然又由水之助力）岌岌欲坠者，经过相当时间，必然下坠。如此交互为用，洞自益扩大，且自上部推移。此外如地下水面移动（自然也有许多原因），亦可使"洞带"向上或向下推移。所以我们在多洞区域，可见洞之排列并非毫无规则，往往沿某高处，常有许多洞穴，即是此理。如洞已在相当高度以上，距地下水面已远，则此洞可谓已停止加大，成为死洞，而距地面甚近，甚或在与地下水面相若者，自正在努力进行中。如西南各省，有许多洞之底面，向为流水所经过，即为洞之最新者。

洞既造成以后，不只是侵蚀，还有堆积。即由上下坠之石块或由外冲入之泥沙，均可堆积成层，其实钟乳石亦为一种沉积。此等堆积中，往往杂有各种化石，植物、介类及骨牙等均备。此为可以作为研究洞穴年代之最好资料。我国关于此等研究，已有相当成就，留待后论。

我国各式洞之分布与精详研究，实尚稀少。如前述喀尔斯特地形区域，真有无数之洞待我们去研究。如广西几每一石灰山，均有一或许多洞，有的甚高，有的甚低。桂林城内独秀峰中，即有一巨洞。著名都市附近之洞，往往为文人雅士游览之所，故每一洞中，常有许多题咏，歌颂洞之神奇。然细推究之，所言无物，无一具有科学兴会者。犹忆独秀峰洞内之洞壁上，即有残留之含介类与骨化石之留迹，随便可见。倘朱熹先生当年有机会一游，必可悟地质原理。惜我国文人，终未对自然科学用过科学方法，以致此等研究仍被欧西人着了先鞭。贵州境内此等山洞亦多，惜尚未加以科学研究。云南境内亦不少，经用科学方法勘探者，只有一个。反过来说，广西以南镇南关外谅山一带，其喀尔斯特地形，完全为广西之延长，而法国人对于该地洞穴之研究，已甚著成绩。相形之下，实增惭疚。至于欧西各国对于自然科学的研究，更是无微不至。他们对于洞的研究，已进为一种专门学问，名曰洞穴学。每年常有若干探险队，专从事于洞穴的探测，并组织有洞穴学学会，出有定期刊物。以我们现在的情形，和他们相比，不能不承认我们实在是落后。今西南各地有如此多而有趣的洞穴，实为一极好机会，倘不努力，将来未必不如谅山一样，成为外人研究的对象。

末了说到西人对于洞的欣赏，也并不在我们以下。他们著名之洞，洞内装有电灯，明如洞外。洞内各景，均加以科学的说明，游者入内一周，即可得许多常识，与了解自然美景之真实情形，非如我们的洞内，不是几尊破佛像，即为无聊之题咏。所以我觉得"游览科学化"实为必要之图，千万不要以为一经科学的解释，即索然无味。须知先有了科学的了解，然后探求的观念自可油然而生。必如此，不但洞穴的研究可以进步，即其他科学的研究，也可赖以促进。目下了解洞穴研究之重要者，尚不多见，但只从游览方面着想，也该使一般人明白，洞穴并不是怎样神秘的东西。本篇之作，亦即此意罢了。

西南山洞堆积与中国远古文化

在许多山洞中，并不完全是空洞，常有许多堆积，此乃由洞顶逐渐崩碎和以水力不能搬去之泥沙，再渗以含石灰质之水，其堆积往往造成很快，且很坚硬。此外如果洞底距洞外地面不远，于大水时，亦可由洞外引入洪流，挟带泥沙等，水退时亦可停留于内。至于由洞周裂缝所流注之水，亦可挟带泥沙，与钟乳石同时生成，亦可成为堆积，不过如无上二者为助，其堆积有限。

此等堆积中，往往夹有生物的遗迹，如植物的枝干、果实或叶子、介壳类的壳皮、脊椎动物的骨骼等。由各化石的研究，可以判定各堆积造成的时期，所以各洞穴堆积的研究，实为地史之一部分。大凡每一洞穴，其洞穴之造成为一时期，洞穴成功后，又造成堆积，为又一时期，有时此堆积又经侵蚀，大部堆积被冲刷而去，只有少许残留，而在此洞中又有新的堆积。于是每一洞中，可有二种或二种以上之堆积，其新旧间之不整合，无论在岩石方面或化石方面，均历然可辨。不过其不连续之情形非如洞外地层之为上下的关系，而可为竖的关系，即旧的东西亦可在新的之侧，甚或其上看到。所以洞穴地质的研究，不能以平常地层学的看法去看的。

我国西南各省，山洞既特别发达，自然洞中有堆积也不少，倘能彻底加以采掘与研究，必然有很大的发现。此等工作，虽尚未正式开始，然从各方面推判，其意义必然很大，兹约为一谈。

说到这里，我不能不略为一叙在国内外很驰名的中国猿人名地周口店的洞穴堆积。关于周口店工作，已有不少专门的与通俗的报告，我可不必详叙，这里所要讲的，就是周口店堆积，也是一种洞穴堆积，不过因时代较古，地形特殊，其洞之上部，已不可见，而我们所看到的，只是填满沉积的石灰裂隙而已。但察其洞顶崩碎之迹，与设想其在侵蚀以前之状，则洞之状不难了解。经近年研究之结果，知中国猿人与爪哇猿人间之关系至为密切，所谓爪哇猿人或者只是中国猿人之女性标本。此外如其他化石，如水牛、鹿等，其南方色彩异常浓厚。中外学者一致承认，当时山西南部到北平之交通必已便利，而欲寻找新的中国化石人产地，非如以前学者所臆想，要向西北去寻，而要到西南各省来找。恰好在西南各省，喀尔斯特地形发育的地方，洞穴堆积发育得特别好。其中也有不少含有化石的堆积，且有一部分含有石器，甚至有用过火的遗迹。所以不但证明了上述的理论，且启示未来的希望甚大。今先把已经知道的约为引述，以资谈助。

西南山洞中最普通的堆积，至少有两种，一种较古，一种甚新，两者成不连续之结构，其洞必有一次侵蚀时期，兹分别探讨。

老者所含之化石群，为一般人所称为剑齿象与白熊化石群。所含化石为剑齿象与熊、水牛、土狼、狼、熊、水牛鹿、竹松鼠和几种灵长类化石。此动物群最先在四川万县属之盐井沟一带寻获，被美国组的自然历史博物院两次大规模采掘，获得完好标本甚多。其中有两种灵长类化石，但距猿人均甚远，可不必深论。

以后万县的化石群，在中国西南各省陆续获得不少。最确切无疑的为广西武鸣和桂林北兴安县以南的山洞。前由专家采掘，得化石不少。此外如云南富民县属河上洞的洞穴，经地质调查所派人做三次采掘，尤以最后一回规模最大，几乎将洞内可采之标本完全采去。采集虽不多，而也有万县那样化石群的遗迹的，为浙江江山之山洞、四川琪县之某山洞和云南丘北之某山洞。

这些洞的化石，最常找见的为剑齿象和白熊，无疑与万县化石群同一年代。而就化石及其他性质，又可推知此等剑齿象动物群与北平周口店产猿人化石的堆积同一年代。所以西南洞穴中，很有再找见古代人类化石的希望。事实上我们虽尚未找到，但已有很好的启示。在广西武鸣一洞，于后期石器中（见下）找到一块石器，为由旧石器改作而成者，此表示在那一石器时代以前，还有一更古的文化。而这更古的文化，十九系与这剑齿象、白熊化石群共生。此外在云南丘北某一洞中，亦找得一块石器，据裴文中君仔细研究，认为确切有人工造作的遗迹。另外还有一块骨头，也像有烧过的痕迹。化石方面，虽未找见真正无疑的化石人，但在广西的药肆中，常找到一种猩猩牙（自香港药铺中，荷兰古生物学家王林曾收到二百多个猩猩牙）。卞美年君在富民山洞中，也找得四个猩猩牙。此种猩猩牙，和现代猩猩十分相似，但据魏敦瑞研究富民猩猩牙的结果，以为也具有若干原始性质。凡这些事实，都表示此等化石堆积相当地古，并已有文化遗迹。今后的工作只是如何能找见一保存好的山洞堆积，化石丰富，能做大规模的采掘，而得到化石的人类与其文化罢了。

现在再说到新的化石群。在广西许多山洞中，最常见的为一种灰黄色角砾岩，堆积中除含马鹿牛羊等化石外，还有介类化石甚多。此等堆积，充满洞中，在各山洞中，最常见的为此等堆积。上述老的堆积，往往只残存洞的角边上，显然表示经过一度侵蚀后，新的才充填其中。此等新的堆积中，除化石外，尚有石器甚多。我们在许多洞中均有采获。石器具有磨光及穿孔之石块，可见时代甚新，大约为旧石器后期，甚或新石器初期之物。此时代之人虽未找见，而其文化则因以班班可考，所述之介类遗壳，或即为其用以作食品而残留者，因此等介类，并不能过洞中生活。

此新的化石遗迹，分布相当地广。在安南谅山一带山洞中，安南地质调查所采集材料甚多，且已发表，与我们在广西所得者完全相同。云南、贵州虽未找见，而希望确甚大，也需要未来工作者之努力。

归纳起来讲，西南山洞中保存有两个不同时期的动物群与人类文化化石。古者或即为北方周口店之猿人文化，新者亦似可与周口店之上洞文化或其他较新文化做比较。此等文化无疑可称为中国远古之文化。可惜我们因工作还太少，材料还嫌不足，还不能多所阐明。但无论如何，西南山洞为研究第四纪古生物化石、人类与古文化的一个很好的区域，则可无疑问。我们广西山洞之探采与富民山洞之采掘，不过初肇其端罢了。

末了要说的是，山洞的研究实已成为专门学问，而此等堆积的寻找，亦不甚容易，大凡洞底仍在积水或钟乳石正在继续生成之洞，其洞较新，不大有堆积。洞中之化石的堆积，须以当时适合于堆积的条件而定。而且洞如甚大，亦非处处可有堆积或可找之堆积。如何选定部分采掘，亦为不易。且山洞往往黑暗，形状曲折，而且洞中空气且亦多欠流通，所谓瘴气及麻风症等传染亦可虑，故非有相当之准备不可。此等研究，非由有组织之团体做缜密之组织，始克成功，仅由私人草草游览殊不易得好的结果。

现在西南各省工作的文化学术团体甚多，如何使洞穴研究进而成为研究的要题之一，则在于有力者为之倡导，有志者不辞劳苦，努力以求其结果。不只获得学术上珍贵的宝藏，且可以延长中国远古的文化。

云南的湖泊

打开云南的地图一看，最令人注意的，便是许多湖沼。在昆明附近，有昆明湖或滇池，在大理附近有洱海，此为人所尽知者。此外如可保村附近之杨宗海、澄江以南之抚仙湖也很著名。此外还有许多无名小湖，合计在二十以上。总而言之，湖泊之多，为云南地理上之特殊现象。贵州也有一些，但不如云南之多，以客观之态度观察之，应与云南之湖相若，可一并讨论。

普通地理上常称云贵为高原，除河流所切蚀之流域外，高度大半在一千五百至二千公尺之间。有的地方常有两三千公尺的高度，甚至在雪线以上，甚或超过五千公尺的。在这样高的高原上，有这么许多湖，真是俗所谓山高水高。在这一点上，颇与蒙古高原相若。不过蒙古高原，乃至江苏、山东、河北等地之湖，各有其成因，本文姑不能一一具论。今所要讨论的，只是云南湖的成因。

查湖泊的成因很多：有由地势低洼流水旋注而成者，为淤积湖；有由地质构造，如断层，一方陡起，成为凹地带者，为断层湖；有由冰川作用而成者，为冰川湖；亦有因火山喷发之火山残口而成者，为火山湖；亦有因古河道之断流，或因河流曲折改道而成之残留湖。凡欲明了某一湖之成因，必须详加考察，方可判定。且一湖有一湖之环境，有一湖之历史，如经仔细考究，两湖之成因与过程，完全相同者甚少。所以关于云南之湖泊，在未一一详细考察以前，也很难有一定的结论。而此等湖沼的研究，无疑又是一个很有兴趣的问题，不亚于喀尔斯特地形。我对于云南境内诸湖泊，实地考察者甚少，其他同好，亦尚未做有系统之调查。所以在目下绝不能说是研究，不过姑且就所知，聊为一谈，借以引起未来工作者之努力。

一个湖的生成，也有它的背景，而且非一朝一夕偶然而成，必具有相当长久的历史，所以要研究此等湖泊，也像其他地理问题一样，要具有历史的眼光。这就是说不仅记述它现在的形态，还要推究它过去之来历。其生成之原因，固为重要，即所经之变迁或大或小，或涸或盈，亦须注意。沿湖如有阶梯地形，或湖附近高处有砾石等之存在，均为研究一湖的历史的重要材料。如能在其中获有化石，更可得其历史的真实凭据。这些科学的观察与材料的搜集，还要大大地努力。

云南的湖，至少有三种。第一为冰川期遗留下的湖。现在虽未便指定某湖为冰川湖,某湖非冰川湖,但在这些湖中,至少有一部分为冰期湖,因为在西北部高山,于第四纪后期,确有冰川之存在。有一部分,现在还在雪线以上,恐怕是因泥砾淤塞而成冰川湖。时人有所谓大理冰川时期,大理冰川时期以外,是否还有更老些的冰川,也是一个有趣的问题。总之,就地势高度讲,颇像冰川之可能。冰川研究,在西洋已成为一专门学问,我国尚未十分开始,如云研究冰川,在西北如新疆天山、甘肃、青海、西藏、西康以及云南均有考察价值。冰川成因的湖,自然也是主要研究的对象,无疑可发现许多冰川湖沼和其他与冰川有关系的地形。

第二种湖,为由地质构造而成的湖,这就是说湖现在所占的凹地形,其成因由于地堑或断层。这样的湖,例子多得很,世界著名的湖,如贝加尔湖、青海等湖,皆由此而成,所以知道了断层的年代,就可知湖生成的时期,话虽如此说,事实并不如此简单。单就云南来说,也可以说是全中国的缩影,自中生代起,许多陆相的沉积(即所谓红色岩层等)即代表内湖堆积。此等古湖,当初所占之凹区为何情态,因时代久,实物保存者少,也不甚可考。但降及第三纪初期,许多湖沼盆地似已在断层所造成之盆地中停积,不过此等沉积停止或仍在停积之时,此已成功之断层又复趋活跃,可使浅湖成为较深之湖,或较深之湖成为较浅或干涸之湖。如为前者,则堆积自继续停积;如为后者,则湖相堆积停止,或代以土状堆积或侵蚀。如二者交互为用,则其间应有不连续乃至不整合现状。凡此均可俾吾人对于湖的历史之了解,因地壳经一次变动后,虽在第一次即奠定基础,但经过若干时间,还可以再振奋一次,把以前不平的再调整一下。所以湖的盛衰兴亡，也可以由这上面知其大概。

在云南有许多盆地，如蒙自、开远、布沼坝、可保村、路南、曲靖等，因在地势凹下之处，折曲之第三纪地层，与老岩石成断层接触，其中心凹处为古湖可知。此等湖之历史甚久，其最初造成当自白垩纪末期，或第三纪初期曰肇其端，但以后陆续变动，陆续堆积之情况，随地可以追溯。如曲靖等盆地，其第三纪初期地层含有哺乳动物化石，其以上，则为较新之地层，惟湖则已干涸，现在不复存在。但相信现在有许多湖，实在为以往大湖沼之残留。在各大湖区，多有第三纪之褐炭层，如开远附近之布沼湖、可保村、曲靖、杨林等地，均有斯项堆积存在，经济上亦有重要价值。云南各湖泊之一部分，欲追溯其历史，此等地质之眼光与做法，甚为重要，如滇池附近各高地仍有砾石之存在。细细追溯古来湖之变迁，不难追求。

第三种湖，为古代河流之残留，因往昔河流所经之地，后因地形变迁，以致河流改道，但尚有局部低洼之地，仍为附近流水所注，因而成为湖沼。欲明了此，当讨论云南乃至西南水系，后节当可详述，兹不赘。

云南湖泊虽多，大要别之，恐不出以上所述之三种，其他成因所成之湖，固难保其无有，但占少数，可暂勿申论，由斯以言，云南之湖沼，亦为研究科学者最好材料，待有志者之努力，其趣味实不亚于喀尔斯特地形及其相关之问题，湖沼与喀尔斯特山一样，均可增加自然之美。语谓仁者爱山，智者爱水，其实无论山水，均为爱好自然者所爱，不过科学方法之爱，尚有待于推进罢了。

最后所要说的，就是这些湖，一般人不视作土地，于其经济价值不甚注意，坐使伟大良好之面积，不知利用，殊属可惜。其实陆上有出产，湖中亦有出产，如水产动物的科学繁殖与改良，即可增加利源不少。我尝谓国人每轻视日本之小，其实他不过陆地少而已。他因海军力量强盛之故，差不多太平洋的西半部均为他控制，海中鱼虾齐全，均归于他，合计起来，只有比中国大，不比中国小，我国向不注重领海之权，以致早为人所侵略。说到内湖亦自当视同陆地，善为利用，不仅视作风景看。近来北平研究院动物学研究所与云南省建设厅合作滇池水产研究与改进事，可谓此项工作之开始，甚为可喜。希望其能有好的成绩，并以之推演到别的池湖中去，方可使云南的湖对抗战建国亦能尽其应尽之责任。

云南的水系

云南及其附近地域的水，为地理上最有兴味问题之一。我们试打开任何地图一看，便可以注意到昆明以西几个主要的南北的河流。最西的如伊洛瓦底江，在密支那以上，由两个平行的恩梅开江与迈立开江合流而成，南注入印度洋之孟加拉湾。再东为怒江或萨伦河，差不多由北直向南，注入印度洋之孟加拉湾。再东为澜沧江，北端直南北流，迤南略偏东。最东为红河，差不多由洱海以北起，东南流入安南，过江而入海。这几个河除红河外，其他各河，尤其在上流差不多相距甚近，而南北平行地流着。最有意思的为金沙江上游，起初也保持同一姿态，但陡然拐了几拐，终于向东北流去。此外红河及金沙江之各支流，亦多具有特殊的河道。金沙江之雅砻江，与以南楚雄、元谋间之龙川河，虽同注入金沙江，急折东流，但宛似一河之延长。所以云南及其附近的河道，实为一个最有趣的问题，可就二方面讨论之：其一，此等平行南北河之成因；其二，金沙江例外的曲折，显然表示河流袭夺现象，在过去，此南北之河流，必较现时更为清楚显著，殆无疑义。兹分别约略言之。

此等平行河之成因，以前各实地工作者，每多郑重叙及。然对于解说，则见仁见智，各不相同。总而言之，搜集之实事少，发挥之理论多，欲求合理无疑之结论，尚有待更切实之调查与研究。举其大凡，地质构造最为重要，地层与岩石方面的研究亦待努力。巴尔博于《扬子江流域地文发育史》一书（二十四年八月《地质导报》第十四号地质调查所出版），曾将各种学说加以节述，并另立一新说，似比较其他较为可靠。据彼云云南等地南北向平行河之成因，至少可以有下述之四解说：

（一）为简单之平行顺向河，发生于准平原上。此平原经拗折运动，北高南低，水道悉向南流。维理士及克理突诺之报告上，似俱有此主张。

（二）水道发育于弱岩层带，其地面又经倾折，遂成平行南流之水系。如照此说，那么扬子江上流诸河，皆成后成河。

（三）在褶皱之地面上，发生顺向河。哈安姆、李春昱君等，似均如此主张。克理突诺之解说，亦有类似之点。

（四）河流随地面多数平行排列之裂隙而位置，就地文上言，此亦顺向河。葛雷高、戴普拉、勃朗等均主此说。

上列四说中之（一）（二）两说，俱有困难，因地下岩层之构造、性质，总不能十分简单。倘假定平行排列之河流，往往由于一倾侧面或弱岩层所控制，则不能发生如是有规则之水系。故造成此等水系的主要原因，当由于褶皱或断裂，即褶皱之发生虽早，且即使其后尚有准平原的长期侵蚀，但对于河流的控制，还当有很大的力量。葛雷高氏似偏重于断裂，此种构造的存在，固无疑问，但据李春昱君的观察，断裂与褶皱每同趋一线，很难断定哪一个为主因。据研究上游河谷之形状，每见宽展的河谷中，另有一峡谷叠生。葛李二氏，以此古河谷与一北方之地文期相比较，其时代至少当在上新统以前，至于断裂之时代葛氏虽主张属于中新统，而戴普拉、丁文江、李春昱诸氏俱以为应属上新统或更新。由上述各情形，巴尔博氏因而另创第五说，用以解释平行水系发生之原因即谓水系之位置，最初系受褶曲或逆掩断层之支配，其后断裂随之，断层系每沿原来之河谷而发生。因此剥蚀复新，于已有之古河谷，复切成一峡谷，而成上边所述的现象。褶皱之时代，葛氏虽主属第三纪，而据最近调查，颇有属中生代后期即燕山运动之可能。至第三纪之南岭运动，则以断裂为主，所以葛氏以为喜马拉雅褶皱，延布中国各地之说，恐不甚可靠。

至于第二个问题，更为有趣，即牵涉扬子江的发源问题。我国古来地理学家，每以岷江为扬子江出上游，而金沙江则为岷江之支流，如《禹贡》所称江出于岷山，即为此意。康熙年间（一七二一年），所测绘之皇舆全图，也提到金沙江与扬子江乃不相连之河。只有明末徐霞客（一五八七至一六四一）依其个人实地之观察，断定金沙江为扬子江之上游。其时比天主教神父为康熙所制之图，尚早几一百年，其在地理学上之贡献，何等伟大！

但以今云南及西康南部之水系情形观之，江出于岷之说，亦不为无因。因扬子江上游为袭夺现象，最发育之区，其遗迹至今尚多可考。当徐霞客之时，地文研究虽尚未至今日之进步，但徐氏本身即已注意到扬子江（金沙江）南石鼓附近之前庄风口（译音，在剑阁县正北），巴可氏亦谓，梭民族，有一流行传说，谓扬子江上流曾一度经漾濞盆地而南流入澜沧江。葛雷高、丁文江、李春昱及克理突诺诸氏，亦多记述袭夺现象。但谓大江不入澜沧江，而入红河或其支流。盖自石鼓南行，经漾濞、洱海，地形低沉，湖泊与盆地连绵不绝，似表示古时之扬子江曾流经其间，而由红河入海。从地形方面看，甚为可能。又如雅砻、安宁诸河，其支流之排列，弯曲之奇异，以及其北向支流之谷大水微，俱足以表示昔时曾向南流而入红河。现在昆明附近之多湖地带，当为昔时河流经过遗迹，在前亦曾述及，用同样方法以研究其他水系，觉其可用袭夺理论以解说之处甚多。扬子江上游，距海口甚远，而南距红河则不过五百英里，今水流不取捷径，而反远道迂流，以成此袭夺现象，似觉欠通。解释之说，不外二端：一因当时宜昌以下水面已甚低，而高距海面不过一百五十公尺，基面既低，剥蚀力自大；二因斯时南北向之河道（即扬子江上游水系）因未经掀起，底面和缓，实不若现时那样斜急剧。因地盘掀起，剥蚀复杂，于是宽谷之中又成一窄谷，此种现象，云南北部，至为常见。

以上所述问题，关于平行河及关于扬子江上游改道之说，只就巴尔博氏所著，加以简要介绍。以云南地方，前人工作之少与时间之短、地面之大、问题之多，自然去最后结论尚远。不过只就已表现吾人眼前者之水系情形看，知其有无限有趣之问题。今兹所述，亦不过稍开其端，亦略示问题之所在而已。西南水系之研究，连带问题及设备甚多，最要者须有较可靠精详之地形图，至少能充分表示大小河流分布之现况。其次为各主要河流阶梯、地形发育之情形（此点后当专题论及）。又其次现在与河流有关系湖泊之研究，其他如风口之研究，附近地文地质之研究均有必要，倘能如此一一研究，必可于云南乃至邻近区域之地形发育史可有伟大之贡献。

最后所欲言者，不但云南水系问题如此有趣，其他河流亦多具有同等趣味。如北方之黄河，其曲折弯迁之情况，实为地理上最富趣味问题之一，中外学者交相讨论，然终尚未有确切结论。依余近年观察结果，黄河实为不同时代、不同性质之三个河流，在最近时期连贯而成者，当另寻机会详论。又南岭区域之河流亦显示许多河流改道之事实，去年在湖南耒阳、郴县间亲眼看到此等现象。谢家荣君近在八步等地工作，亦谓河流改道之事实甚多。由此言之，水系之研究，并不以云南者为限，不过在云南平行河流最为显著，而其规模亦较为宏大，所以更觉得有趣。

中国有句俗话，"三十年河东，三十年河西"，就是表示河流之不一定、随时变动的意思。此原理引而申之，即为近代地理学之嚆矢。我们看到河流复杂的历史，感念于自然之玄奇，以往经过之复杂，可以令人一方面感觉人生之渺小，以彼等变化、悠久与伟奇，自然人生便显渺小；然另一方面感觉人生之伟大，以短小之人生，竟能穷其理，探其本，岂非伟大？伟大之原因，即在于人能为科学的真理而探求。

西南的冰雪区域

地面上温度的分布有两种：一种为平面的，自赤道起，向两边愈远愈寒，所以分为热带、温带、寒带，到南北极便常年冰雪；还有一种分布，为直竖的，即以同一区域之最低部为标准，愈上温度愈降低。如昆明的位置虽然很靠南，为北纬十五度，照常例应当气候很暖，但在夏令，须时常着夹衣，并无酷暑，即因其地势甚高，距海面在一千八百公尺左右之故。倘地势愈高，则温度必愈低，以达常年积雪的区域。我国西南、西北各省区如新疆、陕西、甘肃、青海、西康、西藏、云南等地之高山，均有常年积雪之区域。在我国除东北之长白山有常年积雪之部分外，其他冰雪区域，完全集中在西北、西南各地。若以其面积约计之，当比我国一中等省区为大，诚可谓洋洋大观，但事实上丁、翁、曾三氏图上所表示者，当比实在面积为小，故实际上冰雪区域，尚不止此。

以上除辽宁之长白山外，其他各冰雪地域之分布，试依区分述于后：

最东的常年积雪区域，如陕西之太白山，在鄠县以南，高出海面约四千公尺。虽然被雪盖的区域甚小，但的确在夏天亦有雪。陕西八景中，有"太白积雪六月天"，即指此。山上有数小湖，均为冰川湖，名曰太白池。就目下交通情形言，欲赏鉴冰川奇景，以太白山为最方便。

甘肃的雪山区域，限于西北部，祁连山的高处，其高度也在四千公尺以上。此等雪山，由酒泉城楼南望，如天气晴和，没有尘雾时，即可以看得很清白。其顶甚平，似代表一古地形之残留部分。

新疆的雪山，限于天山山脉中的高部，因纬度较高，所以三千公尺以上的山已多为雪山。南部高山亦多为常年积雪之区，但地理上已为西藏高原区。天山的雪山，经详细考察者，为迪化附近之博克达山，袁复礼氏在该地曾做长期之探察，惜正式报告迄今尚未问世。

青海的雪山，为西藏高原之延长。由地图上看，分布甚广，北部祁连山一带之雪山，其连接西南部者，则与西藏、西康者相连贯。但是详细的研究，至今尚未有所闻。

西康的雪山，亦为西藏雪山之延长。其最东者为有名的贡嘎山，高出海面有七千五百公尺。近年瑞士人哈安姆曾至其地考察，著有专书。

雪山分布最多之地当推西藏，几占全面积五分之一。最大的区域为冈底斯山，为世界最大的雪山区。此外如西藏南部喜马拉雅山之许多高峰及其他各地，均有大批常年冰雪山区之存在。

最后说到云南，也有不少常年为冰雪所盖之区，多集中于省的西北角，和西康、西藏接近的区域就是大理附近的点苍山，也和太白山一样，为冰雪盖顶之区。

所谓冰雪区域，并不是一定不变的，有雪与无雪的界限，通常称之为雪线。此雪线因温度的关系，常上下（如以高度计）或南北

（如纬度计）移动。移动的情形,不外两种：一种为一年四季的移动,一种是地史上雪线的变动。

一年四季的变动,理由很简单,如一山当严冬时,山高气寒,当然全山之大部分全为雪积,所以雪线甚低。但到夏天,则较低处之雪必因融化而雪线为之升高。如此夏季雪线升高,冬季雪线下降,成一有规则之变动。此外雨量的多少与下雨的时候也有关系：一地山本甚高,但当冬季严寒时,非多雨之期即不易有大规模的冰雪区；反之如其地山虽不高,但冬季多雨雪,也未始不可使雪线下降。因此一年一度上下之雪线,其影响不但在冰雪地带可以看得很清白,即在山外之平野,也可以看出。有人根据冰雪层中一进一退之迹,而推一冰期之年代,其理由即本此。再如我国言江河涨水有所谓桃花泛。桃花泛者,即初春时,西南各山地雪融化,雪线上升,而雪水汇积,因以造成初春之大水。

第二种雪线之变迁,为地史上之冰期时代,地史上之冰期时代甚多,然距今最近、保存最佳、分布最广,莫过于第四纪之冰川。如一地当一相当时期,气寒多雨,于是大部地域为冰雪所盖,不过其被盖之时期,不致受一年四季变化的影响,永在冰雪之中,于是成为冰川时期。但到又一个时期,天气温暖,以前之冰雪大部融消。于是雪线向上移,其时一年四季之变化,亦不致十分影响雪线的下降,于是该区免于冰雪而成为间冰期。如此长时期的雪线推移,乃造成地史上所谓冰期与间冰期。地史上的冰期,以第四期为最广。欧洲学者,虽对于冰川之研究最为精详,早成为一种专门学问,与地质学脱离,但至今他们关于冰川之分期,尚无定论。一般言之,有四大冰期，即所论恭兹、民德、瑞磁、武尔穆四期，当然以第一为最古，为第四纪初期，愈后愈新。现在阿尔卑斯山之冰雪山尖，为最后一次冰川之残留者。

我国西北、西南，常年冰雪之地，如斯之广，如以地史之眼光与方法研究之，其在整个第四纪如何情形，实为一最有兴会之问题。此等大量冰雪既不能骤然生成，亦不能忽焉消去。所以在地史最近期，必为冰川消长之历史，殆无疑义，此等地域之许多湖沼亦为冰川湖，有如以前所述，亦属事之当然，不过真正科学之记述与有系统、有分析之研究，至今尚未之见，为地质地理上之大缺陷，可为一叹。

我国人最先注意到中国冰川的，当推李仲揆先生，他在二十多年以前，即在山西北部大同一带搜录关于冰川的材料。近年他在江西庐山做了不少的冰川研究，虽然目下学术界对此尚无定论，但有许多客观的事实，确是值得虚心讨论的。如果庐山那样地方在第四纪前期真为冰川，则中国当时冰川分布之广，可以想见。后来有人在四川成都也找到冰川现象，其真实性如何，尚待证明。不过与现在冰雪地域毗连之地如大理，则已经科学调查，证明其存在，但此为现在冰雪之最前一冰期，时代最新，称为大理冰川时代，以前如何，仍须赖以后在上述地域之详细调查与研究。此等研究，为地史之一部，同时于气候之变迁、生物之演化乃至我民族之历史的背景，亦可增加其了解性。

现在之冰雪区域，地位甚高，且既为冰雪所盖，自不便于开发，故全为荒凉地域，与蒙古之沙漠相似，同样为国家最无用之地方，故在经济上无何价值之可言。不过我在前已论过，我国之伟大处即在此。凡有地理上之一种地形,即规模宏大,为世界之冠。所谓得天独厚者是,如我国之冰雪地之多,几等欧洲一中等国家,有此雄伟之背景,即有此伟大无比之民族,有此前途无量之国家,一切国力上、学术上之发扬,端赖吾人,好自为之。世人但知我国之有用宝藏无限,而不知我国学术上之宝藏亦无限。因不嫌辞费,表而出之。一斑见豹,一隅反三,是在读者。

西南的河谷

在黄河流域发达起来的我国文化,看到长江、黄河及其他许多河流,无不向东流,遂有天缺西北、地陷东南之说法,以为水是照例应当向东的。此等说法,即在黄河流域亦有例外甚多。如汾河即是向西南流的。或者此等传说,只是自渭河流域而起,也未可知。至于南方诸河,自然长江和珠江大致方向是向东流,但其支流类多南北。至于云南的主要河流,则以向南注者为多。

在黄河流域,因地面构造和岩石的关系,河流的历史比较简单,而各河流多为历史甚久之河谷。不但黄河如此,其支流亦多具同一历史,可以出一以例其余。至于西南的河流,则因许多关系,其历史每甚复杂,难以考究详明。考其原因,不外数端,兹试分别叙述于后。

西南河流,因袭夺现象特著,中途改道者甚多,已于前段叙述过,如金沙江之河流固为显著,而其他河流具有同一历史者,尤不在少数。这么一来,自然增加了不少困难,因此在距离相近的地方,可以看到方向不相同的河流。

因西南石灰岩区多，成为喀尔斯特地形。在此区域，往往河流忽焉注入地中，忽焉不见，忽焉又由他地流出。此等情形，一如大沙漠中河流有时流入沙中一样。因此河流之真正源流，每不易分别，而有争执。

西南地质构造复杂，非如北方之宏大。在宏大之构造中，河流自为此大构造所统制，一成即不易变，而呈洋洋大观之气概。在西南则地质构造繁杂，小型之断层折曲甚多，故河流亦受此等构造之支配，而尽曲折之能事。

因以上诸原因，所以西南的河流，大半均甚复杂。若打开地图仔细把各河流的方向与曲折看看，亦可证吾言之非谬。若再能实际加以考察，当更易了解。

研究地文的人，看河流如同有生命的动物一样，把它分为幼年期、壮年期、老年期等。原则上讲起来，十分简单，如在地壳受变动之后同时距海面或水欲流往之目的地甚高，水流甚急，下切特甚，河谷狭仄，则成幼年之河流。但如坡度稍平，河面渐宽阔，水亦不甚急，但仍有侵蚀，则为壮年。至于老年之河，则因坡度几乎成零，河流多弯曲，侵蚀不著，而堆积增强。用此等看法看一河流，可知其过去之历史。大概往往一河流，如大江上游中游下游全俱此三种地形，实在有区域之别，未可执一部分以定一河之历史。如在同一区域河的历史，可以由河谷的构造情形看到，此即所谓阶梯地形。阶梯地形，有只表现于岩石面成凹状而无堆积者，有堆积者则无论何种阶梯地形，皆是愈高者愈保存不佳，时代亦愈古，愈低者保存愈好，时代愈新。所以由此等阶梯地形之研究，可以推知该河谷生成之历史。不过此等阶梯地形，因河水冲剥堆积，有临时凑成之似阶梯地形，而分布并非广者，有已成之阶梯地形，受以后剥蚀而保存无几者，因之错综变化，不易究诘。为免除此等困难，最好能于有堆积之阶梯地形中，找得可靠之化石，如此则可确定其年代，而于河谷历史之造成，寻得极大之证据。

若以上说法来看西南各河谷，自易格外增加兴趣。在北方各省，沿黄河流域已本此方法对近代地文做详细之研究。但在西南，亦并不是全没有做过。不过因为做的人观察片段，且地形繁杂，尚不能得一定的结论，故仍有待于我们努力研究。但就目下已能了解者言，亦可约为言之，以助谈资。

我们知道广西西部，贵州、云南、西康等地地势甚高，大部分地方高出海面两千公尺左右，凡是低的地方，多为河流剖切之处。地盘高升距海面愈高，即为侵蚀力增加之主要原因，于是许多河流无有余力做侧面侵蚀，而只努力于向下之剖切，因造成许多甚深的河谷。又因河谷剖穿岩石，自然找最易穿切之面剖切之，即是要找弱线。于是有断层的地方或某种岩石较易崩毁的地方，成为他们的必由之路。河流之曲折与深凹，自为自然的现象，不足为奇。又因河谷日深，而两边的水也要赶着向下流，于是由侧面入正河的支流，或由岩石裂缝，或洞中流出的水格外急湍，有时成为瀑布。所以西南的河谷，简单讲起来，最高处有一（至少有一个，亦可不止一个）梯阶状之肩形地形，以下即为几乎直穿而下之深谷，此等深谷往往可深至数百公尺，两边急流罗列，杂以瀑布，成为绝佳之风景地带。

究竟此等河谷之历史如何，其最高之地形可归于何时代，至今尚无定说。河谷最高处之平迁地形，有人视为相当于中国中部之秦岭期，即约为中新统后期之地形，但迄今尚无确实之证明，大约欲明了此，同时地层与构造之研究同为重要。尤要者，须知此西南高原山区上升之时期，与最后造山运动，究止于何时，目下去题太远，可不必深论。惟此问题如研究有头绪后，于前述水系问题，亦有贡献。因河谷深、水流急，与其他一部河谷宽阔河流细小，实有因果之关系。不但目下河流之错综杂繁可得其应有之解说，而其过往之历史亦可借以明了。

西南此等河谷之形态与分布，显然于人生有莫大之关系。因此等河谷大半甚深，水流急湍，故虽河流多，而有舟楫之利者甚少。相反地因河谷甚深，从谷的这面望他一面似乎草树历历，声息可通，但欲过去，往往非穷竟日或数日之力不可。因之不但不能便利交通，且使交通为之大感不便，所以西南的河流，在交通上，利少而弊多。

又因河谷中的高度与其他高地的高度，相差特别显著，于是温度的差别也特别大。即河谷的气候，比之高处热而暖，在夏季尤为酷热，兼之林木葱郁，多为瘴气弥漫之区。西南瘴气流行的地方，十九皆沿河谷。此等河谷，因之只适宜于特殊人种之居住，据地理学家研究，西南民族的分布，全系依高度而分，如汉人多在最高处，气候凉爽，适于耕殖之区，河谷深处，则为其他民族。总括起来一句话，就是受自然环境的支配。

不过这些困难情形，不是没有法子可克服，尤其在科学昌明的今日。西南在不久以前，一切情态全在自然环境下支配着，乃是事实。

但也有例外的，如滇越铁路，自河口入国境，即沿红河之支流河谷而行，经许多险工，穿许多山洞，沿河谷之高处即上述的肩状地形，蜿蜒穿行。凡是走过这条路的，自然感到天地造物之奇，然尤可感到人工克服天然之更奇。现在坐在车中，凭高仰视山巅、俯视深谷、耳听瀑声，自为一乐。然一回溯当年道路之艰巨，自可知克服自然之并非无有办法，乃在人之努力如何。果也抗战后不久，滇缅公路即告成功，此路穿许多高山，过许多深谷，工程奇险，然悉在国人手中造成，国际交为称赞。而近来滇缅铁路、叙昆铁路亦积极兴建，两路工程之浩大，不徒在国内罕有其比，即在全世界亦为罕睹。如能成功，岂但西南交通上之困难可以打破，中国之西方门户大为洞开，于经济、交通上将开一新纪元，使昔日视为蛮烟瘴雾之乡者，可一变而为中国之瑞士，供世人对于奇山佳水之欣赏。至于瘴气问题，在昔日固视为无办法，然从今日医药发达之状况言，只要卫生行政加以改进，即可使瘴气绝迹，其他病疫亦莫不如此。所以自然之困难，苟一旦打破，则以前所谓困难者，可为吸引人注意力之特色，不但无害，而且有益。河谷之险峻不足以阻碍我西南之发达，乃理之至明。无待繁言。

路南纪胜

路南为昆明东南之一县，距滇越铁路之狗街车站约四十里，交通比较便利。因路南县境内有几处著名的风景，如石林、天生桥、紫云洞、大叠水等，所以每当佳日，昆明人士前往游览者，不绝于途，诚为一游览区。二十八年三月，我因赴路南调查地质，亦有机会前往一游。此遐迩著名之胜地，沿途见来往游人甚多，盖正当省城各校春假之时，而又天气晴和，为一年中最适于游览之时期。今就个人观察所及，将路南最平常的地质现象，略为一述，或者可以帮助已游或未游的人对于路南的了解。

路南无论在地形上看，或从地质构造上看，均为一盆地，由狗街前往须越一古生代岩层之山脊。以东亦有文华山高峙，故两边均为较古之岩层，而盆地中则为较新之堆积。盆地南北长而东西窄，前者可六十里，后者不过二十里左右。但以南以北，均界以较高之山，而形成一典型的盆地。

路南风景之为人称道者，几全石灰岩区之地形，即所谓喀尔斯特地形。关于喀尔斯特地形之概论，前已叙及，盖不再赘。路南盆地，以东以西石灰岩分布最广，形式为广大之喀尔斯特地区，以北以南亦有石灰岩露出，自远视之，其喀尔斯特地形不甚显著。然苟亲至其地，实亦为喀尔斯特地形无疑。惟西南之大叠水，虽亦为石灰岩区之瀑布，乃仅由峭壁所致，与喀尔斯特地形无关。

石林在路南城东北约十五里，由该城东北行过居堡东折，即至一石灰岩区。在此可见怪石林立，意态殆尽其妙。五棵树附近，有一大凹地，在乱石中之最低部，成一水池，显然为一漏斗状之低地。石林地虽稍高，亦为漏斗低地，惟石壁分割不烈，丛集一处，故有石林之名。入内曲径通幽，尽错综之能事，往往令人迷径。亦有一部尚为水池，当为漏斗之中心。沿曲径蜿蜒而上，可至顶点，顶上有一亭，可俯览四周全景，嶙石峥嵘，各极其态。石上每有竖直小沟，为雨水冲蚀之痕。石林各地，名人题咏甚多，大半叹自然之神奇，无一能说出所以然者。

以北之紫云洞、天生桥，游人亦多，然就风景言，不如石林。盖在喀尔斯特地形区，所谓天生桥与洞穴，为习见之景，而求如石林之伟大与奇丽者，则其他地方亦不多，无怪其驰名遐迩也。

县城西北之狮山，亦为胜地之一，因受以西断层影响，孤峰高峙，为附近之冠。丛林高处有一古庙，惜太荒芜，苟加以整修，当更增秀丽。

此等喀尔斯特地形，经我等观察之结果，认与广西一带者大不相同。广西者如阳朔、桂林等地，石笋林峙，雄伟而散开，其底部间则平坦，一无其他堆积。而路南者则每一石笋不甚伟大，其底部亦不甚平，两者显然非同一时期所造成。据卞美年君言，丘北之喀尔斯特地形已具有广西风味，两者间之关系如何，尚为一待研究问题。惟从地质构造方面言，路南喀尔斯特地形之造成，应在始新统红色地层（见下）堆积，及受变动之后。盖路南东南石子坡附近与狮山以西，均见红色岩层之底部，与石灰岩成同一倾斜，显然系如时掀起者，如此则必在第三纪后期，可无疑义。

凡至路南游览者，除赴上述各地外，又多至大叠水一游。大叠水在县西南约三十里，乃巴盘江经路南盆地，西南折入盘江，穿过山岭，遇石灰岩分布之区，此等石灰岩无何倾斜，其上下之岩层，较轻软易被侵蚀，石灰岩较硬，于是成为瀑布。除许多小瀑布外，最著者为小叠水，以下三四里始为大叠水。流水至此，一泻而下，雪练涛声，呈为大观。硬度不同，自然侵蚀力量居多，而与喀尔斯特地形，自无大关系，不可混为一谈也。

在路南盆地中部，则除冲积层外，几全为始新统红色砂岩等所造成之小山丘。红砂岩红土之露头，到处可见，即在县城南关公共体育场中，亦有红砂岩所构造之峭壁。此等岩层，自不为一般游人所注意。且因地不适于耕种，又无草树为之保护，满目荒凉，除山坡之露头外即为荒冢。但从新生代地层方面言，亦为一胜地。盖此红色岩层，前视为三叠纪，近经我们发现始新统之哺乳动物化石多种，始得确定其年代。查第三纪初期地层，在其他各省，虽发现甚多，而在云南十分难定，有化石证明者，只有二处，一为曲靖，一为路南，岂不十分名贵？

从化石性质方面言，尤有兴会。吾人所得之化石多，与以前在蒙古等地所找者十分相似，有者直可归之一种。此可说明现在蒙古与云南虽关山阻隔，而在当时双方情形，必十分相同，至少亦近似。故我国至少自第三纪起，从脊椎动物化石言，已形成一统一之局而不可分。

此等红色地层，在盆地中分布甚广，其在中部者成为小山丘，但在边缘者，倾斜角度可甚大，甚至与石溃岩层一致竖立，中部者多较粗之堆积，或为砂岩，成为红土，而边缘者则较粗。有者为角砾岩，有者为砾岩，在中部小山丘地区，地方既不适于耕种，而树木草皮又被人工摧残，于是侵蚀加快，岩石全部暴露，沟渠纵横，成为真正的不毛之地。此等不毛之地之风景，在蒙古各盆地乃至黄河流域新生代地层发育之区甚多，而在云南亦可看到，诚为奇观。然就云南之气候言，实不应有此现象，此皆人事未尽之咎，若不急速培植森林,将来为患不堪设想。据我直接间接所知,其他各地亦多如此,不只路南一地为然,实农林上一严重之问题也。

路南山川雄奇,风景秀美,苟能利用自然之美,加以人事的调整,不难成为我国之一好风景区。而路南在目今已成游人丛集之地,来日希望,诚未可限量。如何利用其良补救其短,又予游人以便利,是在有职责者之努力,方不致负得天独厚之自然也。

论红色岩层

我国的国旗,为青天白日满地红。自地质方面看来,这"满地红"三字,颇有些合于事实。不只在南方各省,即在北方各省,如热河、察哈尔、绥远、河北、山西、陕西、甘肃、新疆等省,也很合于事实。因即在这些地方,中生代与新生代地质(最著至如二叠、三叠纪及第三纪之三趾马红土及其他后期红色土等)其主要的颜色,均为红色。但在南方各省,红色地层的分布,尤为广泛。除四川省以红色盆地著称外,如云南、广西、湖南、广东、江西以及沿海各省,均以红色地层及其他红色岩层十分发育著称,所以全国大部分的地质为红色或紫红色,足可当得起"满地红"三个字。

不过所谓红色,并不是严格的真正的红色,照关于"红"的原色定义所定的。真正砖红的红地层也有,不过究占少数。如四川的红盆地,仔细一层一层看起来,并非全是红的,其他颜色如灰、黑、白、紫等,也应有尽有。不过从远而望,究以红或紫二色最引人注意,所以叫它为红色盆地,并非完全不科学。前曾有土壤学家主张叫红色盆地为紫色盆地，自较近乎事实，然亦非真正事实。既然红色盆地驰名已久，为便利计，还是叫它红色盆地吧。

其他各地方的红色地层，也莫不如此。定一个地层系统的总称，取其为显著的颜色，用以代表其他，好像用一种化石代表某一系一样，不能吹毛求疵，因为内中也有红色的岩石，与这总名称并不完全相合。而且此名称的用法，只是通俗的，在某一种方便理由之下使用，如真有可靠之化石，时代确定，上下界限清白，自可易以其他比较合理之名称。

以上乃就第三纪初期地层，或其他更老之地层而言。至若第三纪后期，乃至第四纪初期地层，因时代较近，尚为土状堆积，多分布于山丘或较高之坡地，颜色以红为主，鲜艳夺目。其中亦杂有许多非红色之成分，不过红的程度，比之更古的岩层更为显著，乃是毫无疑问的。

在西南各省，除山岳地带外，多盆地或丘陵式之山地。此等山地或盆地，十九为红色地层分布之区。如湖南衡阳盆地、长沙浏阳盆地、湘乡盆地、永兴盆地等多为丘陵式之地。丘陵之主干，十九由第三纪初期之红色地层所成（衡阳砂岩系），而其上或山坡，覆以后期之红土（白沙井系），其最低部，始为冲积地，十九为稻田，或为山川秀丽之地形。此等地形，以南可至两广，即以东江西及浙江、江苏亦多有之，可为南方典型的地形。在云南虽丘陵式之山地，不如前者之发育，而红土之分布，则沿山坡多有，亦不无类似之处。第三纪初期地层，则无大规模之盆地堆积，而更老者分布虽多，亦因以后之构造与侵蚀关系，与湖南者不尽相同。

由以上所述，可知红色地层之年代至不相同。以前做地质者，每易发生一种严重的错误，即过于重视岩石，每以岩石相近之堆积，视为同一时代。其实每一地质时代，在气候与其他条件合宜之情形下，均可有红色岩层之堆积。故区分此等地层之年代，不在岩石性质，而在其中所含之化石。不幸此等岩层中，化石寻找不易，即有亦多破碎不完者，故许多红色岩层之年代，迄今多尚无定论。

但无论如何，北方自二叠纪起，南多自三叠纪起，海相堆积逐渐减少，大陆或内湖或河流等堆积日益增多，以致造成普通的红色岩层，则为事实。此等事实，显示我国地盘，成为大陆之时期甚早，至少中生代起即已大具规模，以欲研究中国中生代以后历史，实应特别注意于大陆地质及其相关之陆生动植物，方克有济。

此等大陆地层之生成，不外下列四种：

（一）为湖泊堆积，即在古湖泊中由四周高低冲刷，到低凹部分而成之堆积，其堆积沿边缘者，多为砾岩砂岩，近中心者则成岩泥灰岩甚至可有淡水之石灰岩。现在所见中生代之红色岩层，大部分为此种堆积所成，其面积之大小，视当时堆积之区域而定。不过往往因以后地壳变动及侵蚀作用，不甚显著，然欲追求以往每时期湖泊分布情形，亦非无线索可寻，能从各方面仔细推求，亦有用研究之一也。

（二）为山坡堆积，此为古时因造山运动，山脊凸起，侵蚀力增加，各种被侵蚀之岩石集于山坡而成。新生代初期许多堆积，往往以沿主要山岭之山脚时为发育，如太行山东坡秦岭与大巴山山坡、河南大别山两坡，均为新生初期地层发育之地，叩其成因，大半皆由此等原因而成。其堆积比较甚粗之砾石及砂堆等，有时因搬运不远，不及分类，大者与小者杂然并陈。又因未经长距离搬运，磨蚀不力，成为角砾岩，亦所在多有。此等堆积，如在大湖泊之边缘，往往与前者不易区分，然其为大陆堆积则一也。

（三）为河流堆积，即沿各河流而成之各种堆积，亦多砾石砂岩等。

（四）为风成之堆积，即因风力而成之堆积，以土状者为主，最显著者即为第四纪之黄土。有人主张黄土期以前之许多土状及砂层堆积，亦多有风成者，其真实性如何，尚待研究。

以上四种堆积，造成大陆地质之主要岩层。盖自海洋退缩后，大陆之上无非河海湖泊等。其堆积之造成，非完全在水面下，即在半水面下，或风力而成。所谓半水面下者即雨多之时，由水力搬运，而雨止水退之后，又复露出。此等堆积，在雨季、干季显著之区域甚多，目下所在多有，以前亦当类似，其堆积特别粗而层理不清。此等研究，实为大陆地质之良好材料，其中化石，尤为重要，除其生物本身价值外，或者可指示当时气候状况，或者可指示生活环境，……不一而定。

总括言之，自中生代以来，地质之历史，以大陆堆积为主，尤以湖泊为最。自三叠纪迄今，实为一湖泊演化之历史。地壳每经一次变动，高者愈高，低者愈低，侵蚀力加强，广大之内湖及河流之堆积亦加多，及为时较久，地势转平，堆积渐少，往往又来一次地壳变动，于是一切又复新，如此周而复始，轮回迄今。然河流与湖泊分布之区域，及堆积之性质非必相同。大要言之，愈古则湖泊分布愈多，愈后愈多。故中生代以来之历史，实一湖泊退化之历史也。

以上所述之堆积，非必均为红色岩层，然红色岩层实占多数。至其岩色何以为红，则十九因其中含有铁质，经风化后，而成为红色，此外尚有其他解说。无论如何，当堆积时，气候干燥，情形特殊，有如德国二叠三叠纪时之情形，以造成广大之红色岩层，则无可疑。此由石膏与盐之产生，生物之稀少，可以证之。然非全系如此。在其中某一时期，雨量多，生物亦盛，亦可有煤田之生成。其本身层质之详细研究与生物之追求，尚待继续努力。

云南最早的陆生动物

在地史上不断有各种生物继续发生或死亡，这些在古生物的研究中，有一种专学问，名叫古生物学。一般地讲起来，愈高等的生物，发生愈后，而低等的，则发生较先。虽然说古生物学已有许多年的历史，而所得的材料，又是汗牛充栋，不计其数，然而待解决的问题，还是很多，并且还有不少漏洞，待我们不断地增补。单就脊椎动物化石讲，鱼类最早见于奥陶纪下部和志留纪的下部，两栖类和爬行类始见于石炭纪初期，鸟类见于侏罗纪下部，哺乳动物则最早者见于三叠纪的上部。至于哺乳动物中的人类，最早者则见于第四纪的初期。倘有新的材料，即可以补充我们以往的知识。

生物又可依其生活情形而分为海生、湖生、陆生等。脊椎动物中陆生动物，在地史上发现尤比较为少，此盖因一方面陆生动物往往不及海生者之多，一方面又因在大陆沉积中保存成为化石的机会也比较少些。所以陆生的动物化石，往往为古生物学特别注意。

我国的陆生动物化石，在中生时代后期，以至近代，发现得很多。迭经各方面研究，著有报告问世。惟关于最早的陆生动物，则迄未发现。最近经济部地质所调查卞君美年，在云南禄丰发现了许多陆生的脊椎动物化石，经记明其年代为中生代初期的三叠纪上部，这实在是在中国发现最早的陆生动物。

这些化石保存的情形，均在红色砂岩层中，以前泛指红色岩系。其年代不确定，有的视为二叠纪，有的且视为第三纪，今经此化石的证明，确定为三叠纪上部。关于红色岩层，前已论及。在我国许多地方，自石炭二叠纪起，即有陆相的沉积甚多。但迄今尚未见有陆生动物化石之发现。所以禄丰的红色岩层中的化石，并不算可能的最老者，最老者尚待以后吾人之努力，不过就目下言，实可算最老者罢了。

在禄丰发现的陆生动物化石，有二大类，均十分有意思，兹简单介绍如次。

禄丰化石最丰富的，为蜥龙类化石。蜥恐龙化石，以前视作恐龙类之一目。自近来经研究之结果，知恐龙类一类内所含之两大类，构造上相差太远，无共同来源之可能，当作一目，极不自然，所以放弃此名词不用。蜥龙为包括大半纤小之真正肉食及原始蜥脚类及蜥脚类之蜥脚形类之爬行动物。此次在禄丰所发现者，就其完整之一骨架言，当归第二类。惟其他各骨骼是否亦归此类，或为其他蜥脚类，因仍在修理中，目下尚不能判定。

禄丰所产之蜥龙化石，以采得者言，共有六不同地点。依其肢骨之分配，至少得十个体。此十个体中，大小不一，其在沙湾产之一最完整者，当为原始之肉食类，已如上述。其他则只有四肢骨而无头骨，故不易确知其种类。由骨骼判断，或与完整者不同一类。完整之骨架，头骨只前部略有损坏，具一眼前巨孔（其孔高而短），二上下颞颥孔，与其他肉食类蜥龙同。下颚之前部亦损坏，牙齿只尖端微呈偏平，有时具有锯齿状，冠直而不甚弯曲，各牙大小相若。前肢比后肢特短，前后脚具有五指，爪尖而弯曲，十分锐利。第五趾退化，最纤小。由各种性质推判，上述之鉴定，实为不谬。

就年代言，如以上之鉴定为确当，则其年代当为三叠纪上部。盖肉食而具有五指或趾之蜥龙类，仅限于三叠纪上部也。在我国前发现之蜥龙类化石，均为白垩纪或至老不过侏罗纪最上部之物。故此以在云南所发现之蜥龙类，实为最早之陆生动物，其科学之意义，自十分重大。

以上已言及在禄丰发现此项化石之地点不一，所得之个体约有十个，而卞君不过在该地工作一月有零耳。此等事实，显然表示禄丰产骨化石之丰富。倘其能再继续工作，必可有更重要之发现，殆无疑义。在欧西各国，凡有一化石地点发现，研究古生物者，往往穷年累月，以毕生之力，从事开采。如在殖民地或其他国家，往往组织采掘队从事工作，不辞跋涉之苦。今我禄丰之化石地点距昆明甚近，数小时汽车可到，如弃而不顾，势必久而糜烂，甚或引起外人觊觎之心。故今后继续工作，实不容缓也。

在禄丰，除上述之蜥龙类化石外，尚有更重要之发现，即原始哺乳动物之发现是也。哺乳动物为脊椎动物之最高等者，人类亦包括其中，从第三纪起，十分发育，故新生代亦称为哺乳动物时代。但其过去之历史，可远溯至三叠纪。不过终中生代之世，均限于下等原始之哺乳动物，且多纤小，不易保存，故所知甚少。然正因如此，中生代之哺乳动物遗迹，乃愈珍奇，愈为古生物学家所重视。前十余年美国组的自然历史博物院，曾在蒙古发现了白垩纪之哺乳动物，轰动一时。今禄丰所发现之哺乳动物，为三叠纪上期，比前者为古，故在我国虽为第二次之发现，然就年代言，其价值远在前者之上。

禄丰所得之哺乳化石，计有一完整之头骨及下颚，此外尚有若干零星下颚及肢骨等，又有一保存欠佳之头骨。由二头骨言，或者可别为二种。第一类骨只一门牙，无犬牙，有六臼牙，头骨短而宽，嘴部短而硕。大脑部扁小，具有颜面高棱。下颚具一门牙，五臼牙，牙之后具一特别突起，上臼牙具有三排小瘤，小牙则只二排。由头骨牙齿之性质言，实为近于南非所发现之三瘤兽之一动物。而南非所发现者，只一颚骨之前部，与若干零星之上颚等。故就材料言，远不如禄丰者保存之佳，而禄丰者，实为第一比较完整之最古哺乳动物，其价值之大，自不可言而喻也，此项标本，已由我鉴定，定名为云南卞氏兽。以第一头骨为标准本，而第二头骨可归此属，不过或为另一种耳。

卞氏兽与以上述之蜥龙类同在一地点发现，其出于一地层，可无疑义。二化石指示其年代上为三叠纪，因而对地层之鉴定，亦无疑义。两类化石在学术上均为莫大之贡献，而尤以哺乳动物特饶兴趣。盖我国自开始研究脊椎动物化石以来，虽发现繁多，记述浩繁，然划时代的重要发现不外三种。一为周口店中国猿人化石之发现，获最古之人类化石。一为新疆兽形类化石之发现，获最古之爬行动物，且证明中国、南非性之关系。其三即为禄丰骨化石层之发现，不仅得最完全最老之蜥龙类，且得最古最佳之哺乳动物化石。此可见我国境内除天然宝藏外，科学上之宝藏亦为无限。今之研究，不过开其端耳。禄丰之二种化石，为最古之陆生动物，尤为研究过去历史者，最饶兴会之事实。

昆明及其近郊

许多人由北平来到昆明，不免会想到近日楼的地位和式样有如前门，翠湖好比北海，房屋的建筑，与如四合院的房子也有些像。最引人注意的，北平有西山群胜之区，而昆明也有西山，古刹若干，亦点缀名胜不少。但这些说法，与其说是相似，毋宁归功于我国文化之伟大。凡是中国的都市，东北自东三省，西北迄新疆，西南至云南，甚至南洋，差不多都有若干共同之点。再说我们由北平来到昆明流浪的人，与其说是昆明与北平相似，毋宁说还有些因目下到不了北平，姑且以昆明为北平，聊以自慰的感想吧。

所以我虽然也是留恋北平的一个人，但我不能附和一般人的意见，以为昆明即北平，但我并不否认昆明的美及其可恋。昆明的美及其可恋，并不在像北平的那几点，北平有北平的伟大与美，昆明有昆明的伟大与美。若以为昆明之美，即在其像北平的那几点，那么也是对昆明的一个侮辱，我们不能不为昆明而抗议。

昆明从地理环境上讲，从自然风景上讲，其个性甚强，不容易找出第二个都市和他相比，今姑依次一叙，作为漫话之一。

从地理上讲，昆明为云南地形特征的盆地之一，四面皆山，中间一块南北长东西狭的低地，其高出海面一千八百多公尺，为造成温和气候的主要原因，滇池在云南湖泊中为比较大的一个，也是增加其风景秀丽的一个主要原因。这些特点在云南其他地方可找到，在云南以外地方则迥乎不同。若与西山脚下河北平原边上的北平比，更是谈不到。

因为有这样好的地理环境，所以风景上也富于个性而秀丽，城内的圆通山为小型的喀尔斯特地形，虽不如桂林城内的独秀峰，然比起人工的北平景山，其相去真不可以道里计。翠湖虽然也有一部分人力，然绝非如什刹海之类，全由人工矫揉造作而成。北门以外，即为山地，以佘山为最高峰，郊外许多庙寺及其他风景之区，如金殿、黑龙潭、铁峰庵、海源寺、筑竹寺、太华寺、三清观、观音阁等地，虽似乎也可与北平西山诸胜区比，但完全不是同一的风景。如黑龙潭之"潭"，为石灰岩中之澄清泉水，在北方根本不易找到。海源寺亦在石灰岩区，附近的山洞，有些和北平的上方山相似，然而风景也不一样。筑竹寺位于古生代初期岩层附近多树木的深谷，与以上平迁的地形，也和其中佛像一样，富有个性。至于西山各寺庙，其方向与北平相同，而或位于玄武岩山坡，或在石灰岩峭壁，背山面湖，其气象也非北平那干涸的风景可比。观音山在倒石头南三十余里，约当滇池西岸之中，孤峰峙立湖边，登阁俯仰，可以开阔胸襟。至于小西门外之大观楼，十九由人工修饰而成，在自然环境上，无何足奇，因距城甚近，来往便利，遂成游人毕集之所，若以寺庙与名胜言，附郊胜区之多，除北平外，在国内都市中，昆明实为一风景中之都市，而此等庙寺以言伟大，诚不如北平者，然其好处不在寺庙之建筑，而在附近环境。倘能使四郊交通加以改进，各山坡森林再为培植，使不见荒山，其自然之美，更有百倍于目下所有者，可为断言。

从地质方面言，北平西山固为一研究地质最好之区，但昆明附近亦具其个性，不容与其他地方相混。且自寒武纪起，至三叠纪止，各地层均有良好之发育。尤以各层中化石之多与丰富远非北方可比。目下昆明地质人才集中，分别研究，必可为云南地质大放异彩。仅就吾见所知，正可悉其一般构造与地层性质与北平者不大相同。至于三叠纪以后历史，虽然昆明附近保存者甚少，然已知与北平及其他地方相差甚远，如侏罗纪、白垩纪，即付之阙如，第三纪初期地层在云南其他地方虽有，而昆明盆地以内似乎是没有。这些地层在北平附近，则均相当发达。至于第三纪后期地层，在北平及北平那么发达，而在昆明只有一些砾石与红土为之代表而已。虽然在昆明西北富民之洞，有与北平附近周口店之洞穴堆积相比的可能，然而周口店化石之丰富，与第三纪后期及第四纪历史保存之完全，远非目下昆明片段的知识所可比拟。但这不是说昆明附近没有希望，如何证实或否认，还要靠我们继续努力的。

所以说昆明与北平，表面上或有些相似之处，但实质上其个性甚多，在目下不能回北平，不必附会其像北平处，而当尽量地赏鉴其特有之风格，并发展其特长。能如此方不负在昆明之暂居。除政治、经济方面应为努力且已有工作外，自然科学方面，对于昆明之工作如气象、地质、地理、动植物,均不难有新材料、新事实。从前有人作过"科学的南京""科学的北平",虽未出版,然所知已自不少。倘能有"科学的昆明",必在可和其他都市相同中,求出更多的不同来。我从前常有一种计议,想把全国有名的名胜之区,用地质年代的位序,分别作一种指南的书,如具一明了的地质图,述其自然环境的大概,特殊动植物等,可使游览的人于欣赏古迹名赏外,得到一些真正的自然知识。可是因时间所限,迄今未能实现。一有名都市也似应有如此作品,今于撮述昆明附近风光之余,遂不期又有此感。

闲话禄丰及其他

感于种种原因,很想离开昆明,到外县跑跑,借以得些实际的知识。我们知道,凡是学自然科学的人,总得多跑野外,在实验中的工作诚为重要,然野外的工作尤为重要。其理由:第一,所谓实验室中工作者,不过野外材料之整理,倘只有室内工作而忽视野外,不是成了无源之水?第二,语云:"百闻不如一见。"道听途说的知识,总是靠不住的。关于后一点,尤其在我这一次的旅行得到证明。云南的红色岩层,因关系中生代、新生代的历史,为地层上一重大问题,兼之在禄丰又由卞美年君发现不少脊椎动物化石,在古生物学上也十二分地重要。关于禄丰红色岩层的情形,卞君口述笔指,不知讨论了多少次,似乎我对于禄丰产化石地点的情形有相当的了解了。但在野外实际观察以后,与我从卞君口中所得印象大不相同的地方甚多。这并不是卞君言之不详，或我听之不切，实在是未曾实地去看的毛病。

卞君与我一行于廿八年暮秋的景色中，由昆明西山出发，主要目的为看禄丰化石产地，希望再采些标本，此外如可能的话看看沿途及附近的相关岩层，借以解决地层上的重要问题。我们决定由西山做起，所以首先到了西山苏家村，因为那里住了许多熟朋友，热诚招待我们。可惜陆惟一先生不幸于最近病故昆明，当我草此文时，他那热烈招待我们的神情还不时浮现于我脑际。

西山为昆明附近之惟一风景胜地，在地质上也富有意义。近来在这一区的实地工作者已不少，我们只注意红色岩层，所以跑的地方多以此等岩石分布的区域为限，但也越西山之脊通过气象台，而俯览昆明盆地与安宁盆地之差异。走过碧鸡关，看红色地层与其下玄武岩之关系，并在关西六七里地方之后甸得若干骨化石，足以佐证此红色地层之年代。此行曾数度穿过或沿行滇缅路正在进行中之工程，此为抗战以来西南最大工程之一，已在积极进行中，不管将来对抗战是否真正有用，要为我国近代一重大建设。

在安宁盘桓数日，以东以北以南均走到相当距离，看红色地层中有化石的可能似不少，然竟未得到任何指示。天下事就是如此，有时认为有希望的反而没有结果，有时在意外的机会中反而可有很大的发现。我们由安宁城到温泉，附带地也看了看温泉地点甚佳，新建筑亦不少，但无论市容布置上及洗澡处的设备上，尚不无可以改进之点。我们由温泉西南走到沿公路的草铺，由草铺到禄丰，十九沿公路行走。有时离开公路沿旧大道行走。我们自昆明搭船到西山后一直步行,从未以任何人力或机械化的工具代步,所以沿这一路旅行的人虽甚多,而我们走的方法更觉有兴趣。由昆明到禄丰约一百公里,我们走了八九天才到。虽然有时停留着看地质,而一大半时间用在走路上。由草铺西行过禄丰老鸦关以至腰站,均为古老的岩层。惟有到由老鸦关将入禄丰盆地的山坡上,西望腰站一带,所表现的红色地层盆地形,最引人注意。中部的砾砂岩造成平的山顶、峭的岩壁,而低处为各色不同的岩层。倾斜清楚,有如绘画。在夕阳的映掩下,特别显出自然的美。此等地形,殆为理想的化石产地。我们在腰站盘桓数日,也得到一些化石,虽未详加搜寻,可见此地实有相当的希望。

由腰站到禄丰城,即以此地为中心,一方面看往年卞君所发现之地点,一方面看地层,当然附带地找找化石。卞君所发现的化石地点均在城东北部约五六里地方,完整的骨架出在池湾。及我们到那地点,仅一巨坑表示采掘之遗迹,而此巨坑行将大半填平,可见此地每年冲刷之烈。每一场雨之结果,可使许多新面暴露而成为猎寻化石之惟一好地。另一地点名曰大冲,距沙湾不过一二里,亦有局部骨骼发现。最有兴会同为在二地均有原始哺乳动物古三瘤兽之发现,即我们此次在两地点均续获若干新材料。另一地点较远,为二钻山,往年亦得若干蜥龙化石,但今年则得一比较完整之骨架。在沙湾以东,即地层层位较高处往年未多得化石,但今年探察的结果,得化石甚多,最丰富的地点为黄家田一带。除得了许多各种不同的蜥龙化石以外,还有另一原始哺乳动物头骨及其他有趣味的化石。含化石的地层,往北可追寻到以北十余里地点，以南可到城南沿公路相当之远。而最丰富的区域，当推以上所述的几个地点。因这一带地层迁平显出部分特别多，而小坡起伏，全为荒地亦为一因。

此化石地点以西不远（约数百公尺）即为甚低之山丘，系由古老岩层所成。再西过平坝，即为较高之西山。山势陡高，地层折曲甚烈，与东部化石地点以东之砂岩，成为平顶之山者大不相同。故前人（如德人克勒脱纳）有视西山为老红色岩层，而东部者为新红色岩层之说。其实二者均在产化石地层以上，实为同一年代，所以不同者，只因构造之差别，故外貌歧异而已。

采化石为一种技术，并不是人人可采的。最简单的方法为在露头地方，小心地搜寻骨迹，这是初步工作，但在这样情形下，往往也可以得到很好的标本，如许多原始哺乳动物的化石，就是在这样方式中寻获的。但大的骨骸，往往露出者只一部分，非加采掘，不易得到整的。沙湾所得一架完整蜥龙，初露出只为颈部，后经卞君小心采掘，始得成功。若一整骨架完全暴露则实已支离散乱，不易得到完全者。我们此次在黄家田不知看到了多少此等散乱之骨，其原来均为完整者，只因迟来，乃至不可收拾，只有对骨兴叹而已。所以一个学古生物的人，对一个标本之能否得到好的是一种运气，早来看不见，迟来已破碎，非在恰如其时的时候来，才得到满足人意的收获。至于采掘又有许多技术问题，特别是化石已受风化比岩质为软的时候，关于此等技术，言之甚长，非此地所能尽其一二。所幸禄丰之化石，大半石化程度甚深，相当坚硬，比较易于采取，而我们所携新式设备有限，如石膏、石来克之类均未带，故一切只有用"土法开采"之方法得之，然即此"土法开采"如能小心从事，亦可得到令人十分满意之结果，而不致十分增加研究室中之困难。

我们在禄丰附近停留有四五星期之久，大部分工作在采寻化石。为扩充我们的认识起见，曾在四边较远地方做探察。西山去了数次，主要是解决地层问题，我们并曾到一平浪舍资等地，在舍资附近也找到化石，并十分肯定地知道一平浪煤系之层位在红色岩层的下边。再往西，红色地层分布甚多，且多产盐区域为经济地质上一重大问题，惜因限于环境未能前去，而又东指。

禄丰工作告一段落后，为避免由原路回昆明计，决取道罗次，转富民由此返昆兼做沿途观察。所采的标本，由禄丰托滇缅铁路工程局转运昆明，我们则起身赴罗次。不料将起身时，大雨数日，在天气未十分晴时即起身，道路泥泞，路上又遇换防的军队，因之路更难走，计程一日可至罗次，因而只宿在过朱街不远的一个小地方。盖因遇雨，入一小茅屋避雨，不料雨不能止，即在此小茅屋中过夜。次日到罗次，沿途所见与禄丰者相近，盖罗次附近，均为老岩层，而红色岩层，在朱街附近，亦不见底部，惟分布最广。在罗次住一小店中，打算即日赴富民，以马代步越一大山，上下辄数百米，道路崎岖，过于蜀道。竭一日之力始抵富民，富民附近，亦为红色岩层分布之区，但就吾人在禄丰所看之经验，深觉富民红色岩层所露出者，亦均为上部下部，含化石之部分并未发育，可知禄丰地点之发现实为重要，而更足珍贵。

由富民沿螳螂川上行七八里，有一第四纪含化石之洞穴堆积，河口一洞，此洞之堆积，前由王曰伦、尹赞勋、卞美年、贾兰坡等详为采勘,并著有文章,因此次至富民遂去一观。因洞深而曲未能探其胜,只在外面略为巡视。卞君等所做之工事尚清白可见,此等洞穴地层,在西南各省相当之多,但除四川万县盐井沟外,迄未得一地点,可获完整之动物群,故于其年代上亦不能得十分肯定之结论,而有待于未来之研究。理论上言之,此等地层,有发现猿人化石之可能性,故其重要性质不亚于中生代红色岩层之追寻。

由富民回昆明,亦只一日程,过天生桥,为石灰岩所成,其前不远,滇池西之倒石头已在望,而一月余之旅行亦因之结束。

川陕旅话

川北心影

学地质的人,不但能欣赏山水之佳趣,且能进一步了解其历史,他还有机会走常人所不走的路,有时候甚至无人烟的山坡或荒沟,其结果往往发现许多事实,足以说明其所经过的地方演变的历史。要是留心自然以外的事物的人,更可以看到一般人所不易看到的形形色色。这些形形色色,也往往是研究社会科学的人的好材料。

譬如目下由重庆往西北去的人,可以说全取道成都到广元入陕甘。虽是在重庆购车票十分不便,在成都或广元,或者要耽搁许多天,也是如此。由西北赴重庆的人也是如此的走法,运气不好,也得走二三十天。交通机械化自然是应该歌颂的,不过在人事欠缺与汽油如血的今日,颇有欲速不达之苦。而沿途凡汽车所过之地,无非各式茶馆、各种旅店,各城市大同小异,或者只看到同而看不到异。行时风云雷掣,住时泥居于旅店小屋之中,虽有可资观察之处,亦不易观察到,此所以看到许多西北之行的通信或游记,也成了千篇一律的作品，无何惊人的地方。

我们这一次入陕，由北碚起身，过合川、武胜、南充、阆中以至广元，一部分沿嘉陵江走，一部分靠山脊走，共二十二天，沿途做了许多观察。若是一直走，计程十日左右即可到，而我们耗时间又多了一倍，此真放翁所谓："马瘦行迟自一奇，湖山佳处看无遗。"殊可引以为慰。这一条路，为往日由重庆通西安大道，自交通改观以后早已呈荒废之冢，而前自红军经过以后，尤觉疮痍在目，足资凭吊。至于山水之胜，尤令人兴奋不止，故于旅中风雨之日，拉杂追记所见，盖既不敢自私所见，又为消磨旅店时光之一良法。题曰"川北心影"以示其非成熟之作品，或正式之报告也。

三种交通工具

我们由北碚搭木船北上，这是我们第一种交通工具。用木船溯江而上，殆为最慢的旅行。一因是上水很费力，二因河流弯曲，路线特别长。不过由北碚到合川水程九十，一天也可到，所以也就如此办了。在船中有好处亦有坏处：好处是免得走路，可以看两边山色及河旁台地，而且桨声、拉船声也都颇有诗意；坏处是看到有兴趣的地方，不能立刻上岸，切实观察。舱中闷坐于很窄狭的木板上，时间久了，反觉得不如上岸走走。由合川到武胜，我们始开步走，行李则用滑竿抬，这是我们第二种交通工具，也是最可靠的工具。但因有行李，还不能像一般人背上一个棒槌包袱即行上路那么简易。到武胜后本想仍雇滑竿抬行李，人们步行，但滑竿的价比合川、北碚还高，不得已仍采用第一种办法搭木船上驶。这一带的河，已十分弯曲，行走得非常之慢。两天半之久才到了烈面溪，由旱程到武胜，不过百里左右，于是决心上岸，以后即再采用第二种交通方法。有时因要赶路，于是或一半坐一半走，或全坐滑竿前进，是为第三种交通工具。所以由北碚到广元，或坐船或步行或坐滑竿，全无一点机械化。然旱程也有千里之谱，其实平均不过每日五六十里路，由此看来，所谓红军的万里长征，也不过如此如此而已。

我们之所以由武胜又搭了一段船，其中颇有曲折，不可不言，以明我国社会之复杂。原来北碚、合川一带滑竿的价钱相当之贵，约三角至四角一里之谱。但照例便宜的滑竿，只有本地人或行李很少或人相当瘦小，才可以雇到，像我们一开口便被认为下江人，行李又多，又长得相当笨拙，所以永远雇不到便宜滑竿。到合川之次早天阴有雨意，而合川附近无何可看，急于赶路，问船无上驶者，且嫌慢（原欲雇船到武胜，已于前日雇好而次早该人未来），乃决定雇滑竿由合川到钱塘，计程六十里，而每乘滑竿二十二三元才雇到，几乎四角一里。到钱塘之夜我们这一帮人已在街上所有人心目中挂了号，而且抬我们的人也将所抬的价目宣传，认为是一宗好买卖。某天晚上没有雇好，我便知道有些不妙。第二天早晨，门口虽然来了许多，但均说不成，没有办法，只得找本地乡公所。但乡公所的人也不肯积极帮忙，于无可奈何之中，只得仍出大价钱到了武胜。在武胜同样的花样又在重演，在县政府，明明说二角一里的市价，而他们还是咬定由钱塘来时的价钱，我们行李又不能自挑，又雇不到挑夫，于无可奈何之中，乃决意舍陆再上船，将旱程中断一下，或者再前有办法。这真是所谓蜀道难，地势的难诚不利于行旅，然而还是人为的难更难，岂不令人可叹！

两天半的船，只走了九十里旱路，可知船也不能久坐，但就我们的目的讲，也觉得还是各有其长。船上可以看沿江风景，陆上可以看江附近地域与河流之关系，所以也不算太吃亏。到了烈面溪，舍舟又上陆，果然雇滑竿容易些，自此以后，我们或坐滑竿或步行，一直到广元，只在由南部到阆中之间之七十里改乘洋车（因由南充雇的滑竿夫不去了），算是换了一换口味。

未起身以前，与朋友谈天，说现在最可靠而有办法的旅行是为步行，其次是起早雇滑竿，而以汽车为最不可靠，此或过甚之言，是由于人们愤然于公路管理之不善与旅客之拥挤，而发生的一种感想。其实旱道的旅行，何尝真是可靠呢？即便可靠，用费上比之公路，总是多到半倍至一倍。除非有特别原因，像我们这一般为旅行而旅行的人，其他人士，也就不一定感觉兴趣了。

按滑竿为一种简单化轿子，传说是云南起义时在该地发明的，在崎岖的山路，不失为交通的利器，可是以后发展得很快，尤以四川为最。近来连天水、西安、宝鸡也多有滑竿代替了拙笨的轿子。抬滑竿的人，向以四川人为最多，北至陕甘南部，南迄云南，此项人才以四川为大帮。记得我第一次入川时，对于这一帮人即有很深的印象。十九衣服褴褛，不堪蔽体，且多有鸦片嗜好，钱到手时，一用即尽，无钱时，寄居其专为此等人所设之店中，虽暂可赊欠，而生意一到手，尽为店老板扣去食用，又复得回扣，因之此辈生活愈苦，愈不能再见天日。近见吸烟者似渐为减少，然仍不见其生活有十分之改良，大半由于其习性，与此等不良组织之故。此等人抬起滑竿，前呼后应，步法整齐，抬得好者，竿不上下闪动，有如水平，行上坡路时缓而竿始上下动一动，至较平之地，即换快步。他遇有崎岖或艰险之路，前者每作术语表示，后者应以押韵之语句，有者与行路有关，如前者云："滑得紧。"后者应之曰："抬得稳。"或前者云："两边有。"即两边有人或物之意。后者应之曰："当中走。"亦有应以毫无关系语句，如前者云："独木桥。"后者应曰："王母娘娘摘仙桃。"或前者云："老坎。"即遇有高台阶之意。后者曰："立夏过了是小满。"已成为随意取乐、以解疲乏之作用，甚至有毫无道理随意取笑者，如路遇一女子，前者曰："左手一枝花。"后者随意所至应以狎笑之句如曰："转过手去拉住她。"

好的滑竿，平均每点钟可走十里以上乃至十二三里，但他们每二十里，甚至十里必一休息，其结果平均不过八九里，大约好的滑竿一日可走一百里左右。不过因负担太重，走时用力，往往腿部筋肉起一种特别的发育，背项之间每多红肿，甚或破烂，令人起不人道之感。大约操此等生活者过久必影响健康，甚或促其生命。故严格言之，滑竿式的交通，不能视为正常，而有待改良与取缔。我们这一次所遇的滑竿夫，在五十左右，观察既多，印象尤深。此辈非人道的工作，自可令人哀怜同情，然其种种恶习风，亦在令人生厌。谅全国操此业者何止数百万人，也是社会一大问题。

至于船上的水手生活，自然也十分劳苦，尤其拉船的那一帮，不过比之滑竿夫，究竟稍好些。嘉陵江的船，掌船者除掌船外，同时也摇桨、掌篙或拉船，故我曾戏赠此生活者一联为："水上生涯三件宝，船中饮食一样餐。"末句谓此辈顿顿吃米，志其生活之苦也。

几种路上印象

我们这一次由北碚北上，印象最深的为生活问题。重庆及其附近，因种种关系，物价高涨，生活不易。由北碚北行，应该较为便宜，事实上也是如此。譬如当我们离开北碚时，滑竿为四角钱一里，阆中到广元一带，二角五分左右即可雇到。在北碚，肉价当时售两元四角一斤，为新秤；但到南部，则只要一元八角，且为老秤。不过这些便宜，久住方可感觉得到，若匆匆经过，很难感觉到，因旅客所过的为大些的地方，住旅馆吃饭铺，稍一不慎，竹杠随之，其相差也就无几了。抗战以来，物价上涨，毋宁说是当然。但上涨得如此急骤而不平均，显然另有其他原因，言之痛心。即使在很偏僻的地方，也人人叫生活之苦，其原因很明显，所谓便宜也者，乃是比重庆而言，一般的趋势，仍是向上涨。故物价，如肉一元一斤的地方人的心理与肉二三元一斤的地方人的心理相同，同是感觉生活不易和未来之黯淡。一到广元，又到了交通大动脉的线上，虽比重庆尚觉便宜，而比之沿路，仍是奇贵。而我们到的时候，又值川北春雨较迟，稍有旱象，于是更鼓励了物价的上涨，而土货的上涨，尤令人感觉到奸商的压力。

第二是关于风土人情。自北碚到广元，均在红色盆地中，且均沿嘉陵江，故风土人情无大差别。四川人在中国为许多大派流之一，形成一单位，且因向外发展性情特别显著，故不但盆地内形成一系，且南及贵州、云南北部，东到宜昌，西到西康东部，北及汉中，均受其影响甚深。广义言之，在我国幅员以内，东北起满洲里，西南到大理，西北自塔城，东南到广州，甚至到香港、南洋等地，凡我国人所到的地方，无不有其共同的特征。自建筑方面言，如城楼、桥梁、碑碣等，自人情方面言，则为固守之风格，如过年贴对联乃至许多迷信事件等。此等风格，有时不能说是好的，然而亦有不少优良者，或至少无大害者。至于说到四川，最显著的莫过于他们的头巾、滑竿、房屋依山傍水的特殊式样，令人立刻感觉到我们在四川。此外还有一些似乎是可以意会而不能言传的。至于语言方面，自然有许多小区别，但大体上四川人的语言，亦自成一格，令人立刻感觉到。

在四川路上旅行，也令人起一种特感，这完全受自然环境的支配。四川在地质上为红色盆地，红紫色砂岩、页岩分布区域，高低起伏，河流纵横，没有特高的山，也没有特深的谷，上了又下，下了又上，上上下下，依然在盆地中。盆地中为田野，无广阔平原，依山傍河，家园的分布，无不受自然支配。居民散处山凹，除城镇外，无有村落，居宅的旁边，例有几棵果树、一丛修竹，山坡河边草木相向，诚所谓"蜀江水碧蜀山青"者是也。在此等风景中旅行，出了镇市上坡下坡，过小桥，经人家，又上又下，又下又上。又过市镇，旅店狭小，只适于单行旅客，无车马之烦。出了市镇还是那一套，所以经游一地自有山青水秀之感，然日日如此，也不免同北方黄土区域内旅行一样，一样地感觉单调，不过是另一种单调罢了。我们就在这样的单调中过了十余日。

这次旅行，是抗战发生以后所做的惟一长期旅行。所经过的地方比较多，而且用的是原始方法，未用机械化的交通工具。但抗战在乡下所表现的最显著的为物价，一切比从前贵了。其次便是拉壮丁、征兵一事，本为抗建要政，中国欲求在世界立足，非用全国皆兵之制不可，故本身无可非议，所差者只是技术问题。我国基本教育不普及，土劣尚充斥，又加上户口未清查，所以自不免有许多流弊。我们沿途所听民间故事，最多的恐怕是关于征壮丁一事，船上纤夫最害怕的是此事，此外冒名顶替勒索等，不一而足，闻之只有令人太息，欲求改进，当然得各方面下功夫。抗战表现最滑稽而有趣的，可以说在迷信一方面。此次抗战上自各大宗教下至各式各样迷信，如师巫之类，无不深信最后胜利必属于我，我当认为此为必可操胜利之左券之一，因人心从未有如此之统一也。所以在沿途所见之各种迷信文告中，为劝善文等，如灶君悔过文、孚佑帝君、关圣帝君等之韵语文字，及禅宗蕴空居士之"快乐居"亦是一种劝世歌。此等文字，大半言某地人有劫运，非有神力不可避免，避免之法即是行善事，中间也夹有一二骂日本、鼓民气之词句，可见此等人善利用潮流。平心言之，有害无利，不能因其影响抗战而不加取缔，此等文字到处皆是，而教育部之通俗读物及其他真正宣传品，反不多见，比之他们的普及程度，就差得多了。

　　其次一重要印象，就是赌风出人意外之盛。当我们旅行时期，正将收麦子、预备插秧时候，时天气较干旱，许多田里需要人力灌水，所以农间相当忙迫。但在任何地方都可看见赌局，最普通的为一种纸牌，号称打十四点，与吾乡掀牌相似，而张数较多。麻将牌也不少，临街成局，无人过问，可以说并不禁赌。最有趣的是许多乡公所门口或对门即有此等设备，令人有依然太平景象之感。

一个自然的认识

现在让我说一点关于地质与地理方面的观感。上边曾说四川为一盆地，所以由北碚北行到广元，可以说由盆地中间向盆地的北边上走，所有地层，除在北碚附近有较老地层露出外，其他全为所谓红色岩层。此岩层之地质年代，其最新者约为白垩纪，受有变动所以红色地层的最后停止应在中生代之末，而此后又有一度变动，使平的地层成了倾斜。以后才是侵蚀作用，造成了我们现在所看见的风景。这就是说四川以前为一大湖，在湖中堆积了这些红色岩石（盆地以前历史，还很多，恕不追叙了），湖的历史完结以后，便是侵蚀的历史，所以在盆地中至今未找见第三纪时期的东西，而只有第三纪最后期乃至第四纪的一些台地和砾石砂土等，此等均由许多河流造成。我们这一回去广元沿嘉陵江而上，两边时见在高低不同的许多台地，均由嘉陵江造成，台地的历史最低者与现在河床几不可分，大水时可被淹没。故其年代距今不远，愈上或较高者则较古，同时保存亦可以不十分完全，此因河流的水也不可及，而本身亦如其他岩层受侵蚀作用之支配了。以上的台地往往只有砾石若干表示昔河流之遗迹，保存亦不完全。但学地质的人可以由此等砾岩追溯昔日河流的状况。以上还有没有一点砾石遗迹的地形，仅由高低相似的山头为之代表，而最上者为红色岩层之准平面，此准平面之年代当然在白垩纪以后，故可名之曰白垩纪之准平面，至其年代因无其他引证可以判定，但以与中国其他各地相比，或可等于北方之唐县、秦岭地域之秦岭期即为第三纪中期所造成。换言之，即谓中第三纪以前地形之历史已不可考，而我们所考之各地形自最古之准平面起至近代为止，为第三纪中期以后之历史，因此外更无他丰富之新生代堆积。故盆地以内之历史，悉为河流之历史，我们此次在川北于役沿嘉陵江而行，事实上只是追求嘉陵江之历史，如能了解嘉陵江的历史，则四川盆地后期的历史，可以说是已了解十九。惟我们此次行色匆匆设备不全，自不宜于做精详的研究，然其主要经过，已相当了解。

至于红色岩层本身照理讲有化石，尤以在川西之威远与荣县，均已发现有趣之恐龙、鱼、蛇头龙等化石，找化石是我们此次旅行最重要的节目之一，不幸在沿途，未找得任何脊椎动物化石，只得了介壳和植物化石。我们虽在沿途未找见，但我们何尝灰心？果然在广元我们有意外的成功。

闲话广元

一般人由重庆到广元，皆搭汽车经成都。我们此后溯江而上，就距离讲，实是近得多，但因非机械化，时间上当然慢得多，何况我们沿途还要工作，但经过二十多天的跋涉，居然到了交通孔道的广元。

广元为由川入陕的惟一大道，在昔已为孔道，近更有汽车可通，位于嘉陵江东岸，在从前是平凡的一个县城，近因交通关系，增加了重要性，比从前繁华多了。繁华的证据很容易找到，我们初到便很难找一个旅店安身，大多数的客店全住满了。费了许多周折，才住到四川招待所内。

广元位于四川盆地边缘，以北十余里即入山。山边为侏罗纪煤系，由北往南即为红色岩层，地质上名千佛岩系和广元系。但城南过一宽约五里之平坝，即见山势又起，上部为红色砾岩及砂岩所造成，下部为广元系之上部，因前者石岩壁立千仞，望之有如城墙，故附近有一小地名，曰城墙岩。城墙岩之上，仍有许多红色岩层乃为真正盆地内之盆地，故此盆地在广元言可谓双边盆地。其内边之一边即城墙岩，向东向西分布甚广，昭化、剑阁一带均有，有名之剑阁奇景，即为此等岩石所造成。当我们初到广元那一天，行至此危岩之上，下望广元之南，河流入嘉陵江，蜿蜒曲折，如在脚下，实为不可多见之风景。

我们在广元停了差不多十天，主要的目的是找骨化石。第一天即到城墙岩下去找，居然得有恐龙遗骨与牙齿等，此外介类化石也不少。以后我们陆续找到不少有化石地点，均有采集。在城西门外及城北也找到好几个地点有化石。最有意思的是在城北二三公里地方，有一已为石工采取预备做磨子用的石头上，发现五个小的恐龙脚印。脚印之能成为化石，初听好像很奇怪，但是凡一留心河边湖旁之水纹上或刚干的泥上，生物过去所遗的印子，即可知其并不是不可能的事。地质上水的波纹、风的波纹乃至雨点等，均可保存，足印自非例外。问题只是如何保存而又为我们所发现罢了。在外国恐龙及其他动物足印已发现很多，在我国只有十多年以前，我们在陕西神木县发现一个禽龙（亦是一种恐龙）足印。十多年光阴悠然地逝去了，而我们又做第二次发现，可见此等东西发现之不易，可见我们毕竟还很幸运。

由发现足印地点以北数里即为千佛岩。因有一层砂岩厚而细致，宜于刻琢，于是刻为千百佛像，为唐代遗迹。但自公路开辟，大半被毁。千佛岩街头即见佛头手腿堆积许多，可见吾国人对于古物之不重视。四川砂岩最多，此等雕刻，如广元对过即为五佛岩，资中城外亦多佛像，荣县城外有大佛，嘉定之巨佛尤为巨大，实亦受地质之影响。由此再北即到许家河山入峡谷，即为更古之地层，而不复为侏罗、白垩等时期之堆积了。至于向东向西则悉为盆地之边缘，虽不无小变化而大致相同。

现在让我再说一说广元城市。以上说过广元为交通孔道，故一切繁荣悉由于此。汽车尽管来来去去，而购不到车票的人还是很多，旅馆、饭馆都是上好生意，所谓繁华者不过如此而已。一切真都是新生气象，这里的机关也不少，尝听见在试枪的声音，表示还有小型的兵工厂，其他如采金局、资源委员会、各大纱厂等，均有办事处或支部。最令人感觉兴趣的是在西北道上所看见的大车由骡马拖拉，在此甚多，故北大街大车店甚多，有如以前河南、陕西道上之景，不过全改用汽车废轮。此等大车由宝鸡运棉花南来，可走十余日即到。回去时运盐或其他货物到宝鸡，而空放回去的也不少。询之，谓受苛杂，且生活较北方为贵，不能多等。因而如此，他们行时成群结队，往往一二十辆，以便路上可以照应。闻以前此等车可直到成都，近则以广元为终点。此等车夫，包以手巾，足蹬厚鞋，气象十足，再加上大车高骡，实与四川景象形成一强烈的对照。

广元既如此重要，但尚未被日机轰炸过，不过听说警报是有的。这一次我们在广元也亲身经过了。有一天我们往对河考察，在山野中听到警报，这是广元惟一的抗战色彩，时间很长，听说这一天是炸重庆，并且相当之惨。日本人的轰炸政策对我们有普及抗战之功用，否则恐后方人心更要涣散了。

由广元入陕我们本想搭公路车直到宁强，后来打听长途车票已不易购到，短途自更困难，所以临时改变作风，乃用原始方法，沿公路入陕。我们又雇了几乘滑竿，和来广元时一样的方式北去。北到许家河，便入大巴山，已离开那比较单调的红色盆地了。入山仍沿嘉陵江行，风景比以前又是一样，心神也为之舒畅得多，从此我们的行程已入于另一阶段了。

陕南旅踪

朝天为我们此次沿嘉陵江向北走的最北点，由此便折向东，沿一枝河入陕。朝天地南，由古生代岩层造成一背斜层，峡谷深秀，闻有二峡名曰青风、明月。公路过此地时，穿过半山洞，为川陕公路四大工程之一。过朝天东行，越一山脊，水从下流过，名曰龙洞，亦为名胜之一。四川的最边地点名曰校场坝，因雨在此住了一夜，过此行数里，即入陕境。陕西最边的地点曰黄坝驿，距校场坝三十里，中过一大岭，为伟大之西秦第一关。公路沿山坡行，下有深沟千仞，稍一不慎，即有性命之危，我是抗战以前一年由潼关出陕，时局的巨变、人事的苍狗，使我由陕西的又一角，来到陕西了。

由广元到宁强可以说已越了大巴山，宁强为陕西临川的一小县，但近来已带了抗战色彩——陆军第十八医院即在此，不过比之广元就差得多了。但宁强为一小型盆地，红色土堆积保存相当之多，所以我们已决定在此多住几天，把附近考察一下，虽未有重大的发现，却也有相当的认识。由校场坝来宁强时，过牢固关，以西之水入嘉陵江，而以东之水即过宁强入汉水。所以一到宁强，在地理上讲，也已入了陕西了。

我在宁强有一个奇遇，回忆到我的童年时代。在此无意中遇见我父亲的一个旧僮仆，当我在高小时，尝和他在一起，人事变迁已三十多年了！他在这里军医院服务，晤见甚快。由他介绍，又会了若干近同乡，原来由医院从西安迁来者尚有不少。入陕以后，本已有回乡之感，今遇他们更引我的乡思了。

由宁强北行，入真正的汉中盆地，须越一大山，名曰五丁关。在五丁关上北望，山顶平迁，做一准平原状，下部沟谷纵横，令人有气象万千之感。由此以后，各水直注入汉水，过五丁关之一大市镇，为大安驿，我们由宁强来此，系又用一交通工具，比前稍机械化一些，即改坐洋车。因在川陕公路上，时有洋车来往，但他们大半是拉货，拉人时很少，我们为考察便利计，坐这段洋车。上五丁关时，需要步行，过关不久，一辆洋车坏了，幸于薄暮赶到大安驿，而那里正驻军队，无地方可住，费了许多气力，才找到一小地方安身。

大安驿虽已越过五丁关，而仍在山中，河谷亦还相当之窄。由此再行数十里，到沮水入口处，始见河谷宽阔，而入真正南郑盆地之西端，再前即为沔县。由沔县到南郑，为南北最宽处，约八九十里。以东到西乡、洋县等，始为东端。一般习地理者，皆以此为汉中盆地，姑在此亦沿用之，然若与四川盆地相较未免有小巫见大巫之感，且四川盆地无论在地形上、地质上均可当之而无愧。惟汉中盆地，事实上仅为大巴山与秦岭间汉水河谷之最阔处，狭而长，不能谓之曰真盆地。

入陕以后，所听到的"古迹"很多，然而十九均靠不住。如宁强附近之红色土台地，竟被指为七星台。大安驿以东之定军山或可靠，但云其上有种种遗迹，则涉神话。沔县旧城寂无一人，谓即昔之空城计之城，尤为不经，不过附近之诸葛攻马超庙则为可靠。此等似是而非之古迹，往往引起误解，故各地方之地志实有用新式眼光重新估计之必要。

南郑昔有首府，迄今仍为陕南最繁华县份。东通鄂豫，南通四川，北通甘肃及关中，目下设有公路贯通，相当重要。城内也很繁华，影院戏院无不具备。若干旅馆中妓女，比屋而居，想见市面景象。重要机关在此者也不少，城外并有飞机场，为后方一重镇。城内有一大天主教堂，想见教会势力之大。我们为调查便利计，住在西关尽处。西安疏散来的机关不少，可以遇到不少友人。西北医学院亦在附近，因无事未去访。城外田稻甚多，颇具四川色彩，而山坡或稍高之地，红色土十分发育，即所谓汉中土，可表示确已有北方特质。汉中三五日的小住，已使我对于自然和人事均有相当的认识了。

南郑除县城改府而外，有专员公署，我们为调查顺利计，当然要去接洽。人事繁复，不易得要领，为之慨然，幸我们不入大山，近郊治安尚佳，可以不必十分注意。在此遇到我中学时代之校长康耀辰先生，他就是本地人，安居家中，住宅于上年轰炸时颇受损失。康先生习博物，故对地质亦颇具兴会，喜搜集实物标本，闻在西安时所搜集者均散失，而在南郑所搜集者亦有不保之势。可见自然科学之研究，人才经济与适当地点等均重要，缺一不可，而有恒尤为必要。康先生对南郑附近地质有相当认识，前赵亚曾、黄汲清调查秦岭时，康先生在南郑曾多方臂助，此次谈及，尚兴致勃勃，而尤不忘致力科学，诚可谓老当益壮。惜为环境所限，不能大展经纶，很可叹惜。

抗战以后，在陕西形成一文化中心的地方为城固，西距南郑七十里，西北大学与西北师范学院均在彼，而西北工学院也在附近的古路坝。我们由南镇前去，在附近做了一些考察，并参观二校，因二校均由北平迁来，有不少的旧相识，北平一别在此相会，也不胜其今昔之感。城固原为陕南文化重地，人文甚盛，城内望族名门不一而足，今又加上二校，更成为中心。我在此除工作外，应故人之约做了三次公开演讲，无非关于地质与古生物方面。附近名胜甚多，最具历史意义者为张骞墓，在城郊，曾往一游，墓虽不伟大，而气象雄厚，两校同人曾树碑志，甚有意义，读之至为钦佩。吾国各古迹似均应如此，加以重新估定，以存真实去伪造，增加国人爱国爱乡之观念。此外如汉王城、霸王寨等地，则太见牵强附会，因二者均非城寨，而为汉江所成一台地，至其上之汉代砖瓦等物，本在各地甚多，未必可证其为汉王之物也。

在城固勾留若干日，取原道回南郑，预备即由此前往双石铺，做我们次一段的工作，不料在起身之前，遇到印象较深之事。自离广元后，即久未闻警报，南郑在过去曾被炸但不烈，也好久没有此调了。当我们在城固的时候，天气清和，亦未见有异，惟我们到南郑的次晨，往水利局访问友人，即闻天空机声隆隆，及拜别外出，未及用早点，即见挂了警报旗，乃与卞、米二君出北门，王君则清早自己出外做采掘工作。甫抵北门，警报即作，乃续北行。南郑城外，悉为稻田，急切找不到隐藏躲避的地方，而这一天因城内检阅军队，出城士兵相当之多，乃不得不再向北行。此时紧急警报已发，郊外避难人士甚多。于紧急中伏于小河旁土窖内，不大一会儿，即见机群自南而来，又片刻，机上炸弹落下，浓烟四起，敌人残暴之行为，已造成莫大的罪行。此日敌人先后来飞机六批，轰炸有三次之多，为南郑空前大炸，亦为我目击轰炸之最惨烈者。直至十二时许，始解除警报入城，以机场及南城一带为最重，死伤亦不少，某大戏院亦被炸。幸一般人心尚镇静，而最可钦佩者，即是预定举行之检阅，于事后仍照常举行。闻此轰炸距城较远之某处亦遭及，可见敌人侦察有数，对我情况相当明了。至午夜，王君未返，后经打听，始悉被航空部队以某种嫌疑扣去，初以为因其未带证件，且有相当可疑之处，以为保出甚易，后因辗转移送，手续繁杂，后经面会张警百将军，始被释放。张君为陕有数军人，时任军管区司令之职，相见甚快，后谈及此次轰炸，市民多已前知，谓系某神仙之徒弟所言，彼且可治病，于是始知我国虽抗战期间，而仍不离本位迷信也。

汉中盆地中多为新生代堆积，但无好化石，只在附近山脚得有象之门齿，破而不能确定。两边山区为梁山，有卢衍豪等同事在此做详细调查，于是我们在南郑目击大轰炸以后即计划离开此地。由南郑到双石铺购汽车票，计由北碚到此，全用旧式交通工具，或步行，由南郑起，开始坐汽车，因托人购票，尚不感十分困难。离开之晨，康先生及诸友好均到车站。坐的车当然为大卡车，人与行李不可分，生在中国此身已不及西洋之货物，人家运货也还对货物有相当设备，防其损伤，我国用卡车运人实不人道，上爬下跳，拥挤撞压，真是危险万状，天幸若不抛锚可以到预定地点，否则任何困难，全是可以想象得到的。

由南郑到褒城还在盆地中行，地势稍有起伏，为红色土所成之小山丘，褒城即位于入宝鸡大道之山口，陕西八惠渠之一的褒惠渠即在此，正在兴工修筑中，尚不失为真正建设工程之一。在车站小息即入山，已离汉中盆地而入大山，入山口不远即过著名之新石门，系炸穿山岩修成。旧石门在河西，为古栈道，所经栈道遗迹尚隐隐可认。此即所谓鸡头关，为一天险。以前陕人入川至此，正在中途，当时交通危险，旅况难于现在，故有"出了鸡头关，两眼泪不干，望前看，到不了四川，望后看，回不了长安"之歌。盖记蜀道之难也。今此等天险，已日有机械化之汽车行走，为我国后方大动脉之一。公路工程十分伟大，近年来国内各项建设，殆以公路之迅速完成最可称赞，虽有许多可议之处，如桥梁之草率，坡度之太高等，然吾人能即此已不易，所望以后能力加改进，自不难成为良好公路。

入山以后，可以说全在峡谷中行，两边高山峻岭，河水湍急，风景自然佳胜。公路大半沿河道上行，至留坝始稍宽阔，有小型台地较为发育，再前即为名胜地张良庙，俗称庙台子。相传张良辟谷于此，地在石灰岩区，风景尤奇胜，惜无充足时间赏鉴。稍休息后，即又起行，由张良庙到双石铺，过二大岭，一为柴关岭，一为凤岭，越山爬坡蜿蜒而上，过岭后又急转直下，堪称大观。到双石铺已薄暮，找一旅店不易，后始得于工合合作社招待处得有小屋数间，始解决了住的问题。

双石铺在凤县县城西二十里，也是一个交通中心，由川来陕，公路一直越秦岭去宝鸡，以西行过马连关入甘，过徽县通天水，凡经兰州及西北之车，均过双石铺西折不再经陕，而目下由陕至天水，亦非沿渭河，或取道陇县，乃是过双石铺。我们的来此，却是要解决一些地质问题，因凤县、徽县一带有一种岩石如砾石、砂岩、页岩等，分布做东西状，别之为东河系及徽县系，均为中生代后期及新生代堆积，此来欲得些化石并作一地质上的认识。

我们在双石铺附近勾留了五六天，西入甘边，南北登很高之官厂，以后又步行到凤县，也在附近勾留了四五天。地层上的问题远不如以前所想象之简单，但经过详细观察，已有些明了，没有得到可靠保存的化石为美中不足耳。

我在双石铺立刻起一种感想，即虽未到关中，而好像一切已是关中风味了。此纯由自然支配，即在渭河流域分布很好之红色土及黄土，在这一带已十分发育。红色土中并有牛鹿等化石可证，而黄土尤为显著，居民在窑中住者亦不少，可见黄土分布确已越过秦岭，甚至凤岭，但似未过柴关岭。故汉中确无真正之黄土，至红色土不但过柴关岭，且分布及于大巴山以南，不过保存不多而已。

凤双等地完成工作以后，照预定计划，卞、米、王三君西行入甘，续做考察，我则赴宝鸡，于是我们便在凤县作别，预计不久再在其他地方相见。

抗战期间关中一瞥

我是双十二事变前两个星期离西安出潼关，而且西安以西沿渭河到宝鸡以至陇县等地，全未到过。经了四年多的抗战，我由陕西的另一角又回到故乡了。回忆二十七年（一九三八年）三月，我自野外调查回长沙，路通湘乡，在壁报上看到敌人占了风陵渡、炮轰潼关的消息，曾有句云："寇炮着河华，乡梦到龙潭。"从此以后，潼关一直在敌人炮火下做捍卫西北的工作。这一次旅程过广元时，正值中条山吃紧，潼关炮火连天，在这样情绪下，能到关中一视，是十分可宝贵的。当我们过褒城时，中途遇由渭南来之二商人，离渭南不过七八日，他们说夜夜村外乘凉，可听炮声，但一般人有绝对自信，认为陕西必无恙，最后郑重地讲："你们愈走愈近了，我们愈走愈远了，然而都是一样的安全。"

汉中虽为陕西，但仍是山国，由凤县过黄牛铺，到分水岭的大散关，为秦岭顶上，由此蜿蜒而下，甫出山谷，即见伟大之土原与渭河平原，才真到了关中。宝鸡在以前虽为入川孔道，然自陇海铁路通至此后，已日形繁荣，而自军兴以来，居然成为交通枢纽。若将国内目下交通重要之地点与之相比，庶几贵阳可以当之，盖一为西南交通中心，一为西北交通中心。原来的东关已形为一新兴都市。沿河各街商店林立，国内重要银行在此均有分行，飞机场在城北原上，火车站在东关外以南，城东已定为工业中心区，申新分厂在此而外，还有其他大小工厂十余家。其他附近，益门镇等地，亦均十分繁荣，据友人见告，仅宝鸡一地酒精厂即有八家之多，其他可想而知。单说城东之十里铺原为荒凉村镇，近则工厂林立，最著名者，为申新纱厂在此设有分厂，规模宏大，并为防空计，有红土中掘洞十余，大部机器设备均在洞中。似此情形，真为抗战期间之良好现象，故余有句云：“洞深何畏敌机炸，黄土百丈护关中。”如此做法，敌人虽狡，亦不能不屈膝于我伟大之地利与人力之下。

宝鸡城市本身，当然也十分繁华，尤以东关为甚，此地现为陇海铁路最西站，各进步的旧日的交通工具，几无不可以看到。虽然如此，地道的陕西文化，也还在随地可以看到。不过已如日之西沉，渐近没落了。货物虽多，本地人也是感生活压迫之苦，但以之比四川，已便宜许多。我们初到此，反只觉其便宜，不觉其贵，人不满意于现状，而憧憬于过去，至少在生活方面讲的确是如此的。

上述申新纱厂所打土洞，对于我们这一行颇具意义，因为曾在内打出骨化石。以前得到一些，此次也看到一些，证明为三趾马红土中之动物，而此三趾马红土在附近并非平铺，曾受地壳变动，且上下均为沙砾石层，亦与其他各地所见者不甚相同，此等地层，大部为黄土所遮盖，然在沟渠深处也还可以看到。由此我们对于宝鸡附近地质，颇得了一些新的认识。因为以前均以为这些土原，均是黄土做成的。

我在宝鸡得了一个机会到城西南三四十里地方名李家棱做数日观测。秦昌公司在该地掘采煤矿，这一个消息对于我相当惊异，因在以变质岩为主的秦岭山北坡，似不会有什么煤田希望的，所以前去看看。在那里一带做了几日观测，并西到晃峪，始知掘煤之地层，实与凤县双石铺一带之地层相似，虽有黑色页岩等，但有煤之希望并不多。秦昌主人因其距宝鸡甚近，如能得煤，当然为极有益之事，不幸事先地质方面工作未加注意，贸然采掘，仅根据早已废弃之若干土窑，结果所采之三数井均告失败，费洋十余万元，此可见矿业与实际地质工作不联系之害。

不过宝鸡的燃料问题是相当严重的。这样一个新兴城市，工厂加多，人口加多，而附近山上原上连草根也成为居民燃料的对象，烧的柴草辄自百数十里外运来，煤更不用说。将来同官一带煤田如大加开发，可利用陇海路运来，然最好还是在以北如陇县、华亭等县，能有大煤田发现。目下燃料与面粉同价，实是最可怕的现象，而因荒山无树木，气候干旱，完全代表黄河流域的一般病象。

在宝鸡遇到几次警报，但敌机均未降临。由十里铺曾入南山一游，游看了新生代地层以外，还对老的秦岭与新的地层的关系做了些观察。此外又到有名的斗鸡台，看了看考古的遗迹，可惜已摧毁，附近历史时期的古迹甚多，惜不及一一详核。由北搭车到武功之张家冈，下车往西北农学院访王德崇，并在附近做考察。因搭的是夜车，所以宝鸡、武功间的这一段，观察有些中断。武功在太白山下，南方山势雄伟，且确有冰川遗迹，急欲一游，后打听该山治安有问题，只得作罢。

西北农学院原名西北农林专校，为抗战前所设立，抗战后与前北平大学农学院归并，改为今名，为陕西历史最久而仅有之一专门学校。位于高原之上，校址规模宏大，校舍大楼亦雄壮。如能努力整饬，必可成为西北最重要之农学中心学府。现任教之职员，多为两校归并而成，分系甚多，前途无限。惟校址在原顶，时当夏令吃水为难。后据听说该校址所以选定此地，乃希望教职员日处于缺水之原上，俾可时加警惕，以解决西北之荒旱问题，可谓远见。此等原，虽表面为黄土，然一如宝鸡附近，其下实由红土乃或有更老之地层所成。校内掘若干斜洞，可十余丈，以作防空之用，在此虽只小住数日也进去了几次，因自到武功后，几无日无警报，且前亦曾炸过，暴日炸毒所及，无地不至，真足令人发指。我由该校并曾往武功县城一视，且游赏了后稷教民稼穑的地方。武功、岐山一带，为我国农业社会，至少在萌芽时期是发育中心，农校设此，自当缅怀往绩，以进我国农事于现代化之境，方不负当日设校之一场苦心。在附近谒隋文帝陵，看了唐王洞，似均与地质无关，其实随处有黄土红土，随处均有露头，学地质者，诚可谓到处留心皆学问也。附近之渭惠渠已放水，为陕西八惠之一，工程相当伟大。

武功工作完成以后，照原定计划，拟请假返里一行。乃与德崇先到西安，寓三叔处。西安自抗战前一年之双十二事变前夕别后，已在抗战中历其艰苦地位四年多了。在西北为惟一重镇，敌人轰炸之烈不亚重庆，就在我到西安的前一月，中条山战起，不幸失利，西安一度极不安。然时间终为我们的安心剂，不数星期，一切又如平常了。我在西安，虽只住了一天，街上亦只去了一次，然除看见了几处被炸的房屋成为瓦砾，尚未修复外，其他一切，可以说是意外繁荣。街上人满，生意兴隆，连娱乐场所也都照常。此等情形，可以有好坏两个看法：好的看法是我们镇静，恢复力强，抗战意志坚强……坏的看法是麻木不仁，人们得过且过，抗战与民众生活不联系……归纳言之，后者不是没有，而究以前者成分居多，所以还是令人兴奋。西安的城墙坚而宽，其内做防空洞，十分保险。故西安人士之相当镇静，与西安人民在敌机爆炸之下人命丧失并不多，西安城墙之功，实不可泯。因为时间所限，西安未能久留，即行东指，但时正值苏德战起，国际情势，于我有利，在一种欣慰的情形下，离开了伟大的西安。

由西安到华县，搭的是白日车，是日天气晴和，但无警报，两边风景依然，山色柳絮还好像是我青年时代在西安读书时，每年往来好几次时的情形。然而西安已披上了现代化的外衣。二十多年的历史，一页一页地过去，我呢，由青年而成为鬓发斑白的老卒了。在这样的情绪中，到华县火车站下了车进了城。华县城为中国地方首先尝到现代战争滋味的，因双十二事变，正在华县开火，新式武器的飞机、坦克车，无不在此使用过。古老的华县也过去了，城内的咸林学校也自然大为改观。在城内稍事休息，即步行回家，见了我年事已高的母亲，母亲的健康犹昔，这自是我此生最大的幸福。家乡一切仍旧，家中一切如旧，然而真是仍旧吗？不忍叙述的事，只有听其阙如罢了！谒先父的墓，真所谓墓木已拱了！一切的一切，表示着时间的巨轮对于人生的无情。

在家乡住了整两个月，亲戚探望了，朋友也全见了，然而最爱恋的还是在母亲膝下的光阴,此外所接洽的人物,所看到的事情,所听见的新闻,都是可以为人生留下鸿爪的,记不胜其记,然而又不能不择要略记。最当首先说的就是华县在此次抗战中的地位,潼关的对河就是敌人的最前线,而且敌人也曾有零星部队渡过河。潼关距华县为一百一十里,直道当然更短,所以我现在走到距前线最近的地方了。潼关炮声向来是很清晰的,可以听到。听说一月前中条山吃紧时,炮声隆隆,而潼关农民还在行所无事地收麦子,其结果有几位遇难了。他们这种安静的精神,我们应当佩服的,火车也照常地开着,来往的行人、货物无不如常,不过客人要往南绕行数十里罢了。我到家住了两个月,竟没有听过一次炮声,而八月份重庆大轰炸时,华县也天天闹警报,常可见敌人机群,掠空而过,距离最近的一次轰炸为赤水镇。但一般民众并不因而改了常态,除轰炸外,惟一可以看到的战时现象是军队,差不多村村都有军队驻扎,尤以沿大路各村为甚。我的村子双十二时曾一度驻兵,自抗战后,尚未驻过,但沿山的工事,修好而又毁去,其遗迹仍可辨。到我快离开家乡前,我村中也驻了军队了。关于军队的好坏,非一二言所可了,总之主要在长官,也有好的,也有坏的,而平均言之,比之以前算是进步得多了。

  我在家时,正值天旱而酷热,初时所见的那些祈雨的故事,又在重演,连我的村子也演过一回。结果雨是下了,于是到处演戏酬神,借此机会看了不少不出钱的戏。县中各事,未得详询,偶得传闻小的摩擦为平常的,两个学校学生加多,好像抗战的结果,使我们的教育特别发达起来,主因为青年避征壮丁计,均来入学,天下事的好坏也就不能一言为定。残酷的抗战，推动了我们的文化，凶残的轰炸，提高了我们的敌忾的精神……这些都不是鬼子始料所及的。物价的高涨，自然在华县也免不了，不过比之西安又低一些。所以我以为算物价，以重庆为单位，可以用时间来计算。譬如西安的物价，比重庆迟半年，现在西安的物价，就是半年前四川重庆的物价。如此，华县似乎比西安迟若干日。

华县迫切的问题，还是燃料问题。本来华县号称咸林，在陕东为产木料最多的地方，供给西安燃料，然自军队加多后消耗大增，因而稍老些的树木，全被砍伐了，而且还在继续砍伐，因之百姓与军队间，也免不了摩擦。按抗战后，各处树木遭殃，回忆在南郑时，我们乘凉树下，民妇以为我们也是砍树的，跪地哀告，望之惨然。华县也是如此。其实华县距北山产煤区甚近，将来不会生问题，所谓问题，只是目下的情形。在华县已很难找到十年以上的树木了，长此下去，咸林一语，有成为历史的陈迹之慨。因传闻五龙山坡有煤，我曾去一看，不幸实非煤田，也解决不了这个问题。

两月匆匆地过去了，又将拜别我的老母，而从事我的旅行生活，自然不胜其依恋。"秋蝉鸣何苦，游子又登程。"在这样的情绪中，我又离开家乡。由车站上车，无情汽笛，送我西去。再见吧！故乡！希望再见时，抗战已得到绝对胜利，当为人生最大乐事。照预定计划，不过西安，而在临潼下车。前一二天，天天有警报，而且被轰炸过了的临潼，这次又是被炸的地方，听说死亡相当之惨，血债重重，总会有清算之一日的。由此过河到高陵，又转泾阳，目的是到泾惠渠开始处看第三纪地层，重又恢复我读自然书的生活了。然在泾原一带，看见棉花正放红花，凡泾惠渠所经之地，沃野不尽，为陕西产棉中心，又不由得想到李仪祉先生事功之成就，便中一谒其陵墓（在社书附近）。由社书转三原，于离县城之晨，适三原首次被炸，在永乐店日夜看由西安疏散下乡之戏，也闹了一次虚惊，无非表示敌人的宣传无微不至罢了。

原来的计划，想由泾阳起早，过醴泉、麟游等县转千阳、陇县。后来因在泾原游行的经验，知道大车之贵，雇马驿之不易，为节省时间与旅费计，决搭火车转咸阳到虢镇，而往凤翔，在一个月色朦胧的深夜过咸阳。以前咸阳对于我的印象，差不多未曾得到一点，有如新经。武功也在夜中过去了。天气由阴而转为细雨，由细雨转为大雨。在大雨滂沱中到了虢镇，下车住于一小旅馆中。凤翔原为关中一府，地势宏大，且为汽车路所经过，不幸自陇海铁路通后，日益萧条，但因距宝鸡甚近，所以也迁来若干重要机关，而也成了敌人轰炸的目标。我到城时，距大炸不过数日，弹迹尚新。市民因初经轰炸，相当颓丧。白天市上行人寥寥，入夜有如死市，最奇怪的是，找不到住的旅馆，无法，只好寓于卫生院中。卫生院距县府甚近，不坚固的房屋，受震后破漏不堪，时值秋雨，几无容身之地。在凤翔盘桓了数日，即计划赴千阳。千阳距凤翔七十里，须过一荒僻山脊，时有土匪出没，为慎重计，请乡公所派人保护前行。不料他们一派便是十余人，全副武装，谓人少不济事，相当难于对付。此等荒山，正是地质上有兴的地方，而因此情形，也只有匆匆过去。

在千阳住了数日，主要的工作，为赴县西四十余里之石鱼沟采鱼化石。往返三日，住在一小户之土窑内，与牛猪同室。此地石鱼早已著称于世，然迄今尚无科学的记述，而其地质上之意义，亦不明了。此行对此问题颇有新解，就是产鱼化石的这一层，与宝鸡之三趾马层同为一系。回千阳后，又在附近看看，即计划离此往陇县。起身的这一天，早上天阴，有雨意，友人劝我不必走。但为路程所迫，仍决起身，不料出城未及十里，即落细雨，回又不可，只有往前。愈走雨愈大，且杂以急雨，我是一点防雨具无有的，因之衣物尽湿，在狼狈不堪的情形下，到了陇县。陇县为此行最西县份，与甘接壤，虽在山中，平坝宽阔，多水田，为西部最富庶之县份。行装稍部署后，访二三友人，得其招待，减去了不少麻烦。次日米泰恒等一行，即由天水赶来相晤，惟卞美年君，则已与黄汲清君一行，转往河西去了。

我们继续在陇县做地质工作，并到相公山看了看煤田，得知产煤之地层，确与李家棱者大不相同，而分布普遍之岩层，还是千阳与宝鸡一套，就是上新世的湖泊，而杂以土相之堆积。在附近也还找了些化石，证实我们的观念，本来想由此再北往华亭，续做考察，因旅费不继，及其他困难情形，只得作罢。

陇县距宝鸡一百六十里，但汽车路仍绕千阳，所修的路，并未通过车，业已坏，现仍在补修中，不知以后可否畅通。我们是由陇县一直往宝鸡，用的是骡驴，由陇北通于凉，西通天水，也还是这一类交通工具。陇县距宝鸡甚近，应有若干重要机关在此，但因受交通影响，竟十足地为内地景象，所以生活比之宝鸡又便宜许多。沿途见新抽壮丁甚多，状至可悯，以此等预备为国卖力之人，待遇如此，不平可想。这次在凤千陇等县工作计一月有余，除地质观察之外，于其他方面亦有不少观察与感触。简单言之，我国地方无一处不可爱。所谓伟大山河，就自然环境言，无所谓好坏，所待努力者，只是人事问题。这一带农事，因土旷人稀，做得相当草率，地近山野，燃料应无问题，而依然荒山濯濯，水旱等事，全付天命。如此人谋不勤，何怨于天！同时也不见得全无进步，就教育言，城内之陇县中学，学生甚多，亦有生发气象。到城遇到一日，正举行防空练习，亦为抗战中应有之文章。街市至少在表面相当之干净。总之，我们的进步是有的，然而我们为赶上时代计，还需要大大的努力。

这一次的陕西旅行，可以就此结束了。陕西在抗战中，自可警醒其多年来的迷梦。在进步上讲，加速了不少年代。但抗战以后的陕西，还是问题很多的，希望将来再回陕西时，可以看到更合人满意的许多事实。

我怀着这样心情，回到宝鸡，转车南行，又到了四川盆地了。

三十一年四月十一日完于北碚

新 疆 再 游 记

三十一年（一九四二年）初冬，我得了一个机会，能再去新疆一行，距我第一次到新疆，已十一年多了。由北碚起身时，同行的有黄汲清、程裕淇、周宗浚三先生，到迪化后，又遇到卞美年、翁文波、郭可诠等五先生，因此旅途中颇不寂寞。此行前后共一百九十七天，来去均乘飞机，故路上耽误时间比较少，一共不过十一天，不及全数十分之一。其他时间，均在新疆，比我上一次在新疆停留的日子长，所到的地方，除旧游地外，南疆由托克逊到阿克苏一段，全为新路。而好几天在山中小住，也为以前风趣所无。

十一年多的时光，在自然方面，自然是毫无可以看出之变化。然而人事方面，已有很大的变动。那时候金树仁执政，代表的是旧新疆。现在则是盛世才执政，代表的是新新疆。一个永远为中国领土的新新疆，是盛先生十余年来奋斗的目标，这个目标，就现在看，已算达到了。

照现在看，新疆既不是像以前人们所想象的，是一个不容易去的地方，更不是一个神秘的省份。现在由内地前往的人士日益加多，而新疆一切的情形，已为一般人所熟知。所以我们往新疆去，也只是和到其他省份去旅行一样，做一个国内旅行而已。既不必存什么歧视的心理，而过分地渲染困难尤为不必。因而我这再去的游记，竟在可写可不写之列。不过一个学自然科学的人，究竟所欣赏的是山水，而其他的观察，也许有一得之愚的地方，所以现今尽量略去日记式的叙述和政治经济方面的记载，而集中于我所认为应该写的。这样的写法，或许不但不与一般去新疆的朋友所记的相冲突或重复，而且可以彼此互相补充吧！

从天空看西北

若要是对我伟大的西北得一个概念，最好的方法，是坐飞机从天空去看。现在有这样机会的人已是不少，但不知他们是怎样的看法，所得的印象如何？今姑且说说我的概念。

我们去是由成都搭飞机到兰州，约三个钟头。在兰州住了一夜，由兰再起飞，三个钟头到嘉峪关，稍休息后，再起飞，约四个钟头到迪化。回来时路线相同，只可以说是把旧看的重新温习一下。归途由迪化直飞兰州，需时仅六点半，在兰州住了一夜，次日由兰飞成都，也只用了两点半钟。

在由成都到迪化的这一条路上，除了四川的伟大红色盆地不计外，越过著名的山脊，有巴山、秦岭、乌鞘岭和天山，都是中国最有名的山脉。尤其是越天山时，五千四百多公尺高的博克达山雄现脚底，最为壮观。此路由长江流域，过了黄河流域，到河流不能入海的区域。以言地面情形，好几个代表着我国最伟大的地质地理区域，如以成都为中心的四川红色盆地，以兰州为中心的甘肃黄土区域，宁夏戈壁的边缘、河西走廊、祁连山及其以南山地草地、塔里木盆地大沙漠区域、深在海拔以下的吐鲁番盆地，长达数千里，最高峰达七千四百多公尺的天山和天山以北的准噶尔盆地，全在飞机上的视线以内。若是幸运，遇到好天气，以七八小时的短短时间，能看到这些伟大的自然景物，其眼福之大，可谓无可与比了。

我常说我中国之伟大，以地理上之伟大为其背景，无论何项，只一在中国，便伟大地发育着。譬如黄土、喀尔斯特地形、蒙古戈壁、塔里木沙漠、天山、昆仑、祁连山以及西藏高原等无不如此，只有如此，才能孕育出这么伟大的一个中华民国。也正因其如此，中华民国任何部分都不能被分割，任何部分都不能独立自存，而合起来则为一个伟大的中华民国。

在这样的地理环境下，我们可以对西北做一个初步的认识。我们是晚秋、初冬时候离开成都的，彼时成都只有一些少数不耐冷的叶子开始变黄或红，显示着秋意，预兆着冬天的来临。而成都的草，成都一般的树，还是照盛夏或秋季那样地繁盛，但经过了一点多钟的飞行，过了摩天岭，可爱的绿色和红土盆地已不见了，而代以伟大的土原。在这些土原上，已看不到一些绿叶子了。比及下了飞机，立刻要穿起皮大衣以防寒气之侵袭，原来已是冬天景气了。

第二天过河西走廊，除了几个重要的城市人烟显得稍微稠密以外，大半都是荒凉景色。将到嘉峪关时，俯视长城遗址，看到城外荒凉的戈壁,其荒僻情形比以前所见者又加一等。过了嘉峪关,一大部分航程在敦煌西北及塔里木东部飞行,沙丘荒碛,白色的咸地和小的湖泊,又是另一幅风景。比及天山南麓,才看到几个人口众多的城市。

我们一直很幸运,由成都起飞以来,视线全很好,及一越天山,云雾现于脚下,茫茫云海以外,看不到别的东西,而可爱的太阳,仍照样地射在我们的头上,只是云海以下正在飞雪罢了。因此造成了迪化下机时的困难,幸而平安降落,远山近野白茫茫一片雪景,多年不见的迪化,已披上银色的雪衣了。

我在以上由成都到迪化,叙述途中所见景色,或不免向读者对西北加增了些荒凉的感觉。但是事实上确是如此,让我们无法否认的。西北不如东南,已由我祖先之由西北迁往东南,开发东南,予以事实的证明了。至少农商业是如此,现在一幅人口分布图,无异一幅中国地皮好坏图(但矿产应该除外),但我为此言,实无丝毫鄙弃西北之意。相反地,我坚信西北尚有它伟大的前途,西北有无限的事业待我们建立,此点容再后论。

回忆我离开迪化的那一天,天气晴朗,天空无云霞,飞机场的测风旗动也不动一下。在起飞后,俯视全城,新兴的马路,新起的建筑,显示着新迪化、新新疆的光荣的未来。航程略沿大道,过天山时博克达雪峰如玉,峙立于我们的左手,不禁在机窗中注视良久,而时速二百八十公里的飞机,终于载我们过了天山,过了砂碛,而过了嘉峪关,经河西走廊再到兰州了。回想旧游,尚充满兴奋之情,我想此兴奋之情,凡是由西北归来的人,所同具有的。

迪化的今昔

虽然不过短短十一年的光阴，迪化的一切，真好像隔了时代了。以前的迪化，代表的是旧新疆，而现在的迪化，代表的是新新疆。新旧新疆从何处分界，自然不是我这里所要详细申论的，我只觉得当我由飞机场（在城东北）坐汽车进城，以前小东门外那样高大、引人注目的无线电台不见了，这几乎使我疑惑我所到的并不是迪化。后经打听，才知此电台当马仲英变乱时拆毁了。我这一次到迪化，正值初冬，迪化市的冬景对于我可以说还是初次。人们穿着毡靴或皮靴，在雪冰中迈步，汽车的叫声比以前似乎多些，最令人印象深的是许多马路已不认识了。当我们往南关洗澡时，出南门穿过南关大街，还唤起了我对迪化的回忆，原来旧式的街道已有一大部分改建而拓宽，市面自然大不一样了。此外如督办公署的许多建筑完全是新的，以前的法政专门学校，已改为新疆学院，并迁南关建立成崭新的大楼。各种文化会，也是新的组织，而出的报纸，已不是《天山日报》，而为《新疆日报》了。总而言之，迪化已不是往日的迪化，这就是盛世才君十年以来奋斗努力的结果，无论如何，迪化已有了新气和生气，并有了它光荣的前途。

我们这一回在迪化前后住了一个多月，在这一个多月的期间，参加了不少次的集会，看了各种民族的歌舞，尤其欣幸的是新疆省党部成立、特别党部成立、阴历年节、庆祝废除不平等条约的大会等，我们皆躬为参加。从这里我们不但看到各民族的团结与合作的精神，并看到六大政策的汇流于三民主义，新新疆的基础，可以说已十分稳固了。

在这样的情绪中，我认识了迪化，我只觉得迪化到内地的距离比以前缩短了。其他的一切，谅有其他各界人士详为记述，我也乐得省一些笔墨。

风雪中看天山北麓

天山里边的风景，我在《西北的剖面》中，曾写了白杨沟一段记述。现在我要概括地谈谈天山，特别是天山北坡，由迪化到乌苏以西四棵树这一段。天山虽为新疆名山，然往新疆去的人，大多数只过七角井子和白杨河经达坂城而到迪化的那条路。除此以外，真到天山里的很少，上一次，就连我自己也只到了一次白杨沟，这一次在北麓最近地方为四棵树以南九十里之普庆寺，然此寺还只能算是天山山脚，并未入山。所以我们对于天山，也不过自远望望而已，言之足愧。不过有两点也颇足自豪：其一，我们去的时候，正值严冬，平均每天温度总在零下十五乃至二十度左右，夜间当然更冷，在此时期，幸无特别大的风，但即是很小的风，吹到身上，也是够受的；其二，正值常下雪的时候，天山北坡因自北冰洋来的水汽恰为天山所阻，所以雨量较多，冬天则常下雪，往往旧雪未化新雪续来，既为北坡，积雪尤易，所以在天山北坡的冬天，并不照所想象的那么荒凉，令人有沙漠之感，即就是荒凉，也是另外一种荒凉，可以说是美的荒凉。山坡台地，以至与台地毗连的戈壁，均蒙上一层银衣，那是多么的美丽呵！

不幸此等美丽，对于一个学地质的人，不但没有好处，反而有了多少坏处。露头露出来的很少，爬坡下坎，均十分困难，远景的探望，尤为不易，而我们竟在这样困难情形之下，做了几个月的工作，其困难处当然可以想象了。但我们永远不能忘的是在普庆寺的那几天雪下月夜，天山月之美，在此可以说已到了不能再好的地方。近山坡刺柏林中，每一树枝，积有冰雪，比人造的圣诞树不知好多少倍。远看可以到准噶尔盆地的中部，近山的积雪，在月光下放着袭人的光辉，再加上寺中的钟声，唤起旅客的诗意，真不知道一天的疲劳了。附近的奇景，还有所谓冒烟山，原来附近侏罗纪的煤层有在地下自然燃烧者，虽不见火，而浓烟上升，天为之黑，烟气缭绕，有如浓云，俨然火山景致。此等情形，在迪化以北之八道湾也有，该处有火苗，不过形势不如此地之伟大罢了。

沿天山每一河谷，出口数十里，乃至百里以外，均有雄伟之台地。我们所经过亲眼欣赏的，除冒烟山附近外，如独山附近之奎屯河、安集海上游之天山脚下、昌吉南之头屯河，乃至迪化以南之乌鲁木齐河，均莫不如此。尤其在安集海以南台地以下，动为数百公尺，岩石绿红相间，在日光与雪光下照耀，有如油画，而仰望天山谷中，由高处吐出之冰川，川谷冰莹，历历在目，至此才知天山之美，实非内地一般山水之美所可望其项背，而叹我们能有机会来此之不易。原来天山北坡尚有附脚小山分布之地带，此等小山，有者为中生代后期岩石所组成，有者且为第三纪乃至第四纪初期岩石所组成，而此等岩石，又先后经不少次夷平作用，其上再加以残留之石子，成为各高低不同之台地。再往以北，才为准噶尔盆地，此等山脚地带，即为城市分布之地带，其附近各山，亦多有与之相关之矿产，所以我们此去虽未入真正的天山内部，然即在山脚地带已有不少的矿产待我们开发。至说到地层及地形等问题，比起矿产来，更为有意思，而更应详细研究，因此等问题详细研究之结果，不但于纯粹研究方面贡献很大，因而推及于实用方面，也是有他重要的价值的。

以我们短短的时间，自然所看到者不过千百分之一，当然还须有志青年，续为努力。

一个重工业中心

东距迪化二百五十余公里，在乌苏东南，有一带孤山，峙立于奎屯河的东岸，这就是有名的独山，欲称为独山子。独山即为上述天山山脚小山之一，南距天山山根七八十里，还为戈壁所隔，独山以北，则已渐没入准噶尔低地，只有东南数十里，安集海附近，尚有最北之小山，点缀于广大之戈壁中。独山之岩石为第三纪中期时代的，临河也有伟大的台地，而最有叙述意义的，是其因采油成功，已成为新疆一重工业中心。不过此种工业的发展，须我们大为努力。当我们于冬初去时，厂方迎接我们于自公路向厂上之盆道附近，待我们于一座新建的新式房屋中。我们即在此住了五十多天，而得以此地为一中心，调查近一二百里地的地质。所以这个地点，对于我们相当重要，并留下了很深刻的印象。

关于此地的详细情形，我不能在此详做叙述，只有记一些零星的旅行情形以代替，这或者是可以取得原谅的。此地已不是荒凉的山野，而为房舍比栉、井架林立、汽笛时鸣的工业重地。单就苏方人员言，至少连妇孺在二百五十名以上，另有一公安局厂长，工人以所谓华侨（即大多数山东人由苏联来新者）及维吾尔族人与哈萨克族人为多。我们的目的在看地质，所以人事方面，及厂中设备情形竟不及详询。不过知道他们也有地质学家，并且看他们所采的一部分标本，最奇怪的是他们于在此工作之外，另有所谓什么考察团，以独山为中心，在新疆各地，时做长期的考察。

独山的生活，颇有足记的。一言以蔽之，受了外边的影响特别大，可以用到很好的俄国烟、糖饼干。吃饭所用的许多海味，也是由外国来的，酒更不用说，即就是招待我们的也有几个所谓二转子女郎。所谓二转子者，为混种人之一别称，多为我国人与俄人结婚而生者，然亦有其他混婚，如高丽人与俄人结婚之类。此等人大部分已入我国籍，或自然地应为中国人，然亦有少数受意外之引诱，自以为俄人，或已入其籍者。他们的生活习惯多是外国的，服装亦如此，比普通人聪明，喜歌唱跳舞，所以洋化的色彩十分浓厚。在另外一方面言，也可以看出我们的地道文化之根深蒂固。我常听见许多维吾尔族工人口中哼着走马腔调（小调之一种），汉族人更不用说了。我们在独山过完元旦节，并参加庆祝党部成立庆祝会，在此种场合，可以反映出独山的一切是中西混杂的，有维吾尔族的新剧，有归化人的歌剧与跳舞……而主要的表演，还是二黄和走马。

总之，独山给我的印象相当复杂，那里有未来的伟大前途，但需要我们努力，那里有无穷有趣的问题，需要我们解决。在迪化并不怎么令人感觉到新疆为边疆，在独山，不但令我们感觉到这是边疆，而仿佛已到交界了。

汽车上看南疆

直到现在，新疆在国人的眼光中，还保持着它的神秘性。有的人对它估计甚高，以为是了不得、最富足的好省份。有的人对它估计又太低，以为是荒凉的高原与沙漠。就是久住新疆的人，也往往如此。譬如"新疆遍地是矿"一语，便时常听到。其实矿固然多，但何尝"遍地"呢？又譬如关于气候，尝有人把北疆比作黄河流域的气候，而把南疆比作长江流域的气候，此已不伦不类，而偏有人以南疆几个沃地，誉之为江南风光，这无异说绿的地方就是江南了。尝说百闻不如一见，不过有人一见了还不是照人云亦云地乱讲一气。因此我只希望关于地理地质、风俗人情方面的真实记载，为了解一个地方必需的，而此等记载，不求铺张，但要忠实，而专门知识的普通化，尤为重要。譬如关于新疆气候，材料已不少，然而一般人说到新疆的气候，还不是那一套！

我们在迪化过了旧历年，其时午间的温度在零下十度左右，南疆当然暖些，但远不如我们所听之甚，如托克逊，当我们经过时，也是零下七八度，相差不过二三度罢了。由迪化过达坂城再穿天山到白杨河以南数里地方，一条比较好的马路通吐鲁番，另一条大路，越一小山，过小草湖而到托克逊。托克逊昔为吐鲁番之一镇，今已独立为县。由此西行过苏巴什沟经库米什再越山到和硕设治局，再西行到焉耆，由焉耆再越山到库尔勒，以西通轮台、库车、拜城、阿克苏等地。于此不得不谈一谈所谓南疆的范围。照我们普通所得印象，如以天山正脉，如达坂城以南、吐鲁番以北的那一条山，则吐达二县可谓已是南疆，但事实上并不如此。天山在昌吉、库尔勒之间，向东相当展开，达坂城以北，尚有伟大之博克达山，过托克逊至库尔勒尚要过三个山口：第一第二（托克逊、和硕间）向东延长，为觉罗塔格山，而焉耆、库尔勒间之山，则向东延长，为库鲁克塔格直达至敦煌以北之山。因而真正南疆的门户，应为焉耆。事实上焉耆的一切文物，大有混合风味。行政上为交通便利计，吐鲁番归迪化区。焉耆自为一区，而由库尔勒以西，才是所谓真正的南疆，其范围包括喀什、和阗等地，就真正地位言，为"西南疆"，而焉耆、吐鲁番一带之地，大有"中疆"的意味。

所以我如今虽自名为汽车上看南疆，其实我们最远只到阿克苏，南疆的中心并没有到。不过库尔勒以西到阿克苏这一段，停留最久，印象也很多，至少也可以说看到南疆的一部分。由迪化到喀什共约一千六百公里，到库车恰当中心，约八百公里，而由库车到阿克苏为二日程，所以我们将迪化到喀什的大道，走了四分之三，此一千二百余公里之长途，比由重庆到宝鸡还远些，但所经的地方，除了一部分山地外，大多数为石子铺成的戈壁，其次为险滩，只有靠天山出来的河道两边，间有可耕种的地区，最要紧为有名的几个城市，如阿克苏、拜城、库车、轮台、库尔勒、焉耆等。其他因河小水少，也只成了次要的地方，如和硕及其他若干小地方。至于吐鲁番和托克逊，则利用坎儿井，不只靠河流，为比较特别一点。所以新疆的繁盛，是以据点为中心的繁盛，而面的地方，为不可耕不可利用的地方所占，与内地相反。因在内地，尤其东南各省，可发展的地方为面，而荒瘠的地方为点，或至多为线。明白了这一点，则新疆虽大，其前途的发展至为有限，是显然的。不过戈壁的一部分，咸滩的一部分，是否可以改良，这问题我愿意暂为保留，然即认为可以，也不过"一部分"而已，则为断言。由托克逊以西所过的山，全为荒山，库鲁克塔格即为干旱之山之意，所以非入深山，即天山正脉，不能为大规模草场，而适于畜牧与造林，这些人工的改良，其前途是至可怀疑的。假使可以的话，我倒主张先从内地各荒山做起，比在新疆易于收效些。

过了库尔勒以西，时见天山南坡亦有山脚山脊，尤以库车附近最为发达，而拜城则在山中，其以南之新生代山脊，怀抱着拜城。阿克苏以北，也有小山；不过距大山很近，大路则除不得已时穿山口外，旅客所常欣赏的，均为砂碛。树木（特别是白杨）丛集之地，即为人家聚集之地。但亦有些地方，尚有野榆林的存在；我们去时尚在冬末，比及回来，这些荒林野草，已有欣欣向荣之意。

由迪化到阿克苏，来回二千四百公里左右，若有好车或好的路，也用不了多少时间。当我去时天短路冻，六天才到库车，回来天热路软，也有另一种困难。近来新疆当局积极发动造公路，在南疆这地方，公路的修造，难易各有。难处是许多桥梁咸滩。在许多险地，石子要从百里路以外运来，而且地旷人少，许多人在冬季露宿修路，其困难可以想见的。容易处是大部地为戈壁，无异天然马路，不施巨工，即可行车。

乡村风光

我们在南疆,至少在以两个地方为中心,住了很久:一个是库车以北约九十里的坑村,我们并有机会由坑村南到天山山脚做了好几天的旅行,夜间全住在村中,共计有三十多天,未睡过床而搭地铺;另一个是在温宿县以北一百四十里的塔克拉村中,也有几十天过席地而住的生活。回来时在垦地小村,住了一夜帐篷。这些生活,全不是一般去的人所容易亲受的。

南疆以维吾尔族为主,即有其他民族,除所谓回族外,其他为乌斯比克(现称乌孜别克族)则不大易分。但在焉耆附近(尤其是山中),蒙古族人也不少(一如北坡四棵树山中),而我们这次在乡下所住的地方,全是维吾尔族人聚集之所。所谓维吾尔族,即以前所谓缠回,听说因后来推行民平政策,废此名不用。同时维吾尔族人也不称汉人为黑蛋(雅一点,叫黑大爷)了。维吾尔族在南疆占绝大多数,他们的生活,可以说已完全脱离游牧时代而代以农工商,一如内地之汉人。不过他们的生活,还保持着相当的古老风气。譬如用土建筑起来的房子,有大土炕四周除简单的壁炉及灶(如系有钱者,则灶另在他室),有木柜及壁柜而无家具,如桌椅之类。他们尚保持着席地而处的生活,至多不过一个小桌子,但一般布置,都是相当地雅洁。我们在坑村即住在一位乡约的家中,"乡约"一词,自然是由内地传去,现在还保留着。他在坑村,算是首富,家中的陈设比起他的家产来,则算是十分简单。

坑村在库车北,中隔一带山脊,为第三纪地层所成,即为产油之地。自天山南流一河，穿此山脊成峡谷状，过水头村，经库车城南流，名曰库车河，以北也还有一二山脊，为河所穿亦成峡谷。故其一般地形，竟有些像北碚的三峡，不过在这里，两边有一望无边的戈壁，近村因为河所侵蚀戈壁面不十分引人注意，然一上台地便是地道的戈壁。

坑村沿河两岸延长十余里，人家不断，树木亦多，虽然我们冬季在此看不到绿的叶子，然已觉得是沙漠中的胜地，当我们两辆汽车开至此地，竟是万人空巷，男女老幼争来参观，有村中阿訇以及年老德高者十余位，尚特别来会见。村长及乡约则忙于招待一切。总而言之，"民俗淳厚"四字，可以形容他们的一般性情。至于妇女呢，除少女外，少妇以及成年以上，均用红布或花布纱蒙头，服装均着长衣、长皮靴，上身间套以棉衣，其质料几全为俄国运来之各色花布，远望鲜艳，近看粗俗。男子则于短衣之外（亦着长皮靴），有半长不长之外套，常用棕红色，其式样为中西式混合者。维吾尔人多胡须，且多不剃，近来虽亦盛行修刮，但多仍留一部分，再加以高的鼻子、深的眼窝与比较伟大的体躯，所以比起汉人来，显得魁伟得多。

沿坑村附近之库车河而上，人家虽少，但间也有比较大的村子，如阿黑等。我们在好几个地方均住了一下，本地人招待热诚，如在喀拉郭尔地方，有远在十里以外之某八夷（他们称有钱的人为八夷）将羊羔与鸡蛋饼之类携来欢迎。他们并特将我们开偎郎会，所谓偎郎者，即他们的跳舞，有鼓琴及其他乐器数具，奏成简单之曲词，且奏且歌，然后有数男或数女或有关之男女（如夫妇等）跳舞。他们之舞，非男女相抱之社交舞；而为做手势之舞蹈，手足并用，眉目表情，兼而有之，亦颇美观。不过在乡下，妇女多不肯以色相示人，不肯跳舞，也许因为我们人太特别的缘故，即有舞者，亦以布蒙面，不能见庐山真面。此等跳舞之风，为他们惟一娱乐，当我们在黑子儿时，区长正在督工修公路，薄暮下工，兴犹未闲，即在街上大舞特舞，似乎一天的疲劳可因此而忘去。

我们在坑村的时候，正值冬天农闲的时候，阳光墙下，村人丛集，谈其家常，妇女多以葫芦到河中汲水，少女则做秋千之戏，村外牛羊寻草，凡此景色，均表示塞外乡村之美。我们初到与临别时，村长及乡约，均招待以他们地道之抓饭，抓饭为他们最好之饭，以米肉与萝卜和成，然因我们不喜米饭亦代以羔羊与饼（名之曰馕）。我相信我们一个多月的坑村逗留，彼此间均留下了深刻的好印象。

在温宿北的塔克拉克住的时间比较短。由温宿前去，上了比较新的台地即为戈壁平地，一直到塔梁河口，于外山嘴，再由此约四十里到内山嘴。汽车只可开到此地，所谓外山嘴为第三纪后期，甚或第四纪初期砾石所成之小山脊，而内山嘴则为年代较古之红层。由此沿河而入谷，初甚狭后渐宽阔，约十里再西北折已有人家，即为该村之东端，再前行六七里，始抵村长所备之官舍，系招待由城内来此公干者。房甚新，内涂以石膏，洁白可爱，不过也要席地而居，一如在坑村的样子。当我们到温宿时天已较暖，树叶已吐，杏花待放，但因入山上升一千多公尺又适天气渐变，大雪纷飞之后，比到此地，已满山皆白，雪深数尺，已辞去的冬天在这里又逢到了。此地在山谷中另为一种风景，与坑村大不相同，附近均为比较大的山。当我们骑马上高坡沿塔梁河上行，实际上已入天山内部，此地即在天山最高峰,汗腾格里脚下,距边界甚近。此村可以说是临近边界最大的一个地方,不过因为高山所隔,交通不便;尚不感觉到边界气味。

在这一带山中,除了普通地质工作而外,尚可以看到伟大的冰川现象。每天骑马出去行数十里又折返,另是一种风味。在寓所的生活也如同在坑村一样,他们均是维吾尔族,一样地和睦可亲,只在山中有时遇到吉尔吉斯人。吉尔吉斯人的生活,与蒙古人相同,游牧生活,住的也是蒙古包。

附近山上野猪甚多,不过有时也遇到平野的山羊。保护我们的士兵曾打了一只野猪,并俘获了四小猪,可惜肉不能吃,而四个小猪比及带到城内,也都先后地死去了。我们离开此地也抱着无限的离情,当时此地天已大暖,连山中村中的树草已有了绿意,而距我们离别新疆的时期已不远了。

几个城市

此次去新,除在野外逗留而外,看了迪化以外的若干城市,特别是县城,尤以南疆的几个县城为主,尚有较长的停留。因偶记所见于次,以见一斑。

虽然我们在独山住了很久,只在乌苏过了几回,并未在城内住过。新疆十年来的变化很快,而我对于乌苏之生疏,可以想见了。我上一次去新时曾经过乌苏,但那时尚无公路,只记得车从草中推行,车在大河中游泳,在乌苏住了一夜,次日即折向北行往塔城去了。现在的乌苏,已有很好的公路,并有中运招待所,每天汽车络绎不绝,这都表示新疆的进步。

吐鲁番也是我旧游的地方,并且于七月最热的时候在此住了两个多星期。此次由南疆东返,绕道到此,住了一天两夜,看到以前的破旧的县署:门面已大为改观,不过城内的房屋大半倾倒废圮,听说是前几次变乱所致。西门内的旧文昌阁,已改为中运招待所。我们上次在西门外所住的园子,已改为公路运输局汽车站。十年之隔,相差至此,以前的那些人到哪里去了?爬行的汽车及所引起的那许多笑话也都随着时代的巨轮,葬入了无何有之乡了!而我尚能再来凭吊一次,尤为不可多得的机会。不过以西回市区,还是照以前的繁荣,似乎并无大的转变。此来并往附近葡萄沟一游,虽非盛夏,热得亦可观。在葡萄沟的桑荫之下,看着林外的荒山,听着脚下的流水,吃着本地出的葡萄干,此情此景,亦足令人不易忘掉的呵!

上边说过托克逊,旧属吐鲁番,自改县后,城内各建筑及街市,几乎是同时兴修的,所以显得特别新而整洁,表示在沙漠中建绿洲,并非不可能的事。附近坎儿井甚多,一如吐鲁番,我们去时过此正值隆冬,未显出它的威力,回来时虽只暮春而午间已是热得汗流浃背了。以前我们两次住过的小地名库米什,本地人开的小店和内地一样的简陋,幸有在此收税的某君两度招待,得到便利不少。未到焉耆前,尚过一设治局,名曰和硕,其局长为一青年蒙古人,因自新疆推行民族平等政策以后,有能力的其他人士均可有机会参与政事,为国家服务,他便是其中的一个。

焉耆为通南疆的真正门户,前已叙及,一部分建筑如庙寺等,甚至清真寺,完全为中国式建筑,回来时我们被招待于一旧式房屋中，一如北平之四合院，雕梁画栋，富丽堂皇。市面上随时可以看到地道装束的蒙古人，由此往西部，即无此等现象。焉耆旧城，现驻兵，我们未进去，市面照一个"区"来讲，并不十分繁荣，但在军事上，实为一重镇。

由焉耆西行出山口即为库尔勒，附近森林甚多，风景比焉耆为佳，以产梨出名。我们来去均曾在此过夜，可惜去时芽尚未吐，归时梨花已落，不及欣赏。再以西石城即为轮台，虽为一小县，然在历史上甚著名，并闻最近几次受乱，附近死的人也不少。轮台县城在河东，闻尚有旧轮台遗址，在以西，我们不及细考。

库车为南疆著名地方之一，我们因在此工作之故，先后在城内住了不少时候。库车为龟兹故地，近修的团结新桥尚题有"龟兹古渡"字样，街面很长而繁盛，即在非有市之日，街上人还是很多，但市面所卖的东西，除土产外，几乎全是俄国货，可令人警惕。我们在此，适遇往南疆宣传三民主义的梁寒操先生过此，地方上有盛大的欢迎会，并有晚会。在欢迎会上，梁先生并提及我们，有"利用专家"云云，席间有库车、沙雅、新河三县县长，及三县主要长官、阿訇及绅士。沙雅县长为维吾尔族人，甚精干。晚会在维吾尔族文化会举行，主要表演者为本地警察局。因南疆各县之警察局多维人，警士常有剧团及歌舞等组织，表演得十分精彩。不过服装、歌词已十分摩登化，间杂以西式之舞，其歌词及表演均宣扬新新疆、三民主义等，寓意宣传于娱乐之中，尤易收效。此等歌舞，我们回来时还看到一次，并有旧剧等。在县时，我们住在县署中，署之花园之花，虽未及全看，而静幽的景色，却已尽量享受。县长为东北人韩君，任事热心，每见维吾尔族人打官司者，一来便数十人，无不亲为裁决，比之以前县长，易与民众接近得多了。库车市面上的妇人，也大半蒙面，只有受了新式教育的人始解除此障碍。此地以产皮羔著名，所以无论男女的冬帽，全是用羔皮做成的。

拜城虽为一小县，然因在山中之平阔地中，人烟甚多，树木一望不尽，城内亦相当繁荣。县署花园尚有未开完的花。因在沿途，此地较高，比较寒冷些。

温宿本为旧阿克苏，为回城或旧城，今之阿克苏为新城或曰汉城，二城相距三十五里，成为两县址所在地。阿克苏并为该区行政长所在地。我们一去住在温宿之维吾尔族文化会中，由村之回城则住于县署中，在此也参观了一次歌舞会。而比较大规模的歌舞会，则在阿克苏看到，亦为警察局主办，十分精彩。我们由山中归来，时住于警察局之花园中，园在城南约二三里，各种果木如梨、杏、樱桃等甚多。当我们去时，杏花已谢，梨花则繁开，由荒凉的山中归来，到此地方小住，真真可怡心神。阿克苏与温宿全依阿克苏河稻田相望，以产米著名。游者每比之江南风光，其实一上台地，即为荒沙无垠，此只为沙漠中之沃地而已。由阿克苏往西行十余里，全在田畴中行，花木相望，河沟交错；实为不可多得之沃地。至此始达阿克苏河东岸，现正兴筑一大桥，过桥公路分而为二，一通乌什、吐鲁番，一通疏勒，形势雄胜。我们仅能在此桥西端，西望此名山胜水，怅然东返，只盼以后能再有机会，偿此夙愿。

以上所述，不过在新疆数月中，许多印象中之一小部分。然即由此一小部分也未始不可借以了解个大概，虽然说新疆和内地的交通将日趋便利，然而能去的人究竟极为少数，则以上所述，未尝不可作一些人卧游的资料。我在以上曾提到新疆大多数地方，并不照一般人想象之好，可以无限开发之一点，这不过是为纠正一部分对新疆过于乐观的人的说法。我们要知道新疆究竟不过是一省份，去了大多数不能利用的部分，所余下精华的部分，还是比内地许多省份为佳，而且这不过是指农牧而言。若论地下宝藏，从实用方面讲，因调查未周，尚不尽知，只就已知者讲，已大有希望。若就纯粹科学研究来讲，恐怕没有任何省份能赶得上新疆的有趣。再进一步讲，国防上与交通上，新疆所处的地位，竟可谓首指，此皆不能详细在此申论之问题，有待诸异日者。目前我只盼新疆在它未来的发展中，照我们所希望的，迅速发展起来。

后记

杨钟健先生（一八九七至一九七九）是我国古脊椎动物学的奠基人。国际学术界对他的科学研究成果给予高度的评价和推崇。一九九三年我赴英国访问时亲眼看到，杨先生的巨幅彩色照片被悬挂在伦敦的大英自然历史博物馆的展厅内。他被誉为世界上最优秀的六位古生物学家之一。

《抗战中看河山》是杨先生在一九三七至一九四三年间所写的游记式文章的汇编，约十万字，也可称是一部科普作品集。当前有一些人看不起科普文章，这是因为他们孤陋寡闻。诺贝尔物理学奖得主、量子力学的创始人之一薛定谔（一八八七至一九六一）曾写过不少科普文章，他的《生命是什么》便是一部科普作品，目前国际学术界已经公认这部书对二十世纪分子生物学的创立和发展产生了深远的影响。所以好的科普著作不仅内容丰富、思想深邃、逻辑严谨、充满创新意识，而且生动活泼、清新隽永，深刻中不失幽默，冷静中饱含激情。它不仅显示了作者渊博的学识和超人的预见，而且展示了作者善于启示读者的能力。在我看来，杨先生的《抗战中看河山》便属于值得一读的佳作。

　　整整七十年前，一九四三年七月，杨先生为这本书写了序。而在整整五十年前，一九六三年初冬的某日下午，北京大学地质地理系的系主任乐森璕先生特地把我们这批即将毕业的学生召集起来，鼓励我们积极报考研究生，为祖国的科学事业做贡献。当时我报了名，后来成了中国科学院古脊椎动物与古人类研究所所长杨钟健先生一九六四年的研究生。一九六六年中国爆发了史无前例的"十年动乱"，杨先生不幸被打入"牛棚"，我的研究生的学业也被迫终止了，成了杨先生的"关门弟子"。

　　当时我们所共招收了两名研究生，另一位是吴汝康先生的学生王令红。一九六四年中国科学院的全体研究生都集中到北京中关村的研究生院，专攻外语。那时我们俩奉导师之命，每周五上午回所，分别去导师的办公室。我至今还清楚地记得，杨先生很认真，每次看到我，都会从抽屉中取出纸条一张，对我讲上一个小时左右。这样的状况维持了约一年。它距今已近半个世纪了。这些天拜读《抗战中看河山》，又使我返回那段美好的、令人难忘的岁月。我的眼前重又浮现杨先生的音容笑貌，使我得以再度聆听杨先生当年的声音。我惊异地发现，杨先生的许多见解至今仍熠熠生辉，具有超越时代的价值和十分重要的现实意义。

　　杨先生曾对我多次讲过："我国境内除天然宝藏外，科学上之宝藏亦为无限。"（参看第三〇七页）杨先生又说："世人但知我国之有用宝藏无限，而不知我国学术上之宝藏亦无限。"（参看第二九一页）杨先生的这一睿智的见解与我们研究所数十年来的科学实践完全吻合。如要一一道来，恐怕不是后记的篇幅所能容纳。不过，对此有兴趣的读者，只要去中国古动物馆一看，便可立刻明白，杨先生的上述论断是有科学根据的。杨先生的这一见解，正是他热爱中国，热爱祖国这片大好河山的出发点。

杨先生在写这部书时，正值中国的抗日战争期间，中国军民已经苦战了六年，对此，杨先生是心痛不已的！杨先生的这种又愤恨又无奈的心情，在本书中会时常流露出来。正是因为这个缘故，杨先生把这部书名之为"抗战中看河山"，"以示纪念此神圣战争之微意"。

在书中，杨先生花了许多笔墨写我国的喀斯特（文中写作"喀尔斯特"）地形，写该地区的山洞、水系和湖泊，写与此相关的远古文化，希望从事北京的周口店那样的工作；杨先生又提及了得天独厚的黄土地区；还写了幅员辽阔的冰雪区域。杨先生写得很生动、很具体，那些地方处处都充满了强烈的中国特色。在杨先生的心目中，它们都是中国的"宝藏"，值得我们珍惜！杨先生曾对我多次讲过，当代的每一门学科都像一张巨大的网。它已经把一切与它相关的形形色色的内容统统都包罗进去了。但是杨先生对某些学科的发展现状是不满意的。在本书的第二八九至二九〇页上，杨先生写得很坦率，他明确地说：

> 欧洲学者，虽对于冰川之研究最为精详，早成为一种专门学问，与地质学脱离，但至今他们关于冰川之分期，

尚无定论。一般言之，有四大冰期，即所论恭兹、民德、瑞磁、武尔穆四期，当然以第一为最古，为第四纪初期，愈后愈新。现在阿尔卑斯山之冰雪出尖，为最后一次冰川之残留者。

我国西北、西南，常年冰雪之地，如斯之广，如以地史之眼光与方法研究之，其在整个第四纪如何情形，实为一最有兴会之问题。此等大量冰雪既不能骤然生成，亦不能忽焉消去。所以在地史最近期，必为冰川消长之历史，殆无疑义，此等地域之许多湖沼亦为冰川湖，犹如以前所述，亦属事之当然，不过真正科学之记述与有系统、有分析之研究，至今尚未之见，为地质地理上之大缺陷，可为一叹。

我国人最先注意到中国冰川的，当推李仲揆（即李四光）先生，他在二十多年以前，即在山西北部大同一带搜录关于冰川的材料。近年他在江西庐山做了不少的冰川研究，虽然目下学术界对此尚无定论，但有许多客观的事实，确是值得虚心讨论的。如果庐山那样地方在第四纪前期真为冰川，则中国当时冰川分布之广，可以想见。后来有人在四川成都也找到冰川现象，其真实性如何，尚待证明。

我之所以一字不漏地引述杨先生的原话，因为在杨先生的晚年，我亲耳听到有一些人批评杨先生，称他为"冰川派"，指责他不应该无原则地支持李四光的关于庐山冰川的观点。更有甚者，少数人说杨先生是老糊涂了。我愿借此机会说句话：上述那些指责有点不公平。据我所知，杨先生在晚年确实写过忏悔性的话，觉得对李四光先生的冰川观点的支持不够有力。但杨先生毕竟是一位崇尚真理的科学家。从以上引文可见，杨先生从来没有全盘肯定李四光关于庐山冰川的观点。用杨先生自己的话来说，是"尚无定论"和"尚待证明"。一九七八年杨先生以八十一岁的高龄亲自登上庐山，参加庐山冰川的学术研讨会。杨先生始终坚持他那自从三十年代以来的一贯的立场，没有发表过不符合事实的言论。那一年我始终和杨先生在一起，参加了这一盛会。我愿尊重事实。

在这门学科与那门学科之间，杨先生认为，它们乃是息息相关的。用杨先生的话讲，对于冰川进退的研究"为地史之一部，同时于气候之变迁、生物之演化乃至我民族之历史的背景，亦可增加其了解性"（参看第二九〇页）。杨先生的这一认识乃是从事多学科交叉研究的真知灼见！至今仍具有非凡的价值！

杨先生基础性的研究工作是研究古脊椎动物学。这项研究无疑会涉及生物进化的历史。对于历史性事物的研究使杨先生"感念于自然之玄奇，以往经过之复杂，可以令人一方面感觉人生之渺小，以彼等变化、悠久与伟奇，自然人生便显渺小；然另一方面感觉人生之伟大，以短小之人生，竟能穷其理，探其本，岂非伟大？伟大之原因，即在于人能为科学的真理而探求（参看第二八六至二八七页）。"这一思想是杨先生灵魂深处的一种信仰。综观杨先生的一生，乃为科学的真理而孜孜不倦地探求的一生。在不同学科之间，必然存在着无数的"结点"。每个"结点"都代表一个"学术上之宝藏"。其数目之多，实为无限。在我们所内，流传着杨先生的一句名言：

"发现就是水平。"因为杨先生明白,人类对科学真理的探索绝不是一代人或两代人能完成的。探索需要无数代人的持续努力。"发现就是水平",乃是杨先生对年轻一代的鼓励。杨先生希望,每个人都能奋发有为,去开发每一个"科学上之宝藏"。

我是杨先生的关门弟子,如今也已年逾古稀了。二十世纪六十年代,杨先生把他灵魂深处的那一信仰传授给了我。聊以自慰的是,我这一生没有偏离杨先生对我的期望。文章千古事,得失寸心知。

徐钦琦[*]
二〇一三年十一月

---

[*] 中国科学院古脊椎动物与古人类研究所研究员,哺乳动物学家,科普作家。